Kathrin Lange

Die Fabelmacht-Chroniken

Brennende Worte

Weitere Bücher von Kathrin Lange im Arena Verlag:

Die Fabelmacht-Chroniken – Flammende Zeichen
Die Fabelmacht-Chroniken – Nicholas' Geschichte
Herz aus Glas
Herz in Scherben
Herz zu Asche
Schattenflügel
In den Schatten siehst du mich

Kathrin Lange,
geboren 1969, arbeitete als Verlagsbuchhändlerin und Mediendesignerin, bevor sie 2005 das Schreiben zu ihrem Beruf machte. Seither ist sie für ihre Krimis und Jugendromane bekannt. Kathrin Lange lebt mit ihrer Familie in der Nähe von Hildesheim.

Kathrin Lange

DIE FABELMACHT-CHRONIKEN

Brennende Worte

Arena

MIX
Papier aus verantwortungsvollen Quellen
FSC® C110508
www.fsc.org

1. Auflage 2018

Covergestaltung: Carolin Liepins unter Verwendung
von Motiven von Shutterstock (© Gunnar Assmy,
Lukas Gojda, spirins, SH-Vector)
Gesamtherstellung: Westermann Druck Zwickau GmbH
ISBN 978-3-401-60368-1

Besuche uns unter:
www.arena-verlag.de
www.twitter.com/arenaverlag
www.facebook.com/arenaverlagfans

1

Liebe Mila!

»Glaubst du an Liebe auf den ersten Blick?« Diese Frage hast du mir neulich an Nicholas' Grab gestellt. Ich habe dir nicht geantwortet, weil ich zu erschrocken war über die Verzweiflung in deiner Stimme, aber die Antwort ist: Ja. Ja, ich glaube an die Liebe auf den ersten Blick und jetzt, wo ich hier sitze und dir diesen Brief schreibe, merke ich, dass ich es schon tue, seit ich dich zum ersten Mal gesehen habe. Als du damals aus dem TGV gestiegen bist und meine dämliche Anmache mit einem Lächeln gekontert hast. Ich habe auch da schon daran geglaubt, nur bewusst war es mir wohl noch nicht. Sonst hätte ich dir kaum dein Portemonnaie und dein Handy geklaut …

Mit einem wehmütigen Lächeln strich Eric über das Notizbuch, das er auf den Knien liegen hatte. Seine Füße hingen über die Dachkante ins Leere. Fünf Stockwerke Luft unter ihm. Fast zwanzig Meter bis hinunter auf den Asphalt.

Sein Blick wanderte in die Tiefe und dann über die Straße zu dem Mehrfamilienhaus, in dem Mila mit ihrer Mutter wohnte. Milas Umriss hinter der Scheibe im vierten Stock war nur undeutlich zu erkennen, denn sie hatte kein

Licht in ihrem Zimmer gemacht. So musste Eric sich vorstellen, wie sie auf der breiten Fensterbank saß und hinaus in die Abenddämmerung starrte. Ihr schmales Gesicht. Die Sommersprossen, die blass geworden waren. Seit Wochen schon hatte sie keinen Fuß vor die Tür gesetzt, hatte getrauert und geschwiegen. Immer nur geschwiegen und getrauert. Um Nicholas, ihre große Liebe. Eric seufzte. Sein Herz fühlte sich müde an.

Wie gern er Mila geholfen hätte!

Er senkte den Blick wieder auf den Brief. Der Kugelschreiber, den er zusammen mit dem Notizbuch gekauft hatte, war billig und schrieb nicht gut. Und seine Schrift sah auch ziemlich krakelig aus.

Egal.

Er schrieb weiter.

Ich muss oft daran denken, wie du mir zum ersten Mal gezeigt hast, wozu die Fabelmacht fähig ist. Wozu du *fähig bist. Dieser magische Moment, als du dein Shirt von Weiß zu Schwarz umgeschrieben hast ... Einfach so! Danach hatte ich das Gefühl, dir ein bisschen von meiner »Magie« zeigen zu müssen. Erinnerst du dich an die Stunden, die wir gemeinsam auf dem Dach dieses Abbruchhauses verbracht haben? Wie ich dich festgehalten habe, damit du nicht in den Abgrund stürzt?*

Ich wünschte, wir könnten die Zeit zurückdrehen. Dorthin zurückkehren. Aber Nicholas würde uns auch dann nicht in Ruhe lassen, oder?

Eric las seinen letzten Satz noch einmal. Nicholas! Nicht mal aus seinen Liebesbriefen konnte dieser Typ sich raushalten, und das, obwohl er seit Wochen tot war.

Eric strich das *»oder«* mit ein paar energischen Strichen durch.

Ich weiß, dass ich niemals Nicholas' Platz in deinem Herzen einnehmen kann, denn da war tatsächlich etwas Magisches zwischen euch, das muss ich zugeben. Aber wie in vielen Geschichten, in denen es um Magie geht, ist der Preis, den ihr bezahlen musstet, schrecklich hoch. Manchmal wünsche ich mir, du würdest es unfair finden, dass er dich einfach so allein gelassen hat. Mila, ich möchte dich wieder vor dem Abgrund bewahren. Wenn du mich nur lassen würdest ...

Was für ein kitschiger Scheiß! Mit einem frustrierten Aufschrei warf Eric Stift und Notizbuch neben sich auf das Metalldach. Der Stift rollte auf der abschüssigen Ebene davon und fiel mit einem klickernden Geräusch ein paar Stockwerke tiefer auf einen Mauervorsprung. Das Notizbuch konnte Eric gerade noch retten.

Er atmete ein paarmal tief durch, las seine letzten Sätze noch mal. Was tat er hier eigentlich? Er wusste doch genau, dass Mila auf keinen Fall erfahren durfte, was er wirklich für sie empfand.

Es würde ihr nur ein schlechtes Gewissen bereiten, und das war wirklich das Letzte, was er wollte. Mila würde ihn niemals so lieben können, wie sie Nicholas geliebt hatte.

Mit einem Ruck trennte Eric das Blatt aus dem Notizbuch, zerriss es in tausend winzige Fetzen, warf sie in die Luft und sah zu, wie der Wind sie über Paris verteilte.

Mila saß auf der breiten Fensterbank und blickte hinaus auf die gegenüberliegende Hausfassade, aber sie sah weder die Fenster, in denen ein Licht nach dem anderen angeschaltet wurde, noch das metallbeschlagene Dach, das im Schein der letzten Sonnenstrahlen schimmerte wie Quecksilber. Stattdessen hatte sie immer und immer wieder nur ein Bild vor sich.

Nicholas in ihren Armen. Da war so schrecklich viel Blut gewesen und dann war die Welt zusammengeschrumpft, bis sich in ihrem Zentrum nur noch Nicholas und sie befanden. Kurz darauf hatte er sie allein gelassen. Für immer.

Mit einem Ruck kam sie zu sich. Ihre Augen brannten wie Feuer. Sie rieb sich die Wangen. Sie waren trocken. Schon seit Wochen hatte sie keine Tränen mehr.

Sie brauchte all ihre Energie, das Notizbuch aufzuschlagen, das sie schon vor Stunden auf ihre Knie gelegt hatte. Sie hatte sich vorgenommen zu schreiben, aber ihr wollten keine Worte einfallen, die es lohnten, niedergeschrieben zu werden. Unberührt und weiß starrte die erste Seite sie an.

Mila fröstelte.

Kalt, schrieb sie schließlich. Wie jedes Wort seit Nicholas' Tod kam ihr auch dieses schal und inhaltsleer vor. Sie strich es wieder durch. Schrieb: *eiskalt.* Auch das strich sie durch, ersetzte es durch *winterkalt.*

Früher war Schreiben für sie so leicht wie Atmen gewesen. Die Worte waren einfach aus ihr herausgeflossen. Aber inzwischen war es ihr unmöglich geworden. Sie hatte keine Ahnung, wie sie diesen unendlichen Schmerz aushalten sollte. Was, wenn sie bis zum Ende ihres Lebens darunter leiden würde? Sie drehte das rechte Handgelenk so, dass sie auf das bläuliche Geflecht ihrer Pulsadern blicken konnte. Halb erwartete sie, blau flammende Schriftzeichen dort zu sehen, doch da war nichts. Ihre Gedanken wanderten zurück zu einem Tag kurz nach Nicholas' Tod. Sie hatte zusammen mit Helena, ihrer Mutter, und Eric Paris verlassen wollen, doch im Zug war grellblaue Flammenschrift auf ihrem Handgelenk erschienen. Ein einziges Wort nur: *Nicholas.* Wie Feuer hatte es sich in ihr Fleisch gebrannt und dann war der Schmerz durch ihre Adern gerast. Höllenqualen, die schlimmer und schlimmer geworden waren, je weiter sie sich von Paris entfernt hatten. Am Ende war ihr, ihrer Mutter und Eric nichts anderes übrig geblieben, als umzukehren. Woraufhin das Flammenmal verschwunden und bis heute nicht wiedergekehrt war.

Mila legte den Hinterkopf gegen das Fenster und schloss die Augen, doch sie erreichte damit lediglich, dass sie Nicholas' Gesicht vor sich sah. Bleiche Wangen. Augen, die diese besondere Farbe hatten. Mitternachtsblau.

Mechanisch streichelte sie die Haut an ihrem Handgelenk.

Sie wusste, dass das Flammenmal wiederkehren würde, sollte sie noch einmal versuchen, die Stadt zu verlassen. Die Fabelmacht – diese mächtige und furchtbare Gabe, die nur hier in Paris existierte und die Nicholas das Leben gekostet hatte – war noch nicht fertig mit ihr. Mila öffnete die Augen wieder. Ihr Blick wanderte zum Fenstergriff, dann hinunter auf die Straße. Die Wohnung lag im vierten Stock und die Räume waren über drei Meter hoch. Bis hinunter auf den Bürgersteig waren es also mehr als zwölf Meter. Reichte das, um …?

Sie vertrieb den Gedanken. Eric fiel ihr ein. Eric, der am Rand des Abgrunds entlangtänzelte, als gäbe es die Möglichkeit abzustürzen gar nicht.

Er war da gewesen, die unendlichen zehn Wochen seit Nicholas' Tod.

Sie malte seinen Namen auf das Papier. Ihre Augen brannten so sehr, dass sie nur undeutlich sah, wie irgendetwas Weißes an ihrem Fenster vorbeigeweht wurde. Blütenblätter, dachte sie zuerst, obwohl doch gar nicht Frühling war, sondern fast Herbst. Erst dann begriff sie, dass es kleine Fetzen Papier waren. Irgendjemand musste sie ganz in der Nähe aus dem Fenster geworfen haben. Mila folgte ihnen mit den Blicken, bis sie sie nicht mehr sehen konnte. Dann schaute sie wieder auf das Blatt. Ihr Herz sank. Da stand nicht *Eric,* wie sie es vorgehabt hatte.

Da stand *Nicholas.*

Sie wollte seufzen, aber nicht einmal das konnte sie. Plötzlich hatte sie das Gefühl, sich nie wieder in ihrem Leben bewegen zu können.

So konnte das nicht weitergehen!

Wenn sie am Ende nicht doch noch aus dem Fenster springen wollte, musste sie etwas unternehmen. Sie schlug eine neue Seite auf, dann lauschte sie tief in sich hinein, wo ihre Fabelmacht schlummerte.

Und die ersten Worte begannen, sich zu formen.

Der Wind wehte eine alte Plastiktüte über den Bürgersteig am Quai Saint-Michel, bis sie an einer Straßenlaterne liegen blieb. Für Anfang September war es extrem kalt. Maréchal legte beide Hände um seine Teetasse. Der Buchhändler, der einen der grünbedachten Bouquinistenstände betrieb, die das Ufer der Seine säumten und die alte Bücher, Plakate und Postkarten anboten, hatte früh Mittag gemacht. Der Bistrostuhl, auf dem er saß, drückte ihm unangenehm ins Kreuz. Die Scheibe des kleinen Cafés, in dem er wie gewöhnlich seine Pause verbrachte, hätte dringend geputzt werden müssen. Die Abdrücke von verschmierten Kinderhänden waren deutlich zu sehen. Die Schicht aus Staub und Ruß schimmerte im Licht der kalten Herbstsonne. Maréchal ließ die Tasse los und nahm den Füllhalter von seinem Notizbuch. Eigentlich hatte er ein neues Gedicht schreiben wollen, aber in den letzten Wochen ging ihm das Dichten nicht mehr so leicht von der Hand wie früher.

Kein Wunder, nach allem, was geschehen war! So viel Leid und Tod. Und so viele Grübeleien seitdem. Seit Nicholas tot war, überlegte Maréchal, ob er ihn irgendwie doch hätte retten können. Aber egal, wie oft er sich die Ereignisse auch ins Gedächtnis rief: Ihm wollte einfach nicht einfallen, wie er das hätte anstellen sollen.

Er versuchte, der düsteren Gedanken Herr zu werden, als er eine junge rothaarige Frau bemerkte, die auf der anderen Straßenseite auf seinen Bücherstand zumarschierte. Direkt davor blieb sie stehen, sah sich um. Ganz offensichtlich suchte sie nach ihm, denn sie stellte Jean, seinem Standnachbarn, eine Frage. Der schüttelte den Kopf. Dann wies er über die Straße und auf das Café, in dem Maréchal saß. Die junge Frau bedankte sich bei ihm, überquerte die viel befahrene Straße in einem ziemlich waghalsigen Manöver. Als sie das Café betrat, spielte die Ansammlung von kleinen Glocken über der Ladentür die ersten Töne der kleinen Nachtmusik. Die junge Frau achtete nicht darauf. Sie trug einen schmalen hellgrauen Mantel, Stiefel mit Absätzen und über der Schulter eine Tasche, die aus bunten Lederstreifen gemacht war. Sie orientierte sich und steuerte dann direkt auf Maréchal zu.

Er unterdrückte ein Seufzen. »Hallo, Isabelle«, sagte er.

Statt ihn ebenfalls zu begrüßen, knöpfte sie ihren Mantel auf und setzte sich ihm gegenüber. Unter dem Mantel trug sie Jeans und eine helle Tunika.

»Hätten wir es verhindern können?«, fragte sie rundheraus.

Maréchal gestattete sich nun doch ein Seufzen. Isabelle war Milas beste Freundin. Sie machte sich natürlich die gleichen Gedanken wie er. »Nicholas' Tod, meinst du?«, fragte er zurück, nur um einen Moment zum Nachdenken zu haben.

Isabelle nickte. Der Kellner erschien und sie bestellte sich einen Café au Lait. Als der Mann wieder fort war, beugte sie sich über den kleinen Tisch. »Ich habe Angst, dass sie sich etwas antut.«

»Mila?«, erwiderte er und kam sich dabei ziemlich dämlich vor. Natürlich Mila. Wer sonst?

Isabelle nickte so ernsthaft, als sei das eine völlig berechtigte Frage. »Seit Nicholas tot ist, isst sie kaum noch. Sie hockt entweder auf diesem Friedhof an seinem Grab oder auf der Fensterbank in ihrem Zimmer und starrt nach draußen. Ich habe eine Heidenangst, dass sie eines Tages einfach das Fenster aufmacht und springt.«

Maréchal schluckte. »Ich wüsste nicht, wie ich da helfen könnte.«

Isabelle schien anderer Ansicht zu sein. »Aber ich sehr wohl. Du bist fabelmächtig. Irgendetwas müsst ihr doch tun können, damit es ihr besser geht!«

Der Kellner brachte den bestellten Café au Lait und das gab Maréchal Gelegenheit, über Isabelles Frage und über die Fabelmacht nachzugrübeln, diese uralte Fähigkeit, durch Schreiben die Wirklichkeit zu verändern. Er selbst besaß sie.

Ebenso wie Mila und Helena, ihre Mutter. Und auch Nicholas hatte sie besessen.

»Nein«, sagte er. »Die Fabelmacht versagt in diesem speziellen Fall, fürchte ich.« Helena hatte es probiert, das wusste er. Und auch er hatte einmal den völlig hoffnungslosen Versuch unternommen, Mila den Schmerz wegzuerzählen. Vergeblich.

»Ich habe nie richtig kapiert, wie es funktioniert«, sagte Isabelle.

»Tja ...« Maréchal hatte weder Lust noch Kraft für dieses Gespräch, aber er kannte Isabelle. Sie würde nicht lockerlassen.

»Was weiß du über die Universumstheorie?«, fragte er.

Isabelle zuckte nur mit den Schultern.

»Also gut«, seufzte Maréchal. »Pass auf: Jeder Mensch, der eine Geschichte schreibt, erschafft dadurch ein neues Universum, in dem diese Geschichte wirklich passiert. Jeder Leser übrigens auch, aber das tut in unserem Fall hier nichts zur Sache. Die Fabelmacht nun befähigt dazu, Dinge, die in unserem Universum existieren, zu verändern. Ich könnte zum Beispiel ganz leicht deinen Kaffee in eine Tasse Tee umschreiben.«

Isabelle verzog das Gesicht. »Untersteh dich«, sagte sie und nahm einen Schluck.

»Manche denken, dass Fabelmächtige zwischen unserem Universum und dem, über das sie geschrieben haben, eine Verbindung schaffen«, fuhr Maréchal fort. »Man nennt es, *den Schleier zwischen den Universen überschreiten.* Ich finde, das Bild passt nicht besonders gut, aber es ist das Beste, das wir haben. Jedenfalls: Je größer die Veränderung ist, die herbeigeschrieben werden soll, umso mehr Macht braucht man. Einen Café au Lait umzuschreiben, ist eine Kleinigkeit. Aber, sagen wir, eine ganze Stadt vom Erdboden verschwinden zu lassen ...«

»Oder jemanden von den Toten zurückholen«, warf Isabelle ein.

Maréchal nickte betreten. »... oder jemanden von den Toten zurückholen, ist so schwer, dass man dafür Riesenkräfte braucht. Kein Lebender besitzt diese Kräfte. Und vielleicht steckt auch darin die Antwort auf deine Frage, warum wir Mila die Trauer um Nicholas nicht einfach wegerzählen können. Wir haben es versucht, Helena und ich. Aber Milas Trauer ist so tief und unfassbar, dass wir mit unseren Fabelmachtkräften nicht dagegen ankommen. Genauso gut könnten wir versuchen, die Umlaufbahn der Erde um die Sonne umzukehren.«

»Hm.« Isabelle sah nicht wirklich zufrieden aus und Maréchal konnte sich vorstellen, wie sie sich fühlte. Er nutzte die Fabelmacht seit Jahrzehnten, hatte zahllose Abhandlungen und Geheimschriften über sie gelesen und selbst er hatte ihre Wirkungsweise nicht ansatzweise verstanden.

Er musste es anders versuchen. »Kennst du die Geschichte von Abélard und Héloise?«, fragte er.

Sie sah ihn verwirrt an. »Natürlich. Das französische Pendant zu Romeo und Julia. Sie lebten im dreizehnten Jahrhundert, oder?«

»Im zwölften. Abélard war Mönch und Gelehrter. Und Héloise seine Schülerin. Sie verliebten sich ineinander, aber natürlich durften sie nicht zusammen sein, also ging Héloise irgendwann auch ins Kloster. Sie schrieben sich jahrelang Liebesbriefe, die heute noch als die schönsten gelten, die je jemand erdacht hat.«

Isabelle nippte ungeduldig an ihrem Café au Lait. »Abélard und Héloise interessieren mich nicht. Mir geht es um Nicholas und Mila.«

»Das mag sein«, entgegnete Maréchal. »Aber die Geschichte gibt dir eine Vorstellung davon, wie gewaltig und wie uralt die Macht ist, mit der wir es zu tun haben. Was nämlich außer uns Fabelmächtigen niemand weiß: Abélard und Héloise gehörten zu uns. Sie waren die ersten Fabelmächtigen, die in unseren Schriften erwähnt sind. Das ist nun fast neunhundert Jahre her. Und seit all der Zeit ist die Fabelmacht nicht besiegt worden. Sie hat nur immer weiter Leid angerichtet.«

So viel Leid, wie Isabelle nicht ansatzweise ahnte. Viele schreckliche Dinge in der Geschichte der Stadt waren auf Fabelmächtige zurückzuführen, die ihre Macht zu ihrem Vorteil hatten nutzen wollen. Inzwischen waren die meisten von ihnen, die die Fähigkeit beherrschten, zur Vernunft gekommen. Sie hatten sich in einer Bruderschaft zusammengeschlossen, die sich zum Ziel gesetzt hatte, die Fabelmacht zu entkräften, indem sie sie nicht mehr nutzten. Doch so einfach war es nicht, das hatte die Sache mit Nicholas einmal mehr bewiesen. Nichts an der Fabelmacht war einfach.

»Diese Macht ist unerbittlich«, sagte er. »Wenn einmal eine Ereigniskette in Gang gesetzt ist, ist sie nicht mehr aufzuhalten.«

»Du redest von der Geschichte, die Nicholas als Teenager geschrieben hat, oder?«

Maréchal nickte. Als Junge hatte Nicholas keine Ahnung davon gehabt, dass er die Fabelmacht besaß. Das war erst herausgekommen, nachdem er diese unselige Liebesgeschichte geschrieben hatte, mit seinem eigenen tragischen Tod am Ende … Letztendlich hatte die Fabelmacht das getan, was sie immer tat: Sie hatte das, was Nicholas geschrieben hatte, wahr werden lassen. Tief in den Katakomben von Paris hatte sein eigener Vater die Waffe gegen ihn gerichtet und ihn erschossen. Und all ihre Versuche, ihn zu retten, waren vergeblich gewesen.

Isabelle trank ihren Kaffee aus. »Eine Liebe wie die von Nicholas und Mila – so etwas habe ich noch nie erlebt«, sagte sie. »Irgendwie glaube ich ja, dass sie ihn nur deswegen so liebt, weil die Fabelmacht sie dazu zwingt. Weil er eben in seiner Geschichte geschrieben hat, dass sie sich unsterblich in ihn verliebt.«

»Nein.« Das eine Wort kam nicht von Maréchal, sondern von einer Frau, die kurz zuvor das Café betreten und auf die er nicht geachtet hatte. »Nein«, wiederholte sie. Sie zog sich einen Stuhl von einem der anderen Tische heran und setzte sich zu ihnen.

Ja, dachte Maréchal. *Kommt nur alle her und verderbt mir meine Mittagspause.* Laut sagte er: »Ich weiß nicht, Odette …«

»Nicholas hat ja nicht nur über Mila geschrieben«, widersprach Odette ihm. »Sondern Mila auch über ihn, und zwar lange, bevor sie sich kannten. Die beiden haben eine Verbindung, die tatsächlich einzigartig ist – selbst unter Fabelmächtigen.«

Odette war Nicholas' Ziehmutter, eine alte Freundin seines Vaters, die sich um Nicholas gekümmert hatte, als seine Mutter gestorben war. Odette war um einiges älter als Maréchal. Sie trug ein teuer aussehendes lavendelfarbenes Kostüm, dazu eine Perlenkette und einen farblich auf Rock und Jacke abgestimmten Mantel. Statt Maréchal zu begrüßen, legte sie eine Hand auf die seine und drückte sie kurz. Ihre Haut war kühl und faltig. Unter ihrer Berührung entspannte sich Maréchal etwas. Odette hatte diese Wirkung oft auf Menschen. Obwohl sie nicht fabelmächtig war, half sie ihm immer wieder, sich selbst und auch seine Gabe besser zu verstehen.

Jetzt wandte sie sich an Isabelle. »Ich glaube fest daran, dass Mila Nicholas auch so sehr lieben würde, wenn es die Fabelmacht nicht gäbe.«

Isabelle sah nicht überzeugt aus. Das Gespräch schien ihr die Sorgen um die Freundin nicht zu nehmen, ganz im Gegenteil. Und was, wenn sie recht hatte? Was, wenn Mila tatsächlich aus dem Fenster sprang? Nicholas war in ihren Armen einen überaus gewaltsamen Tod gestorben. Selbst wenn sie ihn nicht so sehr geliebt hätte, hätte das ausgereicht, ein junges Mädchen wie sie zu zerstören.

Minutenlang hingen sie alle ihren eigenen Gedanken nach, bis Odette schließlich in einer energischen Geste den Kopf schüttelte. »Was passiert ist, können wir nicht mehr ändern. Nicht mal die Fabelmacht befähigt einen, die Vergangenheit umzuschreiben.« Sie wirkte sonderbar gefasst, mit sich und den Umständen im Reinen. Wie machte sie das? Immerhin hatte sie Nicholas wie einen Sohn geliebt. »Was passiert ist, können wir nicht mehr ändern«, wiederholte sie. »Wir können nur versuchen, damit zu leben.« Sanft legte sie Isabelle eine Hand auf den Arm. »Kümmere dich um Mila. Sei für sie da.« Sie hielt inne, legte den Kopf schief. »Und kümmere dich auch um Eric.«

Fragend hob Isabelle die Augenbrauen.

»Er versucht ebenfalls alles, um Mila zu helfen. Aber er selbst, Isabelle – er hat niemanden, der *ihm* hilft.«

Ein fernes Lächeln glitt über Isabelles Lippen. Es sah wehmütig aus und Maréchal fragte sich, was es zu bedeuten hatte. »Ja«, hörte er sie leise sagen. »Der arme Eric liebt Mila und weiß, dass er sie nie kriegen kann. Was für eine Scheißwelt, oder?« Sie zuckte mit den Schultern und kramte nach ihrem Portemonnaie, um ihren Kaffee zu bezahlen.

Maréchal winkte ab. »Das übernehme ich.«

Sie dankte ihm. »Ich glaube, ich muss dann mal weiter ...«, murmelte sie und stand auf.

»Kümmere dich um Eric!«, bat Odette sie erneut. Sie versprach es. Dann verabschiedete sie sich und verließ das Café.

Maréchal sah zu, wie sie quer über den Quai Saint-Michel davonging. Ein roter Sportwagen musste ihretwegen bremsen, aber sie schien es überhaupt nicht zu bemerken. Als Isabelle außer Sichtweite war, wandte Maréchal sich Odette zu. »Es ist nicht nur das, oder?«

Sie schaute fragend.

»Es ist nicht nur, dass du versuchst, mit Nicholas' Tod zu leben«, präzisierte er. »Aus irgendeinem Grund habe ich das Gefühl, dass du sehr viel besser damit klarkommst als wir anderen. Du wirkst irgendwie – nun ja, gelassener.« Er zuckte mit den Schultern, um seinen Worten den Anflug von Vorwurf zu nehmen.

Sie lächelte schwach. »Vielleicht«, flüsterte sie. »Vielleicht hast du recht.« Sie lauschte in sich hinein. »Ich tröste mich einfach mit dem Gedanken, dass irgendwo, vielleicht in einem anderen Universum als unserem, jemand eine Geschichte geschrieben hat, in der Nicholas noch am Leben ist.«

Maréchal brauchte einen Moment, bevor er begriff, wovon sie sprach. »Das würde bedeuten, dass es mindestens ein Universum gibt, in dem er noch lebt«, sagte er.

In einem anderen Universum

Blicklos starrte Nicholas auf die regennasse Grabplatte, in der sich der wolkenzerrissene Himmel spiegelte. Milas Name war durch die Reflexion kaum zu erkennen und auch nicht das Zitat von Anaïs Nin, das unter ihrem Namen stand.

Wir schreiben, um das Leben zweimal zu schmecken.

Nicholas' Hände krampften sich zusammen. Ein einziger Gedanke hämmerte wieder und wieder in seinen Kopf: Es war seine Schuld, dass Mila tot war. Wenn er nicht diese elende Geschichte geschrieben und seinen Vater damit gezwungen hätte, auf ihn zu schießen, dann hätte Mila sich nicht schützend vor ihn geworfen. Dann würde sie noch leben.

Das Geräusch des Schusses, der Mila getötet hatte, begleitete ihn Tag und Nacht. Und dazwischen fühlte er sein Herz, das seit ihrem Tod weiterschlug, ohne jedes Zögern, kräftig, als wäre nichts passiert.

Er war am Leben.

Während Mila tot war.

»Hey!« Jemand packte ihn von hinten an den Schultern. »Hey. Du bist immer noch hier.«

Nicholas musste sich nicht umdrehen, um zu wissen, wer hinter ihm stand. Luc, sein bester Freund, war in den letzten Tagen immer wieder hierhergekommen. Er versuchte, Nicholas dazu zu bringen, etwas zu essen, sich ein paar Stunden hinzulegen oder wenigstens kurz bei Odette vorbeizuschauen. Manchmal gelang es ihm. Aber kaum ließ er Nicholas einen Moment unbeobachtet, stahl der sich wieder davon und kam auf den Friedhof. Hier auf Père-Lachaise konnte Nicholas sich wenigstens einreden, Mila nahe zu sein.

»Warum hat dieses Universum entschieden, dass sie sterben musste und nicht ich?«, presste er hervor. »Warum bin ich mächtig genug, um eine Geschichte zu schreiben, die niemand auf der Welt stoppen kann? Aber ich bin nicht mächtig genug, Mila zurück ins Leben zu schreiben.«

Er hatte es mehr als einmal versucht. Es hatte nicht funktioniert.

Luc schwieg für einen Moment. »So kann das nicht weitergehen, Kumpel«, sagte er schließlich. »Du isst kaum noch etwas, verbringst Tage und Nächte hier an ihrem Grab, dir ist völlig egal, ob es regnet oder saukalt ist. Dieses Universum *wird* dich sterben lassen, wenn du so weitermachst. Es ...« Er brach ab, weil Nicholas sich nun doch zu ihm umdrehte.

Luc zuckte unter seinem Blick zusammen. »Ich weiß«, fuhr er etwas weniger scharf fort, »dass es das ist, was du willst. Aber du solltest an ein paar Menschen denken. An deinen Vater ...«

»Lass meinen Vater aus dem Spiel! Er hat Mila erschossen.«

Luc schwieg wieder und Nicholas wusste, was ihm durch den Kopf ging: *Ja, weil du ihn mit deiner Geschichte dazu gezwungen hast.*

»Dann denk eben an Odette«, sagte Luc. »Sie liebt dich genauso, wie du Mila geliebt hast, und sie macht sich Sorgen um dich.«

Nicholas brauchte einige Augenblicke, bevor er den Kopf

schütteln konnte. »Niemand liebt so, wie Mila und ich uns geliebt haben.«

»Ach, Nicholas!«

»Lass mich einfach ...« Nicholas drehte sich wieder zu Milas Grab um.

Und diesmal fügte Luc sich. Schweigend blieben sie nebeneinander stehen, während die Minuten verrannen. Eine nach der anderen. Jede Einzelne ein viel zu winziges Stück näher am Tod als die vorangegangene.

Nicholas wünschte, er hätte seinem Herzen ebenso wie seinem Freund befehlen können, still zu sein. Aber das hatte er schon versucht. Es war nutzlos.

Sein Herz schlug einfach weiter. Tag für Tag. Und mit jedem Takt hallte Milas Name in ihm wider.

Mila.

Mila.

Mila.

Irgendwann sah Luc auf. »Komm«, sagte er. »Ich bringe dich nach Hause.«

2

Mila las, was sie in der letzten Viertelstunde zu Papier gebracht hatte. Es war eine ziemlich genaue Beschreibung von ihr selbst – wie sie in der Fensterbank saß und nach draußen starrte, wie sich langsam die Nacht über Paris senkte, wie sich ihr blasses, schmal gewordenes Gesicht und die wirren blonden Locken in der Scheibe spiegelten.

Es war das erste Mal seit Nicholas' Tod, dass sie mehr als einzelne Worte aufs Papier gebracht hatte und zu ihrer Überraschung war es ihr mit der Zeit sogar erstaunlich leichtgefallen. Inzwischen wusste sie auch, wie das, was sie hier aufschrieb, enden sollte. Sie fragte sich, warum ihr das nicht schon viel eher eingefallen war. Es war die Lösung für all ihren Kummer, nachdem es unmöglich war, Nicholas von den Toten zurückzuholen.

Aber betrog sie Nicholas nicht damit, so etwas zu schreiben? Sie tippte mit dem Stift auf das Papier. *Du kannst ihn nicht mehr betrügen,* wisperte es in ihr. *Er ist tot! Kapier das endlich. Tot!*

Sie blickte auf das Papier, auf ihre geschwungene Handschrift, dann schaute sie hinüber zum Fenster. Entweder sie tat das hier – oder sie wählte früher oder später den anderen Weg, den aus dem Fenster, der wieder so viel Leid nach sich ziehen würde. Für sie wäre es dann vorbei. Aber andere Menschen würden um sie trauern. Helena, ihre Mutter. Eric. Isabelle, ihre beste Freundin.

Nein. So weit war sie noch nicht, ihnen das anzutun. Das hier war der bessere Weg.

Sie straffte die Schultern, griff den Stift fester und fügte den letzten Satz hinzu: *In diesem Augenblick vergaß sie Nicholas und alles, was mit der Fabelmacht zusammenhing.*

Die Spitze ihres Stiftes begann, blau zu flimmern. Das Licht ergoss sich auf das Papier, füllte die Linien und Bögen ihrer Schrift wie Wasser, das trockene Gräben füllte. Gleich darauf leuchtete der gesamte Abschnitt in diesem überirdischen Blau, das anzeigte, dass die Fabelmacht ihre Wirkung entfaltete. Gleichzeitig fühlte es sich an, als würde etwas aus Mila herausfließen, so ähnlich wie das blaue Leuchten aus dem Stift floss.

Ihre Augen brannten noch immer. Sie wusste, dass sie blinzeln musste, damit geschehen würde, was sie geschrieben hatte, aber plötzlich überwältigte sie die Panik. Es war falsch, was sie hier tat, furchtbar falsch! Oder?

Aber für ein Zurück war es zu spät. Das Fabelmachtleuchten erlosch. Langsam schloss Mila die Augen. Das Notizbuch entglitt ihren Fingern und fiel zu Boden. Ihr Herz flatterte in ihrem Brustkorb. Als sie die Lider wieder hob, brannten sie noch immer. Sie wandte den Kopf und sah sich im Raum um. Wo war sie? Wie war sie hierhergekommen? Hatte sie nicht eben noch im TGV gesessen?

Mehrere Minuten lang versuchte sie zu begreifen, was passiert war, dann flog die Tür auf. Jemand stürzte herein und blieb wie angewurzelt in der Tür stehen. Ein Junge. Er war schlaksig, hatte braunes, wirres Haar. Seine Augen waren von der Farbe von Milchkaffee und weit aufgerissen. Kurz streifte sein Blick den Stift, den sie noch immer in der Hand hielt.

»Was hast du gemacht?«, fragte er mit einem Zittern in der Stimme. »Ich habe das Fabelmachtleuchten gesehen, vom Dach gegenüber aus, und da bin ich her, so schnell ich konnte. Was hast du getan, Mila?«

Helena stand hinter ihm, das registrierte Mila nur ganz am Rande. Das Gesicht ihrer Mutter war ein fahles Oval im Halbdämmer. Schreckensweit aufgerissene Augen.

Bedächtig legte sie den Stift weg. Ihr Kopf schien wie leer gefegt. Mit zitterigen Beinen stand sie auf. Ihre rechte Seite fühlte sich kalt an von der Scheibe, gegen die sie sich gelehnt hatte. Sie sah, wie der Junge einen Schritt auf sie zumachte, und sie wusste, dass sie ihn schon einmal gesehen hatte. Bei ihrer Ankunft in Paris. Als sie aus dem TGV gestiegen war, hatte er sie angequatscht. Wann war das gewesen? Vor wenigen Augenblicken, oder? In ihrer Erinnerung klaffte ein tiefes, gähnendes Loch. Wohl doch eher gestern ...

Dann, plötzlich, ein ganz kurzes Bild. Sie war über die Beine dieses Jungen gestolpert und hatte ein bisschen mit ihm herumgealbert. »Wer bist du?« Sie flüsterte die Frage. »Auf dem Bahnhof ... du hast mich blöd angemacht ... Eric? ... So heißt du, oder?«

Er nickte. Sie zermarterte sich das Hirn, was danach geschehen war, aber das war tatsächlich das Letzte, an das sie sich erinnern konnte. Alles seitdem bis hin zu der Sekunde, in der sie eben hier auf der Fensterbank zu sich gekommen war, war wie weggewischt. »W... wo bin ich?«, murmelte sie.

Verwirrt sah sie zu, wie Eric zu ihr kam, sich bückte und ein Notizbuch aufhob, das ihr offenbar heruntergefallen war. Rasch überflog er, was sie geschrieben hatte. Seine Augen verengten sich zu schmalen Schlitzen. Schließlich ließ er das Buch sinken. »Du hast dir die gesamte Erinnerung weggeschrieben.« Er sagte es nicht als Frage, auch wenn er sichtlich fassungslos war. Nein, *fassungslos* war das falsche Wort. Er war geschockt.

Richtig und wahrhaftig geschockt.

»Was meinst du mit *weggeschrieben?«*, fragte sie. Das Wort klang sonderbar.

Helena kam heran, ließ sich von Eric das Notizbuch geben und las ebenfalls.

Auch sie wurde totenblass. »Warum hast du das getan?«, flüsterte sie. In ihren Worten schwang so viel Schrecken mit, dass sich das Unbehagen in Mila in einen schmerzhaften Knoten verwandelte.

»Was getan?« Sie hatte nicht die geringste Ahnung, wovon die beiden sprachen. Mit einer weit ausholenden Geste wies sie im Zimmer umher. »Wo sind wir hier? Wie bin ich hierhergekommen?« Ihr Blick wanderte durch das Fenster hinaus in die Nacht. Ganz am Rand konnte man ein Stück des beleuchteten Eiffelturms sehen. Paris. Sie war in Paris, klar. Sie erinnerte sich ja noch daran, wie sie am Gare de l'Est aus dem Zug gestiegen war. Aber danach ...

»Warum bist du hier?«, fragte sie ihre Mutter.

Helena und sie hatten sich gestritten, zu Hause in Berlin. Daran erinnerte sie sich. Sie wusste, dass sie nach diesem Streit Isabelle angerufen hatte und in den Zug gestiegen war. Und sie wusste auch noch, dass sie Helena bittere Vorwürfe gemacht hatte, weil sie ihr nicht verriet, wie ihr Vater – und auch ihr damals dreijähriger Bruder Antoine – kurz vor ihrer Geburt ums Leben gekommen waren.

»Und was …« Sie verstummte, als Helena ihre Hand ergriff, kurz auf die Innenseite des Gelenks schaute und die dünne Haut dort dann wieder und wieder streichelte.

»Kind …« Helenas Stimme war ganz flach.

Mila fühlte sich, wie mit kalten Fingerspitzen berührt. Sie hasste es, wenn ihre Mutter sie *Kind* nannte. Sie hasste es, wie ein unreifer Teenager behandelt zu werden. Mit einem Ruck riss sie ihrer Mutter ihre Hand weg. »Lass das!«

Helena wich zurück.

Eric trat vor sie hin.

»Was geht hier vor?«, fragte sie ihn.

Er nahm sie bei den Schultern, bugsierte sie zu einem weiß lackierten Schreibtisch und drückte sie auf dem Drehstuhl nieder. Die Tischplatte war nahezu leer. Nur eine kleine Tonfigur stand darauf, ein dicker, lächelnder Buddha. Zwei völlig runtergeschriebene Bleistifte lagen daneben. Ein brauner Kreis zeigte an, wo einmal eine Kaffeetasse gestanden haben musste.

»Okay.« Eric drehte den Stuhl so, dass Mila ihn ansehen musste. Tief sah er ihr in die Augen. »Was ist das Letzte, an das du dich erinnerst?«

Mila runzelte die Stirn. »Ich stolpere über deine Füße. Du fängst mich auf und wir frotzeln ein bisschen.«

Ein Schatten flog über sein Gesicht, den sie nicht deuten konnte. Aber er nickte. Offenbar trog ihre Erinnerung sie also nicht. »Und danach?«, fragte er.

Mila senkte den Blick und rieb sich die Stirn. In ihrem Kopf befand sich ein riesiges schwarzes Loch, wo die Erinnerung hätte sein müssen. »Nichts«, antwortete sie. »Absolut nichts.«

Helena stieß einen leisen Fluch aus, dann drängte sie Eric zur Seite. Mit dem Notizbuch noch immer in der Hand beugte sie sich über Mila. »Mila«, sagte sie sehr eindringlich. »Erinnerst du dich an Nicholas?«

»Nein«, erwiderte sie. »Wer soll das sein?«

Sie war völlig überzeugt: Sie hatte den Namen noch nie zuvor gehört.

Eric fühlte sich, als würde er auf einem schwankenden Schiff stehen. Oder mehr noch: auf einem schwankenden Schiff, das kurz davor war, in eisigem Wasser zu versinken.

Mila hatte sich sämtliche Erinnerungen weggeschrieben und der allererste Gedanke, der ihm durch den Kopf schoss, war: Wenn sie sich nicht mehr an Nicholas erinnerte, erinnerte sie sich auch nicht mehr daran, wie sehr sie ihn geliebt hatte.

Vielleicht würde sie nun erkennen, dass er, Eric, der Richtige für sie war.

Er unterband diesen Gedanken. Verdammt, wie konnte er ausgerechnet jetzt nur an sich selbst denken?

Er sah Helena an, die mit dieser Entwicklung der Dinge eindeutig nicht gerechnet hatte.

»Wenn du dich nicht an Nicholas erinnerst«, sagte Milas Mutter und klang ein bisschen atemlos dabei, »dann erinnerst du dich auch nicht daran, welche Macht du besitzt?«

Mila senkte den Kopf, als seien ihre Gedanken plötzlich zu schwer für sie. »Was für eine Macht? Ich besitze keine Macht«, murmelte sie. Sie wirkte so verwirrt und verloren, dass Eric sich beherrschen musste, sie nicht in die Arme zu ziehen und festzuhalten.

»Die Fabelmacht«, setzte Helena nach. »Du weißt wirklich nicht mehr, wozu du in der Lage bist?«

Mila schüttelte den Kopf. Ihre Augen, die die ganze Zeit schon schmerzhaft gerötet aussahen, füllten sich mit Tränen. Der Anblick schnürte Eric die Kehle zu.

Mila deutete auf das Notizbuch. »Was ...«

Doch Helena fiel ihr ins Wort. »Alles der Reihe nach! Wie geht es dir? Was empfindest du im Moment?«

Mila wandte den Kopf und schaute einige Augenblicke lang aus dem Fenster. Mittlerweile war es so dunkel draußen, dass Eric ihr Gesicht in der Scheibe sehen konnte wie in einem Spiegel. Obwohl sie ihm den Rücken zuwandte, konnte er erkennen, wie ihre Augen überquollen und ihr Tränen über die Wangen liefen. Lange Momente vergingen, in denen er zwischen Mitleid und Entsetzen schwankte.

»Wie fühlst du dich, Mila?«, hakte Helena behutsam nach.

Milas Schultern bebten nun, ganz leicht nur, als versuche sie, ein Schluchzen zu unterdrücken.

Eric presste die Fingernägel von Daumen und Mittelfinger in seine inneren Augenwinkel. Erst tat es einfach nur weh. Dann wurde der Schmerz stechend. Als Mila antwortete: »Traurig«, hatte er das Bedürfnis, sich irgendwo abzustützen. Es war nur ein einziges Wort, aber darin lag so vieles mehr, das konnte er hören, sehen und vor allem fühlen. Mila wandte den Kopf wieder zu ihnen und beim Blick in ihre Augen erkannte er, dass er sich nicht getäuscht hatte. In ihrem Gesicht stand Verwirrung, was verständlich war bei einem so umfassenden Gedächtnisverlust. Aber da war auch noch etwas anderes.

Bodenloser Schmerz.

Mila mochte sich die Erinnerung an Nicholas weggeschrieben haben. Aber die nachtschwarze Verzweiflung, die sie wegen seines Todes empfand, war immer noch da.

Mila lauschte in sich hinein. Es kam ihr vor, als sei mit der Erinnerung auch ein Großteil ihrer Gefühle verloren gegangen. Alles, was sie empfinden konnte, schien Traurigkeit zu sein, tiefe, lastende Traurigkeit, die wie ein Gewicht auf ihren Schultern lag und sie niederdrückte, sodass sie kaum atmen konnte.

»Irgendetwas Schlimmes ist passiert, oder?« Die Worte wollten kaum aus ihrem Mund und als sie sie endlich über die Lippen gebracht hatte, schienen sie in der Luft zu zerfasern. »Darum habe ich einen Gedächtnisverlust erlitten. Weil etwas sehr Schlimmes passiert ist.«

»Nein, du ...«, setzte Eric an, doch Helena brachte ihn mit einer harschen Handbewegung zum Schweigen.

»Nicht!«, warnte sie. »Wir wissen nicht, was genau geschehen ist, wir sollten ...«

Diesmal war es an Eric, sie zu unterbrechen. »Doch! Wir wissen, was geschehen ist.« Er deutete auf das Notizbuch in Helenas Händen. »Sie hat sich die Erinnerung weggeschrieben. Absichtlich.« Er wandte den Kopf und sah Mila in die Augen. »Aber es hat nicht so funktioniert, wie sie es sich gedacht hat. Sie wollte mit der Erinnerung auch den Schmerz loswerden, nur ...«

Der Schmerz war noch da.

Wie ein kalter Stein saß er tief in Milas Brust.

»Ich weiß nicht, warum«, flüsterte sie. Es war kaum zu ertragen. Der Name, den Eric und Helena ihr genannt hatten, taumelte durch ihren leeren Geist.

Nicholas. Nicholas. Nicholas.

Sie spürte, dass sie dabei etwas hätte empfinden müssen, aber da war nichts. Kein Bild. Keine Stimme. Stattdessen fühlte es sich an, als würde ihr nun auch noch das letzte bisschen Kraft entzogen, das sie aufrecht gehalten hatte. Auf dem Schreibtischstuhl sackte sie vornüber, sodass Eric sie auffangen musste.

»Hey!« Er zog sie auf die Füße und als auch die Knie ihr den Dienst verweigerten, hob er sie hoch und trug sie zu ihrem Bett. Es fühlte sich merkwürdig an, dass ein Fremder so vertraut mit ihr umging. Aber im Grunde genommen war es ihr egal. Ihr war alles egal. Sie drehte sich auf die Seite und rollte sich zu einem Ball zusammen.

»Kannst du es nicht ungeschehen machen?«, hörte sie Eric Helena fragen. »Du bist auch fabelmächtig, du könntest ihr doch bestimmt die Erinnerungen wiedergeben.«

Helena schwieg lange. Sehr lange. »Nein«, erwiderte sie dann. »Du weißt so gut wie ich, dass sie mächtiger ist als ich. Außerdem hatte sie ihre Gründe für das, was sie getan hat. Wir sollten nichts überstürzen. Lassen wir sie ein bisschen ausruhen.«

Fabelmächtig. Erinnerungen wiedergeben ...

All das war völlig unverständliches, wirres Zeug in Milas Ohren, aber sie empfand nicht das geringste Bedürfnis herauszufinden, wovon die beiden sprachen. Sie wollte gar nichts mehr.

Nur noch hier liegen.

Und schweigen.

In einem anderen Universum

Nicholas sprang über eine Wurzel und rannte den Hügel hinunter. Das Herz hämmerte in seiner Brust und endlich, endlich schlug es nicht mehr gleichmäßig und kräftig wie an Milas Grab, sondern so, wie sich Nicholas fühlte. Voller Verzweiflung und Panik. Am Rande der totalen Erschöpfung.

Nicholas beschleunigte sein Tempo noch.

»Komm, wir gehen laufen!« Mit diesem Vorschlag hatte Luc es endlich geschafft, ihn für ein paar Stunden von Milas Grab wegzuholen.

Früher waren sie manchmal zusammen gelaufen – bevor Mila in Paris angekommen war. Luc war Extremsportler, er hatte schon an zwei Ironman-Wettkämpfen teilgenommen. Ab und zu hatte Nicholas mit ihm gemeinsam trainiert, aber er hatte dem Ganzen nie besonders viel abgewinnen können. Er hatte sich immer gefragt, warum man sich so lange verausgaben sollte, bis der eigene Kopf nur noch ein leerer, nach Sauerstoff und Ruhe kreischender Hohlkörper war.

Heute wusste er es.

Das Tempo, das er angeschlagen hatte, war so mörderisch, dass selbst Luc Mühe hatte mitzuhalten. Nicholas erreichte das Ende des Hügels und lief auf einen See zu, dessen blaugraues Wasser wie ein glatter Spiegel zwischen den Wiesen lag.

Der Parc des Buttes-Chaumont, den sie sich für ihr Training ausgesucht hatten, war mit seinen Hügeln, seinen künstlichen Felsen und den vielen verwurzelten Wegen eine der anspruchsvollsten Laufstrecken, die es im Innenstadtbereich von Paris gab. Nicholas war froh, Lucs Vorschlag hierherzukommen, zugestimmt zu haben. Einfach an der Seine entlangzulaufen oder auf den breiten und ebenen Wegen der Tuilerien, hätte nicht seinem Gemütszustand entsprochen. Also waren sie zu Lucs Wohnung gefahren, um sich dort umzuziehen, denn seit Mila tot war, hätte nichts auf der Welt Nicholas dazu gebracht, in sein Elternhaus zurückzukehren. Er hatte seinen Vater seit Milas Beerdigung nicht mehr gesehen und wenn es nach ihm ging, konnte das für immer so bleiben. Ein paarmal hatte seine Tante Odette versucht, ihm zu erzählen, wie sein Vater es geschafft hatte, wegen Milas Tod keine Probleme mit der Polizei zu bekommen. Jedes Mal hatte Nicholas schroff und betont kühl abgewehrt. Er wollte es nicht wissen.

Kalter Regen setzte ein, als er und Luc über die rote Hängebrücke rannten, deren Boden unter ihren Füßen dumpf klang. Die kalten Nadelstiche der Wassertropfen fühlten sich an wie etwas, das er verdient hatte. Im Park waren nur wenige Menschen unterwegs, bis auf ein paar andere Jogger und einige Spaziergänger mit ihren Hunden war kaum Betrieb.

Wie viel Runden waren sie bisher gelaufen? Auch das war Nicholas egal. Wenn er noch eine Weile durchhielt, tat ihm sein Herz vielleicht endlich den Gefallen und hörte auf zu schlagen. Viel fehlte jedenfalls nicht mehr.

Er beschleunigte noch einmal. Diesmal hängte er Luc ab. Ein schrilles Kläffen ertönte hinter ihm und er wäre fast gestolpert, als ein kleiner Terrier an ihm vorbeihetzte, kehrtmachte und vor ihm alle vier Pfoten in den Schotter stemmte, um ihn empört anzubellen. Nicholas blieb stehen, weil er den Hund nicht treten wollte. Sein Atem jagte.

»Tut mir leid«, tönte eine Stimme hinter ihm. Ein Mädchen,

vielleicht etwas jünger als er, kam angelaufen. Er erinnerte sich vage, sie eben überholt zu haben. »Er verfolgt gern Jogger und stellt sie dann. Dabei sag ich ihm immer, Eichhörnchen wären eher seine Kragenweite.« Sie lachte fröhlich. Ihr Gesicht war herzförmig und blonde Locken ringelten sich regennass um ihr Gesicht.

Milas Locken waren einige Töne heller gewesen, schoss es Nicholas durch den Kopf, und trotz seiner Erschöpfung brachen wieder diese Bilder über ihn herein. Milas Locken zwischen seinen Fingern, als er sie zum letzten Mal im Arm gehalten hatte. Das viele Blut. Der Schmerz in ihren Augen.

Er erinnerte sich an die Verzweiflung, als er sie hatte gesundschreiben wollen und es zu spät gewesen war. »Es ist okay«, hatte Mila gewispert. Und dann war der Tod gekommen und hatte sie ihm fortgenommen.

»Ist alles mit dir in Ordnung?«, fragte das Mädchen und riss ihn dadurch aus seinen Erinnerungen. »Du siehst aus, als wärst du einem Geist begegnet.«

Einem Geist! Nicholas hörte einen merkwürdigen Laut. Hatte er eben gelacht? Angefühlt hatte es sich wie ein Schrei. Seine Rippen schmerzten, weil sein Körper so sehr nach Luft gierte.

Das Mädchen starrte ihn an. Eilig wich sie ein Stück zurück. Offenbar hatte er wirklich geschrien. Sie tat ihm leid. Auf sie musste er wie ein Geistesgestörter wirken. »Du brauchst keine Angst vor mir zu haben«, versuchte er, sie zu beruhigen, aber das schien sie ihm nicht abzunehmen. Ihr Hund hatte wieder angefangen zu kläffen. »Hector!«, wies sie ihn zurecht. »Lass das!« Sie klang jetzt, als wolle sie überall auf der Welt lieber sein als hier in diesem Park.

Luc trat neben ihn. Sein Gesicht war schweißüberströmt. Trotzdem wirkte er weniger erschöpft als vielmehr besorgt. Nicholas wusste nicht, wie lange er schon hinter ihm gestanden hatte.

Das Mädchen allerdings schien erleichtert, dass er da war. »Dein Freund«, sagte sie. »Der hat sie nicht mehr alle, oder?«

Luc sah Nicholas an, schwieg jedoch eine Sekunde zu lange. Ohne weitere Worte drehte das Mädchen sich um und machte, dass sie wegkam.

Luc schaute ihr nach. »Was hast du zu ihr gesagt?«

Nicholas zuckte nur mit den Schultern. Mittlerweile fühlten sich auch seine Gedanken schwerfällig an – bis auf einen, der in seiner ganzen Klarheit herausstach.

Er würde es nicht schaffen.

Ohne Mila würde er es einfach nicht schaffen.

Helena stand am Fenster und sah zu, wie die Nacht über Paris sich langsam dem Ende zuneigte. Im Osten färbte sich der Horizont schon fahl, aber die Straße lag noch im Schein der Laternen, die ihren ganz und gar typischen Schimmer über die Szenerie legten. Der Paris-Schimmer, den Helena immer geliebt hatte.

Sie dachte an Mila in ihrem Zimmer nebenan. Eric hatte sich bis weit nach Mitternacht geweigert, nach Hause zu gehen. Sie hatte ihn schließlich dazu zwingen müssen und der vorwurfsvolle Blick, mit dem er sich von ihr verabschiedet hatte, schmerzte sie sogar jetzt noch. Mila schlief mittlerweile. Helena hatte die Tür zu ihrem Zimmer nur angelehnt und ab und zu konnte sie ihre Tochter im Schlaf leise wimmern hören. Sie machte sich keine Vorstellung davon, wie es in dem Mädchen jetzt aussah, aber eines war deutlich: Es ging ihr nicht besser. Im Gegenteil: Sie war immer noch wie gelähmt vor Trauer. Nur dass sie jetzt den Grund dafür nicht mehr kannte.

Bis eben hatte Helena mit dem Gedanken gespielt, Mila zu erzählen, was sie vergessen hatte. Aber dann hatte sie sich dagegen entschieden. Sie hatte keine Ahnung, welche Auswirkungen das auf Milas ohnehin schon labile Psyche gehabt hätte. Besser, sie warteten eine Weile, schauten, wie sich die Dinge entwickelten.

Ist das wirklich der Grund?, flüsterte die Stimme ihres Gewissens in ihrem Hinterkopf.

Helena senkte den Kopf. Warum hatte sie Mila nie die Wahrheit gesagt und sie vorbereitet auf das alles hier? Hatte sie all die Jahre über wirklich geglaubt, sie könne ihre Tochter vor der Fabelmacht bewahren? Aber warum hatte sie dann nicht verhindert, dass Mila hierher nach Paris kam und Nicholas überhaupt traf? So viel Leid wäre ihrer Tochter erspart geblieben. Warum nur ... warum ... warum?

Helena kannte die Antwort auf all diese Fragen. Mila hatte eine Aufgabe, die größer war als alle Zweifel. Und wenn sie erst davon erfuhr, dann würde sie – nun, sie würde es vielleicht nicht verstehen. Aber sie würde erkennen, dass ihre Mutter keine andere Wahl gehabt hatte.

Helenas Herz machte einen Satz, als auf der gegenüberliegenden Straßenseite ein alter Mann in einem grauen Mantel entlangging und im Kegel einer der Laternen stehen blieb. Über die Straße hinweg sah er Helena an.

Sie tat einen tiefen Atemzug. Er wusste immer, wann sie ihn brauchte. Jedes Mal. Sie schaute zu, wie er in den Schatten einer Einfahrt auf der gegenüberliegenden Seite verschwand. Eilig hastete sie zu Milas Zimmertür und zog sie ganz zu.

Als sie zurück ins Wohnzimmer kam, stand er schon da. Er hatte den Stift, mit dem er sich hierhergeschrieben hatte, noch in der Hand. Sie erinnerte sich noch gut daran, wie fasziniert sie gewesen war, als sie zum ersten Mal miterlebt hatte, wie groß seine Macht war. Völlig selbstverständlich konnte er sich über die elementarsten physikalischen Gesetze hinwegsetzen. Außer ihm gab es nur wenige Fabelmächtige, die dazu in der Lage waren, ohne einen hohen körperlichen Preis zu bezahlen. Selbst für ihn galt das.

Aber all das war jetzt unwichtig.

Er lächelte.

Sie glaubte, den Geruch von Pergament und Leder wahrzunehmen, den Geruch eines Gelehrten, den sie so sehr liebte.

Sie sah ihn an. »Abélard«, sagte sie.

Sein Lächeln vertiefte sich. »Héloise.«

»Bitte«, murmelte sie. »Nicht diesen Namen.«

Er sah nicht glücklich aus darüber, aber er tat ihr den Gefallen. »Helena.«

»Mila geht es nicht besser. Die Erinnerungen an Nicholas sind verschwunden, aber sie leidet immer noch fürchterlich.«

Abélard setzte sich in einen der Sessel, schlug die Beine übereinander. Sein altes Gesicht war fast genauso grau wie sein Mantel. »Ja«, sagte er. »Das war zu erwarten.«

Helena grub die Nägel in die Handflächen. »Was sollen wir jetzt tun?«

Statt ihr zu antworten, stand er wieder auf und trat dicht vor sie hin. Helena atmete tief aus. Er hatte immer noch diese Wirkung auf sie.

Zärtlich strich er ihr mit den Fingerrücken über die Wange. »Das, was wir am besten können«, sagte er mit sanfter Stimme. »Warten.«

»Ich habe Angst, dass sie niemals verstehen wird, was ich ihr antun muss.«

»Doch, das wird sie.« Er streichelte ihren Hals. »Wir sind so weit gekommen, jetzt müssen wir es auch beenden. Wir müssen das für sie tun. Für uns. Für uns alle.«

Helena hob den Blick und begegnete seinen uralten Augen. Sie spürte, wie ihre Sicht verschwamm. »Woher nimmst du deine Sicherheit?«, flüsterte sie.

Da lächelte er wieder. »Von dir«, erwiderte er. »Du gibst sie mir, meine liebste Héloise.«

3

Die nächsten Tage verbrachte Mila im Bett und hatte nicht einmal die Kraft, sich hinzusetzen, geschweige denn aufzustehen. Alles in ihr war tiefschwarz, so, als hätte ihr jemand die Organe herausoperiert und ihren Körper inwendig mit Teer ausgefüllt. Wenn sie die Augen schloss, weil sie die weiße Zimmerdecke nicht mehr sehen konnte, ertrug sie kurze Zeit später die orangefarbenen Muster auf der Rückseite ihrer Lider nicht mehr. Die Augen wieder zu öffnen, kostete sie dann jedes Mal schier unmenschliche Kraft. Am zweiten Tag ließ Helena jemanden kommen, einen Mann, den sie seltsamerweise mit *Bruder Philippe* ansprach. Er trug schlichte schwarze Kleidung, fast wie ein Priester, war aber offenbar Arzt. Dieser Mann untersuchte Mila und stellte ihr ein paar Fragen, die sie nur einsilbig beantwortete. Danach verschwand er mit Helena im Wohnzimmer. Mila verstand nicht, was die beiden miteinander besprachen, und es war ihr auch egal.

Sie wollte nichts von diesem Nicholas wissen, den Eric und Helena erwähnt hatten. Und sie wollte niemanden um sich haben. Weder ihre Mutter noch ihre Freundin Isabelle, die sich jeden Tag nach ihrem Zustand erkundigte. Und auch nicht Eric, der manchmal stundenlang an ihrem Bett saß, bis Mila ihn anschrie, er solle sie endlich in Ruhe lassen.

Zeitweise fühlte sie sich wie im freien Fall, dann wieder wie in einen Schraubstock gespannt, der langsam, Windung für Windung, immer fester gedreht wurde. In manchen Minuten bekam sie kaum Luft, dann, meist kurz nachdem sie eingeschlafen war, fuhr sie in blinder Panik in die Höhe. Ihr Herz raste dann und tat so weh, dass sie hätte schreien können, wenn sie die Kraft dazu gehabt hätte.

Irgendwann in der zweiten Woche wurde es wenigstens so weit besser, dass sie in der Lage war, aufzustehen und so zu tun, als würde sie am Leben teilnehmen. Sie aß, wenn Helena sie dazu zwang, sie ging mit Isabelle spazieren, sie setzte sich mit ihrer Mutter vor den Fernseher, aber sie bekam nichts von dem mit, was über die Mattscheibe flimmerte. In der zweiten Woche nach ihrem Gedächtnisverlust lud Isabelle sie und Eric zu einer Vernissage ein, bei der ein paar von ihren Bildern ausgestellt wurden. Mila wollte sich weigern, aber zusammen mit Helena redeten Eric und Isabelle auf sie ein und schließlich gab sie nach.

Ungefähr eine Stunde, bevor die Vernissage eröffnet wurde, stand sie dann vor dem Spiegel auf dem Wohnungsflur und starrte auf das rote Minikleid, in das Helena sie gesteckt hatte. Die Farbe flimmerte vor ihren Augen, wurde immer wieder überlagert von fahlen Flecken, die in ihrem Gesichtsfeld tanzten. Ihr war schwindelig und schlecht wie so oft in den letzten Tagen.

Mit einem mühsamen Durchatmen riss sie sich zusammen. Es war ein reiner Willensakt.

»Du siehst hübsch aus«, hörte sie Helena hinter sich sagen.

Sie begegnete dem Blick ihrer Mutter im Spiegel.

Die lächelte bemüht. »Ich weiß, es kostet dich schrecklich viel Kraft, aber glaub mir, es wird dir ein bisschen besser gehen, wenn du hier mal rauskommst. Isabelle ist so stolz. Sie freut sich, wenn du kommst.«

Mila wollte nicken, aber sogar dazu war sie zu matt. Sie fragte sich, wie sie diesen Abend überstehen würde, ohne zusammenzuklappen oder sich in eine Ecke zu kauern und mit dem Kopf gegen die Wand zu schlagen. Zu ihrer Erleichterung klingelte es in diesem Moment, sodass sie nicht gezwungen war, ihrer Mutter etwas zu erwidern.

Helena ging öffnen und gleich darauf stand Eric im Flur. Er betrachtete Mila von Kopf bis Fuß und pfiff durch die Zähne. »Wow!«, rutschte es ihm heraus. Weil sie nicht reagierte, streckte er die Hand nach ihr aus. Helena hatte Milas widerspenstige blonde Locken gestylt und mit Kämmen hochgesteckt, aber jetzt, kaum eine Viertelstunde später, ringelten sich schon wieder vorwitzige Strähnen rechts und links ihrer Wangen.

Eine davon berührte Eric ganz sachte. »Du siehst umwerfend aus.«

»Was man auch von dir sagen könnte.« Helena warf Mila einen auffordernden Blick zu, sich an dem Gespräch zu beteiligen.

Mila wandte den Kopf und sah Eric an. Er hatte sich in einen schwarzen Anzug geworfen, der aus schmalen Hosen und einem modern geschnittenen Sakko bestand. Ein ziemlich krasser Gegensatz zu seinen sonst üblichen Jeans und Shirts.

»Der muss ein Vermögen gekostet haben«, zwang sie sich zu sagen. Ihre Stimme klang selbst in ihren Ohren dünn und kraftlos, aber Eric schien froh zu sein, dass sie überhaupt auf ihn reagierte.

Er zog die Nase kraus. »Keinen Cent. Ich habe ihn mir von einem Freund geliehen.« Betont fröhlich nahm er Milas cremefarbenen Kurzmantel aus Wolle vom Haken und hielt ihn ihr hin, sodass sie hineinschlüpfen konnte.

Mechanisch zog sie den Mantel an und nahm die Handtasche mit Portemonnaie, Handy und Notizbuch, die er ihr reichte.

»Dann mal los!«, sagte er munter. »Die nächste Metro fährt in zehn Minuten.«

»Nichts Metro.« Helena, die kurz im Wohnzimmer verschwunden war, kam zurück auf den Flur. In der Hand hielt sie einen Fünfzigeuroschein, den sie Eric hinhielt. »Nehmt euch ein Taxi. Das ist ein bisschen standesgemäßer, als mit der Metro zu so einer Veranstaltung zu fahren.«

Eric nahm das Geld. »Danke, Madame Corbeil.« Dann reichte er Mila übertrieben galant einen Arm. »Es ist mir eine Ehre und ein Vergnügen, heute Abend Ihr Begleiter zu sein, Mademoiselle!«

Zu ihrer eigenen Überraschung spürte Mila Dankbarkeit. Solange Eric in der Nähe war, musste sie sich zusammenreißen. Mit äußerster Anstrengung zwang sie ihre Mundwinkel nach oben.

»Na, das ist doch schon mal ein Anfang«, sagte Eric, und bevor sie sich wehren konnte, zog er sie die Treppe hinunter in Richtung Ausgang.

Eric pfiff zum zweiten Mal an diesem Abend durch die Zähne, als das Taxi vor einem mehrstöckigen Haus hielt, das direkt an einer Uferstraße der Seine lag. »Wow!«

Das Haus, dessen Eingangstor sie nun passierten, schien sehr alt zu sein, jedenfalls wirkte es mit seinen hohen Fenstern und der verzierten Fassade so. Mila zog ihren Mantel vor dem Hals zusammen. Ein junges Mädchen mit wild in die Höhe toupierten Haaren und einem riesigen fliederfarbenen Kaugummi zwischen den Zähnen öffnete ihnen, bevor sie klingeln konnten. Dröhnende Musik fiel über sie her und weckte in Mila den Wunsch, umzudrehen und wegzulaufen. Stattdessen folgte sie Eric nach drinnen und fand sich in einem weiten, hallenartigen Raum wieder, der leer und kühl wirkte wie ein Loft. Der Blick ging direkt durch die fast komplett entkernte Etage hindurch und fiel durch eine bodentiefe Fensterfront auf eine hell erleuchtete Terrasse.

Die Musik kam aus unsichtbaren Lautsprechern. Jemand sang in unfassbarer Geschwindigkeit irgendeinen Raptext, von dem Mila nur zwei Dinge verstehen konnte: »das große Fressen« und »fickt euch«. Es war voll. Die Besucher der Vernissage kamen ihr vor wie eine bunte Mischung aus hyperaktiven, klapperdünnen Männern und Frauen in eleganter Kleidung und aus Künstlertypen der verschiedensten Arten. Eric, dessen Kinnlade für einen kurzen Moment heruntergefallen war, stieß sie an und deutete auf einen Kerl, der farbverkleckste Jeans trug und sonst nichts weiter. Keine Schuhe. Weder Hemd noch Unterhemd. Dafür aber eine spiegelnde Glatze und einen wirren, leuchtend roten Bart, dessen Farbe extrem unecht aussah. Über sein rechtes Ohr war in Pink ein Einhorn tätowiert und er war umringt von mehreren Frauen, die allesamt an seinen Lippen hingen. Worüber er dozierte, konnte Mila bei der lauten Musik nicht verstehen, aber es schien wichtig zu sein. Jedenfalls seinem Gesichtsausdruck nach zu urteilen.

»Na, das wird ein interessanter Abend«, murmelte Eric.

Der Lärm der Musik und das Stimmengewirr ließen den Gedanken, dass Mila das hier überstehen würde, völlig absurd wirken. Sie nickte nur und er warf ihr einen forschenden Blick zu.

In ihren Ohren schrillte es.

Ein junger Mann in Livree nahm ihr den Mantel ab. Der Riemen ihrer Handtasche war kalt, als sie ihn sich über die nun halb nackte Schulter schlang. Dann kam auch schon Isabelle auf sie zugeschossen. Sie trug ein schillerndes türkisfarbenes Kleid, das auf ihren Körper gesprüht worden zu sein schien, so eng saß es. Dazu Stilettos mit Absätzen, auf denen sie Mila, die sich wie immer für Ballerinas entschieden hatte, wie ein Leuchtturm überragte. Stürmisch umarmte sie sie und küsste sie auf die Wangen. »Süße, ich liebe dich dafür, dass du hier bist!«, schrie sie gegen den Beat der Musik an. »Ich weiß, wie schwer dir das gefallen sein muss.« Sie schob Mila auf Armeslänge von sich und warf Eric dann einen wütenden Blick zu. »Sag mal, musste es wirklich unbedingt dasselbe Outfit sein wie damals im Luna?«

»Woher soll ich wissen, was sie damals im Luna anhatte?«, gab Eric zurück.

Mila hatte keine Ahnung, wovon sie sprachen, aber die Blicke der beiden wusste sie sehr wohl zu deuten. Hier ging es um irgendetwas, das sie vergessen hatte.

Sie versuchte zu ignorieren, dass der Boden unter ihr angefangen hatte zu schwanken.

Isabelle schien nicht zu bemerken, wie sie sich fühlte – oder vielleicht überging sie es auch einfach nur. Kurzerhand hakte sie sich bei Mila unter. »Kommt! Ich zeige euch meine Bilder!«, rief sie und glühte dabei vor Begeisterung.

Die Atmosphäre des Hauses hätte umwerfend auf Mila wirken können, wenn sie sich nicht so betäubt gefühlt hätte. Alles hier war mondän. Elegant. Nein, extravagant war der passendere Ausdruck.

Extravagant wie Isabelles Bilder.

Isabelle lebte davon, dass sie Ansichten von Paris malte und an Touristen verkaufte. Aber für sich selbst malte sie ganz anders – Bilder in düsteren Tönen und mit unheimlich verzerrten Gestalten darauf. Während Isabelle Mila und Eric ihre Werke zeigte, hörte Mila immer wieder mal, wie sich andere Gäste darüber austauschten. Die Namen von zwei amerikanischen Künstlerinnen fielen, die Mila noch nie gehört hatte und die sofort wieder im Nebel ihrer Schwermut versanken.

»Was sagt ihr?«, fragte Isabelle, nachdem sie ihre Runde beendet hatten.

Eric sah Mila abwartend an. Als sie weiterhin schwieg, verzog er das Gesicht. »Willst du eine ehrliche oder eine nette Antwort?«, fragte er Isabelle.

Die schien es nicht zu kümmern, dass das eigentlich schon die Antwort war. Sie lachte laut auf. »Sie gefallen dir nicht!« Auf ihren Wangen hatten sich brombeerrote Flecken gebildet.

Eric zögerte, aber dann schüttelte er den Kopf. »Nicht wirklich, nein!«

Da beugte Isabelle sich vor und gab ihm einen Kuss auf die Wange. »Wunderbar! Kunst, die gefällt, ist keine Kunst, sondern Kunsthandwerk.«

Eine Dame, die ein beigefarbenes und furchtbar altbackenes Kaschmir-Twinset samt Perlenkette trug, schaute zu ihnen herüber und Isabelle entschuldigte sich. Dann eilte sie zu der Frau und begann ein längeres Gespräch mit ihr.

»Warte hier, ich hole uns mal was zu trinken«, sagte Eric.

Weil Mila wieder nicht reagierte, sah er sie fragend an.

»Geh schon! Ich komme klar.« Wenn sie es doch nur selbst geglaubt hätte! »Ich nutze die Zeit, um auf die Toilette zu gehen.«

Eric verschwand und Mila machte sich auf die Suche nach den Toiletten. Sie fand sie am Ende eines langen Ganges im Obergeschoss. Als sie diesen Gang nach dem Händewaschen wieder betrat, stieß sie mit einem Mann zusammen. Er stand vor einem Gemälde, das entfernt an Jackson Pollock erinnerte. Er war älter und trug einen abgenutzten Anzug, in dem er wie verkleidet wirkte. Graue Haare und ein grauer Bart. Die Ärmel seines Jacketts waren zu lang und ragten fast bis zu seinen Fingerknöcheln hinab. Und seine Krawatte mit dem schrillbunten, altmodischen Muster hing schief.

»Entschuldigung!«, murmelte Mila.

Er drehte sich zu ihr um.

Und erstarrte.

»Mila?« Seine Stimme war kaum mehr als ein Flüstern. Etwas schwang darin mit, das Mila sofort klarmachte, dass sie diesen Mann hätte kennen müssen. Im Gesicht des Mannes zeichneten sich nacheinander die verschiedensten Gefühle ab. Schrecken. Schuld. Mitleid.

»Ich ...« Mila fühlte sich augenblicklich in die Defensive gedrängt. Es war unangenehm, dass dieser Mann sie kannte, sie selbst allerdings nicht die geringste Erinnerung an ihn hatte.

»Tut mir leid, sind wir uns schon einmal begegnet?«, fragte sie zaghaft. »Es ist nämlich ... ich ...«

Der Mann fasste sich in seinen Bart. »Du erkennst mich nicht mehr?« Noch immer klang er flach, erschrocken. »Warum ...?«

Mila sah sich um, aber sie war mit dem Mann ganz allein in dem Gang. Von unten erklang Gelächter und das helle Klirren von Gläsern, doch all das schien unendlich weit weg zu sein. Mila kam sich vor wie in eine Blase eingeschlossen, die sie und diesen Mann vom Rest der Welt abschottete. Sie umklammerte den Riemen ihrer Handtasche.

»Du erinnerst dich nicht mehr an mich.« Er wirkte, als müsse er es noch mindestens ein halbes Dutzend Mal sagen, bevor er es glauben konnte.

Mila nickte. Sie starrte auf einen Punkt auf dem Fußboden. Plötzlich schwankte die Erde unter ihren Füßen nicht mehr, sondern gab nach. Sie fiel doch, oder? Es fühlte sich jedenfalls so an. Sie rieb sich die Handflächen an den Oberschenkeln. Ihre Finger waren kalt und unangenehm feucht dazu. »Wer sind Sie?«

Er schluckte. Dann fuhr er sich mit der Zungenspitze über die Unterlippe. »Ich war derjenige, der dir als Erster von der Fabelmacht erzählt hat.«

»Die Fabelmacht ...« Mila dachte daran, wie erschrocken Helena sie nach dieser sonderbaren Macht gefragt hatte. Direkt nach ihrem Gedächtnisverlust war es gewesen und ihr bis eben völlig entfallen. Verschwunden in der schwarzen Leere in ihrem Innersten. »Was ist die Fabelmacht?«, hörte sie sich fragen.

Ein gepresstes Lachen kam aus der Kehle des Mannes. »Du erinnerst dich wirklich nicht.«

»Ich weiß nicht. Nein. Irgendwie …« Sie stützte eine Hand gegen die Wand. »Wie heißen Sie?«

Er nannte seinen Namen. »Maréchal. Und wir haben uns bereits geduzt.«

Auch daran erinnerte sie sich nicht.

»Mila?« Erics Stimme erklang aus dem Erdgeschoss. Gleich darauf ertönten seine Schritte auf den Stufen der Treppe und er kam um die Ecke. »Hier bist du, ich dachte …« Er stutzte, als er Maréchal erkannte. »Was machen Sie denn hier?«

Maréchal lächelte ein betretenes, unsicheres Lächeln. »Eigentlich wollte ich gar nicht herkommen, aber ein Kunde von mir stellt hier aus.« Er wies auf das bunte Bild neben seiner Schulter. »Da habe ich mich breitschlagen lassen. Aber jetzt, wo ich euch hier treffe, glaube ich nicht mehr an einen Zufall. Die Fabelmacht hat dafür gesorgt, dass wir uns hier begegnen.«

Wieder dieses seltsame Wort.

Mila musste nun auch die andere Hand an der Wand abstützen. Eric bemerkte es. »Hey! Alles in Ordnung?«

Sie schüttelte den Kopf und Eric warf Maréchal einen finsteren Blick zu, als sei dieser schuld an ihrem Zustand.

Unter Maréchals Auge zuckte ein Muskel.

»Möchtest du weg von hier?«, fragte Eric. »Ein bisschen frische Luft schnappen vielleicht?«

Ihr wurde bewusst, wie flach sie atmete. »Ja. Das wäre schön.«

Da hakte er ihren Arm bei sich unter und führte sie ins Erdgeschoss. Maréchal blieb sichtbar erschüttert und nachdenklich zurück.

Als Eric sie durch eines der bodentiefen Fenster hinaus auf

die Terrasse brachte, schlug Mila kalte Nachtluft entgegen. Sie fröstelte in ihrem kurzen Kleid, aber es störte sie nicht. Sie fühlte sich ein bisschen realer dadurch.

»Setz dich hierhin. Ich hole nur schnell deinen Mantel.« Eric schob sie auf einen filigran aussehenden Gartenstuhl. Das Metall war so kalt, dass es an Milas Oberschenkeln brannte. Und bevor sie behaupten konnte, dass sie keinen Mantel brauchte, war Eric schon verschwunden und kehrte keine zwanzig Sekunden später zurück. Er half ihr in den Mantel und während er seine eigene Jacke überstreifte, gab er einem der hier überall herumlaufenden Kellner einen Wink. Der Mann kam mit seinem Tablett zu ihnen, Eric nahm zwei Gläser, die mit einer bernsteinfarbenen Flüssigkeit gefüllt waren. Kleine Erdbeeren schwammen darin. »Ich weiß nicht, ob es klug ist, dir Alkohol zu geben, aber du siehst aus, als könntest du einen Schluck gebrauchen. Und da du keine Medikamente nimmst ...«

Tatsächlich hatte Bruder Philippe Helena geraten, dass es besser wäre, Milas Zustand nicht mit Antidepressiva zu behandeln. »Wenn man die Auswirkungen mit Medizin bekämpfen könnte«, hatte Mila ihn sagen hören, »wäre ich der Erste, der tablettensüchtig geworden wäre.« Sie hatte kein Wort davon verstanden, aber auch das war ihr egal gewesen.

Fabelmacht.

Scheißamnesie.

Herrgott noch mal!

Sie nahm Eric das Glas ab, nachdem er von seinem eigenen bereits einen Schluck getrunken hatte.

»Sei vorsichtig damit«, riet er. »Das Zeug hat es ordentlich in sich.«

Mila probierte. Das Getränk war süß und herb gleichzeitig. Und es schien eine Menge Rum zu enthalten. Der nächste Schluck, den sie nahm, war mikroskopisch klein, aber gleichzeitig fragte sie sich, ob ein ordentlicher Rausch vielleicht die Finsternis in ihrem Gemüt ein bisschen lichten würde.

»Wer ist dieser Maréchal?«, wagte sie zu fragen.

»Einer der Bouquinisten vom Quai Saint-Michel.« Eric wirkte, als überlege er, ihr noch viel mehr zu erzählen.

Mila war drauf und dran, ihn nach der Fabelmacht zu fragen, aber in letzter Sekunde zögerte sie doch. »Ich kenne ihn gut, oder?«

Seine Nasenflügel verengten sich. »Schon, ja.«

Mila fragte nicht weiter. Da war ein Gefühl in der Schwärze aufgetaucht. Angst. Aus irgendeinem Grund hatte sie Angst davor, mehr zu erfahren. Das Schweigen zwischen ihnen dehnte sich, bis es unerträglich wurde.

Ein Mann, der einen schwarzen Anzug über einem schneeweißen T-Shirt trug, betrat ganz in der Nähe die Terrasse. »Hast du gehört, für wie viel dieser Marbéllier weggehen soll? Dafür kann man eine Mittelklasselimousine bekommen! Das ist doch nicht mehr normal.«

Die Frau an seiner Seite war genauso schlank und elegant wie die meisten anderen Vernissagebesucherinnen. Sie sah verkniffen aus. Ganz offensichtlich ärgerte sie sich darüber, dass ihr Begleiter überhaupt keine Wertschätzung für den Künstler hatte. Aber sie kam nicht dazu, ihn zurechtzuweisen, denn der Mann hatte Mila und Eric entdeckt und stürzte sich auf sie, als sähe er in ihnen seine einzige Rettung vor einem langsamen, qualvollen Tod aus Langeweile. »Hallo! Ich bin Richard! Seid ihr Freunde von Isabelle?«

Als sie nickten, stellte er seine Freundin als Sylvie vor. Mila stand von ihrem Gartenstuhl auf.

»Eric und Mila«, sagte Eric und schüttelte Richard die Hand.

Sylvies Augen weiteten sich. »Du bist Mila?« Sie klang erschrocken.

Richard brauchte einen Augenblick länger, aber dann klingelte es auch bei ihm. *»Die* Mila?«

Was meinten sie?

Mila wusste nicht, was sie sagen sollte, darum nahm sie einen langen Schluck von ihrem Drink. Das Schrillen in ihren Ohren wurde greller. Schwankte sie etwa schon wieder? Sie spürte Erics Hand unter ihrem Ellenbogen. Sein besorgtes Gesicht sah sie nur wie aus der Ferne und auch sämtliche Stimmen schienen auf einmal von jenseits des Horizonts zu kommen.

»Entschuldige!«, rief Sylvie aus. »Wir sind unmöglich.«

»Du musst uns für absolute Idioten halten«, sagte Richard.

Mila krampfte die Hand um Erics Oberarm. Stumm um Hilfe flehend suchte sie seinen Blick, aber Eric schien auch nicht genau zu wissen, was hier los war. Sein Glas war noch halb voll. Mila konnte den Blick nicht davon abwenden. Die Erdbeeren, die darin schwammen, drehten sich von der Kohlensäure und drehten sich und drehten sich ...

Währenddessen redete Sylvie wie ein Wasserfall. »... na ja. Isabelle eben. Es ist uns wirklich total peinlich, Mila, aber du kennst sie ja. Sie tratscht gern, man darf ihr das nicht übel nehmen, so ist sie eben ...«

»Sie hat uns das mit Nicholas erzählt«, fiel Richard ihr ins Wort.

Das Glas rutschte Mila aus der Hand, zerschellte mit einem lauten Klirren.

Stille, die sich anfühlte wie Starkstrom.

Nicholas.

Schon wieder.

»Nicholas«, murmelte Mila. Der Klang der einzelnen Silben verlor sich in der Schwärze in ihr, da war kein Bild, kein Gefühl. Nur dieses Loch in ihrer Erinnerung.

Die Erdbeeren auf dem Boden sahen aus wie halb zerquetschte, winzige Gehirne. Mila würgte.

An Erics Hals traten die Sehnen hervor. Er stellte sein Glas auf das Tablett eines herbeieilenden Kellners, griff dann nach Milas Hand, die noch immer seinen Oberarm umklammerte. Behutsam löste er ihre Finger und als sie zu taumeln begann, umfasste er ihre Schultern und stützte sie.

»Ach je!« Sylvie stieß einen klagenden Laut aus. »Bitte entschuldige! Du musst völlig verzweifelt sein. Ich bewundere dich dafür, dass du trotzdem hergekommen bist und versuchst, dein Leben weiterzuleben.«

»Halt doch endlich die Klappe!«, fuhr Eric sie an. Dann half er Mila, sich wieder auf dem kalten Metallstuhl hinzusetzen. Er ging vor ihr in die Hocke. Eine junge Kellnerin begann damit, die Scherben einzusammeln und die verschüttete Bowle aufzuwischen.

»Komm«, hörte Mila Richard sagen. »Gehen wir besser.« Er warf Eric einen entschuldigenden Blick zu und unter mehrfachen Beteuerungen, wie leid es ihm tat, verabschiedete er sich und zog Sylvie mit sich fort.

Mila starrte ihnen nach.

Eric hielt ihre Hände.

Die anderen Gäste schauten betreten zu ihnen herüber und versuchten dann, ihre unterbrochenen Gespräche wieder aufzunehmen. Die Luft rings um Mila schien plötzlich elektrisch zu sein, jedenfalls kribbelte ihr gesamter Oberkörper. Es war ein widerliches Gefühl.

Eric umfasste ihre Hände fester. »Willst du gehen?«, fragte er. In seinem Blick stand Schuldgefühl, weil er mitgeholfen hatte, sie hierherzuschleifen.

Mila wich ihm aus. »Die haben geklungen, als sei dieser Nicholas gestorben«, murmelte sie. Das Kribbeln wurde stärker, erfasste ihre Beine. Sie wollte aufspringen, laufen. Flüchten. Und konnte sich nicht rühren. Sie kramte in ihren Erinnerungen nach einem Zipfel von diesem Nicholas. Irgendwas musste da doch sein, ein Bild, eine Stimme, ein Geruch.

Aber da war nichts. Absolut nichts. Warum waren ihre Wangen nass?

»Ist er tot, Eric?«, flüsterte sie.

Da nickte Eric. Ganz behutsam, es war kaum ein knappes Senken des Kinns. »Das ist er.« Sein Blick forschte in Milas Gesicht herum, dann fasste er einen Entschluss. Mit einem Mal erhob er sich. »Es war eine Scheißidee herzukommen. Los, ich bringe dich nach Hause.«

Er war schon drauf und dran, Mila auf die Füße zu ziehen, da explodierte das Kribbeln in ihr. Plötzlich tauchte sich ihr gesamtes Gesichtsfeld in ein grelles, gleißendes Rot.

»Lass mich!« Ihre Stimme ein Kreischen. Die Bewegung, mit der sie aufsprang, so hastig, dass sie Eric beinahe umgestoßen hätte. Gerade noch konnte er zurückspringen.

Wieder erstarrten alle Gäste ringsherum. Etliche Augenpaare waren auf sie gerichtet, eine Frau tuschelte etwas von zu vielen Drogen.

»Was glotzt ihr mich alle an?« Jedes einzelne Wort kam

mit solcher Macht aus Milas Mund, dass ihr davon die Kehle schmerzte. Die Feuchtigkeit auf ihren Wangen waren Tränen, das begriff sie jetzt. »Gefällt es euch, einen Freak vor euch zu haben? Eine Irre, die keine Erinnerung mehr hat und sich vor Schwermut kaum noch bewegen kann? Ihr steht da, mit euren schicken Kleidern und den Drinks in eurer Hand, und ihr lacht und ihr habt keine Ahnung ...«

Eine warme Hand schloss sich um ihren Oberarm. »Mila ...«, sagte Eric.

»Lass mich in Ruhe!« Sie fuhr zu ihm herum. Sie wollte ihn anfauchen, ihn ohrfeigen, ihm das Gesicht zerkratzen. Der Wunsch war so heftig und er kam nach all der Erstarrung der letzten Tage so unvermittelt, dass sie unter ihm erzitterte. Ein Stöhnen kam über ihre Lippen. Was tat sie hier?

Mit der flachen Hand wischte sie sich erst über die rechte, dann über die linke Wange. »Hast du eine Ahnung, wie es mir geht?«, flüsterte sie. »Ich starre in einen finsteren Abgrund, in den ich springen möchte, und ich habe nicht die geringste Ahnung, warum! Ich möchte weglaufen vor irgendwas, an das ich mich nicht erinnern kann, und ich kann mich doch die meiste Zeit kaum bewegen, ich ...« Sie hielt inne, blickte auf ihre nasse Handfläche.

Er zog sie an sich, umschlang sie mit den Armen, hielt sie ganz fest.

»Ich kann nicht mehr, Eric, ich kann einfach nicht mehr ...« Jetzt schluchzte Mila.

»Ich weiß«, murmelte er in ihr Haar. »Ich weiß doch.« Und als sie sich ein klein wenig beruhigt hatte, schob er sie von sich, sah ihr in das verweinte Gesicht. »Komm«, sagte er. »Ich bring dich erst einmal von hier weg.«

Eric biss sich auf die Lippen, als er Mila tiefer in den dunklen Garten führte, weg von all den Leuten, die auf der hell erleuchteten Terrasse standen und ihnen neugierig hinterherstarrten, nur um sich dann gleich wieder ihren Getränken und ihren Gesprächen zu widmen. Ein durchgeknalltes Mädchen mehr. Nichts weiter, worüber man sich Gedanken machen musste.

Wenn sie wüssten!

Mila klammerte sich an seinen Arm wie eine Ertrinkende. Seite an Seite gingen sie tiefer in den Garten hinein, der sich hinter der Terrasse erstreckte und ein bisschen abschüssig war. Kleine Solarleuchten waren in regelmäßigen Abständen rechts und links des Weges angebracht, aber dennoch war es eher finster hier, was wohl der Grund war, warum die Vernissagebesucher lieber auf der hell erleuchteten Terrasse blieben. Gut so. Sie gingen an dicken Polstern von Lavendel und Thymian, Rabatten mit lange verblühten Rosenstöcken und uralten Bäumen vorbei und erreichten eine Gartenlaube, die so malerisch verfallen wirkte, dass hier offenbar nicht die Zeit, sondern ein Architekt seine Hände im Spiel gehabt hatte. Von weit entfernt konnte man das Dröhnen eines Schiffsmotors hören, was Eric daran erinnerte, dass auf der anderen Seite des Hauses die Seine lag.

Die Stimme und das Gelächter der Gäste klangen gedämpft durch die Dunkelheit. Mila war schon wieder vergessen.

Sie betraten die Laube und Mila ließ sich auf einer alten Bank nieder, ohne seine Hand loszulassen. Eric setzte sich an ihre Seite. Die Laube war offensichtlich von den Ausrichtern der Vernissage als Rückzugsort für Pärchen gedacht gewesen, denn ein eingeschalteter Heizpilz verbreitete eine angenehme Wärme und Dutzende von Kerzen, die man überall aufgestellt hatte, tauchten alles in einen sanften goldenen Schimmer. Schatten lagen auf Milas Wangen und verbargen ihre Augen. Eric hätte seinen rechten Arm dafür gegeben, wenn er gewusst hätte, was er jetzt sagen sollte. War das hier nicht genau das, was er sich immer erträumt hatte? Mit Mila allein an einem romantischen Ort zu sein, ohne Nicholas?

Ja, dachte er. Das war es. Allerdings war sie in seinen Träumen die alte Mila, die schlagfertige, fröhliche Mila gewesen, nicht dieser tieftraurige Schatten ihrer selbst, der jetzt neben ihm saß. Das hier war nicht die Chance, die er sich seit einer gefühlten Ewigkeit gewünscht hatte, das wusste er. Mila war noch lange – sehr lange – nicht bereit, sich auf jemand Neues einzulassen. Er musste ihr Zeit geben, durfte sie nicht zu früh bedrängen, auch wenn alles in ihm sich danach sehnte, sie hier und jetzt zu küssen. *Vermassele es bloß nicht!*, fuhr es ihm durch den Kopf. *Reiß dich verdammt noch mal zusammen.*

Als wäre es nicht genau das, was er seit Wochen tat.

Er unterdrückte ein resigniertes Seufzen.

»Was tue ich eigentlich hier?«, fragte Mila endlich in die Stille. Auf der Terrasse brach eine Frau in schrilles Gelächter aus. Mila zuckte zusammen und zog dabei ihre Hand zurück. »Was ist mit mir geschehen? Wer bin ich?«

Was sollte man auf solche Fragen antworten? Er vermisste den Körperkontakt mit ihr fast schmerzlich. Ein Gedanke keimte in seinem Hinterkopf. Was, wenn er Mila eine Lügengeschichte auftischte? Er war früher gut im Lügen gewesen. Wie oft hatte er am Gare de l'Est junge Frauen damit eingewickelt, dass er ihnen so lange kleine Rührstücke über sein schweres Schicksal erzählt hatte, bis sie ihm genug vertrauten, dass er ihnen Portemonnaie und Handy abnehmen konnte? Was also, wenn er Mila eine Geschichte erzählte, in der er vorkam, Nicholas aber nicht?

Was wäre daran anders als das, was jeder Fabelmächtige tagtäglich völlig selbstverständlich tat: mit einer Geschichte die Wirklichkeit zu verändern? Er konnte es genauso. Er konnte Mila eine neue Realität geben. Eine ohne Nicholas – aber mit ihm.

Er musste sich nur eine schlüssige Story einfallen lassen, eine, die sie ihm glauben würde.

»Es ist merkwürdig«, sagte Mila. »Ich kenne dich kaum. Aber es ist irgendwie so ... als wärst du schon ewig da.« Sie klang jetzt ruhiger, aber noch immer ging ihr Atem schwer und mühevoll. Als sie ihm den Kopf zuwendete, fiel Licht auch auf ihre andere Gesichtshälfte. Ihre Augen konnte er wegen der Schatten trotzdem nicht erkennen. »Als könnte ich dir bedingungslos vertrauen.«

Bedingungslos vertrauen. Erics Herz verkrampfte sich. »Das kannst du«, sagte er und brachte seine Hand möglichst unauffällig in die Nähe von ihrer, die sie auf der Bank zwischen ihnen abgestützt hatte. Er konnte ihre Wärme spüren. Ein Kribbeln begann wie feiner Strom zwischen seiner und ihrer Haut zu fließen.

Sie vertraute ihm bereits. Er musste seiner Story also gar nicht so viel Wucht geben. Wenn seine Opfer an dieser Stelle waren, das wusste er noch von früher, reichte ein ganz kleiner Schubs. Ein genau kalkuliertes, trauriges Lächeln, ein Halbsatz, der gekonnt in der Luft hing, sodass sich sein Lügengebäude fast von allein in ihren Köpfen errichtete ...

Mila wandte ihm nun den ganzen Oberkörper zu. Ihr Atem strich ihm über die Lippen.

Ganz behutsam beugte er sich vor. Das hier war sie – die Chance, nach der er sich sehnte, seit er Mila kannte. Ihre Lippen waren sich ganz nahe.

Ein paar Worte nur würde es brauchen.

Er schluckte.

Und dann traf er eine Entscheidung.

»Mila«, flüsterte er. »Du musst mir jetzt genau zuhören. Denn das, was ich dir jetzt erzähle, ist wichtig. Es ist deine Geschichte.«

Mila starrte Eric an. Sekunden zerrannen, wurden zu Minuten. Minuten des ungläubigen Schweigens. Wie lange saßen sie jetzt hier, während Eric seine Geschichte erzählt hatte? Es mussten Stunden sein, denn der Heizpilz war vor Kurzem erloschen. Die Kälte des Bodens war schon länger durch die dünnen Sohlen von Milas Ballerinas gedrungen, aber nun begann sie, am ganzen Körper zu frösteln.

»Mila?« Erics Stimme klang belegt. »Sprich mit mir!«

Mila schwankte und versuchte, das, was sie gehört hatte, irgendwie einzuordnen.

Es ist deine Geschichte, hatte er gesagt und tatsächlich hatte sie von einem Mädchen namens Mila gehandelt, das mit dem Zug aus Berlin nach Paris gekommen war, nachdem sie sich mit ihrer Mutter gestritten hatte. Diese Mila hatte keine Ahnung davon gehabt, dass Paris in ihr eine ungeahnte Macht hervorrufen würde. Eine Macht, die sie von dem Augenblick an nicht mehr unter Kontrolle hatte, als sie einen Jungen namens Nicholas kennenlernte. Eric hatte davon gesprochen, dass Mila schon als Kind über Nicholas geschrieben hatte, ohne ihn zu kennen. Und dass sie sich auf den ersten Blick unrettbar und unsterblich in ihn verliebt hatte. Doch dann war der Junge gestorben und hatte sie allein zurückgelassen. Das Mädchen war so unendlich verzweifelt gewesen, dass sie ihre magische Macht nutzte und sich alle Erinnerungen an Nicholas und die Zeit mit ihm wegschrieb.

»Mila?«, fragte Eric nun noch einmal voller Sorge. Während der gesamten Erzählung hatte er sie nicht aus den Augen gelassen. »Alles okay?« Er sah aus, als wüsste er selbst, wie absurd diese Frage war.

Mila atmete tief aus. Sie konnte die Realität verändern, indem sie sie *umschrieb?*

Sie wendete Eric das Gesicht zu und versuchte, in seinen Zügen zu lesen. Je länger sie ihn ansah, umso klarer wurde ihr, dass er das, was er erzählt hatte, wirklich glaubte. Und aus irgendeinem völlig schrägen Grund glaubte sie es auch.

Es gab die Fabelmacht. Und sie besaß sie.

Entweder das oder aber sie beide gehörten in die Irrenanstalt.

»Wieso denke ich nicht, dass du durchgeknallt bist?«, hörte sie sich fragen. »Dass das hier nicht irgendeine Form einer bizarren Anmache ist?«

Eric sah sie ruhig an. »Du magst dein Gedächtnis verloren haben, Mila. Aber nicht deine Gefühle, oder?«

Ein anderes Pärchen näherte sich der Gartenlaube, merkte aber, dass sie besetzt war, und zog wieder ab.

»Ja«, murmelte Mila. »Ja.«

Sie blickte Eric an. Seine milchkaffeebraunen Augen waren auf sie gerichtet. In ihnen stand plötzlich etwas, das sie nicht deuten konnte. Erschrecken. Und noch etwas – Verletzlichkeit.

In Gedanken ging sie noch einmal durch, was er ihr erzählt hatte. Von ihrer Mutter, die auch fabelmächtig war. Von Nicholas' Ziehmutter, die ihr verkleidet als Obdachlose am Gare de l'Est begegnet war und die sie hatte warnen wollen. Von Nicholas' Vater, der Jagd auf sie gemacht hatte.

Du und Nicholas, hatte Eric gesagt, *ihr seid die beiden stärksten Fabelmächtigen, die jemals gelebt haben.*

»Wo kommst du in dieser Geschichte vor?«, flüsterte sie und bemerkte, wie er die Zähne zusammenbiss. Da begriff sie, dass er all die Dinge, die er ihr erzählt hatte, wusste, weil er selbst dabei gewesen war. Warum aber hatte er sich dann in seiner Erzählung ausgespart?

Sie sah ihm in die Augen, bemerkte den weichen Ausdruck darin. Warum war ihr der früher nicht aufgefallen? Oder war er das und sie hatte es auch vergessen? Und dann begriff sie plötzlich, warum er nicht von sich gesprochen hatte. Er hatte ihr diese Geschichte nicht einfach nur erzählt. Er hatte sie ihr geschenkt.

Sie nahm seine Hände. Er zuckte zusammen, entzog sich aber nicht. Da waren kleine goldene Einsprengsel in seinen Augen. Vorhin, kurz bevor er angefangen hatte zu reden, da hatte er sie küssen wollen, das hatte sie gespürt. Und sie hätte sich nicht gewehrt, sie hätte alles getan, um dieser abgrundtiefen Verzweiflung zu entkommen. Aber er hatte sie nicht geküsst. Stattdessen hatte er ihr von Nicholas erzählt.

»Warum hast du das getan?«, fragte sie und sie musste die Frage noch einmal wiederholen, ehe er ihr antwortete. »Warum hast du das für mich getan?«

Sein Blick glitt über ihr Gesicht. »Ich kann nicht ungeschehen machen, dass du seinetwegen leidest«, sagte er. »Aber ich konnte dir wenigstens den Grund dafür wiedergeben …« Er verstummte.

Mila entzog ihm eine Hand und legte sie an seine Wange. Zitterte er? Sie beugte sich vor. Seine Lippen waren warm, als sie sie ganz sanft berührte. Sie konnte spüren, wie er ausatmete, als habe er seit einer halben Ewigkeit genau auf diesen Moment gewartet.

»Danke«, flüsterte sie an seinem Ohr. »Das werde ich dir niemals vergessen.«

Sie zog sich zurück. Seine Augen waren sehr weit, das Licht der fast heruntergebrannten Kerzen spiegelte sich in ihnen und es versetzte ihr einen Stich, dass sie ihm wehtun musste. »Ich muss jetzt für eine Weile allein sein«, sagte sie. »Verstehst du das?«

Er rieb sich die Nase, nickte. Dann atmete er tief durch, starrte auf den erkalteten Heizpilz. »Am besten, ich bringe dich zurück nach Hause, oder? Du hast bestimmt unendlich viele Fragen an deine Mutter.«

Sie nickte. »Ja, das hab ich. Aber ich kann jetzt nicht zu meiner Mutter. Mit allein sein meinte ich ganz allein. Seit Wochen habe ich mich nicht so gefühlt wie jetzt gerade, so, so … lebendig. Ich möchte mich bewegen. Laufen. An die Orte gehen, von denen du mir erzählt hast. Aber ich muss allein dahin.«

Zu ihrer Verblüffung nickte er. »Okay.«

Hatte er ihr schon früher nichts abschlagen können? Sie biss sich auf die Unterlippe.

»Okay«, wiederholte er und zog sein Handy hervor. »Aber

du rufst mich sofort an, wenn etwas ist und auch wenn du zu Hause angekommen bist. Ich bleibe solange auf Standby.«

Sie nickte. Das war nur fair. »Versprochen«, sagte sie.

4

Die große Bahnhofshalle des Gare de l'Est sah irgendwie geduckt aus, fand Mila, und das kam daher, dass die Dunkelheit draußen auf dem gläsernen Gewölbedach hockte. Es war früh am Morgen und Mila blickte in müde Gesichter von Pendlern, die zu ihren Zügen hasteten. Nachdem sie Eric auf der Vernissage zurückgelassen hatte, war sie ein paar Stunden lang ruhelos durch die Stadt gestreift, bevor sie es gewagt hatte hierherzukommen. Die ganze Zeit über hatte sie sich gefühlt wie unter Strom und auch jetzt noch spürte sie nichts von der durchwachten Nacht. Stattdessen trieb Ruhelosigkeit sie vorwärts. Weiter, immer weiter. War sie gekommen, weil sie hoffte, dass der Anblick der Züge und der Bahnhofshalle die Erinnerungen an Nicholas zurückbrachten? Sie wusste es nicht genau, aber wenn das der Grund gewesen war, dann funktionierte es nicht.

Noch immer war sie vollkommen erschüttert von dem, was Eric ihr erzählt hatte. Sie kannte jetzt den Grund für die Traurigkeit, die in ihr saß wie etwas, das sich fest in sie gekrallt hatte. Ihre Liebe zu Nicholas. Eine Liebe, die so tief und wahrhaftig war, dass sie alles überdauerte – seinen Tod und auch ihre absichtlich herbeigeschriebene Amnesie. Ihr Verstand wusste nun, dass diese Liebe existierte. Wenn sie nur in der Lage gewesen wäre, sie auch zu empfinden! Eric hatte ihr von den Dingen erzählt, die hier passiert waren, doch da waren keine Bilder in Mila, nur seine gut gemeinten Worte. Sie brauchte aber die Bilder – ihre eigenen Bilder – zurück und deswegen war sie hier. Das war auch der Grund, warum sie Eric darum gebeten hatte, sie allein zu lassen.

Sie suchte sich einen Platz auf einer Bank. Unter der Glasdecke hingen riesige Werbetafeln eines Handyherstellers. Die verschiedensten Gerüche wehten sie an – der Abrieb der Zugbremsen, der irgendwie metallisch roch, das frisch gebackene Brot aus einer Boulangerie, das holzige Aftershave eines Geschäftsmanns. Der Jingle, mit der eine Durchsage angekündigt wurde, klang blechern. Die brüchige Männerstimme, die Mila unvermittelt ansprach, ging fast darin unter.

»Kannst du auch nicht schlafen?«

Mila drehte sich um. Vor ihr stand ein hagerer Mann mit müden Augen und eingefallenen grauen Wangen. Er trug einen Anzug, der mit Sicherheit einmal teuer gewesen war, jetzt jedoch schmutzig und knitterig an ihm herunterhing. Der Mann lächelte Mila an, nur lag etwas in diesem Lächeln, das ihr einen Schauder den Rücken hinunterlaufen ließ. Sie hatte keine Ahnung, was es war.

»Nein«, antwortete sie auf die Frage des Mannes.

Er legt beide Hände auf die Rückenlehne der Bank. Seine Fingernägel sahen aus, als wären sie früher regelmäßig manikürt worden, aber jetzt waren sie eingerissen und abgekaut und hatten dunkle Trauerränder.

»Du vermisst ihn genau wie ich«, sagte er leise.

Nicholas!, fuhr es ihr durch den Kopf. *Er spricht von Nicholas!*

Ebenso wie in dem Lächeln des Mannes lag in seiner Stimme etwas, das ihr Unbehagen bereitete. Dieses raue Flüstern. Als er sich neben sie setzte, schaltete ihr gesamter Körper auf Alarmbereitschaft.

Wer war der Kerl? Er schien sie zu kennen. Drohte ihr Gefahr? Sie durchforstete die Geschichte, die Eric ihr erzählt hatte, und ließ dabei den Blick in der Bahnhofshalle umherschweifen auf der Suche nach Menschen, die ihr notfalls helfen konnten. Da waren zwei Zugschaffner, die an einem Kiosk standen und sich bei einem Becher Kaffee unterhielten, außerdem mehrere Rucksacktouristen und eine alte Obdachlose, eine Clochard femme, die diverse bunte Röcke übereinandertrug und ihre grauen Haare mit einem violetten Tuch gebändigt hatte. Auf diese Frau allerdings erhaschte Mila nur einen kurzen Blick, denn sie war auf dem Weg nach draußen.

Der Mann neben Mila lehnte sich vor, um ihr besser ins Gesicht blicken zu können. »Du weißt nicht mehr, wer ich bin, oder?« Als Mila zögernd den Kopf schüttelte, wurde sein Gesicht ganz blank. »Kein Wunder«, murmelte er und es klang, als habe sie ihm eine Ohrfeige verpasst und er sei der Meinung, dass er sie verdient habe.

Er holte ein abgegriffenes und aufgeschlagenes Oktavheft aus der Sakkotasche und legte es zwischen sich und Mila auf die Bank, als würde es alle Fragen beantworten. Das Bleistiftgekritzel auf den Seiten war stark verwischt und kaum zu lesen. Trotzdem sah es so aus, als stünde dort immer wieder derselbe Satz.

Irgendwo hinter Mila fuhr ein Zug ein. Eine lärmende

Kehrmaschine schlich vorbei, eine Mischung aus aufgewirbeltem Schmutz und fein vernebeltem Putzwasser hinter sich herziehend, aber Mila achtete nicht darauf. »Wer sind Sie?«, fragte sie, als die Maschine vorüber war.

»Du erinnerst dich wirklich nicht«, sagte der Mann. »Die Sache hat dir das Gedächtnis geraubt.« Er wirkte fast ein bisschen neidisch und Mila war drauf und dran, ihm zu sagen, dass eine Amnesie keine Lösung war. Im Gegenteil. Sie starrte auf das Heft und erkannte, dass dieser Mann mit großer Wahrscheinlichkeit auch fabelmächtig war. So viele Fabelmächtige hatte es in Erics Erzählung nicht gegeben, also konnte er eigentlich nur ... Eine düstere Ahnung streifte sie, aber bevor sie zur Gewissheit werden konnte, stellte der Mann sich schon vor.

»Ich bin Nicholas' Vater.«

Villain Caruel.

Milas Körper reagierte für sie. Sie war aufgesprungen, bevor ihr Verstand begriff, dass sie nicht in Gefahr war. Caruel hatte Nicholas erschossen, seinen eigenen Sohn – den Jungen, den Mila geliebt hatte. Aber jetzt war er nicht mehr als ein zerrüttetes Bündel Mensch. Seine Miene war zersplittert von Schuldgefühl. Mehr noch, von Selbsthass.

Langsam ließ sie sich wieder auf der Bank nieder. Sie schluckte schwer.

Caruel sah es. Er lächelte traurig. »Du musst keine Angst mehr vor mir haben. Was geschehen musste, ist geschehen. Jetzt können wir nur noch damit leben.« Er hielt inne, richtete den Blick auf das große Gemälde, das über dem Durchgang zu den Zügen hing. Eine bunte, fast naiv wirkende Reiseszene, bei der man erst auf den zweiten Blick erkannte, dass die

Männer, die aus den Fenstern eines abfahrenden Zuges winkten, in den Krieg zogen. Nicht immer enthüllte sich die wahre Bedeutung einer Geschichte sofort, dachte Mila dumpf.

»Ich habe alles versucht, um zu verhindern, dass er sterben muss.« Caruels Stimme klang jetzt abwesend. Er war mit seinen Gedanken in der Vergangenheit. »Einmal habe ich sogar versucht, ihn unsterblich zu erzählen, so, wie Abélard es mit Héloise gemacht hat. Kennst du die Geschichte von Abélard und Héloise? Die wahre Geschichte, meine ich, nicht das, was sie den Touristen weismachen.«

Mila schüttelte den Kopf. Wenn sie diese Geschichte einmal gekannt hatte, dann war sie mit allem anderen in dem Loch in ihrer Erinnerung verschwunden und Eric hatte sie in seiner Erzählung nicht erwähnt.

»Egal«, murmelte er. Er nahm das Oktavheft zur Hand. Mila sah seine Blicke an den Zeilen entlanghuschen. Seine Lippen bewegten sich beim Lesen. Es sah aus, als wiederhole er eine Art Mantra. »Es funktioniert nicht«, sagte er. In einer matten Geste reichte er ihr das Heft.

Sie nahm es. Es fühlte sich speckig an, das Papier war feucht und wellig, so, als hätte Caruels Schweiß es über Tage und Wochen getränkt. Als sie es endlich schaffte, die Worte zu entziffern, wurde ihr Herz ganz eng. Sie blätterte eine Seite zurück, dann noch eine und schließlich bis ganz nach vorne.

»O Gott«, flüsterte sie und wusste nicht genau, ob sie entsetzt oder fasziniert sein sollte.

»Es geht nicht«, sagte Caruel erneut. »Nicholas liegt in der kalten Erde und niemand kann etwas dagegen tun.«

Mila schlug die Seiten wieder um.

Caruel hatte das ganze Heft mit nur zwei Sätzen gefüllt:

Nicholas trat aus den Schatten des Grabmals.

Und er war lebendig.

Sie strich über seinen Namen. Ihre Fingerspitzen kribbelten, als ginge eine Art Energie von den Worten aus. Plötzlich war da eine Sehnsucht in ihr, die schmerzlich war und die sie trotzdem begrüßte, weil sie sich auf ein Ziel richtete. Sie wollte dieses Grab sehen. Sie wollte Nicholas' Namen darauf lesen, damit das, was Eric erzählt hatte, endlich in ihrer Realität ankam. »Wo, sagten Sie, liegt Nicholas begraben?«, fragte sie Caruel.

Abélard stand im Schatten der Wohnzimmertür und beobachtete Héloise. Die Strickjacke fest um ihre schlanke Gestalt geschlungen und die Arme vor der Brust verschränkt, stand sie am Fenster und starrte in die Dunkelheit hinaus. Ihre Züge wurden nur von dem Licht einer Lampe beleuchtet, die auf einem kleinen Tischchen stand. Abélard lächelte. Er gönnte sich manchmal diese heimlichen Momente der Zweisamkeit, wenn Héloise nichts von seiner Anwesenheit ahnte und er ihre ganze Schönheit und Jugend in sich aufnehmen konnte.

Es waren die frühen Morgenstunden. Héloise hatte die Nacht über nicht geschlafen, weil Mila noch nicht wieder zu Hause war. Abélard kannte die lähmenden Sorgen, die seine Geliebte sich um ihre Tochter machte, er wusste um die Kraft, die es sie kostete, Mila Leid zuzufügen. »Wenn dir die Kräfte ausgehen für die Aufgabe, die vor uns liegt«, hatte er ihr versichert, als sie am gestrigen Abend zusammen gewesen waren, »dann lass mich für uns beide stark sein.« Er hatte sie in den Arm genommen, ihre Schultern umschlungen, beide Hände in den Haaren an ihrem Hinterkopf vergraben.

Sie liebte es, wenn er sie so festhielt.

Und er liebte es ebenso. Mehr noch: Er brauchte es.

»Versprich mir, dass wir Mila nicht weiter quälen«, hatte sie gegen seine Brust geflüstert. Und er hatte genickt. »Nicht mehr lange«, hatte er ihr Mut gemacht. »Mila ist der Schlüssel, die Fabelmacht ein für alle Mal zu besiegen. Und bald wird sie so weit sein.«

Im Zimmer vor ihm gab es eine Bewegung. Abélard sah zu, wie Héloise sich vom Fenster abwandte und durch das Zimmer ging. Er machte sich bereit zu verschwinden, doch sie wollte nicht in den Flur, sondern ging nur zu einer Anrichte, auf der ihr Handy lag. Zögernd nahm sie das Telefon zur Hand und er vermutete, dass sie ihre Tochter anrufen wollte. Dann jedoch ließ sie das Gerät sinken.

Abélard runzelte die Stirn. Was kam jetzt?

In Héloises vertrautem Gesicht arbeitete es. Eine nachdenkliche Falte war zwischen ihren Augenbrauen erschienen. Schließlich schien sie sich einen Ruck zu geben. Sie wählte und hob das Telefon ans Ohr.

Er konnte die Stimme am anderen Ende nicht hören, aber an Héloises Reaktion sah er, dass die Verbindung zustande gekommen war.

»Hallo, Maréchal«, sagte sie.

Abélard beugte sich überrascht vor. Maréchal? Damit hatte er nicht gerechnet. Was tat sie da?

Sie krampfte die Hände um das Telefon. »Habe ich dich geweckt? Ich weiß, dass du immer früh aufstehst, deswegen ...« Sie unterbrach sich. »Ich brauche deinen Rat.«

Sie lauschte, dann schüttelte sie den Kopf. »Nicht am Telefon!« Wieder hörte sie dem alten Buchhändler zu.

»Ja«, sagte sie. »Darum geht es. Die Vernichtung der Fabelmacht ist so ...« Plötzlich stand Anspannung in ihren Zügen. »Das ist mir klar ... Ich brauche einfach deinen Rat. Können wir uns treffen? An Nicholas' Grab?« Sie schaute auf die elegante Armbanduhr, die sie am Handgelenk trug. »Gleich nachher um acht, sobald sie die Pforten des Friedhofs öffnen?«

Offenbar war Maréchal einverstanden.

»Danke«, flüsterte sie, bevor sie die Verbindung unterbrach und das Handy sinken ließ. Mit nachdenklicher Miene trat sie wieder an das Fenster.

Abélard schalt sich einen Narren, weil er kurz befürchtet hatte, dass Héloise etwas Unüberlegtes tun könnte. Aber jetzt beruhigte er sich wieder. Er lächelte und zog sich lautlos bis zur Haustür zurück. Er hatte mitbekommen, dass sie Maréchal erst kürzlich von ihrem Plan erzählt hatte. Erst war es ihm nicht recht gewesen, aber zu seiner Verblüffung hatte der Buchhändler Mila nichts verraten, weil er um die Notwendigkeit wusste, die Fabelmacht zu vernichten. Wenn Abélard es richtig bedachte, war das Treffen mit Maréchal vielleicht sogar ein kluger Schachzug.

5

Das Schild neben dem schmiedeeisernen Tor von Père-Lachaise verriet Mila, dass der Friedhof erst in etwas mehr als einer Stunde, nämlich um acht Uhr, für Besucher geöffnet werden würde.

Sie dachte an ihre Begegnung mit Maréchal auf der Vernissage und an die mit Villain Caruel. Nachdem sie auf dem Gare de l'Est Nicholas' Vater getroffen hatte, war sie hierhergekommen und vor einem der Nebeneingänge des Friedhofs gelandet.

Die Fabelmacht, hörte sie ihre Mutter sagen. *Du weißt wirklich nicht mehr, welche Macht du hast?*

Eric hatte ihr erzählt, dass sie in der Lage war, Dinge umzuschreiben. Es war ihr wie Zauberei erschienen, im wahrsten Sinn des Wortes. Aber Eric hatte ihr eindrücklich klargemacht, wozu sie in der Lage war. Er hatte erklärt, dass sie ohne Probleme aus einem weißen Shirt ein schwarzes machen konnte. Und dass Nicholas einmal ihre Verfolger auf eine falsche Fährte gelockt hatte, indem er ein kaputtes Schloss wieder heilschrieb. Und dann, auch das hatte Eric ihr erzählt, hatte sie Nicholas mit der Fabelmacht sogar einmal das Leben gerettet.

Sie schüttelte den Kopf. Ihr Verstand wollte ihr sagen, wie verrückt das alles war. Aber da war irgendetwas in ihr, ganz tief in ihrem Herzen vergraben, das anderer Meinung war. Nachdenklich sah sie sich um. Rechts von dem Tor besaß die zweieinhalb Meter hohe Friedhofsmauer ein paar kleinere Vorsprünge. Ließen die sich nutzen, um über die Mauer zu klettern? Sie tastete nach dem ersten. Er befand sich knapp über ihrem Kopf und war kaum zwei Zentimeter breit. Sie versuchte, sich daran hochzuziehen. Unmöglich, schon gar nicht mit ihren Ballerinas und in dem Kleid.

Mila ließ den Vorsprung los und landete wieder auf dem Boden.

Ihr Blick fiel auf das Schloss in dem schmiedeeisernen Tor. Es war ziemlich modern dafür, dass das Tor selbst vermutlich aus dem vorletzten Jahrhundert stammte. Ein ganz normales Sicherheitsschloss.

Wieder kaute Mila auf ihrer Unterlippe herum.

Ihre Hand wanderte in ihre Handtasche. Ihre Fingerspitzen stießen gegen die Kante ihres Notizbuches. Zögernd holte sie es heraus. Der Bleistift war in der Tasche abgebrochen, aber ein Stück der Miene stand noch hervor, sodass Mila nur mit dem Fingernagel ein bisschen von dem Holz abzupulen brauchte, um ihn wieder halbwegs schreibtüchtig zu machen. Ihre Kehle wurde eng in dem Augenblick, als sie die Spitze des Stiftes auf eine leere Notizbuchseite setzte.

Sie sah sich um. In einem Hauseingang auf der gegenüberliegenden Straßenseite schlief ein Obdachloser. Und ein paar Tauben hüpften schläfrig oben auf der Mauer herum, als könnten sie keinen bequemen Platz finden. Sonst war in dieser Seitenstraße weiter kein lebendiges Wesen zu sehen.

Sie atmete durch und hielt dann die Luft an.

Es würde sowieso nicht funktionieren, also warum hatte sie solche Skrupel? Sie konnte sich schließlich höchstens vor sich selbst lächerlich machen.

Langsam begann sie zu schreiben. Genau wie Eric es ihr erklärt hatte, beschrieb sie erst das, was war, so genau wie möglich: das moderne, im Licht der fahlen Straßenlaternen glänzende Schloss. Das verschlossene Tor. Als sie das erledigt hatte, war ihr schwindelig. Sie atmete ein paarmal tief ein. Und schrieb, dass das Schloss sich wie von Zauberhand öffnete.

Sie hätte beinahe das Notizbuch fallen gelassen, als die Spitze ihres Stiftes blau aufflammte. Voller Faszination sah sie zu, wie das Licht ihre Worte entlanglief, bis alles, was sie geschrieben hatte, in diesem überirdischen Blau leuchtete.

Und gleich darauf wieder verlosch.

Eine Sekunde verging, in der Mila sich nicht zu rühren wagte. Dann blinzelte sie.

Und völlig lautlos war das Schloss offen.

Eine Weile stand Mila einfach da. Sie hatte beide Handflächen aneinandergelegt und bedeckte damit Mund und Nase, bis das Staunen und das gleichzeitige Unbehagen nachließen. Behutsam schob sie daraufhin das Tor auf, schlüpfte hindurch und schob es hinter sich wieder zu.

Die Parkwächter würden denken, dass einer von ihnen gestern Abend nicht zugeschlossen hatte. Fast musste Mila lächeln bei dem Gedanken und nach all der Trauer und Finsternis in der letzten Zeit war das so ungewohnt, dass sie ihre Mundwinkel berührte, um sicher zu sein, dass das Lächeln wirklich da war.

Sie hatte sich von Caruel die Sektion sagen lassen, in der Nicholas' Grab lag, und als sie nun einen der breiten Wege betrat, die unter alten Bäumen dahin führten, hoffte sie, dass sie sich nicht verlief. Laternen gab es auf dem Friedhof so gut wie keine, aber trotzdem war es nicht völlig dunkel, denn der Sonnenaufgang war nicht mehr fern. Ab und an brannte auch ein Grablicht still vor sich hin, eine winzige, flackernde Lichtquelle zwischen all den Grabsteinen, Monumenten mit reich verzierten Säulen und wunderschön aussehenden Statuen von trauernden Engeln.

Merkwürdigerweise hatte Mila überhaupt keine Angst auf dem stillen Friedhof. Eher im Gegenteil. Auf dem frühmorgendlichen Bahnhof war ihr unwohler gewesen. Hier jedoch war es fast friedlich. Die Geräusche, die das erwachende Paris machte – das Einsetzen des Verkehrs, das Jaulen eines Rettungswagens oder das Schlagen einer Kirchturmglocke –, all das schien weit weg zu sein, gedämpft von den dicken Friedhofsmauern.

Sie bog in eine kleine Allee ein. Hier irgendwo musste es sein. Sie holte ihr Handy hervor und schaltete die Lampe an, deren Schein über verwitterte Grabsteine glitt, längst vergessene Namen, Todesdaten, die Jahrhunderte zurücklagen. Schließlich erfasste ihr Licht ein größeres Grabmal, fast so etwas wie ein Mausoleum, in dessen Giebel etwas eingemeißelt war.

Der Schein der Lampe riss zwei Worte aus der Dunkelheit.

Familie Caruel.

Mila wich zurück.

Schlagartig hatte sie eine Gänsehaut. Der Friedhof kam ihr nicht länger friedlich vor. Ein Ast knackte ganz in der Nähe.

War da jemand? Sie umklammerte den Riemen ihrer Handtasche mit beiden Händen und sah sich um.

Nein, sie war allein.

Neben dem Grabmal befand sich ein niedriges Einzelgrab. Es war von einer spiegelnden Granitplatte bedeckt und als das Licht von Milas Handylampe darüberhuschte, entdeckte sie eine längst verblühte Rose und zwei vom Regen völlig aufgeweichte Notizbücher.

Der Anblick machte etwas mit ihrem Herzen und raubte ihren Beinen alle Kraft, sodass sie sich am Rand des Caruel'schen Mausoleums abstützen musste. Dabei fiel ihr Licht auf die Inschrift auf dem Grabstein.

Wir schreiben, um das Leben zweimal zu schmecken.

Und direkt darüber:

Nicholas Caruel.

Sie wusste nicht, wie viel Zeit vergangen war, als ihr Handy klingelte, aber mittlerweile war jenseits der Mauern die Sonne aufgegangen. Der gesamte Friedhof lag in fahles Morgenlicht getaucht da.

Eric stand auf dem Display des rhythmisch vibrierenden Telefons. Sie nahm ab. »Hey«, murmelte sie.

Zwei, drei Sekunden schwieg er. »Ich hoffe, du bist zu Hause im Bett«, sagte er dann statt einer Begrüßung.

Sie beantwortete es mit einem unbestimmten Brummen.

»Alles okay?«, fragte er.

»Ich weiß nicht.«

»Kann ich etwas tun?«

Mila riss sich zusammen. Ihre Zähne klapperten von der Kälte. In wenigen Metern Entfernung stand eine Bank, Mila wankte hinüber und setzte sich. Erst nachdem sie sich an die kalte Rückenlehne angelehnt hatte, gab sie Eric eine Antwort: »Ich weiß nicht.«

Er brauchte einen Moment, um das zu verarbeiten. »Wo bist du?«, fragte er misstrauisch.

Mila starrte auf den Boden vor ihren Füßen. Ameisen krabbelten durch den hellgrauen Kies. Sie fühlte sich, als sei sie von Kopf bis Fuß damit bedeckt.

»Mila!«, drängte Eric voller Sorge. »Wehe, du sagst jetzt wieder *Ich weiß nicht!* Ich habe keine Ahnung, was ich dann machen soll!«

Sie schloss die Augen. »Rate«, sagte sie.

Er musste nicht raten. »Auf dem Friedhof.«

»Keine Ahnung, warum ich hergekommen bin.« Sie erzählte ihm von ihrer Nacht. Von der Begegnung mit Caruel, der wie besessen immer nur diese zwei Sätze schrieb. Als sie sagte, wie diese Sätze lauteten, stieß Eric eine leise Verwünschung aus.

Danach schwiegen sie beide. Lange.

»Glaubst du, es ginge?«, wisperte Mila schließlich.

»Nicholas zurück ins Leben zu erzählen? Keine Ahnung. Nein.« Durch die Leitung hindurch war seine Anspannung deutlich zu spüren. »Du hast hoffentlich nicht vor, es auszuprobieren.«

Mila stand auf und ging zu dem Grab zurück. Die beiden durchgeweichten Notizbücher darauf sahen verloren aus.

Wir schreiben, um das Leben zweimal zu schmecken.

Das klang doch wie eine Aufforderung, oder etwa nicht?

»Nein.«

Log sie Eric damit an? »Nicholas' Vater ist über seinem Tod zerbrochen«, sagte sie und dachte an den Ausdruck in Caruels Augen. Sie konnte Eric atmen hören.

»Was für ein Wunder«, sagte er.

Sie legte den Kopf in den Nacken. Der Himmel hatte die Farbe von altem Blei angenommen.

»Was hast du jetzt vor? Du warst die ganze Nacht auf den Beinen. Du solltest nach Hause fahren …« Ihm schien etwas einzufallen. »Weiß deine Mutter eigentlich, wo du bist?«

Darauf antwortete sie nicht. Ihr schlechtes Gewissen meldete sich. Sie hatte die ganze Nacht über keinen einzigen Gedanken an Helena verschwendet. Vermutlich war ihre Mutter mittlerweile schon ganz verrückt vor Sorge.

»Mila, sag was! Du machst mir Angst, ich …«

Ohne Eric ausreden zu lassen, unterbrach sie die Verbindung. In ihrem Kopf schwirrte es. Ein Gedanke ließ sie nicht mehr los.

Du und Nicholas, hatte Eric ihr in der Gartenlaube gesagt, *ihr seid die beiden stärksten Fabelmächtigen, die jemals gelebt haben.* Es war das Ende seiner Geschichte über sie gewesen.

War das der Punkt? Dass sie etwas tun konnte? Vielleicht musste sie ja nicht das Opfer sein, das hilflos zu Hause saß und vor sich hin litt. Das bewegungslos dieser entsetzlichen Trauer ausgeliefert war. Dieser schwarze Strudel hatte sie lange genug mit sich gerissen und sie gelähmt, aber nun spürte sie, dass es doch einen Ausweg gab.

Eric hatte ihn ihr in die Hand gelegt.

Sie hatte die Macht.

Sie konnte etwas tun gegen ihren Kummer und ihr Leid – es lag nur an ihr.

Sie ließ sich auf dem Rand von Nicholas' Grab nieder und holte mit fliegenden Fingern Notizbuch und Stift aus der Handtasche.

In einem anderen Universum

Nicholas' Herz schlug sehr langsam. Es war gerade hell geworden und die ersten Touristen eroberten den Friedhof, obwohl in unregelmäßigen Abständen feiner Nieselregen einsetzte. Nicholas konnte ihre Stimmen hören und ihr Gelächter, das hier an diesem Ort furchtbar fehl am Platz wirkte.

Warum nur war er schon wieder hergekommen und hatte die halbe Nacht hier verbracht? Er musste wirklich langsam damit aufhören. Wenn er es doch nur gekonnt hätte!

Er stemmte sich an der Wand des Caruel'schen Familiengrabes in die Höhe, an das er die ganze Zeit gelehnt hatte. Er war völlig durchnässt und halb erfroren. Mit den Fingerspitzen berührte er den dünnen Wasserfilm auf der Oberfläche des Grabsteines. Die Baumkronen spiegelten sich darin und einen Teil des Himmels, über den von einem kalten Wind Wolkenfetzen getrieben wurden. Kurz wurde ihm schwindelig. Er hatte das Gefühl, dass er sich nur vornüberkippen lassen musste und er würde durch den Stein hindurch in ein anderes Universum fallen. In eines, in dem nicht Mila gestorben war, sondern er. In eines, in dem sie an seinem Grab saß und um ihn trauerte.

Eine Familie mit mehreren Kindern kam vorbei. Der Vater hielt einen Prospekt in der Hand, auf dem die berühmtesten Gräber von Père-Lachaise eingezeichnet waren. Die Frau warf Nicholas einen befremdeten Blick zu, ging aber weiter.

Nicholas schaute auf sein Spiegelbild in dem Wasserfilm. Sein Mantel war schmutzig, die Haare hingen ihm als nasse Spitzen in die Stirn. Seine Augen hatten einen fiebrigen Ausdruck.

Er setzte sich auf den Rand der Grabplatte.

Der Himmel ist der Ort, an dem wir keine Fabelmacht brauchen, um eine andere Welt zu betreten.

Aus weiter Vergangenheit wehten die Worte zu ihm heran. Seine Mutter hatte das einmal zu ihm gesagt, lange vor ihrem schrecklichen, gewaltsamen Tod war es gewesen.

Sein Brustkorb zog sich zusammen. Mechanisch tastete er nach dem Kugelschreiber und dem Notizbuch in seiner Manteltasche. Und dann, nachdem er sich einen Ruck gegeben hatte, begann er zu schreiben. Er beschrieb sich selbst, wie er an Milas Grab saß und in den gespiegelten Himmel starrte. Er schrieb:

Er durchquerte den Schleier zwischen den Universen, um bei ihr zu sein.

Er wusste natürlich, dass es nicht funktionieren würde. Er hatte es schon so oft geschrieben, ohne irgendeinen Effekt. Aber zu seiner grenzenlosen Verblüffung setzte das Fabelmachtleuchten diesmal tatsächlich ein.

Maréchals Herz jagte. Seine Beine fühlten sich an wie aus Wackelpudding, aber er zwang sich weiterzueilen. Er musste auf diesen Friedhof, zu Helena. Er musste dringend mit ihr reden, das war ihm schon klar gewesen, als er mit ihr am Telefon gesprochen hatte.

Sie hatte so furchtbar verloren geklungen!

Kein Wunder bei den Dingen, die Abélard von ihr verlangte. Er machte sich keine Vorstellung davon, wie zerrissen sie sich fühlen musste – hin und her geworfen zwischen ihrer Liebe zu diesem Mann und ihrer einzigen Tochter. Verfluchte Fabelmacht! Bis eben war er noch gänzlich einer Meinung mit Abélard und Helena gewesen: Diese Gabe musste vernichtet werden. Jetzt allerdings ...

Sein Herz zwang ihn, stehen zu bleiben. Keuchend stützte er sich an einer Hauswand ab. Weiter! Er musste weiter!

Helena musste wissen, was er kurz nach ihrem Telefonat herausgefunden hatte.

Sein Magen kehrte sich um und er erbrach das Abendessen aus Rotwein, Baguette und Käse, das er kurz vor dem Schlafengehen zu sich genommen hatte.

O Gott, Helena!

Er richtete sich wieder auf, wischte sich mit dem Handrücken über den Mund. Seine Kehle brannte von seiner Magensäure. Zum bestimmt hundertsten Mal verfluchte er die Tatsache, dass er zu altmodisch war, um ein Handy zu besitzen. Wenn er Helena doch nur hätte anrufen können! Aber er kannte ihre Nummer nicht auswendig und das rächte sich jetzt bitterlich.

Mit einem gepressten Stöhnen machte er sich wieder auf den Weg, hastete um eine Straßenecke. Links ging es eine Treppe nach unten, eine Abkürzung. Wenn nur sein Herz nicht so unangenehm gestolpert wäre! So gut er konnte, holte er Luft. Dann eilte er weiter.

Es fühlte sich an, als werde Mila mit unnachgiebiger Kraft aus ihrem Körper herausgezogen.

Um sie herum nichts außer kalter Leere. Und direkt vor ihr eine schlichte schwarze Tür. Was hatte das zu bedeuten? Sie wurde zu dieser Tür gezogen. Sie streckte die Hand aus, um nach der silbernen Klinke zu greifen, aber es war nicht nötig. Die Tür schwang von allein auf. Blaues Fabelmachtlicht strömte heraus, blendete Mila. Sie zögerte, die Tür zu durchschreiten. Als sie es doch tat, hatte sie das Gefühl zu fallen, aber nicht nach unten, sondern völlig widernatürlich nach oben. Die Welt kehrte sich um, dann landete sie unsanft auf den Füßen.

Vor ihr lag eine endlose und völlig flache Ebene, die sich unter ihren Sohlen anfühlte wie Glas. Es gab keinerlei Spiegelung in der glatten Oberfläche, keine Sonne am Himmel oder irgendeine andere Lichtquelle. Das Licht ringsherum war absolut gleichmäßig, fahl und sonderbar düster. Für einen Augenblick hatte Mila das Gefühl, sie befinde sich auf einem unendlich still daliegenden pechschwarzen See und ein Gewitter stünde kurz bevor.

Sie wandte den Kopf. Eine Bewegung wie in Zeitlupe. Auch ihre Gedanken schienen nur noch im Schneckentempo zu funktionieren. Die Tür, durch die sie gekommen war, befand sich direkt hinter ihr, aber da war keine Wand, keine Mauer, nichts. Nur die Tür, die einfach mitten auf der Ebene herumstand. Sie war noch immer offen. Mila konnte den Friedhof sehen. Nicholas' Grab. Ein Stück Baum.

Surreal. All das schien weit hinter ihr zu liegen, schien sie nichts mehr anzugehen.

War sie gestorben?

Egal!

Ebenso langsam wie zuvor wandte sie den Kopf wieder geradeaus. Irgendwo vor ihr, jenseits der schwarzgläsernen Ebene, befand sich eine zweite Tür. Sie schien gleichzeitig unendlich entfernt und sehr nahe zu sein. Auch sie war offen. Und vor dieser Tür stand ein hochgewachsener Junge in Jeans, Hemd und langem schwarzem Mantel. Seine ebenfalls schwarzen Haare wurden ihm in die Augen geweht. Mit der Klarheit eines Traumes wusste Mila, dass diese Augen die Farbe des Mitternachtshimmels hatten. Und dann – wie ein Blitz, der sie traf – war alles wieder da: *Hände, die sich um ihren Kopf schlossen, Lippen auf ihren, ein Kuss, der gleichzeitig fordernd war und voller Verzweiflung. Eine Kugel in der Brust dieses jungen Mannes, der Nicholas war. Ihr Nicholas. Seine Augen, aus denen der Tod alle Verzweiflung fortnahm und nichts übrig ließ als Leere. Ein gemalter Sternenhimmel …* All das schnurrte vor Milas geistigem Auge vorbei wie ein ruckelnder Film. Gleichzeitig waren da Gefühle in ihr, die ihr das Herz zerreißen wollten.

Sie sah Nicholas, der Eric das Handgelenk brach, Nicholas, der im stroboskopartigen Licht eines Clubs vor ihr stand und sie anflehte, ihr aus dem Weg zu gehen, Nicholas, der gemeinsam mit ihr in einem Kellerloch hockte und ein Foto in der Hand hielt, das ihn und seine Mutter zeigte …

Und da war noch so viel mehr.

Treppen, die in namenlose Tiefen führten. Endlose Gänge voller Bücher, eine dunkle Bibliothek, in der die Bände alle gleich groß und nachtschwarz waren.

… Schüsse, die fielen …

… Blut auf Nicholas' weißem Hemd …

Sie schwankte unter dem Ansturm der Erinnerungen und es dauerte gefühlt eine Ewigkeit, bis sie sich wieder in der Gewalt hatte. Vorsichtig setzte sie einen Fuß vor den anderen. Ein schwaches Zittern war zu spüren, als würde der schwarzgläserne Boden unter ihren Füßen vibrieren. Die Ebene schien nahezu endlos und trotzdem spürte Mila Nicholas' Herzschlag, als auch er begann, auf sie zuzugehen.

Sie wusste nicht, wie lange es dauerte, bis sie einander erreichten. Es hätte eine Sekunde sein können – oder eine Ewigkeit. Es war belanglos.

Dicht voreinander blieben sie stehen.

Das seltsame Licht der Ebene ließ das Blau seiner Augen stumpf wirken. Ein fahler Schimmer lag auf seiner Haut und sein schwarzer Mantel schien auch noch das letzte bisschen Licht zu verschlucken.

Mühsam hob Mila die Hand, die Fläche nach vorn gestreckt.

Nicholas zögerte. Dann tat er es ihr nach. Unendlich langsam hob sich sein Arm, näherten sich seine Finger ihren. Als ihre Haut nur noch Millimeter voneinander entfernt war, glaubte Mila, tödliche Kälte zu spüren, die von ihm ausging.

Ihr gesamter Körper wurde taub, kraftlos. Nur mit Mühe konnte sie sich aufrecht halten und an seinem verzerrten Gesicht sah sie, dass es ihm ähnlich erging.

Sie sah ihm in die Augen, wollte etwas sagen, doch kein Laut kam über ihre Lippen.

Dann.

Nach einer Ewigkeit.

Berührten.

Sich.

Ihre.

Hände.

Es war wie ein Stromschlag. Die Stärke der Liebe, die sie für diesen Jungen empfand, ließ sie in die Knie gehen. Übergangslos wurde es gleißend hell, doch nur für einen Sekundenbruchteil. Dann zog eine erbarmungslose Macht sie zurück zu der Tür, durch die sie gekommen war. Die Ebene, die Luft, der schwarzgläserne Boden – alles schien sich um sie herum aufzulösen, wurde unsicher, brüchig. Die Umgebung knüllte sich um sie zusammen wie ein altes Stück Papier, auf das sie geschrieben stand und das niemand mehr brauchte. Ein Gefühl von unbeschreiblichem, namenlosem Grauen erfasste Mila.

Sie riss den Mund auf. Schnappte nach Luft. Dann erreichte sie die Tür, wurde hindurchgesogen. Erneut fiel sie. Sie schrie aus Leibeskräften. Ein harter, schmerzhafter Ruck fuhr durch ihren Körper und gleich darauf wurde um sie herum alles pechschwarz.

Als sie die Augen aufschlug, schaute sie in den bleiernen Himmel über Paris. Nicholas' Grab neben ihr war völlig unverändert.

6

Der Boden unter Mila war feucht, ihr Mantel durchnässt und auch ihr dünnes rotes Kleid klebte am Körper. Sie zitterte, doch sie wusste nicht, ob es von der Kälte kam oder von dem, was sie eben erlebt hatte.

Aber war es wirklich real gewesen – diese schwarze, endlose Ebene aus Glas? Ihre Begegnung mit Nicholas, die Berührung ihrer Hände? Der Ansturm der Emotionen, der sie fast zerrissen hätte? Oder war sie vor Erschöpfung eingeschlafen – und hatte das alles nur geträumt?

Sie wandte den Kopf, starrte auf Nicholas' Grab, auf die Rose und die beiden aufgeweichten Notizbücher. Bei ihrem Anblick wurde ihr klar, dass die Erinnerungen, die sie auf der schwarzgläsernen Ebene überfallen hatten, noch immer da waren. Sie wusste alles wieder, als wäre es gestern gewesen. Sie wusste, wie sehr sie Nicholas geliebt hatte und dass er seit Wochen tot war. Und sie wusste auch, dass sie es gewesen war, die eines der beiden Notizbücher auf das Grab gelegt hatte.

Ihr Herz krampfte sich zusammen.

Sie hatte ihre Erinnerung wieder, aber das war es nicht gewesen, worauf sie aus gewesen war. Eigentlich hatte sie es doch kommen sehen, oder? Sie war sich sicher gewesen, dass es nicht funktionieren würde, Nicholas von den Toten zurückzuschreiben. Warum überwältigte sie die Erkenntnis jetzt so sehr?

Nicholas war noch immer tot.

Es gab nichts, was sie dagegen tun konnte.

Sie wollte weinen, aber sie konnte es nicht. Sie kroch an den Rand des Grabes und verschränkte die Arme auf dessen Granitplatte. Schwerfällig legte sie den Kopf darauf. Ihre Augen brannten vor Erschöpfung.

»Mila«, sagte eine dunkle Stimme.

Sie hob den Kopf nicht. Sie konnte nicht.

»Mila«, sagte die Stimme wieder, die ihr so unendlich vertraut war.

Etwas in ihr gab nach. Sie drehte sich um.

Zwischen den Gräbern, im Schatten eines tropfnassen Baumes stand er. Er trug Jeans, ein weißes Hemd, einen schwarzen Mantel. Seine Haare fielen ihm über Stirn und Lider, als müsse er sich dahinter verstecken. Seine Miene war blass, seine Augen tief umschattet.

»Nicholas?«, flüsterte sie kaum hörbar.

Er wollte einen Schritt auf sie zu machen, aber er taumelte, als sei er schwer verletzt. Er suchte Halt an einem Grabstein. Der Anblick trieb Mila auf die Beine. Sie lief zu ihm, blieb vor ihm stehen. Noch immer traute sie ihren Augen nicht vollständig.

Was, wenn sie den Verstand verloren hatte? Wenn das kein Traum, sondern eine Halluzination war?

»Du bist es.« War das ihre Stimme, die das sagte?

Nicholas hob langsam den Blick. Seine Augen ... die silbernen Funken in dem Mitternachtsblau … So detailreich konnte eine Halluzination doch niemals sein, oder?

»Du bist es«, hörte sie jetzt ihn sagen. Seine Stimme klang rau. Er stieß sich von dem Grabmal ab, auf das er sich gestützt hatte, und überwand auch noch den letzten Meter. Mila sah mit an, wie er eine Hand hob und sie ihrer Wange näherte, als könne er es nicht glauben.

»Du lebst.« Fast tonlos war seine Stimme.

Sie spürte die Kälte, die von seiner Hand ausging, genau wie auf der schwarzgläsernen Ebene. Doch dann, als er sie berührte, als er die eine Hand an ihre Wange legte und gleich darauf auch die zweite an die andere, da fühlte sie das Leben in ihm. Sein Pulsschlag flog, sie spürte es überall, wo er sie berührte. Seine Lippen teilten sich. Sie sah die haarfeine Narbe an seiner Unterlippe, die sie vergessen gehabt hatte, und die Erinnerung blitzte in ihr auf, wie er dazu gekommen war. Er hatte diese Narbe ihr zu verdanken. Sie hatte ihm den Ellenbogen ins Gesicht geschlagen, damals, als er genauso vor ihr gestanden hatte wie jetzt gerade …

Sie bekam keine Luft mehr.

»Atme, Mila«, sagte er leise.

Und da atmete sie, so tief wie noch nie zuvor in ihrem Leben. Sie fühlte, wie die Schwärze aus ihr wich und mit ihr die Trauer. Das Einzige, was blieb, war dieses Kribbeln, doch es war nicht länger unangenehm, sondern fühlte sich aufregend an, neu, elektrisierend. Es rann von seinen Fingerspitzen aus durch ihre Haare bis hinauf zum Scheitel und von dort wieder nach unten, ihren gesamten Rücken hinab.

»Du lebst«, sagte er wieder, diesmal fester. Seine Augen

glänzten so hell, dass sie erst gar nicht begriff, dass er weinte. »Du lebst.«

Sie wollte dasselbe sagen, aber sie konnte es nicht. »Nicholas«, flüsterte sie. Sie würde nie wieder etwas sagen können als nur dieses eine Wort. »Nicholas.«

Die Tränen lösten sich aus seinen Wimpern und rannen über sein blasses Gesicht. Sachte wischte Mila sie fort. »Nicht weinen«, bat sie.

Da lachte er unter Tränen. Er lachte, dann verstummte er. Seine Augen waren so groß und weit, dass es sich anfühlte, als würde sie hineinfallen. »Gott, Mila«, stöhnte er.

Und küsste sie.

Es war nicht die Welt, die aufgehört hatte zu existieren, sondern die Zeit. Nicholas hatte keine Ahnung, wie lange es dauerte, bis sich ihre Lippen wieder voneinander lösten. Es war auch egal. Alles war egal.

Er hatte sie wieder.

Sie war am Leben.

Die Beine gaben unter ihr nach und er musste sie auffangen. »Hey!« Er wollte sie auf seine Arme heben, aber er spürte im selben Moment, wie auch seine Muskeln den Dienst verweigerten. Er dachte an diese furchtbare, schwarzglänzende Ebene zurück. Dieser Moment, als Mila von ihm weggezogen worden war.

Hatte sie dasselbe erlebt? Und gefühlt?

»Komm. Dahinten ist eine Bank«, sagte er. Gemeinsam setzten sie sich, ohne dabei den Blick vom Gesicht des anderen zu lassen.

Wieder hielt die Zeit an.

Der Verkehr jenseits der Friedhofsmauern nahm an Intensität zu und auch das Stimmengewirr der Touristen, die den Friedhof trotz des schlechten Wetters bevölkerten. All das jedoch befand sich außerhalb der Blase, in deren Mitte er und Mila schwebten. Dann, plötzlich, fühlte Nicholas jähes Erschrecken. Was, wenn er das hier nur träumte? Wenn er einmal mehr vor Milas Grab aufwachte, weil Luc ihn aus einem Albtraum rüttelte?

Eine Gruppe Jugendlicher kam lärmend den Weg zwischen den Gräbern entlang. Ungefähr eine Handvoll Jungs im Teenageralter und zwei Mädchen, die, ihren einheitlichen Schuluniformen nach zu urteilen, alle zusammengehörten. Auf ihren Blazern prangte das Logo einer Privatschule. Eines der Mädchen hatte sich etwas zurückfallen lassen und warf Nicholas und Mila verstohlene Blicke zu, aber als Nicholas ihr zulächelte, lief sie hastig weiter. Er schaute ihr hinterher, hörte, wie sie und ihre Schulkameraden lärmten und lachten und sich gegenseitig Witze erzählten. Und dabei spürte er Milas Wärme, roch den Duft ihrer Haut, Vanille und Lavendel, und es war genauso Wirklichkeit wie die Jugendlichen.

»Glaubst du, man sieht es uns an?«, fragte Mila leise. »Was wir … eben getan haben?«

Nicholas nahm ihr Gesicht in beide Hände. »Mir vielleicht«, erwiderte er und hatte das Mädchen schon wieder vergessen. »Aber bei dir sieht jeder nur dasselbe wie ich.« Er legte seine Stirn an ihre, spürte ihren Pulsschlag unter seinen Fingerspitzen. »Wie wunderschön du bist«, fügte er leise hinzu.

Ihre Lippen berührten sich und diesmal war der Kuss nicht mehr sanft und sehnsuchtsvoll. Mila spürte, wie ihre körperliche Schwäche verging, sie vergaß das, was auf der Ebene passiert war. Es war nicht mehr wichtig. Wichtig war nur noch Nicholas, seine dichten schwarzen Haare, seine dunkelblauen Augen. Sie lehnte sich ein wenig zurück, aber nur, um ihn ansehen zu können. Sanft strich sie über seine Wangenknochen, fuhr die Linie seines Unterkiefers nach und musste lächeln, als er dabei zitternd die Luft einzog. Sie wollte seinen Herzschlag fühlen, um sich sicher zu sein, dass er wirklich am Leben war. Behutsam legte sie die Hand an seine Brust.

Diesmal schloss er die Augen. Sein Herz schlug schnell und kräftig. »Gott, Mila«, flüsterte er.

Sie schwieg. Betrachtete jedes Detail seines Gesichts, den Schatten, den seine Nase auf seine Wange warf, die Wimpern, die auf seiner blassen Haut aussahen wie aus Seide gesponnen. Waren es wirklich nur zehn Wochen gewesen, die sie all das so furchtbar vermisst hatte? Es kam ihr vor wie ein ganzes Leben.

Sie fühlte, wie etwas in ihr übersprudelte, plötzlich hatte sie unbändige Lust, etwas zu schreiben. Über ihn zu schreiben.

»Nicht nötig«, murmelte er. Dann öffnete er die Augen wieder. »Über mich schreiben, meine ich.« Er lächelte auf eine Weise, die ihr das Herz überfließen ließ. »Ich bin hier.«

Sie lachte auf und es klang unbeschwert. Glücklich. »Glaubst du, die Fabelmacht befähigt uns dazu zu wissen, was der andere denkt?«

Er schüttelte sanft den Kopf. »Nein«, sagte er. »Das ist nicht die Fabelmacht. Man nennt das Liebe.« Er griff in ihren Nacken und zog sie fester an sich heran. Seine Lippen fanden die ihren und sein Kuss wurde intensiver, forschender, als wollte er all die Wochen wettmachen, die sie getrennt gewesen waren.

»Können wir bitte für immer hier sitzen bleiben?«, murmelte sie.

Er lachte leise und zum ersten Mal, seit sie ihm begegnet war, war da kein Anflug von Traurigkeit in ihm. »Egal, was auch immer passiert: Ich lasse es nie wieder zu, dass wir getrennt werden.«

Mila lief ein Schauder über den Rücken. Nicholas spürte es und umschlang sie mit beiden Armen, als wolle er nichts, aber auch nichts an sie heranlassen. Sie tat es ihm gleich. »Sie haben alle geglaubt, dass es nicht geht«, sagte sie. »Kein Fabelmächtiger kann jemanden von den Toten zurückholen, das haben sie alle gesagt. Aber ich habe ihnen das Gegenteil bewiesen.«

Er regte sich in ihren Armen, schüttelte den Kopf. »Ich war nicht tot.« Verwundert teilten sich ihre Lippen, aber er sprach schon weiter: »Es war umgekehrt. Du warst tot, nicht ich.«

»Nein.« Sie ließ ihn los und deutete über ihre Schulter. »Das kann nicht sein. Dahinten ist dein Grab.« Sie sah, wie das Blut aus seinen Wangen wich. Er hatte nicht gewusst, dass er gestorben war? Er hatte geglaubt, sie wäre ums Leben gekommen?

Er schwieg erschüttert, schien das zu verarbeiten zu versuchen, was sie gerade gesagt hatte. »Erinnerst du dich auch an diese schwarze Ebene?«, fragte er schließlich. »Wir waren gemeinsam dort.«

Sie nickte. Der Ort zwischen den Universen, den sie gewöhnlich in einem Wimpernschlag überquerten, wenn sie die Fabelmacht benutzten. »Wir haben uns dort getroffen. Daran erinnere ich mich. Und dann wurde ich irgendwie zurückgeschleudert.«

Er nickte, als erinnere auch er sich daran. Er sah aus, als wolle er etwas sagen, aber er schwieg lange, bevor er es konnte. »Es war furchtbar. Du bist durch irgendeine titanische Macht von mir fortgezogen worden – hin zu dieser Tür, durch die ich dich Äonen zuvor die Ebene hatte betreten sehen. Ich ... ich habe mit ansehen müssen, wie du dich von mir entfernt hast, schneller und schneller.« Er grub seine Finger in ihre Schulter, dass es wehtat. »Ich konnte es nicht zulassen. Ich durfte dich nicht verlieren, nicht noch einmal.«

Er schwieg. Sein Blick war nach innen gerichtet.

»Was ist dann passiert?« Sie fragte so behutsam, wie sie konnte, und ebenso behutsam löste sie seine Finger von ihren Schultern, nahm seine Hände zwischen ihre und hielt sie fest.

»Als ich an deinem Grab anfing zu schreiben, ahnte ich, ich müsste den Schleier zwischen den Universen durchqueren, um zu dir gelangen.« Er war jetzt sehr blass. »Und dann, auf der Ebene, als du von mir fortgezogen wurdest, habe ich meinen Körper gezwungen, dir zu folgen. Ich glaube, noch nie war etwas so schwer, so grauenhaft schwer, wie das zu tun. Aber ich habe es geschafft. Ich habe diese verdammte Tür erreicht und bin durch sie durch.«

Mila schloss die Augen und dachte an die unendlichen Entfernungen der schwarzen Ebene. Wie groß musste seine Liebe sein, dass er sie überwunden hatte!

»Danach bin ich in eine ekelerregende Leere gefallen. Als ich die Augen aufgeschlagen habe, lag ich zwischen den Gräbern. Genau dort, wo ich auch vorher war.«

»Nur hast du das Universum gewechselt«, flüsterte sie. »Du bist in dieses Universum gekommen.«

Er nickte. »Wo ich eigentlich erschossen worden bin, genau wie es meine Geschichte vorgesehen hatte.«

Mila suchte Schutz in seinen Armen vor dieser Vorstellung. »Warum sind wir so mächtig?«, fragte sie nach einer langen Pause.

»Ich weiß es nicht.« Er machte einen tiefen Atemzug. »Ich weiß nur, dass wir beide gemeinsam das Unmögliche möglich gemacht haben. Wir sind wieder zusammen. Und das ist alles, was zählt.« Er legte ihr die Fingerspitzen unter das Kinn.

Als sich ihre Lippen diesmal berührten, schloss Mila die Augen und genoss das Gefühl, endlich wieder vollständig zu sein.

Abélards Blick ruhte auf dem gebeugten Nacken des Mädchens. Er konnte den Blick nicht von der Locke lassen, die sich über den Kragen ihres Mantels kringelte – und von Nicholas, der sie in seinen Armen hielt. Wie schön die beiden in ihrem Glück aussahen! Schmal und blass waren sie beide, aber da lag ein Strahlen um sie, das ihm selbst tief ins Herz fuhr.

Er vergaß die klamme Morgenkälte, die seine Gelenke schmerzen ließ, und verlor sich in dem Glück der beiden Kinder. Nein, in seinem eigenen Glück, dachte er.

Nicholas war am Leben.

Es war wirklich und wahrhaftig gelungen! Er wollte zu Héloise, wollte ihr von dem Triumph erzählen, der ihnen gelungen war und der Héloise für alles entschädigen würde, was sie in den letzten Monaten und Wochen hatte erdulden müssen. Bevor er aber zu ihr ging und ihr die gute Nachricht überbrachte, musste er sich noch um etwas anderes kümmern.

Er griff zu seinem Telefon.

»Ja?«, meldete sich am anderen Ende eine ruhige, kühl klingende Stimme.

»Ich bin's«, sagte Abélard. »Wo seid ihr?«

»In Position«, sagte die Stimme.

»Ihr wisst, was ihr zu tun habt«, sagte Abélard und die Stimme am anderen Ende bestätigte.

Maréchal hastete die Wege zwischen den alten Gräbern entlang und verfluchte sich selbst. Wo noch mal lag Nicholas begraben? Er hatte gedacht, er würde den Weg zur Familiengruft der Caruels kennen, aber stattdessen hatte er sich in seiner Panik und seinem Entsetzen zweimal verlaufen. Er war sogar an dem mittelalterlichen Grabmal von Abélard und Héloise vorbeigekommen.

Was für eine Ironie des Schicksals!

An einer Kreuzung blieb er stehen und betrachtete die kleine Plakette mit den Sektionssnummern. Ja, hier war er richtig. Er bog nach links ab, ging bis zu einer Ecke – und prallte zurück.

Auf einer Bank direkt neben Nicholas' Grab saß ein Liebespärchen und küsste sich.

Was für ein unpassender Ort für ein romantisches ... Der Gedanke verebbte mittendrin, als Maréchal begriff, wen er vor sich hatte.

Mila.

Sein Herz setzte einen Schlag aus und dann erkannte er auch den Jungen.

»Nicholas?« Der Name fiel aus seinem Mund wie ein Stein.

Die beiden fuhren auseinander und der Boden unter Maréchals Füßen verwandelte sich in Treibsand.

Er war es tatsächlich.

Nicholas!

»Wie ...« Maréchal konnte nicht weitersprechen. Ein eiserner Ring lag um seinen Brustkorb, mühevoll rang er nach Luft.

Die beiden erkannten ihn nahezu gleichzeitig und nahezu gleichzeitig sprangen sie auch auf.

»Maréchal!«, rief Mila. In der nächsten Sekunde war sie heran, stützte ihn, kümmerte sich. »Geht es?« Ihre Stimme klang schrill vor Sorge um ihn. Sah er so getroffen aus?

»Komm.« Nicholas wirkte völlig ruhig. »Setzen wir ihn auf die Bank. Mein Anblick muss ihm fast einen Herzinfarkt verursacht haben.«

Zu zweit bugsierten sie ihn zu der Bank, auf der sie noch eben gesessen hatten. Nicholas löste seinen Hemdkragen und sah ihm forschend ins Gesicht, während Mila ihm mit den Händen Luft zufächelte.

Nach einer Weile ging es besser. Maréchal kam zu Atem, sein Herz hörte auf zu rasen. Noch ein bisschen später kehrte auch sein Verstand zurück. »Ihr ... wie ...« Er starrte Nicholas an. Er war es tatsächlich. Er war es.

Himmel! Niemals hätte er es für möglich gehalten ...

»Wie kann das ...?«, keuchte er.

Ein schmales Lächeln zog Nicholas' Mundwinkel nach oben. »Frag uns nicht.«

Maréchal, der sich bis eben mit beiden Händen an der Sitzfläche der Bank festgehalten hatte, hob den Zeigefinger und stieß ihn gegen Nicholas' Brust. Als er Widerstand spürte, tat er es kopfschüttelnd ein zweites Mal.

Das Lächeln in Nicholas' Gesicht vertiefte sich. »Ich bin kein Geist, Maréchal!«

»Unfassbar«, murmelte Maréchal. Seine Gedanken überschlugen sich. Er spürte, wie er begann, es zu akzeptieren, denn hatte nicht Helena ihm genau das vorausgesagt? Allerdings bekamen damit nun auch die Dinge, die er vorhin in Erfahrung gebracht hatte und die er Helena unbedingt sagen musste, einen neuen Sinn.

Trotzdem bahnte sich ein Strahlen seinen Weg auf seine Züge. »Du lebst! Du ...« Noch einmal konnte er nur den Kopf schütteln. Irgendwo hinter ihnen raschelte es im Gebüsch, aber Maréchal war viel zu abgelenkt, um darauf zu achten.

Es war Mila, die ihn auf den Boden der Tatsachen holte. Sie hatte mittlerweile mit dem Fächeln aufgehört und setzte sich neben ihn. »Was machst du hier? Hast du mich gesucht?«

Er besann sich. Heute schien der Tag der unfassbaren Enthüllungen und Ereignisse zu sein. »Nein, deine Mutter hat mich gebeten, mich hier mit ihr zu treffen. Ich muss ihr unbedingt etwas erzählen.« Während er das sagte, raschelte es noch einmal im Gebüsch. Diesmal schaute Nicholas sich nach dem Geräusch um. »Ich war eben in der Dunklen Bibliothek und da habe ich ...«

»Runter!«, gellte da Nicholas' Schrei. Dann geschahen zwei Dinge gleichzeitig.

Er warf sich gegen Maréchal und riss ihn mit sich zu Boden.

Und ein Schuss ertönte.

Milas Verstand begriff nicht sofort, was geschah. Ihr Körper allerdings schon. Fast zeitgleich mit Nicholas warf sie sich zu Boden, während über ihren Köpfen dieser sonderbar dumpfe Knall hinwegechote.

»Sie schießen auf euch!« Jemand riss sie auf die Beine, zerrte sie in die Deckung des Caruel'schen Grabmals, und erst als sie sah, wie Nicholas Maréchal half, begriff sie, dass sie nicht länger zu dritt waren.

»Eric?«, japste sie.

»Später!« Er zog sie mit sich, wobei er darauf achtete, in eine bestimmte Richtung weg vom Grabmal zu laufen.

Wieder ertönte dieser dumpfe Knall, der fast wie ein Husten klang. Dicht neben Maréchal explodierte die Statue eines Engels in tausend winzige Marmorsplitter. Etwas sirrte an Milas Kopf vorbei, sie glaubte, unbändige Hitze zu spüren. Ein Querschläger?

Maréchal schrie vor Schreck und duckte sich. Sie jagten mitten durch die Wolke aus Steinstaub, in die sich der Engel verwandelt hatte. Eric sah sich im Laufen um, schlug einen Haken, um dann an einer Wegkreuzung stehen zu bleiben. Er orientierte sich, dann wies er nach rechts. »Los, weiter!«

Trotz ihres Schreckens war Mila erfüllt von Bewunderung für ihn. Nicht nur, dass er in dieser gefährlichen Situation den Überblick behielt – er verschwendete keine Sekunde damit, sich über Nicholas zu wundern.

Sie rannten.

Ein drittes Mal erklang dieses hustende Geräusch.

Nicholas schrie auf, einen Sekundenbruchteil wurde alles in Mila zu Eis, bis sie erkannte, dass er nicht getroffen war, sondern einen Zornesschrei von sich gegeben hatte. »Dreckskerle!«, schrie er.

Sie sprinteten um eine Ecke und fanden sich vor einer Gruppe Touristen wieder, die an einer Friedhofsführung teilnahmen. In einer dichten Traube standen die Menschen beieinander und lauschte einer jungen Frau in einem regenbogenbunten Mantel. Ein paar Gesichter wandten sich mit erstauntem Ausdruck zu ihnen um, als sie so unvermittelt mitten in sie hineinplatzten. Von den Schüssen schienen sie nichts mitbekommen zu haben.

»Stehen bleiben!«, raunte Eric. »Hier zwischen all den Menschen schießen sie hoffentlich nicht.«

Alles in Mila wollte weiterrennen, wollte sich in Sicherheit bringen, instinktiv Deckung suchen. Aber sie tat, was Eric empfahl. Sie zwang ihr jagendes Herz zur Ruhe, ebenso wie ihre Beine.

Nicholas war dicht neben ihr. Sie konnte seine Miene nicht deuten.

Zusammen mit den Touristen gingen sie ein paar Meter weiter. Maréchals Gesicht war hochrot, sein Atem ging schwer und keuchend. »Mila«, setzte er an, konnte kurz nicht weitersprechen, weil ihm die Luft wegblieb. Verzweifelt schüttelte er den Kopf und dann presste er noch etwas hervor, was sie kaum verstehen konnte. »Antoine ... es war ... eine Lüge. Abélard hat ihn ge...«

»Raus hier«, zischte Eric und unterbrach ihn damit. »Wir haben vielleicht nur diese Chance!« Ihre Gruppe war ganz in der Nähe eines Friedhofsausgangs wieder zum Stehen gekommen. In einer Mischung aus Gehen und Laufen führte Eric sie durch das Tor und hinaus, dann eine kleine Anhöhe hinunter, von der aus es auf die Avenue Gambetta ging. Ein halbhoher Metallzaun versperrte ihnen den Weg. »Los, rüber da!«

Eric half Maréchal, der als Erster auf dem Zaun war. Mila kletterte neben ihn und wollte gerade ein Bein über die oberste Strebe schwingen, als ein heftiger Schlag ihre linke Schulter traf. Sengender Schmerz fuhr ihr durch den gesamten Leib. Sie schrie auf. Zwei Paar Hände packten sie und bewahrten sie vor dem Fall. *Ich bin getroffen worden.* Ganz und gar emotionslos dachte sie das.

Genau in diesem Moment riss es Maréchal nach vorn. Vor Milas Augen schlug er einfach lang hin. Etwas Rotes erblühte zwischen seinen Schulterblättern, ihr Verstand weigerte sich zu erkennen, was es war. Plötzlich fühlte sie sich sonderbar distanziert von der Welt. Alles, was sie empfinden konnte, war Verwunderung darüber, dass sie diesmal die Schüsse kaum gehört hatte. Sie waren in dem Lärm der Autos auf der Avenue Gambetta untergegangen.

7

Hinterher wusste sie nicht mehr, wie sie über die Straße und aus der Schusslinie gelangt waren. Sie erinnerte sich noch daran, dass ihre Beine sich in Gummi verwandelt hatten und dass Nicholas sie kurzerhand auf seine Arme gehoben und getragen hatte. Sie erinnerte sich, dass ein roter Transporter Eric beinahe überfahren hätte. Seine Hände trafen mit einem dumpfen Krachen auf der Motorhaube auf, während Bremsen kreischten. Sie erinnerte sich an wütendes Hupen. Dann die Fassade einer Fahrschule mit einem knallgelben Logo, direkt daneben ein großes Holztor, ein Durchgang zu einem Hof, der leer war bis auf ein paar Mülltonnen. Eine Haustür zu einem Hinterhaus, die Eric aufriss.

Danach Dunkelheit.

Ein Treppenhaus.

Mehrere Stockwerke ging es nach oben.

»Wohin willst du?«, hörte sie Nicholas fragen und Eric sagte etwas von einem Freund, der hier wohnte.

»Er wird um die Uhrzeit nicht zu Hause sein. Aber wir können uns hier verstecken.«

Mila verstand kaum den Sinn ihrer Worte. Sie hörte allerdings die Angst in Erics' Stimme. Dann erschien etwas Buntes in ihrem Gesichtsfeld. Der staubige Geruch von Strohblumen. Ein Türkranz. Eric fischte einen Schlüssel daraus hervor. Nur Sekunden später befanden sie sich in einem nach Hund und schmutzigen Socken riechenden Flur, gleich darauf in einem Wohnzimmer. Alte Pizzakartons und halb leere Bierflaschen. Dreckige Wäsche auf Sesseln und einer Cordsamtcouch. Vor dieser Couch ging Nicholas auf ein Knie. Eric wischte die Kleider auf den Boden und Nicholas legte Mila ab.

Ihre Schulter brannte wie Feuer.

»Maréchal?«, flüsterte sie. Ihre Wangen waren nass. Sie wollte danach tasten, aber die Bewegung ließ den Schmerz in ihrer Schulter so heftig aufflackern, dass sie aufschrie.

»Kümmere dich um Milas Verletzung!« Erics Stimme durchschnitt den Raum. »Ich passe auf, ob wir verfolgt werden.« Er stieß das Fenster auf, schob einen fadenscheinigen Vorhang zur Seite und lugte nach draußen.

Nicholas zog Mila den Mantel aus, dann drehte er sie auf die Seite. Der Schmerz war so unfassbar, dass sie diesmal nur stöhnen konnte. »Tut mir leid«, murmelte Nicholas. Er hatte die Zähne zusammengebissen, als könne er ihren Schmerz am eigenen Leib spüren. »Ich muss mir das ansehen, um es wegschreiben zu können.«

Schwarze Schatten wallten durch ihr Gesichtsfeld. Sie spürte seine Finger am Ausschnitt ihres Kleides. Er schob den Stoff über ihre Schulter zurück, sodass er die Eintrittswunde auf ihrem Rücken sehen konnte. Ganz am Rande ihres von Schmerzen erfüllten Bewusstseins bekam Mila mit, dass Eric ihnen einen Blick zuwarf. Die Hand, mit der er sich am Rahmen des Fensters abstützte, war zur Faust geballt.

Die Schatten schoben sich vollständig vor ihre Augen. Kurz

war sie weg, aber als sie wieder erwachte, konnten kaum ein paar Sekunden vergangen sein. Nicholas hielt einen silbernen Kugelschreiber in der Hand und schrieb hastig. Er wirkte verkrampft. Erschöpft. Schon wieder fühlte sie die nahende Ohnmacht.

»Es geht nicht«, hörte sie ihn hervorstoßen, er klang schockiert.

»Scheiße!«, murmelte Eric.

Sie spürte, wie das Blut aus ihr heraussprudelte. Viel zu schnell, viel zu viel. Dann wurde ihr schwarz vor Augen. Als sie diesmal erwachte, leuchtete Nicholas' Stift blau auf.

Erleichtert zog er Luft durch die Zähne. Das Fabelmachtleuchten warf scharfe Schatten auf seine Züge, dann verging es wieder.

Mila blieb gerade noch Zeit, sich unbehaglich zu fühlen, weil sie an die schwarzgläserne Ebene dachte, die sie in ihrem ganzen Leben nie wieder überqueren wollte. Dann blinzelte sie.

Und die Wunde war weg.

Es fühlte sich sonderbar an. So, als sei ihr Verstand langsamer dabei zu begreifen, dass der Schmerz fort war, als ihre Nervenenden. Sie musste sich regelrecht zwingen, sich aufzusetzen, weil sie Angst davor hatte, dass es wieder so entsetzlich wehtat.

Nicholas hielt sie. »Geht es?« Die Sorge hatte Linien um seinen Mund gegraben und seine Pupillen riesengroß werden lassen. Der Anblick berührte etwas ganz tief in Milas Herzen.

»Ja«, murmelte sie und versank für einen Augenblick in seinen Augen. »Ja. Danke.« Mit seiner Hilfe stand sie auf.

Nicholas wollte Mila nie wieder loslassen. Er hatte nicht nur die Schusswunde weggeschrieben, sondern auch das Blut auf Kleid, Mantel und Couch und die Einschusslöcher in ihren Sachen. Trotzdem flackerten bei jedem Blinzeln Bilder vor seinem geistigen Auge auf: Mila, die vorwärtsgerissen wurde, als der Schuss sie traf. Mila in seinen Armen, Blut überall. So viel Blut. Die Bilder waren wie in Technicolor auf die Innenseite seiner Lider geätzt. Ihm war kotzübel.

Die Vorstellung, dass er diese unheimliche schwarzgläserne Ebene überquert hatte, um wieder bei ihr zu sein, nur um sie Minuten später von Neuem zu verlieren, war beinahe zu viel für ihn.

Reiß dich zusammen, Herrgott!

Er trat an eine Wand, stützte sich mit beiden Händen daran ab und ließ den Kopf hängen.

Mila kam zu ihm, er konnte ihre Gegenwart spüren. Halb erwartete er, dass sie ihn berühren würde, doch sie tat es nicht. Unter seinem einen Arm hinweg sah er, wie sie sich Eric zuwandte und anfing, leise mit ihm zu reden.

»Nicholas lebt.« Das war das Erste, was Eric sagte. Er klang irgendwie nicht besonders verwundert, sondern eher resigniert.

»Ja«, hörte Nicholas Mila antworten. »Er lebt ...« Sie verstummte, weil ihr noch die Worte fehlten für das, was sie getan hatten.

»Du hast ihn zurück ins Leben erzählt«, sagte Eric. Es war eine Feststellung.

Mila schwieg einen Moment. »So in etwa, ja.«

»Will ich wissen, wie du das gemacht hast?«

Wieder Stille. Endlich ließ die Übelkeit nach, sodass Nicholas sich von der Wand abstoßen und umdrehen konnte. Eric stand noch immer an dem Fenster und blickte nach draußen.

»Dachte ich mir schon«, sagte er.

»Du wirkst nicht besonders geschockt«, murmelte Mila.

Da lachte Eric auf. »Geschockt? Warum sollte ich? Ich bin doch mittlerweile Profi darin, euren Fabelmachtirrsinn auszuhalten.« Er schnaubte. »Was mich allerdings wirklich geschockt hat, ist die Tatsache, dass auf euch geschossen wurde.«

»Schon wieder!«

Das hysterische Lachen, das aus Milas Kehle kam, ließ Nicholas die Zähne zusammenbeißen.

»Schon wieder?«, fragte Eric. »Heißt das, du erinnerst dich an alles?«

»Ja«, antwortete sie. »Ich erinnere mich an jede einzelne Minute.« Sie legte ihre Arme um sich selbst. »Ich erinnere mich jetzt auch wieder an Maréchal. Wie ich ihn kennengelernt habe und wie er ...« Ihre Stimme brach und das brachte Nicholas dazu, zu ihr zu gehen. Dicht hinter ihr blieb er stehen. Sie zeigte durch ein leichtes Senken des Kopfes, dass sie ihn bemerkt hatte, dann lehnte sie sich zurück, sodass er die Arme schützend um sie legen konnte.

Sie zitterte. »Er ist tot, oder?«, flüsterte sie.

Nicholas hätte alles dafür gegeben, wenn er ihre Frage hätte verneinen können. Aber er hatte mit eigenen Augen gesehen, wie Maréchal zusammengebrochen war. Die Kugel hatte ihn mitten zwischen die Schulterblätter getroffen. Er war tot gewesen, noch bevor er den Boden erreicht hatte.

»Ich glaube schon«, antwortete Nicholas mit rauer Stimme.

Er wusste, dass Mila den alten Buchhändler gemocht hatte. Die beiden hatte eine besondere Beziehung gehabt, denn Maréchal war der erste Mensch gewesen, der sie in die Geheimnisse der Fabelmacht eingeweiht hatte.

Ein Schluchzen schüttelte sie. Nicholas sah, wie sie sich bemühte, es unter Kontrolle zu bekommen, aber vergeblich. »Halt mich bitte fest«, sagte sie leise.

Und das tat er.

Etwas saß in Erics Hals. Es fühlte sich an wie ein kleiner, scharfkantiger Stein, der ihn von innen heraus aufschlitzte. Er hatte einen metallischen Geschmack im Mund, fast, als könne er noch immer das Blut riechen, das eben noch an Milas Körper geklebt hatte. Jetzt jedoch war sie völlig unversehrt.

Fabelmachtirrsinn.

Er schluckte gegen den Stein an, aber es nützte nichts. Irgendwie steckte auch noch eine Rasierklinge in dem Scheißding. Um sich zu fangen, ließ Eric den Blick auf der Hofeinfahrt ruhen, wartete, dass sein Herz aufhörte, wie verrückt zu klopfen.

Auf Mila war geschossen worden.

Maréchal war tot.

Nicholas war wieder da.

Diese drei Gedanken taumelten durch seinen Geist, umkreisten sich gegenseitig und drängelten sich abwechselnd in den Vordergrund.

Maréchal war gestorben.

Mila fast auch.

Und Nicholas war wieder da.

Eric sah, wie Mila sich an den Armen festklammerte, die der Kerl von hinten um sie gelegt hatte. Er sah zu, wie sie um Maréchal weinte, und dann sah er zu, wie sie gegen die Panik ankämpfte, die hinter ihren Augen lauerte und jeden Moment hervorbrechen konnte. Eine Ader an ihrem Hals klopfte so heftig, dass er das Bedürfnis hatte darüberzustreichen, um sie zu beruhigen.

Er musste sich zusammenreißen.

Er musste ... *Mist!*

Unten waren zwei Männer in den Hinterhof getreten. Unauffällig gekleidet, Gesichter, die man sofort wieder vergaß, aber Eric wusste trotzdem, dass das ihre Verfolger waren. Etwas an der Art, wie sie sich bewegten, sagte ihm, dass ihre Jagd noch nicht vorbei war. Sie hielten sich eng an der Hauswand, der eine hatte seine Hand unauffällig in die Jacke gesteckt.

»Scheiße, sie haben uns doch gesehen«, stieß Eric hervor. »Sie kommen.«

Nicholas ließ Mila los und kam ans Fenster. Zwischen seinen dunklen Augenbrauen bildete sich eine Falte.

»Irgendeine Ahnung, wer die sind?«, erkundigte sich Eric bei ihm.

Nicholas schüttelte den Kopf. »Frag mich nicht. Ich bin neu in eurem Universum.«

Mila trat neben ihn und warf ebenfalls einen Blick hinaus.

Die Typen blieben vor dem Haus stehen und diskutierten kurz. Dann gingen sie direkt auf die Eingangstür des Hinterhauses zu.

»Verdammt!«, entfuhr es Eric.

Mila ballte eine Faust und biss in ihre Fingerknöchel.

Eric drehte sich abrupt um. Dass diese beiden Mistkerle ihr

Angst machten, entfachte wilden Zorn in ihm. »Okay«, sagte er und wandte sich an Nicholas. »Als wir das letzte Mal in einer ähnlichen Situation waren, hast du eines deiner Zauberkunststückchen gemacht.« Er machte eine schreibende Geste. »Könntest du das bitte schleunigst wiederholen?« Er meinte das Türschloss im Keller des Abbruchhauses, das Nicholas damals auf der Flucht vor den Männern seines Vaters zertreten und wieder heilgeschrieben hatte.

Unten wurde die Haustür geöffnet und fiel wieder zu.

»Gib mir eine Tür und ein Schloss«, sagte Nicholas.

Und da kam Eric eine Idee. Sie war ziemlich halsbrecherisch, aber ihnen blieb kaum eine andere Wahl. Er schlug gegen den Fensterrahmen. »Gern!« Mit der einen Hand packte er Milas Arm, mit der anderen schnappte er sich ihren Mantel. »Okay. Raus hier! Wir verschwinden über die Dächer!«

»Leise!«, befahl Eric, als Mila und Nicholas den Hausflur betraten und er hinter ihnen herschlich. Er beugte sich über das Treppengeländer, um nachzusehen, wo ihre Verfolger waren. Die beiden hatten im Erdgeschoss geklingelt und redeten mit einer alten Frau, die ihnen geöffnet hatte. Eric deutete stumm auf die Treppe nach oben.

Nicholas schüttelte den Kopf. Missfallen und Sorge zeichnete sich in seiner Miene ab und Mila wusste, was er dachte. Dort oben saßen sie in der Falle. Wenn die beiden Verfolger ihnen bis auf den Dachboden nachkamen, dann gab es keine Fluchtmöglichkeit.

»Vertraut mir!«, flüsterte Eric. Und mit einigen energischen Gesten scheuchte er sie die Treppen hoch. Die Wohnungstür ließ er einen Spalt breit offen stehen.

Sie waren kaum eine halbe Etage weit gekommen, als ihre Verfolger sich bei der Bewohnerin bedankten und sich in Bewegung setzten. Schwere Schritte erklangen auf der Treppe.

Mila wäre vor Angst beinahe über ihre eigenen Füße gestolpert. Hastig hielt sie sich am Geländer fest und unterdrückte ein Keuchen. Die Kerle durften sie auf keinen Fall hören!

Eric, der reflexartig nach ihrem Arm gefasst hatte, vergewisserte sich, dass sie okay war, erst dann ließ er sie wieder los. Mit einer Geste bedeutete er ihr, höher zu steigen. Sie erreichten eine schlichte Holztür, die auf den Dachboden führte – einen riesigen, dämmrigen Raum, so groß wie die gesamte Grundfläche des Hauses. Die Dachsparren lagen frei, das Dämmmaterial zwischen ihnen sah aus wie Fell. Es roch nach Staub und Waschmittel. Ein paar Wäschestücke hingen an Leinen, die kreuz und quer durch den Raum gespannt waren. Milas Blick blieb an einem Kinderbettbezug hängen, der Spiderman an einer Hauswand zeigte. Während offenbar weiter unten ihre Verfolger die Wohnung betraten, schlüpfte Eric zwischen den Laken hindurch. »Hier lang!«, flüsterte er und führte Mila und Nicholas tiefer in das Dunkel des Bodens.

»Was hast du vor?«, fragte Nicholas ebenfalls im Flüsterton.

Eric grinste nur. Er trat an die Giebelseite des Hauses, stieß ein Dachfenster auf und ließ erst Nicholas, dann Mila hinaussehen. Es führte auf eines der für Paris typischen schrägen Metalldächer. Einzig ein handbreiter Sims lief um das Dach herum und bot die Möglichkeit, darauf zu stehen. Jenseits davon ging es sechs Stockwerke in die Tiefe. Ein Windstoß fuhr ihnen aus dem Abgrund entgegen, zerrte an Milas Haaren.

Nicholas' Miene war steinern. »So kannst *du* abhauen, aber Mila und ich nie im Leben!«

»Wir hauen nicht ab.« Mit einem Ruck zerrte Eric ein Laken zur Seite und brachte eine Art Verschlag zum Vorschein, der in die Ecke des Bodens gebaut worden war. Mit seinen grob zusammengezimmerten Brettern und dem Vorhängeschloss wirkte das Ding wie eine Mischung aus Hühnerstall und Wandschrank.

»Nichts im Wohnzimmer und Bad«, hörte Mila einen ihrer Verfolger von unten rufen. Offenbar durchsuchten sie mittlerweile die Wohnung, in der sie, Eric und Nicholas sich kurz versteckt hatten. Dann Stille. Was machten sie jetzt?

»Du wolltest ein Schloss und eine Tür«, sagte Eric zu Nicholas. »Also bitte schön!«

Nicholas riss das Notizbuch hervor. Mit zwei Sätzen, die er eilig auf eine Seite kritzelte, schrieb er das Vorhängeschloss auf.

Mila starrte in den winzigen Verschlag. »Da passen wir niemals zu dritt rein«, flüsterte sie.

»Richtig.« Eric straffte sich. »Darum kombinieren wir unsere Kräfte ein bisschen!« Kurzerhand schob er Mila in den dunklen Verschlag.

Nicholas, der schneller als Mila begriff, was er vorhatte, schaute zu dem offen stehenden Fenster. »Bist du sicher, dass du auf diesem Weg flüchten kannst?«

Eric grinste breit. »Kinderspiel!«

Obwohl Mila ihn schon dicht am Abgrund hatte entlangtänzeln sehen, gruselte es sie. Der Sims war gerade einmal so breit wie ihre Hand. Die Gefahr abzustürzen war riesig. Aber ihre Verfolger waren bereits in der Etage direkt unter ihnen.

Eric nahm das Vorhängeschloss. »Ich komme euch holen, wenn die Luft rein ist«, versprach er.

Im Treppenhaus wurden Schritte laut. Die Verfolger hatten Kurs auf den Dachboden genommen.

»Was ist, wenn dir was passiert?«, fragte Nicholas mit Blick auf das Schloss.

Eric gab sich gleichgültig. »Dann habt ihr ja immer noch eure Fabelmacht. Leise jetzt!« Mit diesen Worten schob er die Tür zu. Dämmrige, nach Staub und Schimmel riechende Enge umfing sie. Ganz am Rande nur nahm Mila wahr, dass die gesamte Rückseite des Verschlags mit Bretterregalen versehen war, auf denen Kisten und Kartons standen. Sie konnte hören, wie das Vorhängeschloss klickte, als Eric den Bügel schloss.

Atemlos lauschte sie in die Stille. Den Geräuschen nach zu urteilen, kletterte Eric aus dem Fenster. Mila schloss die Augen. Warum hatten sie es nicht anders gelöst? Warum hatten sie nicht einfach einen Leitersteg für eine sichere Flucht übers Dach geschrieben? Sie kannte die Antwort. Die Fabelmacht war keine Kraft, bei der einfach mit einem Fingerschnipsen Dinge herbeigeschrieben werden konnten. Es brauchte Worte mit großer Kraft, um Gegenstände nicht nur umzuschreiben, so, wie Nicholas es mit dem Vorhängeschloss getan hatte, sondern sie gänzlich neu zu erschaffen. Und um diese Worte zu finden, brauchte es Zeit.

Zeit, die sie nicht hatten.

Mit einem leisen Knarren wurde die Dachbodentür geöffnet. Haarfein fiel Licht durch die Lücken zwischen den Brettern des Verschlags. Die beiden Verfolger hatten das Deckenlicht angeschaltet.

»Sie können nur irgendwo hier oben sein«, hörte Mila einen von ihnen sagen. »An uns vorbei sind sie nicht.« Die beiden durchquerten den großen Raum, dann ertönte eine raue Stimme, die fluchte.

»Fuck! Sind die wirklich zum Fenster raus?«

Die Stimme des anderen klang viel gelassener. »Glaubst du jetzt endlich, dass du die Kleine nicht getroffen hast? Mit einer Kugel im Leib hätte sie es nie im Leben geschafft, über dieses Dach zu entkommen. Los, wir sehen zu, dass wir hier rauskommen und dann erstatten wir Bericht. Der Alte ist wie gewünscht zum Schweigen gebracht und dem kleinen Spätzchen geht es wie befohlen bestens.«

»Wahrscheinlich hast du recht. Auch wenn sie mir direkt in die Schussbahn geraten ist. Aber umso besser.«

In den dünnen Lichtstrahlen, die in den Verschlag drangen, sah Mila Nicholas' ernstes und angespanntes Gesicht. Sie konnte die Wärme spüren, die von seinem Körper ausging, und sie roch den Geruch seiner Kleidung und seiner Haut.

Draußen war es ganz still.

Waren die Männer bereits weg? Aber ohne ein Geräusch zu machen?

Mila schrie vor Schreck fast auf, als völlig unvermittelt an der Tür des Verschlags gerüttelt wurde.

Sie riss die Hände vor den Mund und gleichzeitig umfasste Nicholas ihren Hinterkopf und zog sie an seine Brust, um den Laut zu ersticken. Ihr wurde schlecht vor Angst. Hatten die Männer sie gehört?

Endlose Sekunden verstrichen.

Der Alte ist wie gewünscht zum Schweigen gebracht, hallten die Worte ihres Verfolgers in ihr wider. Damit konnten sie doch nur Maréchal gemeint haben, oder? In ihrer Erinnerung sah Mila den Buchhändler unter dem Treffer zusammenzucken und dann stürzen. Hatten diese Männer wirklich den Auftrag erhalten, Maréchal hinterrücks zu ermorden? Offenbar. Und weil sie geglaubt hatten, Mila angeschossen zu haben, waren sie hierhergekommen und hatten sich vergewissert, dass es ihr gut ging.

Dem kleinen Spätzchen geht es wie befohlen bestens ...

Mila war sich sicher, dass sie sich jeden Moment übergeben würde, so schlecht war ihr plötzlich.

Nicholas spürte jeden einzelnen Muskel vor Anspannung. Er hörte die Dreckskerle sprechen und sah wieder vor sich, wie Mila an der Schulter getroffen worden war. Der Gedanke, dass er sie beinahe erneut verloren hätte, saß wie ein Stachel in seinem Verstand.

Aber er hatte eine zweite Chance bekommen. Diesmal würde er nicht zulassen, dass Mila starb. Diesmal würde er sie mit seinem eigenen Leben verteidigen. Eher starb er selbst, dachte er. Und dann kam ihm die Erkenntnis mit der Wucht eines Vorschlaghammers: Genau das war in diesem Universum schon einmal passiert! Himmel! Sein Gehirn fühlte sich an, als wäre es in einen Mixer geraten.

Er konzentrierte sich auf Mila, die ihre Stirn und beide Handflächen gegen seine Brust presste. Er spürte, dass sie sich am liebsten gekrümmt hätte. Ihr Atem jagte so sehr, dass er fürchtete, die Männer würden es hören. Ihre Locken ringelten sich zwischen seinen Fingern hervor, ihr Haar roch nach Lavendel und so intensiv nach ihr, dass ihm schwindelig wurde.

»Scht«, hauchte er so leise wie möglich in ihr Haar. »Scht!«

Ein Tritt traf die Tür, dass das billige Holz krachte. Staub wallte auf, drang durch die Ritzen. Mila krallte die Fingernägel in Nicholas' Brust. Er verstärkte den Halt seiner Arme noch einmal. Doch wenn er so weitermachte, würde er sie noch ersticken, also rückte er ein winziges Stück von ihr ab. Zu seiner Erleichterung blieb sie aufrecht stehen. Ihr Blick hob sich in sein Gesicht. Feine Perlen erschienen auf ihrer Stirn und ihrer Oberlippe. In ihren Augen spiegelten sich die Lichtstreifen. Es sah aus, als würde ihre Iris in feine Streifen geschnitten.

»Komm endlich!«, ertönte von draußen eine der Stimmen. »Oder glaubst du, die haben sich in dem Kabuff versteckt und ein Vorhängeschloss vorgezaubert?«

Keine Antwort.

Nicholas' Anspannung wuchs ins Unermessliche. Dann endlich die erlösenden Worte. »Okay, erstatten wir Bericht.«

Gleich darauf klappte die Dachbodentür zu.

Langsam entließ Mila die angehaltene Luft aus ihren Lungen.

»Geht es?«, wisperte Nicholas.

Sie nickte nur. Die Haarsträhnen, die sich aus ihrer Frisur gelöst hatten, klebten an ihrer Haut. Er nahm ihr Gesicht in beide Hände und küsste sie vorsichtig. Ihre Lippen schmeckten salzig und er wusste nicht, ob es von den vorhin geweinten Tränen oder ihrem Angstschweiß kam.

Als Nicholas' Lippen sich von ihren lösten, spürte Mila Bedauern. Wie oft hatte sie sich in den vergangenen zehn Wochen genau hiernach gesehnt? Sie konnte es nicht verhindern, dass ihr ein hysterisches Lachen aus dem Mund schlüpfte

»Was?«, fragte er, noch mit gedämpfter Stimme, weil sie nicht sicher sein konnten, ob ihre Verfolger zurückkommen würden.

Sie strich über die feine Narbe an seiner Lippe. »Nichts«, flüsterte sie zurück. »Ich habe nur gerade gedacht, wie oft ich mir in den letzten Wochen gewünscht habe, dir wieder nahe sein zu können.«

Er küsste ihre Fingerspitzen und sie zog die Hand zurück. »Allerdings kamen in meinen Träumen keine Verfolger und keine Schusswaffen vor.« Sie schluckte trocken, weil das eigentlich gelogen war. Mindestens ebenso oft, wie sie von romantischen Treffen mit Nicholas geträumt hatte, waren ihre Träume auch erfüllt gewesen von gellenden Schüssen, von Tod und Blut.

Nicholas' Miene wurde ausdruckslos. Mila konnte sehen, wie angestrengt er seine eigenen Erinnerungen in den Hintergrund drängte. »Sie hatten es auf Maréchal abgesehen«, sagte er. »Wieso? Was hat der alte Mann getan?«

»Ich weiß es nicht«, sagte Mila. »Aber ...« Erneut brach die Ungeheuerlichkeit der Realität über sie herein. Sie dachte an das, was Maréchal gesagt hatte, kurz bevor der erste Schuss gefallen war.

Deine Mutter hat mich gebeten, mich hier mit ihr zu treffen.

Ihre Mutter? Was wollte Helena an Nicholas' Grab?

Und was hatte Maréchal noch gesagt? Er war in der Dunklen Bibliothek gewesen – jenem Ort, der in den Tiefen der Katakomben von Paris verborgen war und an dem die Geschichten aller Fabelmächtigen gesammelt waren. Was hatte der Bibliothekar so früh am Morgen dort gemacht?

»Irgendwie habe ich das Gefühl, ich bin schuld, dass er tot ist«, murmelte Mila.

»Scht!« Nicholas legte ihr den Finger an die Lippen. »Das ist doch Unsinn.«

Sie schloss die Augen, um gegen die Bilder anzukämpfen, aber es ging nicht. Sie sah Nicholas vor sich, wie er zwischen den Gräbern gestanden hatte. Dann das Bild von Maréchal, wie er stürzte, vorwärtsgerissen von einer Kugel, die ihn in den Rücken traf. Die Worte, die die beiden Verfolger miteinander gewechselt hatten, überlagerten die Erinnerung.

Dem kleinen Spätzchen geht es wie befohlen bestens ...

Dem kleinen Spätzchen? Das hatte geklungen, als hätte der Mann seinen Auftraggeber zitiert. Aber wer ließ einen alten Mann umbringen und war gleichzeitig so besorgt um ihr Wohlergehen?

Ihre Gedanken rasten.

Deine Mutter hat mich gebeten, mich hier mit ihr zu treffen ...

Um nicht in Panik zu verfallen, richtete sie den Blick auf das Regal im hinteren Teil des Verschlages. Täuschte sie sich oder stand auf einem der dort aufbewahrten Kartons Erics Name? Sie quetschte sich an Nicholas vorbei und brachte ihr Gesicht dichter ran. Tatsächlich: Jemand hatte mit dickem Filzstift und krakelig aussehender Handschrift »Daniel und Eric« auf einen der Kartons geschrieben. Sie streckte die Hand danach aus. »Ob er hier mal gewohnt hat?«

»Still!«, flüsterte Nicholas und gleich darauf hörte auch sie, dass sich Schritte näherten. Direkt vor dem Verschlag hielten sie an. »Seid ihr okay?«

Es war Eric.

»Ja«, bestätigte Nicholas und schenkte Mila ein entschuldigendes, kleines Grinsen und ein Schulterzucken.

Draußen erklang ein schleifendes, metallisches Geräusch. Gleich darauf wurde mit einem lauten Krachen das Vorhängeschloss an der Tür aufgebrochen. Erics zufriedenes Gesicht erschien. »Sie sind weg!«, verkündete er. In der Hand hielt er eine kurze Eisenstange, mit der er das Schloss geknackt hatte.

»Gott sei Dank!« Mila stolperte aus dem Versteck und fiel Eric um den Hals. »Ich bin so froh, dass dir nichts passiert ist!«

»War doch klar.« Eric drückte sie einmal kurz, aber intensiv und ließ sie wieder los. Dann warf er die Stange in eine Ecke, wo sie mit einem Klirren landete.

Milas Blick fiel auf den Karton.

Eric sah es. Er presste die Lippen zusammen. »Ja«, meinte er leise. »Das ist eine Zeit, über die ich nicht gern spreche.« Bevor Mila darauf etwas erwidern konnte, wandte er sich an Nicholas. »Damals im Keller warst du eine größere Hilfe, würde ich sagen.« Sein Tonfall sollte wohl gutmütig spöttisch klingen, aber etwas blitzte in seinen Augen, das Mila nicht zu deuten wusste.

Nicholas schnaubte sarkastisch. »Ich bin eigentlich ganz zufrieden mit meiner Performance, wenn man bedenkt, dass ich vor einer Stunde noch tot war.« Mit dem Kinn deutete er auf die Stelle an Milas Schulter, wo eben noch die Schusswunde gewesen war.

Tot. Das Wort brannte ein Loch tief in Milas Herz.

»Ich muss zu Maréchal«, flüsterte Mila. »Ich muss sehen, ob er wirklich tot ist.«

Eric berührte sie am Arm. »Ich habe ihn sterben sehen, Mila«

»Und wenn schon!«, begehrte Mila auf. »Du kannst dich doch irren.« Sie wollte sich von Eric entfernen, aber er umklammerte ihren Arm. »Aua!«, protestierte sie. »Du tust mir weh!«

»Mila, da unten ist mit Sicherheit alles voller Polizei! Außerdem ist es zu gefährlich ... Diese Typen ...«

»... werden mir kein Haar krümmen«, spuckte sie aus. »Eher das Gegenteil.«

Eric sah sie verwirrt an.

Nicholas mischte sich ein. »Sie hatten es auf Maréchal abgesehen«, setzte er Eric ins Bild. Dann trat er vor Mila hin, legte ihr beide Hände auf die Schultern und fasste sie ganz fest ins Auge. »Mila, ich werde dich trotzdem nicht noch einmal dorthin lassen! Wir wissen nur das wenige, was die Männer gesagt haben. Und wir könnten es völlig missverstanden haben. Irgendjemand hat hier keinerlei Skrupel. Und solange wir nicht sicher sind, mit wem wir es zu tun haben, gehst du nirgendwohin.«

Mila tat so, als beeindrucke sie das nicht. »Aber ich muss ...« Sie machte sich von ihm los. Sie war schon halb auf dem Weg zur Dachbodentür, als Nicholas' dunkle Stimme sie aufhielt.

»Mila, bitte!«

Gezwungenermaßen drehte sie sich um.

»Ich habe einmal mit angesehen, wie du erschossen wurdest.« An dem Flackern in seinen Augen konnte sie sehen, wie viel es ihn kostete, das zu sagen. Und plötzlich traf sie eine Erkenntnis wie ein Schlag in die Magengrube: In Nicholas' Universum war nicht er gestorben, sondern sie. Er hatte genau das Gleiche durchgemacht wie sie, hatte wochenlang um sie getrauert …

Ihr Hirn, ihr Herz, alles war plötzlich irgendwie verknotet.

»Ich könnte es nicht noch einmal ertragen, Mila«, fügte Nicholas hinzu. »Bitte, geh nicht da runter! Bitte, lass mich dich irgendwo in Sicherheit bringen!«

Damit hatte er sie gnadenlos entwaffnet. Sie wollte ihm böse deswegen sein, aber sie konnte es nicht. Sie suchte noch nach einer passenden Antwort, als aus Richtung der Bodentür Schritte ertönten. Es waren leichte Schritte, ganz anders als die ihrer Verfolger, aber trotzdem fuhren Mila und die Jungen herum.

»In Sicherheit bringen ist eine gute Idee«, sagte eine vertraute Stimme. Eine Hand erschien an der Kante eines der aufgehängten Laken, schob es zur Seite.

Vor ihnen stand Helena, gekleidet in einen ihrer typischen eleganten Hosenanzüge und so große Ruhe ausstrahlend, dass sie Mila fast wie eine Erscheinung vorkam. »Eine sehr gute Idee«, wiederholte Helena.

Ihre Augen allerdings waren Löcher in einem sehr blassen Gesicht.

»Mila«, murmelte Helena und drückte sie an sich. »Ich bin so froh, dich zu sehen.«

Im ersten Moment ließ Mila vor Überraschung die Umarmung nur über sich ergehen, aber dann erwiderte sie sie auch. Und gleich darauf hatte sie nur noch einen Wunsch: Ihrer Mutter alles, was passiert war, zu erzählen. All ihre Sorgen bei Helena abzuladen, so, wie sie es früher getan hatte, als sie noch klein gewesen war. Als die Welt noch in Ordnung gewesen war.

»Maréchal ...«, stieß sie hervor.

Helena schien sie nicht gehört zu haben. Sie reagierte kaum, darum löste sich Mila von ihr.

Helena starrte Nicholas an, schweigend und mit riesengroßen Augen. Jetzt, da Mila zu ihm ging und sich statt an sie an ihn schmiegte, rieb Helena sich die Lippen. Ihre Augen funkelten plötzlich seltsam. »Ich habe nicht zu hoffen gewagt, dass ihr beide mächtig genug sein würdet ...« Ihre Stimme verebbte in einem Flüstern. Tausend verschiedene Emotionen zeichneten sich auf ihrem Gesicht ab. Keine einzige davon wusste Mila zu deuten.

Sie spürte, wie Nicholas' Finger sich um ihre krampften. Eric stand einfach da und wartete, was nun geschehen würde. Er hatte eine gleichmütige Miene aufgesetzt, aber Mila kannte ihn gut genug, um zu wissen, dass er mit dem ganzen Irrsinn hier zu kämpfen hatte. Ein fast zärtliches Gefühl keimte in ihr, weil er noch immer nicht abgehauen war. Er hätte einfach fortgehen können, niemand hätte ihn daran gehindert. Stattdessen rannte er mit ihr zusammen vor Pistolenkugeln weg, lenkte ihre Verfolger auf falsche Spuren – und hielt dabei aus, dass Nicholas und sie wieder zusammen ...

Ihre Gedanken wurden unterbrochen, als Helena sich einen Ruck gab. »Gut«, sagte sie und klang atemlos dabei. »Gut.« Dann wandte sie sich Mila zu. Das Funkeln verschwand aus ihren Augen, plötzlich sah sie traurig aus und verwirrt. Sie nickte und bewies damit, dass sie Mila eben doch gehört hatte. »Maréchal ...«, murmelte sie. »Ja, er ist tot.«

»Und das wissen Sie wieso?« Erics Frage klang misstrauisch und kühl.

Helena warf ihm einen langen Blick zu. »Ich war auf der

Straße, als es passiert ist. Ich wollte ihn eigentlich auf dem Friedhof treffen, aber ich war zu spät. Ich konnte gerade noch verhindern, dass die Polizei mich als Zeugin vernehmen wollte.«

»Er hat etwas zu mir gesagt, kurz bevor er …« Mila kämpfte gegen ein Schluchzen an. »Er war in der Dunklen Bibliothek. Irgendwas sehr Wichtiges hat er dort gefunden, glaube ich. Er sah völlig geschockt aus.« Sie lehnte sich an Nicholas. Wenn er nicht gewesen wäre, dachte sie, hätte sie hier und jetzt den Verstand verloren. Sie hörte die Schüsse, sah Maréchal fallen, und dann erinnerte sie sich an noch etwas. *»Antoine. Es war eine Lüge«*, flüsterte sie. »Das hat er gesagt. Was hat das zu bedeuten, Mama?«

Antoine. Ihr Bruder, den sie niemals kennengelernt hatte.

Sie musste an den Streit denken, den sie mit Helena gehabt hatte, kurz bevor sie hierher nach Paris geflohen war. Dabei war es um ihren Vater und Antoine gegangen.

Helena war einen Schritt zurückgewichen. »Antoine? Bist du sicher, dass du dich nicht verhört hast?«

Mila rief sich die Ereignisse in Erinnerung. Sie war panisch gewesen wegen der Schüsse, aber trotzdem irrte sie sich nicht. »Bin ich«, sagte sie.

Helena entfernte sich von ihnen. Nachdenklich ging sie auf und ab.

»Und er war in der Dunklen Bibliothek?«, fragte sie noch einmal nach. Als Mila nickte, verfiel sie wieder in Schweigen.

Mila hätte sie am liebsten gepackt und geschüttelt. Stattdessen sah sie Nicholas an. Der schien auch nicht zu wissen, was er von der ganzen Sache halten sollte. Eric stand immer noch nur da und wartete. Für ihn musste das alles hier noch absurder sein, dachte Mila kurz. Dann schien Helena einen Entschluss gefasst zu haben.

»Wartet hier«, befahl sie. »Ich muss etwas überprüfen. Ich bin gleich wieder da.« Sie nahm ihren Stift und schrieb ein paar Zeilen. Einen Lidschlag später war die Stelle, an der sie eben noch gestanden hatte, leer.

Eric quollen die Augen hervor. »Das geht auch?«, flüsterte er.

Nicholas zuckte nur mit den Schultern.

Mila wollte etwas sagen, aber ihr fehlten die Worte. Die Tatsache, dass sich ihre Mutter soeben direkt vor ihren Augen in Luft aufgelöst hatte, war schließlich nur noch ein Tropfen in dem riesigen Fass der Unglaublichkeiten, die sie heute schon erlebt hatte.

Vielleicht vier, fünf Minuten verstrichen, dann tauchte Helena auf dieselbe Weise wieder auf, auf die sie verschwunden war. Für einen Sekundenbruchteil wirkte sie völlig normal – wie die kühle, unnahbare und unendlich beherrschte Helena, die sie immer gewesen war. Doch dann verzerrten sich ihre Gesichtszüge und sie schnappte nach Luft.

Eric sah es kommen, dass sie taumeln würde. Er sprang hinzu und fasste sie am Arm. »Vorsichtig!« Er stützte sie, während Nicholas von irgendwoher einen kleinen Tritt holte, der wohl dazu diente, die Wäscheleinen zu erreichen. Zu zweit bugsierten sie Helena darauf. Die lehnte sich vor, umklammerte ihre Beine und atmete mehrmals tief durch.

Und dann, als sie sich wieder aufrichtete, erschrak Mila. Aus Helenas Haaren schoben sich feine blaue Linien ihre linke Schläfe hinab.

Blau flammende Schriftzeichen.

Mit einem zitternden Durchatmen fasste Helena sich an die Stelle. »Es geht schneller, als ich gedacht habe«, murmelte sie und blickte auf ihre Fingerspitzen, als könne sie dort das Schimmern des Flammenmals sehen. An Mila und die Jungs gewandt, fügte sie hinzu: »Wir müssen sofort weg von hier.« Die Flammenschrift an ihrer Schläfe leuchtete schmerzhaft grell. »Und sobald wir in Sicherheit sind, muss ich dir sehr viel erklären, glaube ich.«

Eric starrte die Schrift auf ihrer Haut an. »Das glaube ich wohl auch.«

In der verfallenen Krypta unter dem Friedhof Père-Lachaise stand Abélard auf den alten Altar gestützt und warf mit einem gepressten Stöhnen den Kopf in den Nacken. Es fühlte sich an, als würde ein Teil von ihm ohne Betäubung amputiert werden. Die Hälfte seines Herzens. Mindestens.

Mit einem tiefen Durchatmen kämpfte er gegen die Schwäche an, die ihm wie ein Frösteln in den Körper kroch. Seit Jahren begleitete sie ihn nun schon und fast hatte er sich an sie gewöhnt. Jetzt jedoch ...

Er hob den Blick hinauf zum Deckengewölbe. Die Krypta war erfüllt von klammer Herbstkälte, aber gewöhnlich kümmerte ihn das nicht. In den siebzehn Jahren, die er nun wieder in Paris war, hatte er in verschiedenen Hotelzimmern logiert und auch in der ein oder anderen mondänen Pariser Wohnung. Alle hatten ihn früher oder später gelangweilt. Nicht so jedoch dieser Ort hier mit seinen moosüberzogenen Wänden und Säulen, seinen verblassten Deckengemälden und den Wurzeln, die wie bleiche Knochenfinger durch die Decke wuchsen. Hier spürte er den Geist vieler Jahrhunderte, in denen Menschen hierhergekommen waren und aus tiefer Verzweiflung zu ihrem Gott gebetet hatten. ... *beschütze meinen Mann vor den Granaten des Feindes ... mach, dass meine Mutter wieder gesund wird* ... Gewöhnlich genoss er das Echo von Kummer, das diesen Ort erfüllte. Dieses unhörbare Raunen gab ihm Kraft. Manchmal kam es ihm sogar so vor, als verlangsame es den beständigen Verfall, unter dem er litt, seitdem er wieder unter den Lebenden weilte.

Heute jedoch wirkte die Magie der Verzweiflung nicht.

Er stützte die Ellenbogen auf den Altar und vergrub den Kopf in den Händen, um den Schmerz in seinem Herzen auszuhalten.

»Héloise«, flüsterte er. »Hilf mir. Was geschieht hier?«

8

Helena führte sie zur Metrostation Gambetta und scheuchte sie dort in einen Zug der Linie 3. Sie setzten sich auf einen Vierersitz, Mila neben ihre Mutter, Eric neben Nicholas. Kaum saßen sie, da deutete Mila auf das Flammenmal an Helenas Schläfe, das diese vor fremden Augen verbarg, indem sie ihre Haare darüberschob. Mila kannte die entsetzlichen Schmerzen, die solch ein Mal verursachte. Sie selbst hatte eines gehabt, als sie nach Nicholas' Tod versucht hatte, aus Paris zu fliehen. Die Flammenschrift war ein sichtbares Zeichen der Gewalt, die die Fabelmacht über sie hatte. »Was hat es damit ...?«

»Nicht hier!«, unterbrach Helena sie. »Ich erkläre euch alles, versprochen! Aber nicht in der Öffentlichkeit.«

Etwas in Mila rebellierte dagegen, geduldig sein zu müssen. So war es immer mit ihrer Mutter gewesen. Mila hatte so viele Fragen, aber nie hielt Helena es für nötig, ihr Antworten zu geben. Wobei Mila diesmal zugeben musste, dass es vermutlich wirklich keine gute Idee war, in einem halb vollen Zug über die Fabelmacht zu reden. Direkt auf dem Platz nebenan saß eine dickliche

Frau, die sie neugierig musterte und ganz offensichtlich auf ein interessantes Gespräch lauerte.

»Wohin fahren wir?«, fragte Mila also nur mit gedämpfter Stimme.

»Ich weiß es noch nicht.« Helenas Tonfall machte klar, dass sie nur das Nötigste sagen würde. Mit der flachen Hand verdeckte sie unauffällig das Flammenmal.

»Was ist mit Isabelle?«, fragte Mila. »Dort könnten wir hin. Sie nimmt uns sicher auf.«

Helena schüttelte den Kopf. »Nicht in ihrer Wohnung. Das ist viel zu gefährlich.«

Mila tauschte einen sorgenvollen Blick mit Nicholas. Auch ihm schienen eine Menge Fragen auf der Zunge zu brennen. Die Schlagader an seinem Hals pochte.

Es war Eric, dem eine Lösung für ihr Problem einfiel. »Aber Isabelle kann uns bestimmt weiterhelfen. Vielleicht kennt sie einen anderen Schlupfwinkel, in dem wir erst mal unterkommen können.« Er wartete kaum ab, dass Helena zustimmend nickte, sondern zog sein Handy hervor und begann zu tippen. »Ich frage sie mal.«

Kaum eine Minute später hatte er eine Antwort. Er drehte sein Telefon so, dass alle Isabelles Nachricht lesen konnten: »Geht die Stadtwohnung meiner Eltern? Sie sind im Ausland.«

Helena nickte.

Eric tippte wieder etwas. »Isabelle ist unglaublich, oder?«, murmelte er voller Bewunderung, als er seine Nachricht abschickte. »Stellt keine Fragen. Macht einfach.«

Mila lächelte. Das stimmte. Ihre Freundin war wirklich unglaublich.

Nur Sekunden später kam ihre nächste Nachricht: »1 Place Jean-Baptiste Clément. Ich warte dort auf euch.«

Die Metro hielt an der Station Père-Lachaise, wo sie umstiegen in einen Zug der Linie 2, der voller war als der vorige. Diesmal fanden sie keinen freien Vierersitz und so mussten sie sich auf zwei Zweiersitze verteilen.

Die Klimaanlage in ihrem Waggon lief auf Hochtouren. Es herrschten fast arktische Temperaturen. Mila, die wieder neben ihrer Mutter saß, kuschelte sich fröstelnd in ihren Mantel. Es half nicht viel. Sie fror trotzdem und wusste nicht genau, ob wirklich die Klimaanlage schuld daran war. Der Gang über diese unheimliche schwarzgläserne Ebene hatte etwas in ihr verändert, das spürte sie jetzt deutlich, wo sie das erste Mal auch nur ansatzweise zur Ruhe kam. Nicht nur, dass sie sich wieder an alles erinnerte, was sie sich eigentlich weggeschrieben hatte. Da war auch etwas Düsteres tief in ihr, gerade so, als sei ein Stück der Ebene mit ihr zurück in diese Welt gefallen. Wie ein Splitter steckte es in ihrer Seele.

Nicholas saß sehr aufrecht da und sie hätte viel dafür gegeben, wenn sie seine Gedanken hätte lesen können. Er sah schrecklich attraktiv aus. Am liebsten hätte sie ihm die schwarzen Haare aus dem Gesicht gestrichen, mit denen er seine Augen verbarg. Immer wenn ihre Blicke sich begegneten, machte ihr Herz einen kleinen Salto.

»Herrgott noch mal, das ist ja nicht mit anzusehen!«, stieß Eric unvermittelt hervor und bevor Mila ihn fragen konnte, was er meinte, stand er schon auf, zog sie auf die Füße und bugsierte sie auf den Platz an Nicholas' Seite. Mit einem Plumps ließ er sich neben Helena fallen.

Nicholas nahm Milas Hand und verschränkte seine Finger mit ihren. Wenigstens etwas, das sich in dieser völlig verkehrten Welt gut anfühlte. *Wenn der Zug bis in alle Ewigkeit so weiterfahren würde,* dachte Mila, *wäre es genug.*

Das Universum jedoch schien nicht vorzuhaben, ihr mehr als kurze Verschnaufpausen zu gönnen. Ihr Handy klingelte und holte sie auf den Boden der Tatsachen zurück. Isabelle war dran. Sie ließ Mila kaum Zeit für eine Begrüßung.

»Mila! Was zum Teufel treibt ihr?«, stieß sie hervor. Es klang, als würde sie laufen. »Du warst gestern auf der Vernissage so schnell verschwunden! Ich bin jetzt gleich bei meinen Eltern. Wo seid ihr? Erics Nachricht ...«

»Ich weiß«, unterbrach Mila den Redefluss ihrer Freundin. »Meine Mutter ist hier bei uns.«

»Deine Mutter? Was ... Mila, du klingst furchtbar. Was ist denn bloß passiert?«

Mila sah Nicholas an. Wie nur sollte man das, was geschehen war, in Worte fassen? *Hey! Der Typ, der seit ein paar Wochen tot ist, ist gar nicht tot. Weil er in einem anderen Universum nicht gestorben ist und ich ihn fabelmacht-yedimäßig hier rübergeholt habe?*

»Wir erklären alles, wenn wir in der Wohnung deiner Eltern sind.« Sie schluckte schwer. »Du darfst nicht erschrecken, okay?«

»Mila, du machst mir echt Angst«, sagte sie. »Was ...«

»Maréchal ist tot«, stieß Mila hervor. Es war leichter, das zu sagen, stellte sie fest, als die Tatsache zu erwähnen, dass Nicholas wieder lebte.

»O Gott!«, murmelte Isabelle, aber sie war immer noch die alte Isabelle. Wieder stellte sie keine Fragen. Das Einzige, was sie sagte, war: »Okay. Beeilt euch gefälligst! Wir reden bei meinen Eltern.«

»Danke«, murmelte Mila und unterbrach die Verbindung. In ihren Ohren rauschte es und sie bekam nur halb mit, wie Nicholas ihr das Handy wegnahm, in ihre Manteltasche steckte und dann ihre Hände hielt.

Wie Isabelle auch lebten ihre Eltern in Montmartre. Ihre Stadtwohnung befand sich in einem mehrstöckigen Gebäude am Kreuzungspunkt der Rue Ravignan und der Rue Gabrielle, das nagelneu und ziemlich vornehm aussah. Sicherheitskameras waren über dem Eingang angebracht.

Mila fand schnell die richtige Klingel. Sie berieten, dass Nicholas zunächst außer Sichtweite warten sollte, bis sie mit Isabelle geredet hatten, und als das entschieden war, klingelte Mila.

Der Türsummer ertönte und die massive Holztür sprang auf. Über ein paar Stufen erreichten sie eine vornehme Eingangshalle mit einem modern aussehenden Fahrstuhl. Unschlüssig blieben sie stehen, doch nur eine Sekunde später wurde eine Tür aufgerissen, die zur Wohnung im Erdgeschoss führte. Isabelle trug eine Jeans und darüber ein Männerhemd, das ihr viel zu weit war. Dazu Turnschuhe an den nackten Füßen. Es sah aus, als wäre sie bei Erics Nachricht in die nächstbesten Klamotten geschlüpft. »Ihr seid okay«, rief sie, »Gott sei Dank! Kommt rein! Kommt rein!« Sie wollte Mila packen und in die Wohnung ziehen, aber die wehrte ab.

»Isabelle ...«

Eric übernahm für sie. »Wir müssen dir was ziemlich Schräges sagen ...«

Helena kürzte die Prozedur gnadenlos ab. »Nicholas lebt«, sagte sie schlicht und ergreifend.

»Bitte?« Isabelle sah sie an, als habe sie den Verstand verloren. Kurz blieb ihr Blick an dem Flammenmal an Helenas Schläfe hängen.

»Es ist wahr, Isabelle«, sagte Nicholas und kam die Stufen hoch.

Isabelles Augen wurden kugelrund. »Wie ... Was?« Sie verstummte, schloss den Mund, öffnete ihn wieder. Schloss ihn erneut. Mila fürchtete schon, sie würde eine Herzattacke bekommen, so wie Maréchal, als er Nicholas gesehen hatte. Aber Isabelle rettete sich in ihren typischen Pragmatismus. Sie legte den Kopf in den Nacken und atmete einmal tief durch. »Kommt erst mal rein«, sagte sie dann beneidenswert ruhig und machte die Tür für sie frei.

Auf den ersten Blick war zu erkennen, dass die Wohnung von Isabelles Eltern riesig war. Der weite, hohe Eingangsbereich war spärlich möbliert. Eine weiß gestrichene Treppe führte in einer Spirale auf eine offene Empore, von der aus mehrere Türen abzweigten. Unter der Empore befand sich eine Flügeltür, die in eine chromblitzende Wohnküche führte, in die Isabelles kleine Wohnung locker zweimal hineingepasst hätte.

Ein muskulöser Typ mit kurz geschorenen Haaren bediente den Kaffeeautomaten und drehte ihnen aus diesem Grund den Rücken zu. Er kam Mila auf den ersten Blick bekannt vor, doch ehe sie sich fragen konnte, wer er war, rief Isabelle ihm schon etwas zu.

»Nicht erschrecken. Der Fabelmachtirrsinn hat soeben eine neue Stufe gezündet.«

»Das heißt?«, fragte er und drehte sich um.

Und genau im selben Augenblick trat Nicholas in sein Gesichtsfeld. »Hallo, Luc«, sagte er.

Mit leichenblasser Miene starrte Luc Nicholas an. Der Siebträger, den er bereits mit Kaffeepulver gefüllt hatte, rutschte ihm aus den Händen und fiel zu Boden. Luc stützte sich an der Arbeitsplatte ab. Ein Laut kam tief aus seinem Brustkorb, der klang, als würde ihm ein Tonnengewicht alles Leben herauspressen. Der Geruch des verschütteten Kaffeepulvers erfüllte den Raum. Und schließlich, nachdem zähe Sekunden verstrichen waren, löste Luc sich aus seiner Erstarrung. Er kam quer durch den Raum, riss Nicholas an sich und umarmte ihn so heftig, dass diesem die Luft wegblieb.

»Alter!«, stammelte er einmal und noch mal. »Alter! Wie ... wie geht das?«

Nicholas ließ seine brutale Umarmung widerstandslos über sich ergehen. »Wenn du mich loslässt, bevor ich ersticke«, presste er hervor, »dann erkläre ich es dir.«

Luc fuhr von ihm zurück. »Entschuldige. Ich ...« Er verstummte. Hob die Arme über den Kopf und umklammerte seinen Schädel, als würde er gleich explodieren. »Wusstest du davon, als du mich eben angerufen hast?«, fragte er Isabelle.

Sie schüttelte den Kopf. »Ich hatte keine Ahnung. Ich dachte nur, dass wir vielleicht deine Hilfe brauchen könnten.« Sie lachte auf. »Womit ich wohl ziemlich richtiggelegen habe, oder?«

Nachdem Luc sich einigermaßen gefangen hatte, nötigte Isabelle alle, sich auf die Stühle um einen massiven Tisch herum zu setzen, der gut und gern zwölf Personen Platz bot. Helena setzte sich als Einzige nicht, sondern lehnte sich an eine Wand. Ihr Gesicht war zu einer Maske gefroren, doch ihr Blick ruhte auf Nicholas, vielleicht noch eingehender als der von allen anderen. Mila erklärte Isabelle und Luc in knappen Worten, warum Nicholas lebte.

Nachdem sie geendet hatte, ergriff Isabelle das Wort. »Okay. Klar so weit.« Sie tippte Nicholas gegen die Schulter, als müsse sie sich vergewissern, dass er kein Geist war. »Okay. Du hast also in einem anderen Universum das Ende deiner Geschichte überlebt und jetzt bist du hier. Sorry, aber ich muss das trotzdem fragen: Du bist weder ein Vampir noch so ein ekeliger Zombie?«

Ein schwaches Lächeln hob Nicholas' Mundwinkel. »Weder das eine noch das andere. Ich bin ganz der Alte.« Sein Blick heftete sich auf Mila. »Bis auf die Tatsache, dass ich zehn Wochen der Trauer hinter mir habe.«

Seine Worte fielen tief in Milas Innerstes. Der schwarze Splitter in ihrer Seele vibrierte. Die Geräusche, die von draußen hereindrangen, klangen wie aus einer anderen Welt. Sie hörte das Lachen von Menschen, die vor dem Fenster vorbeigingen und in einer Sprache redeten, die sie nicht verstand.

Das Läuten einer Kirchenglocke.

Klaviermusik. Sie kannte das Stück, wusste aber seinen Namen nicht.

»Gut«, beendete Isabelle das Schweigen. »Dann wäre das also geklärt. Total irrer, durchgeknallter Kram, aber damit komme ich klar. Nicholas lebt. Die Fabelmacht ist verantwortlich dafür. Happy End und Abspann mit pompöser Orgelmusik. Bevor wir zu Episode zwei übergehen und ihr mir erzählt, warum Maréchal tot ist, sollten wir uns besser ein bisschen stärken.« Ohne auf Antwort zu warten, stand sie auf, ging hinüber zum Kühlschrank und packte dessen Inhalt aus. Französische Hartwurst, verschiedene Sorten Käse, Joghurts und Puddings in kleinen Tontöpfen, Obst und vieles mehr.

»Sind deine Eltern immer auf Besuch von Fabelmachtflüchtlingen vorbereitet?«, fragte Eric trocken. »Ich dachte, sie sind verreist.«

Isabelle musste lachen. »Nein, sie kommen übermorgen aus L. A. zurück. Die Haushälterin hat schon für sie eingekauft.« Sie griff in den Gefrierschrank, holte zwei Baguettes heraus und schob sie in den Ofen.

Während ihre Freundin werkelte, schaute Mila ihre Mutter an.

Helena spürte den Blick und erwiderte ihn, doch sie rührte sich nicht von der Stelle.

»Mama?« Mila biss die Zähne zusammen. »Was ist jetzt?« Sie musste nicht eigens erwähnen, was sie meinte. Es war nun endlich Zeit für Antworten.

Helena ging zum Tisch und nahm einen Apfel aus der Schale. Sie drehte ihn zwischen den Händen hin und her. »Ich weiß nicht, wo ich anfangen soll«, sagte sie und das erste Mal, seit Mila sich erinnern konnte, wirkte sie verunsichert.

Nicholas schnaubte ärgerlich, aber als er etwas sagen wollte, hob Mila die Hand. Das hier musste sie tun. »Warum fängst du nicht mit Maréchal an? Du wolltest ihn auf dem Friedhof treffen, hast du gesagt.«

»Ja«, sagte Helena. Ihre Stimme klang heiser. »Aber das ist eigentlich das Ende meiner Geschichte.«

»Verdammt noch mal!«, brach es aus Mila heraus. »Dann fang eben von vorn an!«

Helena sah sie nur an. Schließlich legte sie behutsam den Apfel zurück in die Schale. »Am Anfang steht ein Mann namens Abélard.«

»Abélard? So wie der Mönch aus dem Mittelalter, der aus dieser Geschichte von Abélard und Héloise?«, fragte Isabelle.

Helena schüttelte den Kopf. »Nicht so *wie* dieser Mönch. Dieser Mann *war* der Abélard aus der Geschichte.« Sie schluckte schwer. »Und er ist es noch immer.«

Mila spürte Skepsis, die so heftig war, dass sie wie ein Stein in ihrer Brust lag. »Unmöglich! Er wäre dann ...« Sie rechnete nach. »Über neunhundert Jahre alt!« Die Zweifel rundherum am Tisch waren mit Händen greifbar. Isabelle schnaufte ungläubig. Eric schüttelte den Kopf. Nur Luc war noch immer damit beschäftigt, Nicholas' Auferstehung zu verdauen, er reagierte gar nicht auf Helenas Eröffnung.

Wie schon in der Metro griff Nicholas nach Milas Hand und verschränkte seine Finger mit ihren. »Ich dachte immer, er wäre als alter Mann gestorben.«

Helena zog sich einen Stuhl heran und setzte sich an das Kopfende des Tischs. »Das ist er auch«, sagte sie. Mila versuchte, in ihren Zügen zu lesen, aber das war unmöglich. Immer noch hatte sie das grässlich vertraute Gefühl, ihre Mutter nicht durchschauen zu können. Die Wut von eben allerdings war verflogen.

»Unsinn!«, entfuhr es Eric. »Niemand kann sterben und dann wieder zum Leben ...« Mitten im Satz brach er ab. Aller Augen richteten sich auf Nicholas.

»Okay«, murmelte Eric. »Okay.«

Wieder wurde es sehr still im Raum. Diesmal war Isabelle die Erste, die sprach: »Fabelmachtirrsinn, ich sag's ja!«

Um Beherrschung bemüht, meinte Nicholas: »Als du mich vorhin auf dem Dachboden gesehen hast, warst du nicht wirklich geschockt, stimmt das?«

»Das stimmt, ja.« Helena lehnte sich auf ihrem Stuhl zurück. Die Lehne knarrte leise.

»Dann wusstest du, dass es möglich ist!«

»Ich wusste es nicht. Aber ich habe es gehofft ...« Sie seufzte. Das Flammenmal an ihrer Schläfe, das die ganze Zeit nur schwach geleuchtet hatte, flackerte grell auf. Sie griff sich an die Stirn. »Was wisst ihr über Abélard und Héloise?«

»Sie waren ein mittelalterliches Liebespaar.« Isabelle krauste die Nase. »Maréchal hat mir erzählt ...«

Alle zuckten zusammen bei dem Namen, auch Isabelle, die für einen kurzen Moment vergessen zu haben schien, dass der alte Mann tot war. Gedämpft sprach sie weiter: »Er hat mir erzählt, dass die beiden fabelmächtig waren.«

»Das waren sie.« Helena schien mehrere Sekunden lang tief in Gedanken versunken. Mila versuchte, nicht daran zu denken, wie Maréchal gestorben war. Es ging nicht. Wieder sah sie, wie er von der Kugel getroffen wurde, wie er fiel ...

»Hey! Du brichst mir die Finger.« Nicholas' leise Stimme riss sie aus ihren Erinnerungen. Er hatte ihr Handgelenk umfasst und da erst merkte Mila, dass sie seine Hand gequetscht hatte. Sie versuchte, sich zu entspannen. »Es ist gut«, sagte er. »Ich bin hier.«

Tränen schossen in ihre Augen. Sie zwinkerte dagegen an und zwang sich, an etwas anderes zu denken.

Helena hatte schon weitergesprochen. »Abélard und Héloise

verband eine ganz besondere Liebe, die nichts durchbrechen konnte. Abélard hatte es einst so geschrieben. Doch als Héloise schwer erkrankte, begriff er, dass jede Liebe an Grenzen stößt.« Sie schob ihren Stuhl zurück. An ihr war plötzlich etwas Ruheloses, Getriebenes. »Er wollte ihren Tod nicht akzeptieren. Und hat sie deswegen unsterblich erzählt. Doch er selbst alterte weiter, obwohl er alles versuchte, um auch unsterblich zu werden. Als das nicht gelang, wollte er Héloise die Unsterblichkeit wieder nehmen. Aber auch das war vergeblich. Es kam, wie es kommen musste. Als er starb, ließ er sie allein und trauernd zurück. Seitdem irrt sie durch diese Welt und kann nicht sterben.«

»Bis heute?«, fragte Isabelle schaudernd.

Mila nickte vor sich hin. Als sie das erste Mal von der Geschichte gehört hatte, hatte sie ganz ähnliches Mitleid mit Héloise empfunden wie ihre Freundin jetzt.

»Bis heute, ja.« Helena stand wieder auf und trat an die Glaswand, die die gesamte Querseite der Küche einnahm und den Blick auf einen Garten freigab, der von einer Mauer begrenzt wurde. Eine Weile schaute sie grübelnd hinaus, dann redete sie weiter, ohne sich umzudrehen.

»Héloise war es seitdem nie wieder vergönnt, sich in einen Mann zu verlieben. Sie konnte es nicht. Sie konnte keine Gefühle empfinden außer für Abélard und es war die Hölle für sie. Sie versuchte alles, um den Tod zu finden, doch es gelang ihr nicht. Aber dann, fast neunhundert Jahre später, geschah etwas, das ihr wie die Rettung erschien. Sie fand zwar nicht den Tod. Aber sie fand eine Möglichkeit, noch einen anderen Menschen zu lieben, und zwar tiefer und inniger, als sie jemals Abélard geliebt hatte. Und je länger sie so liebte, desto unsteter wurden ihre Gefühle für ihn. Sie war das erste Mal nach so langer, so unendlich langer Zeit glücklich.« Helenas Gestalt spiegelte sich schwach in der Scheibe. Mila hätte gern ihr Gesicht gesehen, aber noch immer wandte ihre Mutter ihnen den Rücken zu. Mila spürte etwas Unheilvolles nahen und ihr Magen begann zu schmerzen.

»Durch diese Liebe stellte Héloise sich gegen das, was Abélard damals geschrieben hatte. Und das kostete ... jemanden das Leben.«

»Den Menschen, den sie stärker liebte als Abélard«, vermutete Mila. Sie tauschte einen langen Blick mit Nicholas.

Helena räusperte sich. Mehrere Sekunden verstrichen in tiefer Stille. »Ihren kleinen Sohn ...«, fügte sie mit flacher Stimme hinzu.

Mila dachte an Maréchal und den Namen, den er so kurz vor seinem Tod hervorgestoßen hatte. Sie presste eine Hand auf den Mund. »Wie hieß dieser kleine Sohn?«, flüsterte sie, aber im Grunde wusste sie es längst.

Und Nicholas wusste es auch. »Guter Gott!«, hörte sie ihn flüstern.

Helena schwieg. Es war nicht nötig, es auszusprechen. Dicke, drückende Stille füllte plötzlich den Raum, quetschte Milas Brustkorb zusammen. Ihr war schwindelig. Sie stemmte sich an der Tischkante in die Höhe. Schwankend stand sie da, ließ Helena nicht aus den Augen.

Eric ächzte leise. Drei, vier Sekunden vergingen, dann begriff auch Isabelle. Sie machte ihrem Entsetzen durch einen Fluch Luft.

Mila hingegen fühlte sich, als wäre sie im freien Fall. »Antoine«, flüsterte sie. »Der Junge, der starb, als Abélard zurückkam, hieß Antoine.«

Langsam nickte Helena. »Du und dein Bruder, Mila – ihr wart die Einzigen, die ich immer mehr geliebt habe als Abélard«, sagte sie kaum hörbar. »Und ihr seid es immer noch.«

Ich. Sie hatte *ich* gesagt.

Die Muskeln in Milas Genick protestierten vor Anspannung, als sie den Kopf schüttelte. Plötzlich fiel ihr noch etwas ein. Abélard! Maréchal hatten diesen Namen gesagt, kurz bevor er erschossen worden war.

»Du bist …«, wisperte sie.

Helenas Blick ruhte auf ihr. Behutsam senkte sie den Kopf zu einem Nicken. »Héloise«, sagte sie. »Ja.« Und dann, als sei es nötig, es zu wiederholen, damit alle es verstanden: »Ich bin Héloise, Mila.«

Qualvoll atmete Mila ein und bekam doch kaum Luft. Nicholas wollte ihre Hand nehmen, doch sie riss sich los. Bilder flackerten in ihr auf. *Nicholas. Er lag in ihren Armen und starb. Ein alter Mann auf dem Sterbebett. Héloise, kniend davor. Ihre Mutter* … Héloise war ihre Mutter. Ihre schöne Mutter, von der ein jeder immer gesagt hatte, was für gute Gene sie haben müsste, weil sie aussah, als ob sie nie alterte. Was für ein Witz!

Sie war neunhundert Jahre alt …

Panik fiel mit solcher Wucht über Mila her, dass sie sich herumwarf und durch die Terrassentür hinaus in den Garten rannte. Stolpernd überquerte sie den Rasen, doch bei der Mauer stoppte sie. Mit bebenden Gliedern und jagendem Herzen blieb sie stehen, wandte sich nach rechts, nach links. Eine niedrige, schmiedeeiserne Tür war in die Mauer eingelassen, aber als Mila zu ihr stürzte und sie öffnen wollte, ging sie nicht auf.

Es gab kein Entkommen.

»Mila!« Helenas Stimme. Ihre Mutter war ihr nach draußen gefolgt.

Mila fuhr zu ihr herum. »Lass mich!«, schrie sie sie an. Und dann brach alles aus ihr heraus: »Warum hast du mir das nie gesagt? Warum hast du mir verschwiegen, wie Papa und Antoine …?« Sie stieß einen gequälten Schrei aus. Das Blut in ihren Ohren rauschte machtvoll. »Darum bist du also mit mir damals aus Paris fortgegangen! Weil die Fabelmacht sie umgebracht hat. Weil du … Weil ich … Ich habe dich tausendmal danach gefragt. Warum hast du mir das nie gesagt? Warum hast du mich …?« Diesmal blieb ihr vollends die Luft weg, sie taumelte, musste sich auf ihren eigenen Knien abstützen, um nicht zu Boden zu gehen.

»Mila …« Helena streckte die Hand nach ihr aus.

Mit wildem Blick starrte Mila diese Hand an, glaubte zu sehen, wie sie sich in eine Klaue verwandelte. *Knochen über pergamentartiger Haut* … neunhundert Jahre … Ihre Mutter … *O Gott!*

»Ganz ruhig!« Nicholas hatte bis eben auf der Terrasse gestanden. Jetzt kam er herunter auf den Rasen. Er packte Helena, schob sie zur Seite und wollte Mila die Hände auf die Schultern legen. Doch in ihr war so unendlich viel Abwehr, dass sie sich jetzt sogar gegen ihn richtete.

»Hör auf!« Mit fahrigen Bewegungen schlug sie seine Hände weg.

Nicholas erstarrte, wich aber nicht zurück.

»Du!«, schluchzte sie. »Warum bist du gestorben und hast mich so lange allein gelassen? Zehn Wochen, die hier drin sitzen wie ein Splitter …« Sie schlug sich gegen die Brust.

Und dann begriff sie, dass Helena diese Trauer über neunhundert Jahre lang erlitten hatte. Allein der Gedanke ließ sie würgen. Ihre eigene Trauer, die Gefühle, die sie seit Nicholas' Rückkehr durchgeschüttelt hatten, die schreckliche Leere, die sie auf der schwarzgläsernen Ebene empfunden hatte, und jetzt der Schock über Helenas Beichte – alles brach über ihr zusammen wie ein Tsunami, der sich meilenweit über ihr aufgetürmt hatte. »Diese verdammte Fabelmacht ist an allem schuld, ich will nicht mehr ... ich ...«

»Mila!« Auf einmal stand Eric neben Nicholas. Er versuchte erst gar nicht, sie zu berühren, sondern er streckte einfach die Hand aus, die Innenseite nach oben gekehrt, sodass sie ihre nur hätte hineinzulegen brauchen. »Mila!«, wiederholte er und warf Nicholas einen undurchschaubaren Seitenblick zu. »Erinnerst du dich an den Abend auf der Dachterrasse?«

Sie wusste, sie hätte sich erinnern müssen, aber sie konnte keinen klaren Gedanken fassen. Es fühlte sich an, als würde sie niemals wieder im Leben auch nur einen einzigen klaren Gedanken fassen können.

»Du und ich auf der Brüstung?«, fuhr Eric fort.

Und da wusste sie es wieder. *Sie stand nur Millimeter von einem Abgrund entfernt. Erics Hände lagen auf ihren Hüften, hielten sie. Und in ihr war nichts außer absoluter, sprudelnder Lebenslust.* »Ja«, flüsterte sie. Waren das Tränen, die ihre Wangen hinunterliefen? »Ja, ich erinnere mich. Du hast mich festgehalten.«

»Das kann ich wieder tun, wenn du mich lässt.«

Sie heftete den Blick auf seine ausgestreckte Hand. Ihr jagendes Herz beruhigte sich ein bisschen. Zögernd streckte sie die Hand aus, wartete darauf, dass er ihr entgegenkam. Aber das tat er nicht. Er rührte keinen einzigen Muskel, bis sie sich so weit gefangen hatte, dass sie einen Schritt auf ihn zu machen konnte. Bis ihre Finger seine berührten. Da erst griff er zu, zog sie in seine Arme und hielt sie fest.

Seine Wärme und seine Nähe ließen alle Dämme in ihr brechen. Sie begann so heftig zu zittern, dass ihre Zähne aufeinanderschlugen. Ihr Blick glitt zur Seite, hin zu Nicholas, der dastand und sie mit bleicher Miene ansah.

Eine ganze Weile später stand Nicholas allein am Rand der Terrasse und starrte in den Garten hinaus. Sein Mantel hing innen an der Garderobe und er fröstelte in dem kalten Septemberwind, aber das war Absicht. Auf diese Weise spürte er wenigstens die Kälte in seinem Innersten nicht so sehr.

Der Gedanke an die Panik in Milas Augen fühlte sich an, als würde ihm jemand einen Eispickel gleichzeitig ins Hirn und ins Herz rammen. Diese Art, wie sie ihn angesehen hatte, so voller Schrecken und Verwirrung und Abwehr ...

Eric trat aus der Terrassentür. »Isabelle kümmert sich um sie.«

Nicholas drehte sich nicht um. »Gut.« Isabelle hatte Mila vorhin aus Erics Armen gezogen und in die Wohnung geführt.

Eric wirkte für einen Moment lang so, als überlege er, wieder in die Wohnung zu gehen, aber er blieb. Wortlos stellte er sich neben Nicholas. Er hatte die Hände in den Taschen seiner Jeans vergraben und die Schultern zu den Ohren hochgezogen. »Tut mir leid, das eben«, sagte er, nachdem einige Minuten verstrichen waren.

Nicholas schob die Hände ebenfalls in die Hosentaschen. »Was meinst du?«

»Dass sie sich von mir hat trösten lassen und nicht von dir.«

Jetzt wandte Nicholas den Kopf. Ihm war schon länger klar, dass auch Eric Mila liebte, aber gerade war es ihm so deutlich anzusehen, als hätte er es sich mit rotem Filzstift auf die Stirn geschrieben.

»Sie hat nicht wirklich dich von sich gestoßen«, redete Eric weiter. »Sondern die Fabelmacht. Das ist dir klar, oder?«

Nicholas nickte. Das war es tatsächlich. Und doch ...

»Die Fabelmacht verursacht eine Menge Leid, oder?«

Nicholas lachte trocken auf. »Kann man so sagen.« In dem perversen Wunsch, sich selbst zu quälen, fragte er, wie es Mila zwischen seinem Tod und seiner Wiederauferstehung ergangen war.

Eric biss die Zähne zusammen. »Sie hat dich im Arm gehalten, als du gestorben bist«, erklärte er vorsichtig.

Irgendwo in der Nähe erklang die Sirene eines Rettungswagens, wurde lauter und schließlich wieder leiser. Nicholas dachte an die Wucht der Trauer, die ihn fast umgebracht hatte, als Mila gestorben war. Wenn sie auch nur einen Bruchteil davon empfunden hatte ... sein Magen wollte sich umdrehen.

Eric hatte den Blick in den Garten gerichtet.

Nicholas wartete. Er wusste, dass er das, was jetzt kommen würde, nicht hören wollte, aber er konnte seine Frage auch nicht zurücknehmen. Irgendwann wandte Eric den Kopf. Sein Blick war intensiv. »Sie hat sich die Erinnerung an dich wegerzählt.«

Ein Schmerz wie eine Kugel, die ihn traf. »Absichtlich?«

Eric nickte knapp. »Sie ist vor die Hunde gegangen, weil du tot bist … warst. Scheiße!« Er lachte. Es klang bitter.

»Klar.« Nicholas spürte, wie er schwankte. Er schloss die Augen und sah wieder vor sich, wie Mila ihn von sich gestoßen hatte und sich von Eric trösten ließ. Sie hatte sich die Erinnerung wegerzählt. Weil sie bei Eric sein wollte? Er öffnete die Augen wieder, versuchte rauszufinden, was für ein Spiel dieser Mistkerl spielte.

Eric zog die Schultern noch dichter an die Ohren. »Du darfst es ihr nicht übel nehmen. Sie hätte sich irgendwann etwas angetan, wenn sie nicht …«

Nicholas hob die Hand und brachte ihn damit zum Schweigen. »Ich weiß nicht, was ich sagen soll«, hörte er sich murmeln. Schlimmer: Er wusste nicht, was er empfinden sollte.

Eric lachte freudlos auf. »Was ein Wunder«, erwiderte er. »Was ein Wunder!«

»Nicholas?«

Nicholas stand noch immer in der Kälte, als Mila in der Terrassentür erschien. Eric war vor einer knappen Viertelstunde wieder hineingegangen.

»Ja?«, erwiderte er.

Sie trat hinter ihn und als er sich nicht sofort umdrehte, nahm sie seine Hand und zwang ihn dazu. Ihre Augen waren rot und sehr weit. Er versank in ihrem Blick.

»Eric hat mir gesagt, dass er dir von meinem Gedächtnisverlust erzählt hat«, sagte sie. Sie klang schuldbewusst und das machte ihn ganz verrückt. Er wollte nicht, dass sie Schuldgefühle haben musste. Er wollte überhaupt nicht, dass sie je wieder in ihrem Leben auch nur ein einziges negatives Gefühl haben musste. Ihr linker Eckzahn grub sich in die Unterlippe.

Nicht mal den Anblick konnte er aushalten. Er wollte ihre Lippen berühren, aber seine Hand blieb auf halber Strecke in der Luft hängen. »Mila, es ist okay …«

»Nein!« Sie fiel ihm so heftig ins Wort, dass sie vor sich selbst erschrak. »Nein, Nicholas!«, sprach sie leiser weiter. »Ich hätte niemals so schwach sein dürfen.«

Er zog die Hand zurück. Er kannte Mila viel zu gut. Er wusste, dass ihr noch so viele Versicherungen, sie sei nicht schwach gewesen, niemals die Schuldgefühle genommen hätten. Also zwang er sich zu einem möglichst sachlichen Tonfall. »Wenn du dir das Gedächtnis nicht weggeschrieben hättest, hättest du vermutlich niemals den Mut aufgebracht, mich zurückzuholen. Ich *lebe* nur, weil du dir die Erinnerung weggeschrieben hast.«

Sie zog die Augenbrauen zusammen, als habe sie das Ganze so noch überhaupt nicht gesehen. »Meinst du?«, murmelte sie.

»Ach, Mila!« Statt ihr zu antworten, nahm er ihr Gesicht in beide Hände und küsste sie.

Seine Lippen waren eiskalt und auch seine Hände und trotzdem rannen Hitzeschauer durch Milas Körper. Als Nicholas sich von ihr löste und ihr in die Augen schaute, zwang sie sich zu fragen: »Du bist mir nicht böse wegen …«

Er stieß ein Lachen aus. »Für nichts auf dieser Welt könnte ich dir länger als zwei Sekunden böse sein, Mila.«

Eine fiese Stimme in ihrem Hinterkopf wollte widersprechen, aber sie brachte sie zum Schweigen, indem sie ihre Stirn an seine legte. »Ich liebe dich so sehr«, murmelte sie.

Er öffnete den Mund, um etwas zu erwidern, aber ein Räuspern an der Terrassentür ließ sie auseinanderfahren.

»Tut mir leid.« Erics Stimme war ganz flach. Er mühte sich offenbar verzweifelt, sie beide nicht anzustarren. Der Anblick rührte Mila und sie hatte schon wieder ein schlechtes Gewissen, diesmal seinetwegen.

»Was?«, hörte sie Nicholas fragen. In dem einen Wort schwang Unmut mit, aber Eric ignorierte das. Er deutete über seine Schulter hinweg ins Innere der Wohnung. »Helena ...«

Nicholas seufzte. »Er hat recht, Mila. Wir sollten wieder reingehen. Deine Mutter hat mehr Fragen denn je zu beantworten.«

Isabelle hatte mittlerweile alle Lebensmittel fortgeräumt bis auf das Baguette und einen kleinen Teller mit Käse. Auf dem Herd köchelte irgendetwas vor sich hin und verbreitete den Duft von Kräutern und Butter. Isabelle stand hinter dem Küchentresen am Herd und rührte in dem Topf. Luc hatte sich zu ihr gesellt, tief in Gedanken versunken.

Helena saß ganz allein an dem großen Esstisch. Das Flammenmal, über dessen Herkunft sie noch nicht geredet hatten, leuchtete fahl und ließ ihr Gesicht kalkig erscheinen. Hinter ihr hing ein riesiges Gemälde, das die halbe Wand einnahm – eindeutig aus Isabelles Hand. Mila glaubte, in einem roten Fleck ein menschliches Herz zu sehen, aber gleich darauf war der Eindruck wieder fort. Isabelles Bilder hatten manchmal eine solche Wirkung: Sie veränderten ihr Aussehen, je nachdem, mit welchen Gefühlen man sie anschaute.

Mila zögerte. Dann ging sie zum Tisch und setzte sich an das Helena gegenüberliegende Kopfende. Irgendwie hatte sie das Gefühl, die größtmögliche Entfernung zwischen sich und ihrer Mutter haben zu müssen.

»Es tut mir leid, Mila«, sagte Helena flach. »Ich kann verstehen, wenn du mich jetzt hasst.«

Tief in Mila regte sich etwas, das sie nicht zu benennen wusste. Sie schaute Nicholas an, der noch in der offenen Terrassentür stand. Der kalte Luftzug von draußen bewegte seine schwarzen Haarsträhnen. Sie hätte ihn tagelang einfach nur beobachten können. Und dann kam der Gedanke von vorhin wieder: Sie hatte zehn Wochen um ihn getrauert und war daran beinahe kaputtgegangen. Was mochten also neunhundert Jahre mit Helena gemacht haben?

»Erzähl mir den Rest«, sagte sie und konnte nicht verhindern, dass da die gleiche Härte in ihrer Stimme war, über die sie sich früher als Teenager bei ihrer Mutter so bitterlich beklagt hatte. »Erzähl mir wenigstens jetzt von Antoine und Papa.«

Nicholas schloss die Terrassentür. Dann kam er zu Mila und als könne er ihr die Sache durch pure Nähe erleichtern, stellte er sich so dicht hinter sie, dass sie die Wärme seines Körpers spüren konnte.

»Also gut.« Helena verschränkte die Hände auf der Tischplatte. Ihre Fingerknöchel waren schneeweiß. »Du musst wissen, dass ich Jacques – deinen Vater – sehr gern gehabt habe. Er war überhaupt der Grund dafür, dass ich das erste Mal den Wunsch verspürte, Kinder zu haben. Ich konnte ihn nicht lieben – warum, das habe ich ja schon erklärt. Aber das, was wir hatten, war eine tiefe Freundschaft. Er war für mich da. Und auch wenn er meine Geschichte nicht kannte, hat er mich ertragen. Das werde ich ihm nie vergessen.«

Mila sah unwillkürlich zu Eric hinüber, der neben Isabelle und Luc an der Küchentheke stand, die Arme verschränkt, den Blick starr geradeaus gerichtet. Als er spürte, dass sie ihn anschaute, wandte er ihr kurz den Kopf zu. Die Muskeln an seinem Unterkiefer traten hervor.

Nicholas' Daumen streichelten sie am Hals.

Sie schloss die Augen und Helena fuhr fort. »Nachdem wir zwei Jahre ein Paar waren, wurde dein Bruder geboren. Und da geschah etwas für mich völlig Unerwartetes. Man legte mir dieses kleine Wesen in die Arme – und ich fühlte etwas, das mehr als Liebe war. Ich fühlte Glück.« Sie horchte in sich hinein. »Fast neunhundert Jahre hatte ich gelitten und dieses kleine Wesen schenkte mir innerhalb von wenigen Sekunden Frieden.«

Sie schwieg. Jeder in dem Raum schwieg. Mila erinnerte sich an endlose Streitgespräche, die meistens damit begonnen hatten, dass sie nach ihrem Vater oder nach Antoine gefragt hatte. Jetzt, da sie wenigstens ungefähr wusste, was geschehen war, begriff sie, wie sehr sie Helena wehgetan hatte damit, dass sie sie immer und immer wieder nach den beiden gefragt hatte. Wie viel Schmerz hatte sie ihrer Mutter zugefügt, weil sie ihr Vorwürfe gemacht hatte. *Hör endlich auf, um sie zu trauern!*, hatte sie sie oft angefahren. *Sie sind tot und du lebst. Das passiert jeden Tag tausendfach. Du tust ja geradeso, als sei deine Liebe zu Antoine etwas ganz und gar Einzigartiges!* Vor Scham über diese bösen Worte zog sich ihre Kehle eng zusammen. Sie hatte in einer tiefen Wunde gestochert, ohne auch nur den Hauch einer Ahnung zu haben, was das mit ihrer Mutter machte.

»Drei Jahre lang hielt mein Glück an«, sagte Helena. Ihre Augen waren auf Mila gerichtet, als wäre sie das Einzige, was sie noch interessierte. »Abélard war immer noch in meinen Gedanken und Träumen, aber die Liebe zu Antoine übertönte den Kummer, den ich seinetwegen empfand. Und dann erfuhr ich, dass ich abermals schwanger war, und diesmal waren meine Gefühle noch stärker. Schon in der Schwangerschaft überwältigten sie mich.«

»Und damit verlief die Realität endgültig anders, als Abélard damals geschrieben hatte«, murmelte Nicholas.

Helena schien jetzt ganz weit weg. »Ich war auf Père-Lachaise, als es passierte. Ich hatte das Grabmal besucht, das man für uns beide errichtet hatte – Abélard und mich. Wie schon ungezählte Male stand ich davor, aber diesmal war es anders. Ich war so glücklich und so voller Liebe zu meinen Kindern, dass ich das Gefühl hatte, ich könnte endlich Abschied nehmen. Und da stand Abélard plötzlich zwischen den Gräbern und sagte meinen Namen. Er war zurückgekommen.«

Milas Kehle zog sich zusammen, weil sie erkannte, wie sehr sich die Geschichte ihrer Mutter und ihre eigene ähnelten. Auch Nicholas hatte zwischen den Gräbern auf Père-Lachaise gestanden. Auch er hatte als Erstes ihren Namen gesagt.

»Es war eine ganz und gar surreale Situation«, fuhr Helena fort. »Ich konnte es nicht glauben. Er sah genauso aus wie in der Minute seines Todes. Ich erinnere mich daran, dass die Glocken der katholischen Kirche am Boulevard de Ménilmontant sechs schlugen.« Sie verstummte. »Genau zur selben Zeit kam das Auto deines Vaters von der Straße ab und überschlug sich fünfmal, Mila. Jacques war sofort tot. Und mit ihm unser kleiner Sohn. Antoine.« Ihr Blick war nach innen gerichtet, es sah aus, als säße nur noch ihre Hülle hier am Tisch.

In Mila festigte sich etwas. All der Groll, den sie viele Jahre gegen ihre Mutter empfunden hatte, verschwand plötzlich. Sie schaute zu Nicholas hoch und als er unmerklich nickte, stand sie auf und ging an dem langen Tisch entlang bis zu ihrer Mutter. Vor ihr hockte sie sich hin.

»Die Fabelmacht hat sie uns genommen«, flüsterte sie.

Ihre Mutter nickte. Doch dann schüttelte sie den Kopf. Etwas flackerte in ihren Augen und plötzlich wirkte sie unendlich zerrissen. Das Flammenmal an ihrer Schläfe wuchs ein kleines bisschen. »Damals, als dein Bruder starb, hatte ich nur noch eines im Kopf: dich, Mila.«

Sie sprach jetzt schneller und hastiger. Es wirkte, als liefe ihr die Zeit davon. Oder als wolle sie dem eigentlichen Thema ausweichen.

»Ich wollte kein weiteres Mal zulassen, dass die Fabelmacht mir ein Kind nahm. Ich ging nach Berlin, um dich vor ihrem Einfluss zu schützen. Aber mit der Zeit wurde mein Wunsch nach Rache immer größer. Ich hasste die Fabelmacht für das, was sie uns angetan hatte. Und Abélard, der in Paris blieb, aber mit dem ich immer verbunden blieb, bestärkte mich darin und sprach davon, dass es an uns beiden wäre, die Fabelmacht ein für alle Mal zu vernichten. All das Leid zu beenden, was sie verursacht hatte ...«

Sie schüttelte den Kopf. »Wieder und wieder überdachten wir meine Rückkehr nach Paris, besonders als du sechs Jahre alt wurdest und wir feststellten, dass du anfingst, über

Nicholas zu schreiben. Und Nicholas über dich.« Sie sah von ihrer Tochter zu Nicholas. »Das war der Moment, in dem wir begriffen, welche besondere Beziehung zwischen euch herrschte und wie fabelmächtig ihr beide sein müsstet. Abélard war überzeugt davon, dass wir mit euch zwei Verbündete im Kampf gegen die Fabelmacht haben würden. Aber ich konnte mich nicht entscheiden, dich in die Nähe von Paris zu bringen, wo Antoine getötet worden war. Und das war vielleicht mein größter Fehler – einfach abzuwarten. Untätig zu bleiben.«

Sie schloss die Augen. Stille herrschte im Raum.

»Was meinst du damit?«, sagte Mila.

Helena öffnete die Augen wieder. In ihnen stand ein unguter Glanz. »Abélard«, sagte sie. »Er ist nicht untätig geblieben. Er ist davon überzeugt, dass der Schlüssel zur Fabelmacht auf der schwarzgläsernen Ebene liegt. Und dass diese nur im Tod zu betreten ist.« Sie holte tief Luft. »Ich wusste es nicht, bevor ich nach Paris kam. Aber Abélard ist für all das verantwortlich gewesen, was passiert ist. Er hat von Anfang an dafür gesorgt, dass du sterben musstest, Nicholas, damit Mila dich wieder zum Leben erwecken kann. Er erhoffte sich dadurch …«

»Wie bitte?«, flüsterte Nicholas. Seine Hände krampften sich in die Rückenlehne des Stuhles.

Helena hielt seinem Blick stand. »Ja. Nicholas. Abélard hat dafür gesorgt, dass du damals diese unselige Geschichte geschrieben hast …«

Nicholas umklammerte den Kopf mit beiden Armen. Unruhig lief er im Raum auf und ab und Mila sah ihm dabei zu. Ihre

Augen waren groß und voller Schrecken und er hielt das Mitleid in ihnen kaum aus. Er wollte etwas zertrümmern, wollte sich die Fäuste an der Wand blutig schlagen, vor Wut und Fassungslosigkeit schreien.

Er war all die Jahre Abélards Marionette gewesen?

Irgendwann stand Mila auf, kam zu ihm und wollte ihn in ihre Arme ziehen, aber mit wildem Blick und erhobener Hand hielt er sie ab. Er konnte ihre Nähe jetzt nicht ertragen. Er konnte ja nicht einmal seinen eigenen Herzschlag ertragen.

Wenn ihn in diesem Augenblick ein Blitzschlag getroffen und getötet hätte, wäre es eine Erleichterung gewesen.

»All das«, ächzte er, »um die Fabelmacht zu vernichten?« Er wollte Helena in die Augen sehen, aber ihm fehlte die Kraft dazu. Himmel, ihm fehlte plötzlich sogar die Kraft, ein- und auszuatmen. Um seinen Brustkorb lag ein Ring aus Eisen.

Er ließ es zu, dass Mila ihm die Hand zwischen die Schulterblätter legte. Die Wärme ihrer Finger war tröstlich und schrecklich zugleich. Wenn er nur daran dachte, dass sie so sehr gelitten hatte, weil dieser beschissene Drecksack Abélard ...

»Scheiße«, stieß er hervor. »Verdammte Scheiße!«

Eric sah zu, wie Nicholas um Fassung rang, und er versuchte, sich vorzustellen, was Helenas Beichte mit ihm machen musste. Unmöglich! Er wusste aus eigener Erfahrung, zu was für Grausamkeiten die Menschen fähig waren – aus Eigennutz, Gier, Hass. Oder schlicht aus Schwäche. Aber noch etwas ganz anderes trieb ihn im Moment viel mehr um als Nicholas' Gefühle. Die ganze Zeit schon hatte er mit wachsendem Argwohn zugehört, was Helena erzählte. Und dabei war er sich vorgekommen, wie in einen Schraubstock gespannt. All dieser Fabelmachtkram! Wer sollte da schon durchblicken? Aber war das vielleicht genau der Zweck der Übung? Sie alle hier zu verwirren?

Eigentlich war Eric geübt darin zu erkennen, wenn jemand Bockmist erzählte. Normalerweise wusste er, ob er belogen wurde. Bei Helena allerdings war das anders. Er sah sie dasitzen, kerzengerade, bleich und gefasst, während sie all diese Ungeheuerlichkeiten von sich gab. Und er wusste einfach nicht, was er von ihr halten sollte.

Aber er hatte ein verdammt ungutes Gefühl. Als hätten sie alle etwas übersehen, etwas Wichtiges. Und jetzt plötzlich, beim Anblick des geschockten Nicholas, fiel es Eric wie Schuppen von den Augen.

Er sprang mit solcher Hast auf, dass sein Stuhl nach hinten rutschte. »Sie verdammte alte Hexe!«, stieß er hervor.

»Eric!«

Er achtete nicht auf Milas erschrockenen Ausruf, sondern stieß mit dem Zeigefinger in Helenas Richtung. Sein gesamter Körper war ähnlich in Alarmbereitschaft wie früher, wenn die Polizei ihm dicht auf den Fersen gewesen war. »Sie erzählen uns das alles doch nur so ausführlich, um Abélard auf unsere Fährte zu locken!«

»Was ...?« Helena starrte ihn an, aber er ließ sie nicht ausreden.

»Die Verbindung!«, sagte er. »Was, wenn Helena und Abélard genauso miteinander verbunden sind wie Mila und Nicholas?«

Milas Augen weiteten sich, als sie begriff, was er meinte. Eine Erinnerung flackerte in ihr auf, daran, wie sie Nicholas' kurz vor seinem Tod einmal mithilfe der Fabelmacht gesucht hatte. Indem sie über ihn geschrieben hatte, hatte sie genügend Informationen über ihn erhalten, um seinen Aufenthaltsort in Erfahrung zu bringen. Sie keuchte erschrocken und Eric nickte.

Er wandte sich an Milas Mutter. »Abélard und Héloise verband eine ganz besondere Liebe, das haben Sie vorhin selbst gesagt.« Und weil Isabelle und Luc noch nicht begriffen zu haben schienen, worum es ging, führte er weiter aus: »Wenn Mila damals Nicholas mithilfe der Fabelmacht aufspüren konnte, kann Abélard es vielleicht auch. Möglicherweise kann er ohne Probleme herausfinden, wo Helena ist ... und damit auch Mila und ...«

»Nein, Eric«, unterbrach Helena ihn. »Das kann er nicht.« Sie wies auf das Flammenmal an ihrer Schläfe, das sich grellblau gegen ihre weiße Haut abhob. »Nicht mehr.« Sie seufzte tief. »Lies, was da steht!«

Eric schnaubte. »Das ist Latein! Sehe ich aus, als würde ich Latein können?«

»Aber ich kann es«, sagte Nicholas.

Nicholas war immer noch übel von der Erkenntnis, dass er all die Jahre eine Marionette in Abélards Händen gewesen war, aber er teilte Erics Sorge, dass Helena Abélard zu ihnen führen würde. Dieser Mistkerl schreckte vor nichts zurück, um seine Ziele zu erreichen. Und sie hatten keine Ahnung, was er als Nächstes tun würde. Also riss Nicholas sich zusammen und begann, die lateinische Schrift zu entziffern.

Héloise liebte Abélard mit jeder Faser ihres Körpers und ihrer Seele, stand auf Helenas Schläfe.

»... *et in saecula saeculorum*«, las er weiter.

»... und bis in alle Ewigkeit.«

Ein Leuchten legte sich über Milas Gesicht. »Das ist der Beweis, dass sie die Wahrheit sagt.«

»Wieso denn das jetzt?« Eric rieb sich den Nacken. Plötzlich wirkte er verunsichert und Nicholas versuchte, deswegen keinen Spott zu empfinden. So ruhig wie möglich erklärte er es ihm: »Das Flammenmal erscheint, wenn man gegen den Willen der Fabelmacht handelt. Genau wie bei mir vor meinem Tod. Die ursprüngliche Geschichte brennt sich in den Körper, tiefer und tiefer, je länger man sich weigert zu gehorchen.«

Mila deutete auf Helenas Gesicht. »Abélard hat geschrieben, dass meine Mutter bis in alle Ewigkeit unsterblich in ihn verliebt ist. Aber sie weigert sich, ihn zu lieben. Sie ist auf unserer Seite.«

»Moment!«, sagte Eric und atmete einmal scharf durch. »Fallt ihr wirklich darauf rein? Man kann sich nicht willentlich dazu entscheiden, jemanden nicht mehr zu lieben.«

Er sprach aus Erfahrung, dachte Nicholas und wieder musste er sich gegen ein Gefühl wappnen. Diesmal war es Mitleid für Eric. Er sah, wie Mila Hilfe suchend ihre Mutter anschaute.

Die legte den Kopf in den Nacken und versuchte, sich zu entspannen. In Nicholas erklang so etwas wie ein Echo der Schmerzen, die er damals hatte erleiden müssen. Sein Körper erinnerte sich gut daran. Er presste die Zähne aufeinander und wich Mila aus, als sie ihn besorgt ansah.

Warum nur durchschaute sie ihn immerzu, egal, was auch immer los war?

Er konzentrierte sich auf Helena. »Nein, das kann man wohl

nicht«, sagte Milas Mutter. Das Flammenmal wuchs ein weiteres Stück ihre Wange hinab. Als die Schmerzwelle abgeebt war, fügte sie hinzu: »Ich bin auf eurer Seite, Eric. Nicholas.« Sie tastete nach Milas Hand. »Solange das Mal auf meiner Wange ist, könnt ihr sicher sein, dass ich alles tue, um euch vor ihm zu beschützen.«

»Auch wenn das bedeutet, dass du die Fabelmacht dann vielleicht nicht vernichten kannst?«, fragte Mila.

»Ja.«

Zornig schüttelte Eric den Kopf und auch Nicholas empfand Misstrauen, so tief, dass es fast wehtat. »Selbst, wenn es so sein sollte«, murmelte er. »Wieso kannst du dich plötzlich gegen ihn wehren, wo du es all die Jahre offenbar nicht konntest? Nicht, als er mich diese Geschichte schreiben ließ, nicht, als Mila so furchtbar leiden musste, weil ich tot war ...«

Helena stützte die Ellenbogen auf dem Tisch ab und vergrub das Gesicht in den Händen. »Ich hoffte, dass dein Tod und euer Leiden nicht ewig dauern würden«, flüsterte sie. »Ich hoffte darauf, dass du zurückkehren würdest, darum schaffte ich es nicht, mich gegen Abélard zur Wehr zu setzen. Jetzt aber weiß ich, dass er nicht nur deinen Tod in Kauf genommen hat, sondern dass er jemand anderen eigenhändig ...«

»Maréchal!«, entfuhr es Mila.

Helena wirkte düster. »Ihn hat er erschießen lassen, damit er mir nicht verraten konnte, was er kurz zuvor herausgefunden hatte, aber ihn meinte ich nicht.«

In Nicholas hallten Maréchals letzte Worte wider.

Abélard hat Antoine ge... Hatte der sterbende Buchhändler *getötet* sagen wollen?

Mila wandte Nicholas den Kopf zu. Ihre Augen waren

schrecklich groß vor Entsetzen und er wusste, dass sie dasselbe dachte wie er.

»Ja«, sagte Helena leise. »Antoine und sein Vater starben nicht auf die Weise, wie ich all die Jahre dachte. Bevor Maréchal erschossen wurde, konnte er euch noch die Wahrheit sagen. Und die Wahrheit ist ...«

Nicholas Kehle wurde eng. »Dass Abélard sie umgebracht hat«, sagte er.

Stimmen drangen durch die Lichtgaden der verfallenen Krypta. Gelächter wie aus einer anderen Welt. Manche Menschen, die Père-Lachaise besuchten, spürten die magische Atmosphäre, die der Friedhof ausströmte. Aber niemand, der nicht fabelmächtig war, hatte auch nur eine Ahnung davon, dass ein Teil dieser Atmosphäre von der Fabelmacht kam.

Abélard lag auf den Knien, das Notizbuch mit den Seiten nach unten neben ihm auf den Boden. Er presste den Kopf gegen die kalten Fliesen, um seine fiebrige Stirn zu kühlen. In seinen Ohren rauschte es. Er kannte das Geräusch, es war das Raunen der schwarzgläsernen Ebene, das ihn seit mehr als siebzehn Jahren begleitete und das ihn von Tag zu Tag mehr schwächte. Aber heute war es nicht das, was ihn am meisten quälte.

Der Schmerz in seinem Herzen war so mächtig, dass er unter ihm zu Boden gegangen war. Er glaubte, das Brennen der Worte an Héloises Schläfe am eigenen Leib zu spüren.

»Was tust du, Geliebte?«, hauchte er. »Wie kannst du aufhören, mich zu lieben?«

Sein Entsetzen über Héloises Verrat war grenzenlos und eine Erkenntnis rann ihm wie Eiswasser durch die Adern.

Wenn er jetzt die Fabelmacht vernichtete, hatte er Héloise auf ewig verloren. Das durfte nicht sein! Er brauchte die Macht noch. Er musste sie nutzen, um Héloise zurückzugewinnen.

Mühsam richtete er sich auf, griff sein Notizbuch und den Stift. Er musste sich jetzt auf das Wesentliche konzentrieren. Und das war die Tatsache, dass Nicholas wieder am Leben war. Der Junge konnte ihm helfen. Mit ihm würde alles wieder ins Lot kommen, auch das mit Héloise. Am Ende würde es sein wie immer: Sie würde ihm gehören. Weil er ohne sie nicht leben konnte.

Er wappnete sich.

Dann begann er zu schreiben und zu seiner Erleichterung brauchte er nur wenige Sätze, bevor das blaue Leuchten einsetzte, Nicholas' Namen erfasste und schließlich wieder erlosch.

9

Eric stand im Wohnzimmer an der geöffneten Terrassentür, trank kalten Kaffee aus einem dickwandigen Becher und bedauerte, dass die Wohnung im Erdgeschoss lag. Er hätte jetzt gut ein bisschen Höhenluft gebrauchen können, um den Kopf klar zu kriegen. Nicholas wieder am Leben, Helena neunhundert Jahre alt. Und nicht zu vergessen: ein undurchschaubarer Typ, der im elften Jahrhundert geboren worden war, auf der Jagd nach Mila. Spöttisch schüttelte Eric den Kopf. »Wenn ich nicht wüsste, dass ich clean bin …«, sagte er zu seinem eigenen Spiegelbild in der Glastür. Es antwortete nicht, also prostete er ihm mit dem Becher zu.

Er selbst war sich noch immer nicht ganz sicher, ob er Helena traute, aber Mila und Nicholas taten es und sie waren die Fabelmächtigen, also war es wohl okay.

Mittlerweile war es früher Abend geworden.

Helena und Mila hatten sich noch so viel zu sagen gehabt, dass sie sich in eines der Gästezimmer zurückgezogen hatten. Dort hatten sie zusammen mit Nicholas den halben Nachmittag weitergeredet. Genug Themen hatten sie ja.

Eric war dankbar dafür, dass er eine Weile außen vor war. Er hatte von den meisten Dingen nur die Hälfte verstanden. Sein Kopf schwirrte von all dem Irrsinn. Einmal hatte er Mila weinen hören und er war schon drauf und dran gewesen, zu ihr zu gehen, bevor ihm wieder eingefallen war, dass Nicholas bei ihr war. Also hatte er sich zusammengerissen und sich hinferngehalten, wie er es immer tat. Als er durch die Tür hindurch hörte, dass schließlich auch Helena anfing zu weinen, überzeugte das Eric sehr viel mehr, dass sie auf ihrer Seite war, als Milas Mutter es zuvor mit allen Beteuerungen und mit diesem Flammenmal gekonnt hatte.

Irgendwann hatte Helena sich allein in einen der hinteren Räume zurückgezogen. Nicholas war mit Mila in dem Gästezimmer geblieben. Und Eric hatte sich zusammennehmen müssen, um vor Eifersucht nicht rasend zu werden.

»Was für eine Scheiße, oder?« Luc stand plötzlich hinter ihm. Er hatte ein Glas in der Hand und in der anderen eine Flasche mit Whiskey, die nur noch zu zwei Dritteln voll war. Als Eric sich zu ihm umdrehte und Luc seinen Kaffeebecher sah, hob er die Flasche an.

Eric nickte und hielt ihm den Becher hin.

Luc goss einen ordentlichen Schuss Whiskey in den Kaffee. »Es muss dich ganz schon anstrengen, das hier alles«, sagte er mit einem matten Grinsen.

Eric zuckte mit den Schultern. »Man gewöhnt sich dran.«

Da lachte Luc. Er trank einen Schluck, lachte erneut. »Stimmt.« Einige Sekunden lang schwiegen sie beide. Dann sagte Luc: »Ich bin schon seit einer Ewigkeit mit Nicholas befreundet und eigentlich dachte ich, mich könnte nichts mehr schocken, was er so anstellt. Aber das hier ...«

Eric leerte seinen aufgemotzten Kaffee mit einem langen Zug. »Du hast es erstaunlich gut weggesteckt, dass er plötzlich lebendig wieder vor dir stand.«

»Echt?« Luc goss ihm nach. »Na ja, wenn du meinst.« Er lachte leise. »Brainfucking shit«, murmelte er dann.

Hinter ihnen ertönten leise Schritte, die aus Richtung Gästezimmer kamen. Es war Nicholas. Er hielt seinen Mantel in der Hand und nickte ihnen zu.

»Kannst du auch nicht schlafen?«, fragte Luc und bot ihm ebenfalls von dem Whiskey an.

Nicholas jedoch schüttelte dankend den Kopf.

»Was hast du vor?«, fragte Luc.

Nicholas antwortete ihm nicht, sondern zog sich den Mantel über. Dabei schien ihm etwas einzufallen. Er sah Eric an. »Tust du mir einen Gefallen?«

»Erst mal würde ich auch gern wissen, was du vorhast«, erwiderte Eric.

Nicholas wirkte zerrissen. Er schaute in Richtung von Milas Zimmertür, dann zur Haustür, dann auf den Boden vor seinen Füßen.

In Eric spannte sich etwas. »Sag nicht, du verlässt sie!« So viel Entrüstung lag in seiner Stimme, dass Nicholas erschrocken den Kopf hob.

»Natürlich nicht!«

Eric hielt seinen Ausdruck kaum aus. Da war etwas in diesem Blick, etwas Gequältes, Düsteres, das unheimlich war. Hatte Nicholas das schon vor seinem Tod gehabt oder erst seit seiner Auferstehung? Eric wusste es nicht.

Hilfe suchend sah er Luc an, aber der schüttelte nur langsam den Kopf. *Eigentlich dachte ich, mich könnte nichts mehr schocken, was er so anstellt,* hatte er gesagt. Im Moment wirkte er eher so, als sei das Gegenteil der Fall. »Was hast du vor?«, wiederholte er seine Frage von eben.

Nicholas schloss den Mantel bis hinauf zum Kinn. »Es gibt ein paar Leute, deren Rat wir gebrauchen könnten. Meine Tante und mein Vater. Außerdem muss ich zu ihnen, weil sie noch gar keine Ahnung davon haben, dass ich lebe.«

»Warum rufst du sie nicht an?«, entfuhr es Eric.

»Klar! Und was sage ich ihnen so einfach am Telefon? Hey, Tante Odette, nur, dass du Bescheid weißt. Ich lebe wieder. Kann ich morgen zum Kaffee kommen?«

Luc schnaufte spöttisch.

Eric hingegen hatte in der Sekunde, in der er gefragt hatte, erkannt, wie blöd die Frage war. »Schon klar.«

Im Gästezimmer stieß Mila ein unterdrücktes Stöhnen aus.

»Sie träumt schlecht«, sagte Nicholas, als wüssten sie es nicht alle.

»Dann braucht sie dich erst recht hier.« An Eric nagte der Neid, weil es so war, und gleichzeitig war da auch ein Anflug von Bedauern für diesen dunkelhaarigen Mistkerl. Nicholas sorgte sich um Mila, das war ihm deutlich anzusehen. Aber er empfand wohl auch Verantwortung für seinen Vater und vor allem für seine Tante.

Eric stellte sich vor, wie es sein mochte, Verantwortung für eine Familie zu tragen und für einen ganz kurzen, schwachen Moment wurde der Neid richtig beißend. Warum hatte Nicholas alles, was er sich immer gewünscht hatte – Mila eingeschlossen?

»Kannst du dich bitte für ein paar Stunden um sie kümmern?«, erkundigte sich Nicholas.

Eric wollte sich an der geöffneten Terrassentür abstützen. Sie schwang ein Stück weiter auf und er ließ den Arm wieder sinken. »Sicher? Warum fragst du nicht Isabelle? Oder ihre Mutter?«

»Isabelle hat keine Ahnung von der Fabelmacht. Und Helena ist im Moment nicht ganz die Richtige, um Mila festzuhalten, findest du nicht?«

Da hatte er wohl recht. Eric versuchte, sich vorzustellen, wie er sich fühlen würde, wenn er herausfinden würde, dass er der Sohn einer Unsterblichen war. Es ging nicht. In seiner Erinnerung war seine Mutter nichts weiter als eine saufende, unfreundliche Person, die ihm eine geknallt hatte, wenn er sie auch nur falsch angeschaut hatte. Er knirschte mit den Zähnen.

Nicholas hob fragend eine Augenbraue. »Kann ich mich auf dich verlassen?«

»Klar.«

»Ich bin wieder da, bevor sie aufwacht.«

»Hoffentlich. Ich weiß nämlich nicht, wie ich ihr erklären soll, dass du einfach verschwunden bist.« Eric musterte das düstere Flackern in Nicholas' Augen und auf einmal kam ihm ein schrecklicher Verdacht. »Du hast aber nicht vor, Abélard auf eigene Faust zu suchen?«

Nicholas' Augen weiteten sich. Dann jedoch schüttelte er so bedächtig den Kopf, als müsse er die Antwort erst erwägen. »Nein.«

Luc verdrehte die Augen.

»Sicher?«, hakte Eric nach.

Leise trat Nicholas an die Haustür. »Sicher.«

Luc stellte sich ihm in den Weg. »Ich beleidige uns beide

jetzt nicht damit, dass ich dich frage, ob ich mitkommen soll, oder?«

Ein schwaches Lächeln hob Nicholas' Mundwinkel. »Du kennst mich gut.«

Luc nickte. »Tue ich, ja.«

Nicholas musterte erst ihn, dann Eric. »Ich danke euch«, sagte er, öffnete die Tür und war einen Moment später verschwunden.

»Luc, gib mir die Whiskeyflasche«, war alles, was Eric dazu einfiel.

Was hatte er bloß getan, dass das Schicksal ihn in eine derartig irre Geschichte geschleudert hatte?

Um von Isabelles Eltern aus am schnellsten zu seiner Tante in die Rue Visconti zu gelangen, musste Nicholas zur Metrostation Anvers laufen.

Unterwegs dachte er über sein kurzes Gespräch mit Eric nach. Die Frage, die der ihm gestellt hatte, war berechtigt gewesen. In den Nachmittagsstunden, in denen Nicholas Mila in den Armen gehalten hatte, war ihm nur das eine durch den Kopf gegangen: den Mann zu finden, der ihnen beiden das alles hier antat. Abélard.

Nicholas wollte aus ihm rauskriegen, warum er das alles tat. Abélard hatte Helena durch die Fabelmacht zu neunhundert Jahren Leiden verurteilt. Er hatte Nicholas zu dieser verdammten, tödlichen Geschichte getrieben und zugesehen, wie Mila wochenlang an ihrer Trauer fast zugrunde ging. Möglicherweise hatte er Antoine und vermutlich auch Jacques getötet, genauso wie Maréchal. All das wirkte nicht wie die Taten eines Mannes, der vorhatte, die Fabelmacht zu vernichten, weil sie so unendlich viel Leid verursachte. Darin waren Helena, Mila und Nicholas sich einig gewesen.

Was aber plante Abélard, wenn es nicht die Vernichtung der Fabelmacht war?

Im Laufen stemmte Nicholas die Fäuste tief in die Taschen seines Mantels. Er wollte Helena verachten dafür, dass sie zugesehen hatte, wie Mila und ihm all dieses Leid angetan worden war. Doch er hatte das Flammenmal auf ihrer Schläfe gesehen und er wusste, dass er ihr nicht die Schuld geben durfte. Sie hatte unter dem Einfluss von Abélards Fabelmacht gehandelt, genauso wie sein eigener Vater damals. Nicholas biss die Zähne fest aufeinander, als er daran dachte, wie Abélard ihn dazu gezwungen hatte, diese schreckliche Geschichte zu schreiben. Und wie die Geschichte am Ende seinen Vater dazu getrieben hatte, eine Waffe auf ihn zu richten – und abzudrücken.

Abélard war der Schurke. Niemand anderes.

Aber sosehr es ihn auch danach verlangte, Abélard zu finden und zur Rede zu stellen – es war nicht klug. Er hatte schon einmal einen riesigen Fehler gemacht, als er überstürzt und aus seinen Emotionen heraus gehandelt hatte. Das würde er nicht wieder tun, nicht bei so einem gefährlichen Gegner. Deswegen hatte er ernst gemeint, was er zu Eric gesagt hatte: Er wollte Abélard nicht suchen. Noch nicht. Er wollte tatsächlich zu Odette und zu seinem Vater. Sie beide waren seit Langem mit der Fabelmacht vertraut.

Er eilte eine Treppe hinunter. Hier hätte er eigentlich nach rechts abbiegen müssen, aber einem inneren Impuls folgend machte er einen Umweg und fand sich gleich darauf in einem kleinen Park wieder, der auf dem Weg zur Metro lag.

Sein Blick fiel auf eine Hauswand am Rande dieses Parks. Sie wurde von mehreren Strahlern erleuchtet und war bedeckt mit unzähligen dunkelblau emaillierten Platten, auf denen in verschiedenen Sprachen immer wieder der gleiche Satz geschrieben war: Ich liebe dich.

Nicholas hatte schon von diesem Kunstwerk gehört, auch wenn er es bisher noch nicht mit eigenen Augen gesehen hatte. Das hier war Le mur des je t'aime – die Mauer der Liebe.

Kurz blieb er stehen und betrachtete die unzähligen weißen Schriftzüge. Als habe jemand der Szene die größtmögliche Dramaturgie geben wollen, kamen ein junger Mann und eine junge Frau den Weg entlang. Der Mann hatte den Arm um die Schulter der Frau gelegt und sie ihren Kopf an seine Brust gelehnt. Ohne Nicholas zu bemerken, blieben sie vor der Mauer stehen.

»Schade, dass wir morgen schon wieder zurückmüssen«, sagte die Frau mit einem Dialekt, der südfranzösisch klang.

»Es geht eben nicht anders.« Der Mann küsste sie auf den Scheitel. »Lass uns zurück zum Hotel gehen. Wir müssen morgen ziemlich früh aufstehen.«

Die Frau seufzte schwer. Im Weitergehen kamen die beiden an Nicholas vorbei. Er spürte ihre mitleidigen Blicke.

Klar. Er stand allein vor der Mauer und starrte das hundertfache *Ich liebe dich* an. Für die beiden musste er aussehen wie ein Typ, der soeben von seiner Freundin verlassen worden war.

»Brauchen Sie Hilfe?«, fragte die Frau.

Er streckte sich. »Nein. Danke. Sehr freundlich, aber es geht mir gut.«

Sein Tonfall schien die beiden zu überzeugen. Sie nickten ihm zu, gingen wortlos weiter und als sie weg waren, wollte auch Nicholas sich wieder auf den Weg machen. Er hatte sich schon von der Mauer abgewandt, als er zusammenzuckte.

Eine Stimme erklang in seinem Kopf. Eine Stimme, so glasklar und deutlich, dass er Halt an einem Zaun suchen musste.

»Nicholas!«, wisperte es samtweich und honigsüß.

Nicholas griff sich an die Schläfe. »Was ...?«, murmelte er.

»Du und ich«, sagte die Stimme. Sie erfüllte nicht nur seinen Kopf, sondern seinen ganzen Körper. Seine Seele. Und sie flüsterte weiter.

»Gemeinsam werden wir selbst über den Tod herrschen.«

In der Krypta unter Père-Lachaise strich Abélard sanft über die Seite seines Notizbuches. Er hatte schreiben wollen, dass Nicholas sich ihm, ohne zu zögern, anschloss, aber er hatte feststellen müssen, dass dafür seine Kräfte nicht ausreichten. Das kannte er schon. In den ganzen vergangenen siebzehn Jahren hatte er unter diesem Umstand gelitten und um seine Pläne trotzdem verfolgen zu können, hatte er seine ganz eigene Methode entwickelt, die Fabelmacht zu benutzen. Er hatte es zur Perfektion darin gebracht, Menschen mithilfe dieser Gabe zu manipulieren. Sie sich gefügig zu machen, damit sie das für ihn taten, was er selbst nicht konnte. Damit war er all die Jahre recht gut klargekommen. Und es funktionierte auch jetzt bei dem Jungen.

Nicholas stand an der Mur des je t'aime, hatte er geschrieben. *Und Abélards Stimme in seinem Kopf weckte in ihm den unbändigen Wunsch, den Tod zu besiegen.*

Bei diesen Worten war die Fabelmacht ihm gehorsam gewesen.

Er lächelte bekümmert.

»Nicholas«, flüsterte er. Am Ende war es immer die Fabelmacht, die siegte.

Mila lief über die schwarzgläserne Ebene und jemand war bei ihr, der ihre Hand hielt. Sie musste ihn nicht anschauen, um zu wissen, dass es Nicholas war.

Sie fühlte sich ruhig und sicher in seiner Gegenwart.

Dann jedoch wandte sie ihm den Kopf zu. Und sie erschrak. Sein gesamter Oberkörper war über und über mit blau flammenden Schriftzeichen bedeckt. Seine Augen schimmerten tief und voller Schmerz. Tränen rannen ihm über die Wangen, sie waren blau wie das Fabelmachtleuchten.

»Auch in dieser Geschichte hier werde ich sterben«, sagte er und entzog ihr seine Hand. Schmerz grub sich in ihr Herz, so unendlich …

Mit einem atemlosen Keuchen fuhr Mila aus dem Schlaf hoch.

Draußen vor dem Fenster war es noch hell, sie konnte also nicht allzu lange geschlafen haben. Es war still und der Duft von teurem Wäscheparfüm hüllte sie ein. Wo war sie? Ach ja, im Gästezimmer von Milas Eltern.

»Nicholas?«, murmelte sie.

»Nein.« Erics Stimme kam aus der Zimmerecke.

Mila setzte sich auf.

»Es ist alles okay«, sagte er. Er saß in einem Sessel. »Du hast nur geträumt.«

»Wo ist Nicholas?« Sie rieb sich das Gesicht, versuchte, die bleierne Müdigkeit abzuschütteln, die der Traum mit sich gebracht hatte.

»Kurz weg. Er wollte seiner Tante schonend beibringen, dass er noch lebt.«

Milas Kehle zog sich zusammen bei dem Gedanken, von Nicholas getrennt zu sein, aber dann wachte endlich auch ihr Verstand auf. »Ja«, sagte sie. »Das ist eine gute Idee.« Sie sah zu Eric hinüber. »Hast du etwa an meinem Bett gewacht?« Die Vorstellung, dass er einfach irgendwie immer da war, war Balsam für ihre Seele und Grund für ein schlechtes Gewissen zugleich.

Er schlug die Beine übereinander und lachte, aber es klang nicht echt. »Ich hoffe, du hältst mich jetzt nicht für ein Hündchen, das froh ist, vor deinem Bett liegen zu dürfen.«

Wie kam er bloß auf so was?

»Nein«, flüsterte sie. »Nein. Tue ich natürlich nicht.«

Er seufzte unterdrückt. »Was hast du geträumt?«

Sie zögerte. Sollte sie ihm wirklich von ihrem Traum erzählen? Die Bilder standen ihr so klar und schrecklich vor Augen, dass sie sie mit irgendjemandem teilen musste. Und Eric würde verstehen. Als sie geendet hatte, fragte sie: »Was hat das zu bedeuten?«

»Vermutlich gar nichts. Dein Unterbewusstsein bastelt aus allem, was du erlebt hast, eine wilde Story zusammen. Nicholas' Flammenschrift, die Tatsache, dass seine Geschichte zu seinem Tod geführt hat. Diese schwarze Ebene ...« Er schluckte, als könne er den Schrecken sehen, der sie bei seinen letzten Worten erfasst hatte. »Was hat es mit dieser Ebene auf sich?«

Sie erzählte ihm auch das.

»Also war es eine Erinnerung daran, wie du ihn zurück ins Leben geholt hast«, sagte er.

Sie rief sich den Traum zurück vor ihr geistiges Auge. Ein Gefühl von Beklemmung überfiel sie.

»Träume sind so, Mila. Dein Unterbewusstsein …«

»Es fühlt sich anders an«, flüsterte sie.

»Anders als was?«

»Anders eben.« Sie lauschte in sich hinein. *Auch in dieser Geschichte hier werde ich sterben,* hatte Nicholas gesagt. »Es fühlt sich an wie etwas, das noch passieren wird.«

»Ach, Mila«, sagte er. »Du bist in der Lage, die Realität umzuschreiben und tote Menschen wieder ins Leben zu holen!«

Mila ließ sich rücklings in ihre Kissen fallen. »Vergiss nicht, dass ich auch noch eine Mutter habe, die neunhundert Jahre alt ist.«

»Eben! Meinst du nicht, in die Zukunft sehen zu können, wird langsam ein bisschen viel?«

»Das ist es schon lange«, sagte Mila und legte einen Arm über ihre Augen. »Das ist es schon viel zu lange.«

10

Mila bat Eric, sie eine Weile allein zu lassen, und das tat er, wenn auch widerwillig. Da sie sowieso nicht mehr schlafen konnte, entledigte sie sich des Kleids, das sie noch immer trug. Dann zog sie eine Jeans und ein Shirt an, die Isabelle von irgendwo hergezaubert hatte. In diesen Klamotten legte sie sich zurück auf das Bett und starrte gegen die Decke.

Kurze Zeit später klopfte es an der Tür und Helena kam zu ihr in das Gästezimmer. Das Mal an ihrer Schläfe flackerte grell. Um ihren Mund und ihre Augen lagen tiefe Falten.

Mila sah zu ihr auf und versuchte, sich klar über ihre Gefühle zu werden, aber das war nicht so einfach. Sie wusste nicht, was im Vordergrund stand: die Erkenntnis, dass ihre Mutter so schrecklich alt war, die Erleichterung darüber, dass Helena sich ihr endlich anvertraut hatte, oder der Schrecken darüber, dass sie ihr und Nicholas so viel Leid angetan hatte, weil sie geglaubt hatte, sie würde Abélard damit helfen, die Fabelmacht zu vernichten.

Weil Mila keine Antwort auf diese Frage finden konnte, sagte sie: »Ich weiß irgendwie gar nicht mehr, wie ich dich ansprechen soll.«

Helene seufzte leise. »Wir können es gern bei Helena belassen. Was meinst du?«

»Okay.« Mila nickte. Sie versuchte, sich nicht zu verkrampfen, als Helena sich auf ihre Bettkante setzte.

»Eric hat mir gesagt, dass Nicholas zu Odette gegangen ist.«

»Das ist er, ja.« Mila zog die Tagesdecke hoch bis ans Kinn. Das bunte Muster darauf erinnerte ein wenig an die Bilder, mit denen Isabelle ihren Lebensunterhalt verdiente.

Helena stützte sich auf der Matratze ab. Es war eine leicht durchschaubare Geste: Sie vermied es zwar, Mila zu berühren, aber sie kam ihrem Bein dadurch ziemlich nahe. Mila hätte sich nicht mal strecken müssen, um die Hand ihrer Mutter zu ergreifen.

Sie rührte sich nicht.

»Wie fühlst du dich?«, fragte Helena.

Mila lachte trocken. »Wenn ich fünfhundert Seiten hätte, könnte ich das vielleicht beschreiben.«

Helena senkte betroffen den Kopf. »Ich kann verstehen …«

»Weißt du«, fiel Mila ihr ins Wort, »dass du so unfassbar alt bist, ist es gar nicht. Auch nicht die Tatsache, was du mit Abélard zusammen mir und Nicholas angetan hast.« *Tatsächlich?*, dachte sie beiläufig. »Wirklich hart ist es, dass du es nie für nötig gehalten hast, dich mir anzuvertrauen.« Sie verzog das Gesicht. »Na ja«, versuchte sie, ihre Emotionen hinter einem bösen Scherz zu verstecken, »das, was du Nicholas und mir angetan hast, ist auch nicht ohne.«

Helena stieß einen Laut aus, halb Lachen, halb Weinen.

»Weißt du, was sich echt fies anfühlt?«, fragte Mila, bevor sie der Mut verließ. »Dass wir beide so viel Zeit verloren haben. Ich stelle mir vor, wie es gewesen wäre, wenn du mich von klein auf eingeweiht hättest. Wenn du mich vorbereitet hättest auf das alles hier, hätten wir vielleicht beide Angst vor der Zukunft gehabt. Aber auch eine großartige Zeit als verschworene Gemeinschaft. Dass du mir diese Erfahrung genommen hast, macht mich traurig.« Sie wartete, was Helena dazu sagen würde, doch die saß einfach da und schien hinnehmen zu wollen, was sie noch erwartete.

»In einem meiner Notizbücher habe ich dich mal beschrieben«, fuhr Mila fort. »Wenn ich es noch richtig im Kopf habe, dann waren die Worte: *Sie sieht oft aus, als sei es zu schwer für sie, Gefühle zu empfinden.* Jetzt, wo ich weiß, warum das so ist ... irgendwie verstehe ich es.« Während sie sprach, schossen ihr Tränen in die Augen. Ein paarmal zwinkerte sie dagegen an, aber dann gab sie es einfach auf. Ihre Augäpfel fühlten sich kalt an. »Ich versuche, mir vorzustellen, wie du gelitten haben musst, Mama. Wenn du dich neun Jahrhunderte lang so gefühlt hast wie ich in den zehn unendlichen Wochen, als Nicholas tot war ...« Ein Kloß im Hals machte ihr das Weiterreden schwer.

»Ach, Spätzchen!« Zaghaft legte Helena ihr die Hand nun doch auf den Oberschenkel.

Mila schloss die Augen, wodurch die Tränen überflossen und ihre Wangen hinunterliefen. Sie ließ es zu, dass ihre Mutter sie fortwischte.

»Es tut mir alles so leid«, flüsterte Helena.

»Ich weiß.« Mila schlug die Augen wieder auf. Mit den Fingerspitzen strich sie Helena über das Flammenmal an der Schläfe. Und dann nahm ihre Mutter sie in die Arme. Mila schluchzte auf, aber irgendwie war es ein gutes Schluchzen. Eines, das etwas tief in ihr entknotete, von dem sie erst jetzt merkte, dass es da gewesen war. Plötzlich fühlte es sich an, als könne sie freier atmen. Helena strich ihr über den Rücken, wieder und wieder, und für ein paar lange, kostbare Minuten erlaubte Mila es sich, so zu tun, als wäre sie wieder ein Kind, das voller Vertrauen war.

Da klingelte es an der Haustür.

»Das ist bestimmt Nicholas«, hörte Mila Luc sagen. Dann das Geräusch eines Türsummers. Und gleich darauf einen warnenden Schrei von Eric.

Mila und Helena fuhren gleichzeitig in die Höhe.

»Sie haben uns gefunden!« Eric kam ins Gästezimmer gestürmt. »Los, weg hier!« Die Hälfte seiner Worte ging in dem Krachen unter, mit dem die Wohnungstür aufgerissen wurde und gegen die Wand prallte. »Schnell!« Eric packte Mila und zerrte sie Richtung Terrassentür. »Durch den Garten!« Und dann, bevor Mila auch nur einen halbwegs klaren Gedanken fassen konnte, scheuchte Eric auch die anderen nach draußen.

Über die Terrasse. Hinunter auf den Rasen. Der Garten war in Zwielicht getaucht.

Im Laufen hieb Isabelle auf einen Schalter neben der Terrassentür. Die Außenjalousien begannen, sich zu senken, während in der Wohnung Schritte ertönten und das Geräusch von einem Stuhl, der in der Wohnküche umfiel.

Nicholas!, kreischte eine panische Stimme in Milas Kopf. War er in Sicherheit? Oder waren sie auch hinter ihm her?

Sie spürte, wie sie erneut gepackt wurde. Diesmal von Luc. Er zerrte sie zu der niedrigen, schmiedeeisernen Tür, die ganz am Ende des Gartens in die Mauer eingelassen war.

Die ist geschlossen!, wollte Mila rufen, aber da hatte Luc die Tür schon aufgerissen. Rost rieselte von den alten Angeln, als sie sich mit einem haarsträubenden Kreischen drehten.

Eine Art Husten ertönte im Haus, dasselbe Geräusch, das Mila auf Père-Lachaise gehört hatte. Dicht neben Erics Kopf explodierte ein Stück Mauer in einem Regen aus Splittern. Mila zuckte zusammen. *Surreal,* konnte sie nur denken. Ob die anderen kapierten, dass geschossen wurde?

Eric tat es. »Verdammt!«, fluchte er.

Erics Blick zuckte zum Haus zurück. Ihre Verfolger hatten den Schalter der Jalousie gefunden und fuhren sie wieder hoch. In derselben Sekunde schlug eine zweite Kugel in die Mauer, diesmal neben Isabelle. Sie schrie vor Schreck. Ihre Verfolger duckten sich unter der halb hochgefahrenen Jalousie hindurch und stürmten auf die Terrasse.

Ein drittes Mal würden sie nicht danebenschießen.

»Los! LOS!«, schrie Luc.

»Stehen bleiben!«, brüllte einer der Verfolger.

Und Mila tat etwas ganz und gar Irres. Sie sprang vorwärts – mitten in die Schusslinie der Männer.

Eric blieb fast das Herz stehen.

Einer der Verfolger riss die Waffe gen Himmel, um sie nicht aus Versehen zu erschießen. »Scheiße!«, brüllte er. Gleichzeitig brachten sich Luc, Isabelle und Helena durch die Pforte in Sicherheit.

In Erics Ohren kreischte es. Das Herz schlug ihm bis in den Hals. Warum jagten Abélards Männer sie noch immer, wenn er doch vorhatte, mit Milas und Nicholas' Hilfe die Fabelmacht zu vernichten?

Mila warf sich herum. Während sie fast gleichzeitig mit

ihm durch die Pforte hechtete und die Verfolger von der Terrasse in den Garten sprangen, leuchtete am Rand von Erics Gesichtsfeld das Fabelmachtleuchten auf.

»So!«, keuchte Helena.

Nur einen Wimpernschlag später war die Pforte plötzlich verschwunden. Dort, wo sie sich eben noch befunden hatte, war jetzt nur noch massives Mauerwerk.

»Jawohl!« Eric stieß triumphierend eine Faust in die Luft.

»Fuck!«, hörte er einen ihrer Verfolger schreien. »Was ist das denn?« Und der andere brüllte völlig widersinnig: »Ihr bleibt sofort stehen!«

Aber sie dachten nicht daran.

Seite an Seite mit Eric, Luc, Isabelle und ihrer Mutter rannte Mila durch die engen und verwinkelten Gässchen von Montmartre. Die Nacht sank jetzt schnell über Paris, aber hier war alles hell erleuchtet und voller Leben. Dennoch: Nicht zu wissen, ob ihre Verfolger ihre Spur aufgenommen hatten, ließ das Adrenalin durch Milas Adern rauschen. Ihre Gedanken überschlugen sich. Wo war Nicholas? War er auch in Gefahr? Eric hatte die Führung übernommen und alle anderen fügten sich seiner Entscheidung, in Richtung Metro zu flüchten. Sie überquerten die Rue Caulaincourt, hasteten die doppelläufige Treppe hinunter, bogen unten scharf ab und liefen durch den torförmigen Eingang der Metro. Es kam Mila so vor, als tauche sie in eine andere Welt ein. Die gesamte Station war ein einziges hallendes Echo.

Mitten in der Station blieb Eric stehen, nur um gleich darauf zu Helena herumzufahren. »Von wegen, Abélard findet uns da nicht!«, fauchte er. Sein Atem flog, wenn auch bei

Weitem nicht so heftig wie der von Mila. Er bedrängte Helena mit zornverzerrtem Gesicht.

Eine ältliche Frau, die ganz in der Nähe gerade das Scherengitter vor einem kleinen Blumenladen herunterzog, warf ihnen einen befremdeten Blick zu.

Helena machte sich los. An ihrem Hals hatten sich leuchtend rote Flecken gebildet. Auf ihrer Stirn standen Schweißtropfen und die blaue Flammenschrift wuchs jetzt fast bis zu ihrem Unterkiefer hinunter. »Ich weiß nicht, wie sie uns gefunden haben! An der Verbindung zu mir kann es jedenfalls nicht gelegen haben, denn die existiert nicht ...«

»Klar! Wahrscheinlich hat er unsere Handys geortet, oder was?«, schnappte Eric.

Helena richtete sich auf. »Das musste er gar nicht.«

»Was soll das heißen?«

In einer drängenden Geste streckte sie die Hand in Isabelles Richtung aus. »Gib mir dein Handy!«, verlangte sie.

Isabelle fasste in die Tasche, doch ihre Hand griff ins Leere. »Hey! Es ist ...«

»Weg!« Helena sah Eric an. »Abélard weiß, dass Isabelle Milas Freundin ist. Er musste sich nur Isabelles Handy herbeischreiben für den Fall, dass Mila mit ihr in Kontakt tritt.«

Eric stöhnte auf. »Und dann hat er die Nachrichten gelesen, die Isabelle mir geschickt hat ...«

Die Nachricht mit der Adresse von Isabelles Eltern, dachte Mila. Während Eric und die anderen das noch verdauten, ging sie ein paar Schritte weit weg und wählte Nicholas' Nummer, um herauszufinden, ob es ihm gut ging. Aber sie erreichte nur die Mailbox. *Verdammt! Was, wenn ...*

Helena ließ ihr keine Zeit für langes Grübeln. »Damit das

nicht noch mal passieren kann, sollten wir alle unsere Handys zerstören!«, sagte sie, nahm die SIM-Karte aus ihrem eigenen und zertrat erst sie und dann das Handy selbst.

Mila schüttelte störrisch den Kopf. »Ich muss Nicholas erreichen. Ich muss ihn warnen. Du hast gesagt, dass Abélard es auf uns beide abgesehen hat. Was, wenn ...«

Helena zögerte einen Moment. »Gut. Aber mach schnell.«

Mila hatte ihr Telefon bereits erneut am Ohr. Erneut sprang sofort die Mailbox an.

Sie brach den Anruf ab. »Er geht nicht ran.«

Eric, der mittlerweile sein eigenes Handy unbrauchbar gemacht hatte, nahm ihr ihres ab. Sie selbst griff nach ihrem Notizbuch, das sie in die Hosentasche gesteckt hatte, als sie sich bei Isabelle umgezogen hatte. Sie brauchte kein Telefon. Sie konnte Nicholas auch anders aufspüren.

Isabelle jedoch nahm ihr das Buch weg. »Ich verstehe, dass du dir Sorgen um Nicholas machst, aber dafür haben wir jetzt keine Zeit. Wir stehen hier schon viel zu lange herum!« Genauso wie Luc ließ sie unruhig ihre Blicke schweifen. Ein paar Leute waren bereits auf ihre Aktion mit den Handys aufmerksam geworden und tuschelten über sie.

Helena nickte. Ihn ihrem Gesicht spiegelte sich der Schmerz des Mals. »Ich verspreche dir, wir kümmern uns um Nicholas. Wenn wir in Sicherheit sind.«

Sie vergewisserte sich, dass alle Handys unbrauchbar waren.

»Wenn Abélard sich Isabelles Handy herschreiben konnte«, murmelte Eric, »dann kann er die Dinger doch bestimmt auch wieder zusammensetzen.«

Helena starrte auf das zu winzigen Splittern zerborstene

Innenleben der Telefone. »Hoffen wir, dass dazu im Moment seine Kraft nicht reicht.«

»Seine Kraft …?«

Helena hob den Blick. »Seine Kräfte kommen und gehen, seit er damals wiederauferstanden ist. Ich vermute, dass das der Grund ist, warum er uns die Männer auf den Hals hetzt.«

Eine Weile lang schien sie mit sich zu ringen und schließlich wies sie auf eine der beiden Wendeltreppen, die hinunter auf den Bahnsteig führten. Mila zögerte noch einen Moment, doch als Luc sie an der Schulter packte und vorwärtschob, gab sie sich geschlagen. Sie folgte Helena. Eric, der sich ihnen anschloss, wirkte nachdenklich.

Der Bahnsteig glänzte unter gleißend hellen Neonröhren wie ein OP-Saal. Auf beiden Gleisen schienen gerade Züge abgefahren zu sein, denn im Gegensatz zu oben war es hier ziemlich leer. Nur ein paar Nachtschwärmer standen an der Bahnsteigkante, achteten aber nicht weiter auf sie. Ein alter Clochard saß zusammengesunken auf einem der roten Schalensitze und döste vor sich hin. Helena führte Mila und die anderen den leicht geschwungenen Bahnsteig entlang bis zu der Stelle, an der der Metrotunnel begann. Ein paar Meter reichte der geflieste Boden in diesen Tunnel hinein und rechterhand befand sich eine grün angestrichene Metalltür. Ein Schild informierte, dass hier nur Fachpersonal Zutritt hatte.

Helena schien das egal zu sein. Sie öffnete die Tür. Dahinter befand sich eine Metalltreppe, die in die Tiefe führte – zu einem Betriebsraum, der vollgestellt war mit brummenden Generatoren und Geräten in Kühlschrankgröße. Die Luft war erfüllt von Vibrieren und Summen, das Mila in den Zähnen schmerzte.

In Erics Miene arbeitete es, während er Helena folgte. »Du traust ihr immer noch?«, flüsterte er Mila zu.

Mila nickte. Das tat sie. Sie machte sich nicht die Mühe, Eric noch einmal auf das Flammenmal hinzuweisen. Es war auch nicht nötig.

Er atmete tief durch. »Was also jetzt?«, fragte er mit einem Seufzen.

Mila wies auf eine Tür im hinteren Teil des Maschinenraums. Sie war massiv und aus Stahl, aber irgendwie wirkte sie trotzdem, als gehöre sie nicht hierher. »Das ist ein Zugang zu den Katakomben, nicht wahr?«

Helena nickte.

Die Katakomben waren der Rückzugsort der sogenannten Bruderschaft, einer Gemeinschaft von Fabelmächtigen, die der Gabe abgeschworen hatten. Mila und Nicholas hatten sich schon einmal dort in Sicherheit gebracht, damals, als Caruels Killer hinter ihnen her gewesen waren.

»Vielleicht sind wir dort im Moment am sichersten.«

Helena zuckte mit den Schultern. »Zumindest haben wir Verbündete«, sagte sie, aber aus irgendeinem Grund wirkte sie nicht überzeugt.

Es war Mila, die die Entscheidung traf. »Gehen wir!«, sagte sie.

Das tief unter der Erde liegende Zimmer versank fast vollständig im Dunklen, nur eine Schreibtischlampe warf einen scharf umrissenen Lichtkegel auf das Buch und eine Kanne mit Tee, aus der Dampf in die Höhe stieg. Feiner Jasmingeruch lag in der Luft. Der Mann am Schreibtisch blätterte um. Ohne von seiner Seite aufzusehen, tastete er nach dem Tee und trank einen Schluck. Als er die Tasse wieder hinstellte, erfasste ihn ein Luftzug, der ihn seufzen ließ.

»Abélard«, sagte er. Es war nicht nötig aufzuschauen. Er kannte nur einen Menschen, der sich auf diese Weise fortbewegte.

Abélard trat vor den Schreibtisch, nahm sich einen Stuhl und setzte sich. Als er sich vorbeugte und nach der Tasse griff, riss der Lichtkegel kurz sein Gesicht aus der Dunkelheit. »Jasmintee?«, fragte er.

Der Mann am Schreibtisch ging nicht darauf ein. »Ich muss dir nicht noch mal sagen, dass wir deine bevorzugte Form der Fortbewegung hier unten nicht besonders schätzen, oder?«

»Ich weiß. Die Bruderschaft hat der Nutzung der Fabelmacht abgeschworen. Aber das heißt ja nicht, dass ich mich daran halten muss.« Ohne getrunken zu haben, stellte Abélard die Tasse wieder hin. »Habt ihr nicht etwas Stärkeres für mich?«

Der Mann zog eine Schublade seines Schreibtischs auf, holte eine Flasche Courvoisier Cognac und einen Schwenker heraus. Nachdem er Abélard eingegossen hatte, lehnte er sich wieder zurück und wartete.

»Ich brauche deine Hilfe«, sagte Abélard.

»Meine? Wie könnte ich dir helfen?«

Abélard zog ein silbernes Mobiltelefon aus der Tasche und legte es auf den Schreibtisch. Mädchenhandys ausspionieren! Wie er das hasste! Seitdem die Verbindung zu Héloise abgerissen war, hatte er Stunden und Stunden damit zugebracht, sie wiederherzustellen. Er konnte einfach nicht akzeptieren, dass sie fort sein sollte. Zu seinem Entsetzen waren alle seine Versuche jedoch völlig vergeblich gewesen. Am Ende hatte er keine andere Möglichkeit mehr gesehen, als zu der banalsten aller Methoden zu greifen. Er hatte sich mithilfe der Fabelmacht in den Besitz von Isabelles Handy gebracht, um zu erfahren, wo seine geliebte Héloise sich aufhielt. Dann hatte er seine Männer zu ihr geschickt. Er verdrängte den Widerwillen gegen diese Maßnahme. Schließlich war jedes Mittel recht, um seine Pläne zu verwirklichen, und Mila und Nicholas würden ihm hier unten eben die besten Dienste leisten.

»Mila und ihre Mutter werden in Kürze eintreffen. Meine Männer sorgen dafür, dass die beiden sich nirgendwo mehr sicher fühlen können. Eher über kurz als über lang werden sie auf die Idee kommen, sich hier zu verstecken. Nicholas wird ...«

Der Mann hinter dem Schreibtisch verspannte sich. »Nicholas lebt?«

»Ja. Er lebt. Und du scheinst nicht so überrascht darüber, wie ich vermutet habe.«

»Du selbst hast uns erklärt, dass eine Chance darauf besteht, erinnere dich daran!«

»Oh. Das tue ich.«

»Dann können die Kinder uns wirklich helfen, die Fabelmacht zu vernichten?«

Abélard lächelte nichtssagend. Er schob die Hand in seine Manteltasche, zog sein Notizbuch aus der Tasche und schlug es an einer markierten Stelle auf. Beide Seiten waren vollgeschrieben mit seiner kleinen, krakeligen Schrift.

Der Mann beugte sich vor, sodass der Schein der Schreibtischlampe kurz seine grauen Haare und das ungewöhnlich hagere Gesicht beleuchtete. »Was hast du vor?«

Abélard jedoch antwortete nicht. An einer Stelle des Textes klaffte eine Lücke und die füllte er jetzt mit dem Wort

Jasmintee. Augenblicklich setzte das Fabelmachtleuchten ein, erfasste den gesamten Text.

Der Mann hinter dem Schreibtisch keuchte. »Du ...«

Das Leuchten erlosch.

Abélard wartete damit zu blinzeln. »Um das Fabelmachtleuchten zu aktivieren, ist es nötig, die Realität so genau wie möglich zu beschreiben«, sagte er. »Ich habe das hier vorbereitet, weil ich wusste, dass du mich nicht in Ruhe den ganzen Text schreiben lassen würdest. Nur welchen Tee du heute trinkst, das konnte ich nicht ahnen.«

Der Mann vor ihm begriff schnell. »Du hast mich die ganze Zeit angelogen? Es geht dir überhaupt nicht darum, die Fabelmacht zu vernichten!«

Abélard lächelte nur. Dann senkte er betont langsam die Lider. »Und jetzt«, sagte er völlig gelassen, »sorgst du dafür, dass alles vorbereitet ist.«

Die Wendeltreppe zog sich Windung um Windung in die Tiefe und als sie endlich endete, fanden Mila und die anderen sich in einem unterirdischen Gewölbe mit baumstammdicken, steinernen Säulen wieder, das so weitläufig war, dass jedes kleine Geräusch zu einem vibrierenden Hallen verstärkt wurde.

»Wir müssen da lang«, sagte Helena und deutete in einen breiten, ebenfalls von Säulen getragenen Gang. Das Echo verstärkte ihre Worte zu einem vielstimmigen, ohrenbetäubenden Gemurmel. Sie schwankte und Mila spürte, dass sie Schmerzen hatte. »Mama?«

»Es geht schon«, sagte Helena knapp und eilte weiter.

Mila zögerte einen Moment. Sie hatte bei Nicholas erlebt, was die Flammenschrift anrichtete. Selbst hatte sie die

Schmerzen auch einmal gefühlt und sie nicht mal eine Stunde ausgehalten. Was würde geschehen, wenn das Mal sich weiter ausdehnte und schließlich Helenas ganzen Körper bedeckte? Immerhin war sie unsterblich. Die Konsequenz, die hinter dieser Tatsache lauerte, bereitete Mila Kopfzerbrechen.

Sie durchquerten die Säulenhalle, gingen eine weitere Treppe hinunter und erreichten schließlich eine Art Vorhalle, an deren Stirnseite eine doppelflügelige Tür eingelassen war. Ein altmodischer Klingelzug hing daneben und über der Tür befand sich eine moderne Kamera. Kurz hatte Mila Probleme zu glauben, dass ein technisches Gerät wie dieses hier unten tatsächlich echt war, aber ein winziges rotes Licht blinkte unter dem Objektiv und bewies es ihr. Dies war einer der Eingänge in die Katakomben der Bruderschaft.

Mila warf noch einmal einen Blick auf ihre Mutter, die nach dem Klingelzug greifen wollte. Wie lange noch, bis die Schmerzen sie in die Knie zwangen?

»Stopp!«, sagte sie. »Warte noch!« Als sie sich an Nicholas Grab entschieden hatte, ihn ins Leben zurückzuschreiben, hatte sie es getan, weil sie nicht länger Spielball der Geschehnisse sein wollte. Sie hatte sich ihrer Macht erinnert und sie genutzt.

Wer sagte denn, dass sie es nicht wieder tun konnte? Dass sie nicht dafür sorgen konnte, dass Abélard aufhörte, ihre Mutter zu quälen?

Es gab nur einen Weg, das rauszufinden! Sie zerrte das Notizbuch hervor. Wie schon eben oben in der Metro wollte Helena sie vom Schreiben abhalten, aber das Flammenmal wuchs jetzt mit geradezu unheimlicher Geschwindigkeit. Helena taumelte und Luc musste sie stützen, damit sie nicht zu Boden ging. Mila kritzelte hastig ein paar Sätze hin, mit denen sie Helena und ihre Liebe zu ihr beschrieb. Zu ihrer Erleichterung fand sie schnell den richtigen Tonfall: Worte, so passend, dass ihr eigenes Herz davon überfloss.

Das ist es!, dachte sie. Die Liebe war tatsächlich das Einzige, was in der Lage war, die Fabelmacht zu besiegen. Sie sah zu, wie das Leuchten einsetzte. Dann fasste sie sich ein Herz und schrieb: *In diesem Moment brach Héloise durch die Liebe zu ihrer Tochter den Bann der Fabelmacht, der sie und Abélard aneinanderkettete. Das Flammenmal auf ihrem Körper erlosch. Sie war frei.*

Wie schon einmal zuvor, als Mila Nicholas zurück ins Leben geschrieben hatte, fühlte es sich an, als würde etwas aus ihr herausfließen. Sie sah zu, wie das Leuchten ihre Sätze ergriff, wie es erlosch. Und als sie blinzelte, war das Flammenmal auf Helenas Haut tatsächlich fort.

Helena schien es nicht glauben zu können. Sie stand da, vornübergebeugt, die Finger in Lucs Arme gekrallt. Doch dann hob sie langsam den Kopf. Ihr Hals, ihr Gesicht, alles war unversehrt, wenn auch ziemlich blass von den erlittenen Schmerzen. Ungläubig tastete sie über ihre Wange, über die Schläfe. Dann lächelte sie. Mila wurde ganz warm ums Herz. Allerdings nur eine Sekunde lang. Denn gleich darauf zog sich die Welt zu einem fahlen Punkt zusammen und Dunkelheit stürzte auf sie ein.

»Mila?«, hörte sie Eric rufen. Warum dröhnte seine Stimme plötzlich genauso wie vorhin in der Säulenhalle? Mila spürte, wie der Boden auf sie zuraste. Den Aufprall bemerkte sie nicht mehr, weil absolute Finsternis sie einhüllte.

In dem Zimmer tief unter der Erde zuckte Abélard zusammen. Er lauschte in sich hinein, spürte den Gefühlen nach, die ihn und Héloise all die Jahrhunderte hindurch aneinandergeschmiedet hatten. Nichts ... Da war ...

Er beugte sich vor und krallte alle zehn Finger in das Holz des Schreibtischs. So fest drückte er zu, dass seine Nägel sich nach oben umbogen und sich Blutstropfen unter ihnen zeigten.

Er spürte, wie er fiel. Und fiel. Und fiel.

Bis endlose Finsternis seine Seele einhüllte. Finsternis, so schlimm wie die Leere und die Hoffnungslosigkeit der schwarzgläsernen Ebene. Schlimmer als alles, was er je zuvor erlitten hatte. Unter Qualen krümmte er sich.

Als er den Kopf wieder hob, verschwamm sein Blick. Er stand auf. Seine Beine waren noch schwach, aber sie gewannen mit jedem Schritt, den er tat, an Kraft. Er ging zu einem kleinen Spiegel in der Ecke. Er musste mehrmals die Lider zusammenkneifen, bevor er wieder klar sehen konnte. Aus seinem Gesicht sprach dieselbe Leere, die er in seinem Inneren fühlte.

Erst hatte er die Verbindung zu Héloise verloren, aber das hatte er noch ertragen können. Immerhin war er sicher gewesen, dass die Fabelmacht es niemals zulassen würde, dass Héloise aufhören würde, ihn zu lieben.

Aber genau das war soeben geschehen.

Und das war das Schlimmste, was ihm passieren konnte. Es war etwas, das ihn in einer Wüste zurückließ, trostloser und leerer als alles, was er jemals empfunden hatte. In ebendiesem Moment – das begriff er mit großer Klarheit – war die Hoffnung erloschen, Héloise je wieder zurückzugewinnen.

11

Die Bahnhofshalle wimmelte um diese Zeit am Abend nur so vor Menschen. Fußballfans zogen lärmend von den Zügen in Richtung Metro, Geschäftsleute rannten, um ihren Zug zu bekommen, Reisende kauften Proviant in einem der vielen Geschäfte. Eine Reisegruppe mit Frauen mittleren Alters stand vor einer Boulangerie, die 24 Stunden offen hatte, und unterhielten sich in dieser Lautstärke, die nur Menschen hatten, die schon angetrunken waren.

Nicholas starrte auf die riesigen Plakate unter den rippenartigen Metallstreben des Bahnhofsdaches. Ein ultraflaches silbernes Handy wurde darauf angepriesen. Der Slogan lautete: *Mach dir die Welt untertan.*

Er biss die Zähne zusammen. Nach dem beängstigenden Erlebnis, das er an der Mur des je t'aime gehabt hatte, war er zuerst zu seiner Tante in die Rue Visconti gefahren, aber dort hatte er sie nicht angetroffen. Danach war er in die Linie 4 der Metro gestiegen. Einer Eingebung folgend, war er in der Station Réaumur-Sébastopol nicht umgestiegen, um zum Haus seines Vaters zu gelangen, sondern einfach sitzen geblieben, bis er am Gare de l'Est gelandet war. Vielleicht, so redete er sich ein, würde er ja hier seine Tante Odette finden. Schließlich zog es sie immer wieder zu den Ärmsten der Gesellschaft, obwohl sie selbst ziemlich reich war. Sie verbrachte manchmal Stunden oder sogar Tage verkleidet als Obdachlose und Nicholas hatte sich schon oft gefragt, warum genau sie das tat.

Jetzt blickte er sich in dem belebten Bahnhofsgebäude um. Odette hier unter all den Menschen zu finden, war ein Lotteriespiel und ihm ging auf, dass er sich möglicherweise selbst belog. War er nicht einfach nur hierhergekommen, weil er Angst davor hatte, seinem Vater gegenüberzutreten?

Er musste ein Lachen unterdrücken, denn dieses Gefühl war einfach nur absurd. Sein Vater hatte ihn erschossen, nicht umgekehrt. Trotzdem war da noch immer dieses tiefe nagende Schuldgefühl in ihm. Wenn er diese Geschichte nicht geschrieben hätte ...

Er schüttelte den Kopf über sich selbst, denn schließlich wusste er inzwischen, dass Abélard dafür gesorgt hatte, dass er diese Geschichte schrieb. Es war also völlig bescheuert, sich deswegen noch länger Vorwürfe zu machen.

Wenn es nur so einfach gewesen wäre, damit aufzuhören!

Abélard.

Und die Fabelmacht.

Darauf lief es letzten Endes immer wieder hinaus.

Er seufzte und vergrub die Hände tief in den Taschen seines Mantels. Langsam lief er unter den Handyplakaten entlang, während um ihn herum die Menschen ihrem eigenen Leben nachhetzten.

Zwei Männer lagen in ihre verschlissenen Mäntel gehüllt auf den Bänken. Ein junger Typ, der so flächendeckend tätowiert war, dass er aussah wie bis zum Unterkiefer in ein Tintenfass getaucht, hockte daneben. Beim Anblick all der Totenschädel, Tierköpfe und barbusigen Frauen auf dem Körper des Typen fiel Nicholas eine Geschichte ein, in der die Tattoos eines Mannes lebendig waren. Sein Magen verkrampfte sich, als er daran dachte, dass genau das in einem anderen Universum Realität war.

Scheißfabelmacht!

»Hast 'n Euro?« Der Tätowierte hielt ihm einen abgerockten Zylinder hin.

Nicholas schüttelte den Kopf.

Er dachte an Mila, an ihre tröstliche Wärme, als sie vorhin zusammen auf dem Bett des Gästezimmers gelegen hatten. Ein schmerzhaftes Ziehen in seinem Herzen zeigte ihm, wie sehr er sich jetzt schon nach ihr sehnte, obwohl er erst kurz von ihr getrennt war. Er dachte daran, wie sie neben ihm geschlafen hatte. Ihre zarten Wimpern hatten leicht geflattert. Ihre Locken unter seinen Fingerspitzen waren ganz weich gewesen ...

»O mein Gott!«

Nicholas schreckte zusammen, als er den unterdrückten Schrei hörte. Er war so sehr in Gedanken gewesen, dass er die Obdachlose kaum bemerkt hatte, die vor ihm stehen geblieben war. Sie hatte sich in mehrere Lagen Kleidung gehüllt, eine älter und abgetragener als die andere. Auf dem Kopf trug sie einen Turban, der ihre teure Frisur verdeckte, ein zerschlissener Schal war um ihren Hals geschlungen, sodass es unmöglich war, ihre wahre Identität zu erahnen.

»Tante Odette«, sagte er.

Sie war weiß wie eine Wand. Langsam hob sie eine Hand, legte sie auf ihren Mund. »Wie ist das möglich?« Sie schien nicht eine Sekunde zu zweifeln, dass er real war. Sie war vor zehn Wochen auf seiner Beerdigung gewesen, aber trotzdem zweifelte sie nicht!

In Nicholas machte sich ein Lächeln breit. Vorsorglich trat er einen Schritt auf Odette zu, weil er fürchtete, ihr altes Herz könne den Dienst versagen. Oder sie würde in Ohnmacht fallen.

Aber nichts dergleichen geschah. Stattdessen nahm Odette die Hand von ihrem Mund und legte sie an Nicholas' Wange.

»Du bist kein Geist, oder?«, fragte sie mit heiserer Stimme.

Er schüttelte den Kopf.

Ihre Hand fühlte sich kühl und trocken und tröstlich an, genau, wie er sie in Erinnerung hatte. Tränen schossen ihr in die Augen und ihm ging es ähnlich.

»Nicholas«, sagte sie.

Nicholas brachte seine Tante zu einem der Tische der 24-Stunden-Boulangerie. Die Kellnerin schaute ihn missmutig an. Es war klar, dass sie eine Obdachlose wie Odette in ihrem Lokal nicht haben wollte.

Nicholas ignorierte sie und holte an der Theke zwei Tassen Tee für sie. Odette ließ ihn die ganze Zeit nicht aus den Augen. Als er zu ihr zurückkam, die Tassen abstellte und sich setzte, ergriff sie seine Hände und drückte sie mit aller Kraft. »Wie ist das möglich?«, fragte sie erneut. In ihren Augen schimmerten noch immer Tränen.

Er gab ihr eine kurze Zusammenfassung der Geschehnisse.

Während er redete, nahm sie die Teebeutel aus beiden Gläsern, drückte sie sorgsam aus und legte sie beiseite, aber gleich darauf vergaß sie den Tee völlig. Als Nicholas seinen

Bericht schließlich beendet hatte, waren beide Gläser längst kalt geworden.

Odette blinzelte mehrmals schnell hintereinander. »Wir wussten, dass ihr beide besonders fabelmächtig seid. Aber dass Mila und du Macht über den Tod ...«

Ihre Worte ließen ihn zusammenzucken, weil er an die Stimme denken musste, die vorhin an der Mur des je t'aime in seinem Kopf gewesen war.

Gemeinsam werden wir selbst über den Tod herrschen.

Rasch richtete er seine Gedanken auf etwas anderes. »Es gibt noch etwas, das ich dir sagen muss«, murmelte er.

Odettes blickte ihn fragend an.

»Maréchal.« Wie nur sollte er in Worte fassen, was geschehen war? Odette hatte Maréchal sehr gemocht, das wusste er. Er hatte immer den Verdacht gehegt, dass die beiden in jüngeren Jahren – in sehr viel jüngeren Jahren – ein Paar gewesen waren.

»Was ist mit ihm?«, fragte seine Tante.

Nicholas wappnete sich. »Er ist tot, Tante Odette.«

Zu seiner Verwunderung reagierte sie so gut wie gar nicht. Ihr Blick richtete sich über seine Schulter in die Ferne. Er konnte ihre Nasenflügel sehen, die bei jedem Ein- und Ausatmen bebten. Die Kellnerin kam, um nachzusehen, ob sie die Tassen abräumen konnte. Als sie bemerkte, dass sie beide noch keinen Schluck getrunken hatten, verschwand sie wortlos wieder.

Irgendwann kehrte Odette zu Nicholas zurück. Kraft lag in ihrem Blick und er bewunderte sie dafür. Seine Tante hatte schon so viel gesehen und so viel erlebt, angefangen mit dem Tod von Zoë, seiner Mutter, bis hin zu seinem eigenen Sterben. Woher nur nahm sie diese unglaubliche Stärke?

»Möchtest du wissen, wie er ums Leben gekommen ist?«, fragte er leise.

Sie nickte. »Ja. Ja, das möchte ich.« Sie wischte sich über die Augen. »Aber erst einmal muss ich wissen, wie es deinem Vater geht. Was hat er gesagt, als er dich gesehen hat? Wie hat er es aufgefasst, dass du am Leben bist?«

Nicholas fühlte sich beschämt, weil sie so völlig selbstverständlich davon ausging, dass er zuerst zu seinem Vater gegangen war. »Er weiß es noch nicht.«

Odette kniff die Augen zusammen, als könne sie es nicht glauben, aber sie reagierte sehr pragmatisch. »Dann fahren wir jetzt sofort zu ihm!«

»Nein, Tante Odette.« Nicholas legte seinen Kopf in die Hände. »Ich hab es versucht«, sagte er. »Ich wollte zu ihm, aber ich schätze ... ich hab Angst vor der Begegnung.«

Odette schwieg einige Sekunden lang. »Das ist nur verständlich«, sagte sie. »Würde es helfen, wenn ihr euch hier in aller Öffentlichkeit wiederseht?«

Nicholas wusste nicht, ob das der Fall war, aber er nickte trotzdem.

»Gut.« Ohne Umschweife ließ Odette ihre Hand in den Falten ihrer unzähligen bunten Röcke verschwinden und brachte ein Telefon zu Tage, das dem auf den Plakaten verblüffend ähnelte. Nicholas musste lächeln. Die Art und Weise, wie seine Tante zwischen der Welt der Obdachlosen und der der Reichen und Schönen hin- und herwechselte, hatte ihn früher amüsiert und sie tat es auch jetzt.

»Villain!«, stieß sie hervor, als die Verbindung stand. »Ich bin am Gare de l'Est. Ich brauche dich hier. Ja. ... Ich weiß, dass es schon spät ist. ... Komm, erzähl mir nicht, dass du geschlafen hast, du schläfst schließlich in letzter Zeit kaum noch ... Nein, natürlich nicht!« Odette sah Nicholas ins Gesicht und nickte. Offenbar hatte sie erreicht, was sie wollte, und Nicholas wunderte das nicht weiter. Odette schlug niemand so schnell etwas ab. »Gut. Du findest mich in der Boulangerie in der Nähe des Blumenstands.« Bevor Nicholas' Vater weitere Einwände vorbringen konnte, legte sie auf.

Nicholas saß ganz still da. »Kann er wirklich nicht schlafen?«

»Seit deinem Tod.« Odette steckte ihr Handy wieder weg. »Wer könnte es ihm wohl verdenken? Er wäre mit Freuden für deinen Tod in den tiefsten Kerker gegangen. Ich musste ihn dazu zwingen, mit der Fabelmacht dafür zu sorgen, dass er nicht verhaftet wird.« Sie stand auf, zerrte Nicholas von seinem Stuhl hoch und schob ihn auf ihren Platz. »Besser, er erkennt dich nicht schon von der Tür aus. Sonst bekommt er hier in aller Öffentlichkeit einen Herzinfarkt.«

Mit dem Auto dauerte es vom Wohnhaus der Caruels gut zwanzig Minuten bis hierher, das wusste Nicholas. Obwohl sein Vater schon nach einer Viertelstunde da war, kam ihm die Zeit vor wie die Ewigkeit. Sein Herz klopfte die ganze Zeit unnatürlich stark und als Odette leise murmelte: »Da kommt er!«, überschlug es sich einmal.

Sie stand auf und eilte Caruel entgegen. Nicholas beobachtete in der Spiegelung in der Fensterscheibe, wie sie etwas zu ihm sagte, das wohl beruhigend klingen sollte. Schließlich hielt er es nicht mehr aus. Er drehte sich um.

Caruel wurde aschfahl.

Die Sekunden verrannen, wurden zu Minuten. Dann, ganz langsam, kniff Caruel die Augen zusammen. Schwankend kam er näher und Nicholas war froh, dass die Menschen um sie herum viel zu sehr mit sich selbst beschäftigt waren, um auf sie zu achten.

Caruel trat vor Nicholas hin. Musterte ihn von Kopf bis Fuß.

»Du?«, fragte er mit einer fremden, papierdünnen Stimme.

Nicholas musste sich räuspern. Seine Augen brannten plötzlich. »Ja. Ich bin es, Vater. Ich lebe.« Und er erstarrte, als Caruel langsam vor ihm auf die Knie sank und die Stirn gegen seinen Bauch legte. Ein lang gezogenes Stöhnen kam tief aus dem Körper seines Vaters. Es klang, als habe er sich all die Wochen nur mit Mühe aufrecht halten können und plötzlich entweiche auch noch das letzte bisschen Kraft aus ihm.

Der so vertraute Geruch seines Aftershaves stieg Nicholas in die Nase, presste ihm die Kehle zu. Hager war sein Vater in den vergangenen zehn Wochen geworden. Hager und auch ziemlich grau.

Zögernd kniete er sich ebenfalls hin. »Es ist alles gut«, flüsterte er.

Da begann Caruel zu weinen.

Später hätte Nicholas nicht mehr zu sagen gewusst, wie lange er und sein Vater so dagehockt hatten. Vermutlich traf sie der ein oder andere befremdete Blick, aber es war ihm egal. Sein Vater hielt ihn umarmt und er wehrte sich nicht.

Irgendwann richtete er über Caruels Kopf hinweg die Augen auf Odette. Sie nickte ihm zu, bedeutete ihm, dass es gut war, und er hielt sich an ihrem Anblick und ihrer Stärke fest. Irgendwann fasste Caruel sich. Nicholas half ihm auf die

Füße, zog einen Stuhl heran, nötigte seine Vater darauf. Er selbst setzte sich gleichfalls.

»Erzähl mir alles!«, forderte Caruel ihn auf. Sein Blick, der kurz zuvor noch stumpf gewesen war, hatte seinen Glanz zurück. »Jedes einzelne Detail!«

Und während Odette dabeisaß, erzählte Nicholas seinem Vater, was genau geschehen war. Caruel wollte alles wissen, insbesondere die schwarzgläserne Ebene ließ er sich beschreiben.

»Die Bruderschaft hat in den vergangenen Jahrhunderten viel über sie geforscht«, sagte er nachdenklich. »Sie ist der Schlüssel zur Fabelmacht, das wissen wir. Sie ist überhaupt der Grund, warum die Fabelmacht existieren kann. Wir vermuten, dass wir einfachen Fabelmächtigen sie in einem Wimpernschlag überqueren, wenn wir die Fabelmacht benutzen. Aber nie zuvor hat jemand sie betreten.« Sein Blick suchte Nicholas'. »Du musst so unendlich viel mächtiger sein als wir. Und Mila auch. Ihr …« Er verstummte und schaute nachdenklich durch das Fenster nach draußen in die Bahnhofshalle.

Nicholas hätte zu gern gewusst, was in seinem Kopf vorging.

Als Mila in den Katakomben zu sich kam, konnten nur Sekunden vergangen sein, denn ihre Mutter stand noch immer so dicht neben Luc wie zuvor.

Mühsam richtete Mila sich auf und bemerkte erst, dass Eric bei ihr war, als er sie stützte. Ihr Kopf dröhnte wie nach einer durchfeierten Nacht und auch ihr Magen fühlte sich ähnlich an. Würgend krümmte sie sich. Eric hielt sie fest und stieß eine leise gemurmelte Verwünschung aus.

Die Farbe war in Helenas Wangen zurückgekehrt und dieser Anblick erst machte Mila klar, was ihre Mutter in den letzten Stunden durchgemacht haben musste. Erst jetzt, wo das Flammenmal und damit auch die Schmerzen fort waren, erkannte Mila, wie sehr ihrer Mutter beides zugesetzt hatte. Das, was sie früher immer für Härte gehalten hatte, war vielleicht in Wirklichkeit nichts als die Auswirkung von Abélards Fabelmacht gewesen. Die Geschwindigkeit jedenfalls, mit der sich das Flammenmal über das Gesicht ihrer Mutter ausgebreitet hatte, konnte einen das glauben machen.

Helena stand auf, schob Eric beiseite und nahm ihre Tochter in die Arme. »Ich habe nicht verdient, was du für mich getan hast«, flüsterte sie.

Mila schüttelte den Kopf. »Doch«, widersprach sie. »Hast du.« Und sie meinte es, wie sie es sagte. Das erste Mal in ihrem Leben begriff sie, wieso sie so lange auf ihre Mutter hatte verzichten müssen. Weil Abélards Liebe an ihr gezerrt, sie vereinnahmt hatte. Aber Mila hatte Helena davon befreit.

Ein unbändiges Gefühl von Triumph überkam sie, das ihre Schwäche überlagerte. Sie stand auf. »Ich bin stärker als er!«, sagte sie. »Das ist doch der Beweis, oder? Ich kann es mit ihm aufnehmen!«

Helena erhob sich ebenfalls. Nachdenklich wiegte sie den Kopf. »Die Wahrheit ist, ich weiß es nicht.« Sie schwieg einen Moment. »Ich würde es mir so sehr wünschen. Aber mach nicht den Fehler, Abélard zu unterschätzen.« Sie seufzte. »Ich werde mit den Brüdern sprechen. Gemeinsam müssen wir einen Weg finden, wie wir dich und Nicholas vor Abélard beschützen können.«

Bis eben hatte Mila das Gefühl gehabt, dass Helena nicht

sicher gewesen war, ob sie wirklich hier herunterkommen sollten. Jetzt jedoch schien sie überzeugt zu sein, dass es eine gute Idee gewesen war. Helena trat vor und betätigte den Klingelzug. Es dauerte einige Sekunden, in denen das rote Licht an der Kamera nervtötend gleichmäßig weiterblinkte.

... wie wir dich und Nicholas vor Abélard beschützen können ...

Mila starrte das Licht an und verlor sich für Sekunden in ihren Gedanken an Nicholas. Wo war er nur? Ging es ihm gut oder hatte Abélard seine Männer auch auf die Jagd nach ihm geschickt?

Sie sah Luc an, der etwas ganz Ähnliches zu denken schien wie sie. Er, der bislang im Hintergrund geblieben war, schob sich nun vor. »Wir müssen Nicholas unbedingt erreichen. Was, wenn er zurück in die Wohnung von Isabelles Eltern kommt und die Männer ihm dort auflauern?«

Helena nickte. »Wir schicken am besten einen der Brüder zu Odette und Caruel. Sie werden ihn finden, Luc.«

In diesem Augenblick ertönte ein Summer und die Tür schwang auf.

Ein Mann kam heraus. Er trug eine schlichte Hose und ein ebenso schlichtes Hemd, beides in Schwarz – die einheitliche Kleidung der Bruderschaft. Mila hatte ihn früher ein paarmal kurz gesehen, aber nie mit ihm gesprochen. Er hatte etwas Asketisches an sich. Er war um die fünfzig, seine Haare waren schon grau und quer über seine rechte Augenbraue zog sich eine hässliche Narbe, die aussah, als wäre er in einen mittelalterlichen Schwertkampf geraten. Zusammen mit dem Ordensoberen Bruder Theodor und dem Arzt Bruder Philippe gehörte dieser Mann zu den ständigen Mitgliedern des Ordens, die hier unten lebten. Sein Blick huschte über Eric, Luc und Isabelle hinweg. Auf Mila und Helena aber blieb er länger hängen.

»Héloise«, sagte er.

Mila zuckte zusammen. Der Mann kannte den wahren Namen ihrer Mutter? Doch ehe sie ihrer Verwunderung darüber Ausdruck verleihen konnte, sprach er schon weiter. »Wir haben euch erwartet. Die Nachricht von Maréchals Tod ...« Der Satz blieb in der Luft hängen.

»Wie habt ihr davon erfahren?«, fragte Helena.

In der Miene des Bruders arbeitete es sichtbar. »Bruder Theodor hat versucht, ihn anzurufen. Die Polizei ist an sein Telefon gegangen und hat uns erzählt, was passiert ist.« Er wandte sich an Mila und lächelte sie an. Um seine Augen bildeten sich feine Fältchen und das milderte die grimmige Wirkung seiner Narbe etwas. »Du siehst zu Tode erschöpft aus«, sagte er. Dann reichte er ihr die Hand. »Ich bin Bruder Joseph.« Sein Händedruck war fest und warm. Er wandte sich an Helena. »Kommt mit. Bruder Theodor erwartet euch schon.«

Bruder Joseph führte sie in einen Besprechungsraum, der von einem massiven Holztisch dominiert wurde. Die Wände ringsherum waren vertäfelt und behängt mit Wandteppichen, die aussahen wie aus dem Mittelalter. Mila entdeckte Jagdszenen darauf und schmale weiße Frauenfiguren, die in stilisierten Meereswellen tanzten. Der Tisch selbst wirkte mit seinen gedrechselten Beinen und der narbigen Oberfläche antik, an seiner Stirnseite jedoch stand ein schlanker silberner Laptop, der aufgeklappt war und das Logo einer weit verbreiteten Suchmaschine zeigte. In der Mitte befanden sich kleine Tabletts, zur Hälfte mit Wasser- und Saftflaschen, zur Hälfte mit Kaffee, Milch und Zucker befüllt, gerade so, als sei das hier ein normales Bürogebäude. Die Bücher, die auf dem Tisch lagen, schienen allerdings mehrere Hundert Jahre alt zu sein.

Eine Handvoll Ordensbrüder in Schwarz standen herum. Wie Bruder Joseph wirkten die meisten asketisch und sehr fokussiert und sie unterhielten sich mit gedämpften Stimmen. Als Mila und die anderen hereinkamen, verstummten die Gespräche jedoch sofort.

Sämtliche Augenpaare richteten sich auf sie. Einer der Männer löste sich aus der Gruppe und kam auf sie zu. Es war der Ordensobere, Bruder Theodor. Er war um einiges älter als Bruder Joseph. »Mila«, sagte er. »Héloise! Gott sei Dank! Maréchal hat heute früh vorhergesagt, dass du kommen würdest. Allerdings wollte er dabei sein. Was geht hier vor sich? Was ist passiert? Was ...?«

Helena schob sich vor. »Eins nach dem anderen, Theodor. Erst einmal: Ihr müsst uns helfen, Mila zu beschützen. Und Nicholas auch.«

»Schutz vor wem?«

Helena musterte misstrauisch die vielen Männer um sie herum. »Ihr erfahrt es noch früh genug«, sagte sie. »Ihr müsst im Moment nur wissen, dass Nicholas Caruel am Leben ist. Mila hat ihn ins Leben zurückgeschrieben.«

Diese Eröffnung sorgte unter den Brüdern für sichtbare Erschütterung. Einer der Männer, der mindestens achtzig Jahre alt war, musste sich an einer Stuhllehne abstützen. Ein anderer fasste ihn unter den Arm. Nur Bruder Joseph zeigte keinerlei Regung. Seine Gesichtszüge waren ganz glatt. Mila hätte zu gern gewusst, was er dachte.

Schließlich hob Theodor mahnend die Hände. »Brüder! Ich bitte euch!«

Einer nach dem anderen verstummte und als es wieder still war, wandte er sich an Helena. »Wo ist Nicholas jetzt?«

Statt ihm zu antworten, schaute Helena Mila an. *Endlich!*, dachte die. Sie zog ihr Notizbuch aus der Tasche. Theodor und einige der anderen Brüder runzelten die Stirn, aber keiner von ihnen hinderte sie. Sie legte das Notizbuch auf den Tisch und horchte in sich hinein. Die Worte kamen fast von selbst. Sie beschrieb ein großes Plakat mit einem silbernen Handy darauf. Eine Bank, mit einem über und über tätowierten Mann. Je weiter sie schrieb, desto deutlicher wurden die Bilder. Ein hohes, gewölbtes Glasdach. Züge. Lautsprecherdurchsagen mit einem ganz und gar typischen Jingle. Eine Boulangerie, in der sich die Leute drängten. Eine alte Frau in abgetragener Kleidung und mit einem bunten Turban. Odette.

Mila klappte ihr Notizbuch zu. »Er ist am Gare de l'Est«, sagte sie. »In der Boulangerie neben dem Blumenstand.«

Bruder Theodor nickte. Dann gab er dreien der Brüder einen Wink und sie verließen den Raum.

Mila vermutete, dass Helena sich nun an die Verbliebenen wenden würde, aber das tat sie nicht. Stattdessen wandte sie sich an Bruder Theodor. »Können wir ungestört reden?«, bat sie ihn.

Der Obere willigte ein und forderte die anderen auf zu gehen. Sie gehorchten widerspruchslos. Bruder Joseph zog hinter sich die Tür ins Schloss und erst da entspannte Helena sich ein wenig. »Wir müssen dringend über Abélard reden, Theodor«, stieß sie hervor. Sie besann sich kurz, dann fügte sie hinzu: »Du weißt, dass er und ich seit Milas Geburt planten, die Fabelmacht zu vernichten.«

Theodor nickte. »Du hast mir nie verraten, wie genau ihr das bewerkstelligen wollt.«

Helena berichtete nun auch ihm, wie Abélard Nicholas dazu gebracht hatte, seine Geschichte zu schreiben, und dass sie zugesehen hatten, wie diese auf so grauenvolle Weise wahr wurde.

Mila hörte nur mit halben Ohr zu. Mit ihren Gedanken war sie noch immer bei Nicholas. Hoffentlich fanden ihn die Männer schnell, dachte sie und zwang sich dazu, sich auf die nächsten Worte ihrer Mutter zu konzentrieren.

»In den letzten Tagen jedoch wurde es mir zunehmend unerträglich, mit anzusehen, wie Mila litt«, sagte Helena gerade zu Theodor. »Ich wollte mit jemand anderem als Abélard darüber reden und hielt Maréchal für den Richtigen. Darum verabredete ich mich mit ihm. Ich wollte ihn heute in der Frühe treffen.«

Bruder Theodor lauschte ihren Ausführungen mit ausdruckslosem Gesicht und als sie nun kurz nicht weitersprechen konnte, nickte er aufmunternd.

Helena berührte ihre Stirn mit den Fingerspitzen. »Bevor er getötet wurde, wollte er mir unbedingt etwas mitteilen.« Ihr Blick begegnete dem von Mila. »Er wollte mir sagen, dass Abélard meinen Sohn auf dem Gewissen hat.«

»Unmöglich!«, stieß Bruder Theodor hervor. »Jacques und Antoine starben, weil die Fabelmacht einen Ausgleich für Abélards Wiederauferstehung forderte.«

»Eben das glaube ich nicht mehr.« Helena fiel es sichtlich schwer weiterzusprechen. »Ich vermute, dass Abélard sie getötet hat. Absichtlich. Mithilfe der Fabelmacht. Und ich glaube, dass Maréchal genau das herausgefunden hat und es mir bei unserem Treffen sagen wollte.«

Mila schloss die Augen, aber das führte nur dazu, dass sie furchtbare Bilder sah. Bilder davon, wie Maréchal starb. Und wie sich das Auto überschlug, in dem ihr Vater und ihr Bruder saßen. Sie riss die Augen wieder auf, schluckte.

»Wie sollte er das erfahren haben?«, warf Bruder Theodor ein. Er sah aus, als würden Helenas Worte ihn überfordern.

»Indem er heute früh hier unten in der Dunklen Bibliothek war und in Abélards Buch nachgelesen hat. Etwas, das ich selbst hätte tun können, wenn ich all die Jahre nicht so sehr unter seinem Bann gestanden hätte. Ich habe das seitdem wieder und wieder durchdacht, Theodor. Als Mila und Nicholas mir von Maréchals letzten Worten erzählt haben, wollte ich mich mit eigenen Augen davon überzeugen und dafür selbst in die Dunkle Bibliothek springen. Aber ich konnte es nicht. Abélard muss irgendwie dafür gesorgt haben, dass ich keinen Zugang habe.« Helenas Blick wanderte zur Decke. »Warum sollte er so etwas tun, wenn nicht, um seine wahren Absichten vor mir zu verbergen?«

»Seine wahren Absichten ...«, wiederholte Bruder Theodor.

Helena nickte. »Ja. Ich glaube mittlerweile, dass er mich all die Jahre getäuscht hat. Ich bin mir sogar mittlerweile nicht einmal mehr sicher, ob es ihm je darum ging, die Fabelmacht zu vernichten.«

Eine Weile lang war es sehr still im Raum. Ein jeder hing seinen Gedanken nach.

»Was, glaubst du, will er stattdessen?«, fragte Theodor dann.

Helena zuckte müde mit den Schultern. »Wenn ich das wüsste.«

Leise begannen die beiden, über Abélard und seine Motive zu diskutieren, aber Mila verlor rasch den Faden dabei. Langsam machte es sich bemerkbar, dass sie vergangene Nacht nicht eine Minute geschlafen hatte. Die Müdigkeit, die sie deswegen empfand, war die ganze Zeit durch den Stress und die Emotionen in Schach gehalten worden, aber jetzt wurde sie übermächtig. Dementsprechend dankbar war Mila Isabelle, als die sich über den Tisch beugte und erst auf die Thermoskannen und dann auf die kleinen Saftflaschen deutete. »Koffein oder Vitamine?«, fragte sie. Luc war gerade dabei, sich selbst eine Tasse Kaffee einzuschenken.

Mila lächelte ihrer Freundin zu. »Definitiv Koffein. Möglichst eine doppelte Dosis.« Sie ließ sich von Isabelle eine Tasse geben und nahm einen vorsichtigen Schluck davon. Tief atmete sie durch.

Eric, der sich eine kleine Flasche mit Orangensaft genommen hatte, drehte diese auf. »Creepy, das alles«, sagte er.

»Wie wahr.« Mila nahm einen weiteren Schluck von dem Kaffee. Das Getränk rann ihr angenehm heiß die Kehle hinunter, aber es konnte auch nichts mehr gegen ihre Erschöpfung ausrichten. Sie spürte jetzt deutlich den Tribut, den der Tag mit seinen unglaublichen Geschehnissen forderte. Sie schloss die Augen und legte den Kopf auf ihren auf dem Tisch verschränkten Armen ab. Sie wusste nicht, wie lange sie so dagesessen hatte, als Eric sich zu Wort meldete. »Na, das ging ja mal flott«, sagte er.

Mila öffnete die Augen. Die drei Mitglieder der Bruderschaft, die vorhin auf Theodors Anweisungen aus dem Zimmer gegangen waren, um Nicholas zu suchen, kehrten zurück.

Villain Caruel war bei ihnen.

Und dahinter kam Nicholas.

Milas Herz stolperte. Sie sprang auf, lief hin zu ihm. »Gott sei Dank, es geht dir gut!«

Er drückte sie an sich, aber nur kurz. Er sah so schrecklich blass aus!

»Warum sollte es mir nicht gut gehen? Was machst du hier unten?«

»Abélards Männer haben uns aufgespürt. Da sind wir hierher in Sicherheit geflüchtet. Ich dachte, sie hätten dich auch ...«

Er fiel ihr mit sanfter Stimme ins Wort. »Mit mir ist alles in Ordnung, Mila!« Wie um sie zusätzlich zu beruhigen, küsste er sie auf die Stirn. Dann wandte er sich Bruder Theodor zu. »Abélard hat alles andere vor, aber nicht, die Fabelmacht zu vernichten.«

Der Ordensobere nickte. »Das Gleiche hat Helena eben auch gesagt.«

»Wir müssen den Drecksack aufhalten!«, stieß Nicholas heftig hervor.

Bruder Theodor jedoch blieb ruhig. »Wenn es stimmt, was ihr vermutet, werden wir das«, versprach er. Dann begann er, Nicholas Fragen zu stellen. Über seine Wiederauferstehung, über seine eigenen Vermutungen, was mit Maréchal geschehen war, über die Dunkle Bibliothek und die Bücher darin. Mila hörte eine Weile lang zu, aber schon wieder verschmolzen alle Stimmen zu einem einzigen undurchdringlichen Rauschen. Sie konnte den Blick nicht von Nicholas lassen, der alle Fragen, so gut es ging, beantwortete und den die Erschöpfung irgendwie durchscheinend wirken ließ.

»Der klappt gleich zusammen«, flüsterte Eric ihr zu. Und auch Luc, der sich an seinem Kaffee festhielt, warf Nicholas immer besorgtere Blicke zu.

»Gut!«, sagte Helena nach einer gefühlten Ewigkeit. »Wir werden eine Lösung für das alles finden, aber morgen. Jetzt müssen wir alle uns ein bisschen ausruhen.« Sie musterte erst Mila, dann Nicholas. »Ihr beide vor allem.«

Mila war zu kaputt, um darauf mit mehr als einem müden Lächeln zu antworten. Nicholas rieb sich die Stirn mit der flachen Hand. Er lächelte nicht.

Da erhob sich Bruder Theodor. »Wartet hier«, bat er. »Ich lasse Zimmer für euch herrichten. Ich bin gleich wieder da.« Mit diesen Worten verschwand er.

Helena, Eric, Isabelle und Luc blieben auf ihren Plätzen sitzen, aber Nicholas hielt es nicht in dem Raum. Mit einem kurzen Blick auf Mila ging er nach draußen und als sie ihm folgte, wandte er sich zu ihr um. »Tja«, sagte er betont gleichmütig. »Sieht so aus, als hätten sie jetzt die Kontrolle über unser Leben übernommen, oder?«

Sie flüchtete sich in seine Arme.

Mit einem tiefen Seufzen hielt er sie fest. »Als du mir eben dadrinnen gesagt hast, dass Abélards Männer schon wieder hinter dir her waren ...«

Sie stellte sich auf die Zehenspitzen und küsste ihn auf die Lippen, sodass er nicht weiterreden konnte.

»Wenn dir was passiert wäre ...«, murmelte er.

»Ist es aber nicht.« Sanft strich sie ihm eine Haarsträhne aus den Augen. Etwas war anders, seit er aus der Wohnung von Isabelles Eltern fortgegangen war. Sie hätte nicht sagen können, was es war, aber da lag eine Dunkelheit in seiner Miene, die ihr Angst machte. »Was hast du?«, fragte sie flüsternd.

»Nichts.« Er versuchte, ihrem Blick auszuweichen.

»Nicholas!«

»Es ist nichts, Mila!«

Etwas verkrampfte sich in seiner Brust, weil er fürchtete, dass Mila ihn nicht so einfach davonkommen lassen würde. Sie hatte gesehen, dass er etwas mit sich herumschleppte, und sie lag ganz richtig damit. Die Erinnerung an die wispernde Stimme in seinem Kopf machte ihn unruhig – und noch viel mehr die Angst, dass diese Stimme wiederkehren könnte. Er wusste nicht, was sie zu bedeuten hatte, und aus diesem Grund hatte er eben auch Helena und Bruder Theodor nichts davon erzählt.

Gemeinsam werden wir selbst über den Tod herrschen.

Waren das Nachwirkungen von dem, was er und Mila gemeinsam erlebt hatten? Die schwarzgläserne Ebene – konnte sie diesen Einfluss auf ihn ausüben? Oder war es Abélards Stimme, die er hörte? Er stöhnte auf. Er wollte nicht weiter darüber nachdenken. Er wollte nur Mila, ansonsten brauchte er nichts auf der Welt.

Zu seiner Erleichterung drängte sie ihn nicht weiter. Stattdessen küsste sie ihn. »Geh nie wieder weg, ohne mir Bescheid zu sagen!«, verlangte sie.

»Mache ich nicht.« Er lächelte, froh darüber, dass sie von sich aus das Thema gewechselt hatte. »Du verstehst, dass mein Vater und Odette Bescheid wissen mussten, oder?«

Sie nickte und dann berichtete sie ihm, was in der Wohnung von Isabelles Eltern passiert war. »Diese Männer … es war so unwirklich, verstehst du? Wie ein Albtraum.«

Er zog sie in die Arme und küsste sie. Er wollte sie vor allem Übel beschützen, so dringend, dass er beinahe schon die Hand in der Tasche hatte, um nach seinem Notizbuch zu greifen.

Und damit was zu tun?

Er biss die Zähne zusammen. Seit wann dachte er nur daran, die Fabelmacht für so was zu benutzen? Sie war schließlich keine Zauberkraft, die eine bessere Welt versprach. Sie gab, aber sie nahm auch. Wer wüsste das schließlich besser als er?

Um dem allen hier zu entkommen, ergriff er Milas Hand und zog sie mit sich.

»Wohin gehen wir?«, fragte sie.

Er legte seinen Finger auf die Lippen. »Psst.« Er kannte sich hier unten recht gut aus. Sein Vater war lange Jahre Mitglied in der Bruderschaft gewesen und hatte ihn in seiner Kindheit immer wieder einmal mit hier heruntergenommen. Nicholas führte Mila in einen Gang, dessen Fußboden mit Dielen ausgelegt war. Altmodische Bilder von noch altmodischer aussehenden Männern hingen an den Wänden. Es roch nach Bohnerwachs. Wie als Kontrast dazu verbreiteten moderne Lichtinstallationen angenehmes Licht und ließen einen fast vergessen, dass man unter der Erde war.

Nicholas führte Mila in einen von mehreren kleinen Salons, die es hier unten gab, und schloss die Tür hinter sich. Dann zog er Mila wieder in seine Arme.

»Was, wenn jemand reinkommt?«, fragte sie nervös.

Er sah ihr tief in die Augen. »Wir beide haben mich heute

von den Toten aufgeweckt. Wir haben einen Freund verloren und erfahren, dass deine Mutter neunhundert Jahre alt ist. Außerdem vermuten wir, dass ihr Liebhaber irgendetwas Finsteres mit uns plant und ich ...« Er holte tief Luft. »Wenn du mich fragst, sind ein paar Ordensbrüder, die uns beim Herumknutschen erwischen, wirklich das Harmloseste, was uns heute noch passieren kann.«

Mila lachte leise, aber es lag etwas Unsicheres darin. Sie legte die Wange an seine Brust. Er atmete den Geruch ihrer Haare ein. Er liebte einfach alles an ihr. Sanft griff er nach ihrem Kinn und drehte ihren Kopf so, dass sein Mund ihre Lippen finden konnte. Sie erwiderte seinen Kuss, gleich darauf jedoch zog sie sich ein paar Millimeter zurück. Ihr Atem strich über sein Kinn, als sie flüsterte: »Wenn du mich fragst, dürfen die Brüder sich gern ein bisschen Zeit lassen, bis sie uns erwischen.«

Nicholas lächelte.

Dann sagte für eine lange Zeit keiner von ihnen mehr etwas.

Helena ließ sich auf das Bett sinken. Sie war Bruder Joseph sehr dankbar dafür, dass er sich um alles kümmerte. Er hatte sogar darauf bestanden, ihr das Zimmer persönlich zu zeigen. Vor wenigen Sekunden erst hatte er leise die Tür hinter sich zugezogen und sie allein gelassen.

Sie seufzte tief. Sie war so müde, so unendlich müde, wie man es vielleicht nur nach neunhundert Jahren des Lebens sein konnte. Aber sie wusste auch, dass sie jetzt nicht schwach werden durfte. Ihre Tochter brauchte sie. Und sie würde alles tun, was in ihrer Macht lag, um Mila zu beschützen.

Doch hatte sie die Kraft dazu?

So viel war heute passiert. Ihre Welt, wie sie sie seit Jahrhunderten kannte, lag in Scherben. Der Mann, den sie so unendlich lange geliebt hatte, hatte sein wahres Gesicht gezeigt. Es war, als hätte man einen Schleier fortgezogen. Helena konnte plötzlich hinter die Kulissen schauen und den wahren Abélard erkennen. Die Leere, die nun dort war, wo all die lange Zeit ihre Liebe zu ihm gewesen war, war kaum zu ertragen. Helena spürte dem Gefühl des Verlassenseins nach und plötzlich begriff sie etwas, was sie bis zu dieser Sekunde nicht erkannt hatte.

Mit einem Ruck setzte sie sich hin, lauschte tief in sich hinein.

Mila hatte sie mit dem, was sie geschrieben hatte, erlöst.

Erlöst davon, den Mann zu lieben, der ihr den Sohn genommen hatte.

Aber erlöst auch noch von etwas ganz anderem.

Ein Lächeln breitete sich in Helena aus.

Wenn die Kinder in Sicherheit waren ..., dachte sie, während sie zurück in die Kissen sank.

Sie schloss die Augen und erlaubte sich das erste Mal seit sehr langer Zeit wieder, vom Sterben zu träumen.

Mila lag auf dem Doppelbett eines Gästezimmers, das Bruder Joseph ihr und Nicholas gegeben hatte. Sie wartete auf Nicholas, der noch einmal kurz zu ihrer Mutter gegangen war. Er hatte ihr versprochen, gleich wiederzukommen, und sie hoffte, dass er sie nicht allzu lange warten ließ. Selbst läppische fünf Minuten von ihm getrennt zu sein, fühlte sich an wie zehn Jahre Gefängnis. Sie richtete ihre Gedanken auf

Isabelle, Luc und Eric, die sie im Speisezimmer getroffen hatte, nachdem sie und Nicholas aus dem Salon zurückgekehrt waren. Schon wieder zog sie ihre Freunde in etwas hinein, in das sie definitiv nicht hineingehörten.

Sie kämpfte mit dem schlechten Gewissen, das sie deswegen hatte.

Das Zimmer war nicht das gleiche wie das letzte Mal, aber es sah haargenau so aus – wie eine Mischung aus Hotelzimmer und Klosterzelle. Ein Himmelbett, ein Schreibtisch samt Stuhl und einer ausgewählten Sammlung von Büchern, ein kleiner Schrank und daneben ein Spiegel. Auf dem Stuhl lag, genau wie beim letzten Mal, frische Kleidung und auch im Bad gab es wieder Duschgel, Shampoo und Kosmetika von verschiedenen Marken. Mila fragte sich gerade, ob die Brüder die Sachen vom letzten Mal aufgehoben hatten, als es an der Tür klopfte.

In der Annahme, dass es Nicholas war, rief sie: »Es ist offen!«

Aber es war nicht Nicholas, der den Kopf zur Tür hereinstreckte. Es war Eric. Sehr ernst sah er aus und ein bisschen betreten. »Ich weiß, dass du jemand anders erwartet hast«, begann er und als sie keine Anstalten machte, ihn rauszuwerfen, kam er in den Raum und schob die Tür hinter sich zu. In seinen Augen las sie Unsicherheit und Sehnsucht. Sie ahnte, was jetzt kam.

»Eric«, murmelte sie und setzte sich hin.

»Das mit uns beiden …«, begann er, unterbrach sich und entschied, näher zu kommen. Sehr viel näher. Dicht vor dem Bett blieb er stehen. Sie stand auf, in der Annahme, dass er dadurch zurückweichen würde. Aber das tat er nicht. Er hob eine Hand an ihre Wange, berührte sie jedoch nicht. »Gestern Nacht auf der Vernissage ... als wir in dieser Laube gesessen haben ...«

Sie nickte. Sie erinnerte sich daran, wie nah sie sich da gewesen waren, erinnerte sich an die Dankbarkeit, die sie erfüllt hatte, weil er ihr ihre und Nicholas' Geschichte zurückgegeben hatte. Wider besseres Wissen hatte er es getan, obwohl ihm klar gewesen sein musste, dass er damit die Chance darauf, sie für sich zu gewinnen, auf null reduzierte. Und jetzt, wo Nicholas wieder da war ...

Was sollte sie ihm nur sagen?

»Eric«, murmelte sie erneut.

Er sah ihr in die Augen. »Ich kann das nicht ewig, Mila.«

»Was meinst du?« Sie schluckte.

»Das mit Nicholas.« Sie wollte etwas einwerfen, aber er hob die Hand und so schwieg sie und ließ ihn weiterreden. »Ich habe euch zusammen gesehen und es zerreißt mich. Ich weiß nicht, wie ich ...«

Sie fühlte sich elend. »Es tut mir so leid«, flüsterte sie. Das schlechte Gewissen, das sie eben schon gehabt hatte, vervielfachte sich.

Ein trauriges Lächeln hob Erics Lippen. »Es ist verdammt harte Arbeit, der beste Freund der Heldin zu sein, weißt du das?«

Sie schluckte nur und da glitt tatsächlich ein Anflug von Schuldbewusstsein über sein Gesicht. Sein Lächeln vertiefte sich, wurde aber nicht fröhlicher. Im Gegenteil. »Aber irgendwer muss es ja machen. Tja ...« Er sah sie noch einmal an, dann wandte er sich zur Tür. »Was ich dir eigentlich sagen wollte: Wundere dich nicht, wenn ich morgen früh weg sein sollte. Ich bin dann zurück nach oben.« Sehr leise zog er die Tür hinter sich ins Schloss.

Mila starrte ihm nach. Es dauerte lange, bis ihr wieder einfiel, wie man sich bewegte.

Abélard stand in einem der kleinen Salons, die sich ganz in der Nähe des Speisesaals befanden, und lauschte in die Stille hinein. Die Bruderschaft, die sich hier unten in den Katakomben vor der Welt verbarg, war zur Ruhe gekommen und etwas davon färbte auf ihn ab. Auch Héloise war schlafen gegangen, nachdem sie sich mit Bruder Theodor beratschlagt hatte.

Elendes Weibsstück!

Der Gedanke schnitt scharf wie Glas durch seinen Verstand.

Seit er gespürt hatte, dass Héloise aufgehört hatte, ihn zu lieben, war er von einem emotionalen Extrem ins andere geschwankt. Er war vor Verzweiflung in dem Raum, in den er sich zurückgezogen hatte, auf und ab gelaufen wie ein Geisteskranker. Dann wieder hatte er mit den Fäusten auf Wände und Möbel eingedroschen, bis ihm klar geworden war, dass er sich zusammennehmen musste.

Die Brüder durften ihn hier nicht entdecken.

Obwohl: Was machte es schon aus? Anstelle von Bildern hingen an den Wänden dieses Salons mehrere Spiegel in antiken Rahmen. Vor einen davon trat Abélard hin und betrachtete das Gesicht, das daraus hervorschaute. Diese Narbe! Ihn schauderte beim Anblick der schweren Verletzung, die Bruder Joseph durch einen Motorradunfall erlitten hatte. Mit den Fingerspitzen berührte er die Spiegelfläche und lächelte.

Weder die Brüder noch Héloise oder die Kinder hatten gemerkt, dass er mitten unter ihnen war und die meisten ihrer Schritte mitbekam.

»Tja, Liebste«, murmelte er und ballte schon wieder die Faust dabei. Hätte Héloise nicht zugelassen, dass Mila ihr die Liebe zu ihm wegschrieb, hätte sie sofort erkannt, dass es nicht Bruder Joseph gewesen war, der ihr vor wenigen Minuten ihr Schlafzimmer gezeigt hatte. So jedoch hatte sie nicht die geringste Ahnung davon gehabt, wie nahe er ihr wirklich war.

Er knirschte mit den Zähnen, als er daran dachte, wie sie an ihm vorbei in das Gästezimmer gegangen war. Er hätte nur die Hand ausstrecken müssen, um ihren Nacken zu berühren. Ihn zu streicheln.

Ihr die Kehle zuzudrücken ...

Er vertrieb den zornigen Gedanken und konzentrierte sich stattdessen auf den Schmerz, den ihm Héloises Verlust bereitete. Wie ein Stachel bohrte er sich in seine Seele, so unerträglich, dass er nicht anders konnte, als mit einem anderen Gefühl dagegen anzukämpfen.

Hass. Das war es, was er jetzt brauchte, denn Hass vertrieb die Lähmung, die ihn erfasst hatte, nachdem Mila seine Geliebte für immer von ihm getrennt hatte.

Mila! Dieses kleine Miststück.

Bis vor Kurzem hatte er sie gebraucht und sie hatte ihren Teil getan, genau, wie er es geplant hatte. Sie hatte Nicholas ins Leben zurückgeholt. Jetzt war sie nicht mehr wichtig. Jetzt galt es, sich um Nicholas zu kümmern. Nicholas, der gestorben war, wie er selbst, aber der, anders als er, nicht auf der schwarzgläsernen Ebene gefangen gewesen war. Im Gegensatz zu ihm hatte Nicholas nicht neunhundert Jahre

Agonie und Qual erleiden müssen, die auch nach seiner Auferstehung noch immer kein Ende nahmen. Im Gegensatz zu ihm war Nicholas im Vollbesitz seiner Fabelmachtkräfte von der Ebene zurückgekehrt. Er war kein Bündel Mensch, dessen Kräfte Stück für Stück nachließen. Nicholas war auf der Ebene gewesen und *vollständig* wieder zurückgekehrt. Was nicht mehr und nicht weniger bedeutete als: Der Junge war die Lösung für all seine Probleme! Jetzt musste er ihn nur noch dazu bringen, das zu tun, wofür er bestimmt war.

Abélard rieb sich die vernarbte Augenbraue.

Oh, Nicholas würde sich weigern, natürlich. Aber es gab schließlich Mittel und Wege. Immerhin war er Abélard, ein Meister der Manipulation.

Er wandte sich von dem Spiegel ab. Dann verließ er den Salon, eilte durch die Gänge, bis er eine Tür erreichte. Höflich klopfte er an und als er ein leises »Herein« hörte, trat er ein.

Mila war sich sicher, dass sie nach dem Gespräch mit Eric kein Auge zubekommen würde, doch die ganzen Anstrengungen des vergangenen Tages forderten endlich ihren Tribut. Sie bemerkte noch, wie Nicholas leise ins Zimmer kam und sich neben sie legte. Im Halbdämmer schmiegte sie sich an seine Brust, dann sank sie in den Schlaf.

Doch auch diesmal war ihr keine ruhige Nacht vergönnt. Sie träumte erneut davon, dass sie mit Nicholas zusammen über die schwarzgläserne Ebene lief, aber diesmal kam auch Eric in dem Traum vor. Er stand vor einer dieser unheimlichen Türen, die gleichzeitig nah und unendlich weit entfernt wirkten. Und er sagte etwas, das sie nicht hören konnte. An seinen Lippenbewegungen jedoch erkannte sie seine Worte.

»Ich liebe dich.«

Wieder und wieder sagte er es.

Ich liebe dich. Ich liebe dich. Ich liebe dich.

Mila musste sich zwingen, den Blick von ihm ab- und Nicholas zuzuwenden. Auch jetzt wieder war sein Oberkörper nackt und übersät mit flammend blauen Schriftzeichen. Er flüsterte. Diesmal waren es nur drei Worte:

»Ich werde sterben.«

Mit einem Ruck fuhr Mila aus dem Schlaf. Ihre Wangen waren nass und das Kopfkissen auch. Sie setzte sich hin, wischte sich über das Gesicht. Sie war allein.

Wo war Nicholas?

Unruhe erfasste sie, wurde so stark, dass sie nicht in der Lage war, sich wieder hinzulegen. Der Wecker auf dem Nachttisch zeigte ihr, dass sie fast fünf Stunden geschlafen hatte. Es war früher Morgen.

Wo war nur Nicholas?

Sie ging im Bad nachsehen. Es war leer, also zog sie sich rasch an, schlüpfte in ihre Ballerinas, dann huschte sie aus dem Zimmer. Der Gästetrakt, der mit den vielen nummerierten Türen aussah wie ein Hotelflur, lag in tiefer Stille. Von Nicholas keine Spur.

Ziellos begann sie, auf der Suche nach ihm durch die weitläufigen unterirdischen Höhlen und Gänge zu streifen. Sie wanderte durch Flure und Gänge voller uralter Ölgemälde und überraschend moderner Skulpturen. An den Abzweigungen und Kreuzungen, an die sie kam, wandte sie sich völlig willkürlich in die ein oder andere Richtung, immer in der Hoffnung, jemanden zu treffen, den sie nach Nicholas fragen konnte.

Aber bis auf sie selbst schienen hier unten noch alle zu

schlafen. Nach einer Weile erreichte sie einen Gang, der ihr ein Kribbeln den Rücken hinunterrinnen ließ. Eine Reihe mit Bildern von Leuten mit missmutigen Mienen und steifen Kragen hing hier. Dazwischen Tischchen mit altmodischen Lampen. Eine Tür am Ende des Ganges.

Durch diese Tür war sie damals zusammen mit Odette in die Große Bibliothek gegangen. Vielleicht war Nicholas ja dort. Entschlossen öffnete Mila die Tür und trat hindurch.

Sie stand auf einer Galerie, von der aus sie einen überwältigenden Blick hinunter in die größte Bibliothek der Welt hatte, einen schier unendlichen Saal voller übermannshoher Regale, der sich so weit erstreckte, dass sie nicht bis zu seinem Ende sehen konnte. Es roch nach Papier und Leder und Staub. Ihr Blick wanderte wie magisch angezogen hinauf zu der bemalten Kuppel, die das alles überspannte.

Sterne. So realistisch, dass es aussah, als stünde sie unter freiem Himmel. Da war der Große Wagen, Kassiopeia.

»Das Bild der Andromeda habe ich immer am meisten geliebt.«

So deutlich waren Nicholas' Worte in ihrem Kopf, dass sie sich unwillkürlich nach ihm umsah. Und dann – wie eine Sturzflut – brachen all die furchtbaren Bilder über sie herein, die sie mit dieser Kuppel und mit diesem Sternenhimmel verband. Hier war Nicholas gestorben.

Die Erinnerung daran krallte sich so schmerzhaft in ihr Hirn, dass ein Schluchzen sie packte. Und dann weinte sie wegen ihrer traurigen Erinnerungen, wegen all der verpassten Jahre der Zweisamkeit mit ihrer Mutter und schließlich weinte sie auch wegen Eric. Weil sie ihm so schrecklich wehtat und es nicht ändern konnte.

Die Tränen rannen ihr das Gesicht hinunter, tropften von ihrem Unterkiefer auf ihre Hände, die sie um das Geländer gekrampft hatte.

»Ach, verdammt, Eric!«, murmelte sie.

Ein leises Räuspern ließ sie sich umwenden.

Nicholas stand in der Tür. Sie hatte ihn nicht kommen hören. »Oh«, sagte sie nur und wischte sich hastig über das Gesicht. »Wie lange stehst du da schon?«

Er lehnte sich gegen den Rahmen. »Lange genug. Ich konnte nicht schlafen und da dachte ich, ein bisschen Bewegung ...« Er zuckte mit den Schultern.

Sie wischte sich noch einmal die Wangen ab und obwohl sie sich eben noch so sehr nach ihm gesehnt hatte, wusste sie nicht genau, ob sie jetzt wollte, dass er sie in den Arm nahm.

Er rührte sich nicht.

»Es geht wieder«, hörte sie sich sagen.

Er nickte. »Okay.« Eine Frage lag ihm auf der Zunge, das konnte sie ihm ansehen. Sie wartete, dass er sie stellte, aber das tat er nicht. Stattdessen fragte er: »Möchtest du ein bisschen herumgehen?«

»Das wäre schön, ja.«

Gemeinsam wandten sie sich nach rechts und wanderten an den Regalen entlang, die auf dieser Ebene standen. Einer der Gänge enthielt Bücher in französischer Sprache aus dem Mittelalter. Eins stand ein bisschen hervor und Mila ging zielstrebig darauf zu. Sie und Nicholas hatten es damals nicht richtig zurückgestellt. Sie erinnerte sich an das verblüffend hohe Gewicht des Buches, das seidige Gefühl des alten Leders unter den Fingerspitzen. Das Buch enthielt die Geschichte von Abélard und Héloise.

»Hast du überhaupt geschlafen?«, fragte sie. Nicholas sah noch immer blass und erschöpft aus.

Er nickte. »Ja«, sagte er. »Ein paar Stunden.«

Er lehnte sich an die Seitenwand des Regals und sie dachte daran, dass er gehört haben musste, wie sie Eric verflucht hatte. Er hatte mit angesehen, wie sie seinetwegen geweint hatte.

»Wegen Eric«, murmelte sie. »Du weißt, ich würde niemals …«

Er wischte ihre Worte einfach beiseite. »Nein, Mila«, sagte er. »Es ist nicht wegen Eric. Mich treibt etwas ganz anderes um.« Er sah verstört aus und sie musste lange warten, bevor er weitersprach. »Abélard und ich. Wir sind uns ähnlich, weißt du?«

Seine Worte fühlten sich an wie eine Ohrfeige. »Quatsch! Ihr seid euch nicht im Geringsten ähnlich!«, protestierte sie.

Mit den Fingerspitzen berührte er ihre Lippen. »Doch, das sind wir. Wir beide haben dem Menschen, den wir über alles lieben, unendlichen Schmerz zugefügt und müssen mit der Schuld leben.«

Sie wollte es nicht hören, weil es einfach nicht stimmte. »Aber Abélard hat dich dazu gebracht, diese Geschichte zu schreiben!«

Auch das ließ er nicht gelten, das konnte sie ihm ansehen. »Weißt du, was das Schlimmste ist?«, fuhr er fort, als hätte sie überhaupt nichts eingewendet. »Ich ertappe mich dabei, dass ich mir vorstelle, wie es sein würde, wenn du erneut sterben würdest.« Er griff nach ihren Schultern. »Mila, ich würde alles tun, damit das nicht noch einmal geschieht. Und wenn Abélard das begreift – wenn er dich bedroht, dann werde ich tun, was immer er von mir verlangt. Egal, was.«

Sie kämpfte gegen die Benommenheit an, die sie plötzlich erfasste.

Auch in dieser Geschichte werde ich sterben, hallte es aus ihrem Traum zu ihr herüber.

»Hör auf, Nicholas!«, sagte sie. »Das bringt doch alles nichts! Wir haben noch nicht einmal darüber gesprochen, was wir jetzt tun werden. Wir könnten fliehen – wir könnten alle zusammen aus Paris ...« Die Stimme versagte ihr.

Nicholas ließ sie nicht aus den Augen. Die schmale Narbe an seiner Lippe, die sie ihm beigebracht hatte, war kaum zu sehen, so blass war er. »Nein, können wir nicht. Er würde einen Weg finden, uns hierzubehalten. Er hatte keine Skrupel, Maréchal umzubringen. Was ist, wenn er Odette bedroht? Oder Isabelle? Es gibt so viele Möglichkeiten für ihn, uns unter seiner Kontrolle zu behalten.« Er senkte den Kopf, sodass ihm die Haare vor die Augen rutschten. »Nein.« Sie konnte sehen, wie sich die Verzweiflung, die noch eben aus seinem Blick geleuchtet hatte, in Härte verwandelte. »Nein«, wiederholte er. »Ich glaube, alles, was wir tun können, ist, den Kampf aufzunehmen. Der Drecksack hat uns lange genug manipuliert. Ich für meinen Teil werde das nicht mehr zulassen. Ich werde gegen ihn kämpfen, selbst wenn das bedeutet, dass ich wieder sterbe.«

Mila spürte, wie ihr Herz ganz kalt wurde. »Niemand wird mehr sterben«, behauptete sie und verbannte jeden Gedanken an ihren Traum. »Ich nicht und du auch nicht. Keiner von uns beiden. Diesmal geht die Geschichte gut aus! Weil wir es mit ihm aufnehmen können.« Sie rief sich das ins Gedächtnis, was sie für ihre Mutter getan hatte. »Wir können ihn besiegen.«

Er hob den Blick wieder und sie ahnte, dass sich in seinem Kopf verschiedene Szenarien abspielten. »Ja«, sagte er leise. »Ja.« Er straffte sich und berührte das Buch im Regal, wie kurz zuvor sie es berührt hatte. »Ich kann ihn besiegen.«

Milas Herz durchfuhr ein feiner Schmerz, von dem sie nicht genau wusste, ob es ihre unfassbare Liebe zu ihm war oder kalte Angst.

Sie griff nach seiner Hand. »Wir werden den Kampf aufnehmen«, sagte sie leise. »Und wir werden siegen. Er ist allein, Nicholas. Aber wir sind zu zweit.«

Eric hockte in seinem Zimmer auf dem Bett und furchte mit den Fingernägeln Linien in die Decke. Nach seinem Gespräch mit Mila gestern Abend hatte er mit dem Gedanken gespielt, die Katakomben sofort zu verlassen und an die Oberfläche zurückzukehren. Aber die durchwachte Nacht zuvor hatte diesen Plan zunichtegemacht, als er sich in sein Zimmer zurückgezogen hatte. Er hatte sich nur zehn Minuten aufs Bett gelegt, um die Augen ein bisschen zuzumachen. Als er sie wieder aufgemacht hatte, war es früher Morgen gewesen. Und tatsächlich fühlte er sich nun einigermaßen ausgeruht.

Was dazu führte, dass der Fluchtreflex in ihm mehr und mehr anwuchs. Milas Zimmer lag direkt neben seinem. Wenn er die Hand über den Kopf hob und die Wand berührte, trennten ihn nur wenige Zentimeter von ihr. Zumindest wenn sie im Bett lag, was sie aber im Moment nicht tat, das wusste er.

Er war davon aufgewacht, dass ihre Zimmertür geöffnet worden war. Ganz kurz hatte er sich die Hoffnung gestattet, sie würde zu ihm kommen, aber natürlich hatte sie das nicht getan.

Er seufzte und zog eine weitere Linie in die Decke.

Draußen auf dem Gang waren Schritte zu hören, dann Stimmen.

Mila. Und ganz eindeutig Nicholas.

Ihre Zimmertür wurde geöffnet und wieder geschlossen. Dann drangen ihre Stimmen dumpf und unverständlich durch die Wand.

Mit einem Ruck erhob sich Eric. Jetzt war es definitiv genug! Warum sollte er sich das noch länger antun? An der Tür zögerte er noch einmal, die Klinke schon in der Hand. Würde er Mila jemals wiedersehen, wenn er jetzt ging?

Er wusste es nicht.

Aber er wusste, dass er es nicht mehr länger aushielt, dabei zuzuschauen, wie die beiden sich in die Augen sahen.

Er verfluchte sich selbst. Dann drückte er die Klinke herunter und schlüpfte aus dem Raum. Vom letzten Mal wusste er noch, wie weit verzweigt diese Gänge waren. Neben dem Gästetrakt gab es Büros, Salons, Aufenthaltsräume, mehrere Bibliotheken, einen Speisesaal, sogar eine kleine Klinik für medizinische Notfälle.

Im Speisesaal war ein Frühstücksbüfett aufgebaut. Eric schnappte sich ein Croissant, stürzte einen Kaffee hinunter und fragte dann einen der Mönche, ob Bruder Joseph schon wach war. Er musste zumindest irgendwem Bescheid sagen, dass er ging, und der Pförtner erschien ihm eine gute Wahl. Der Mönch wies ihm den Weg zu einem Arbeitszimmer, das Bruder Joseph gehörte.

»Wenn du ihn zu dieser Tageszeit findest, dann am wahrscheinlichsten dort«, sagte er.

Eric bedankte sich und stand gleich darauf vor einer altmodischen Tür, die mit geschnitzten Ranken verziert war und neben der ein kleiner Tisch mit einer leeren Vase darauf stand.

Stimmengemurmel drang durch die Tür. Eric blieb stehen und lauschte.

»Doch, mein Lieber«, sagte jemand, dessen Stimme er noch nie zuvor gehört hatte. »Du wirst dafür sorgen, dass der Junge auf die schwarzgläserne Ebene zurückkehrt.«

Stille. Eric beugte sich vor. Was redeten sie da?

»Ich weiß nicht, ob ich das erfüllen kann, was du da verlangst, Abélard«, erwiderte eine zweite Stimme. »Denn dir ist klar, was den Jungen dann erwartet, oder? Er wird einen langsamen und grausamen Tod sterben.«

Abélard?, durchzuckte es Eric. Und im selben Sekundenbruchteil begriff er noch etwas.

Diese Stimme!

Konnte es wirklich sein ...?

So tiefer Schrecken fuhr ihm in die Glieder, dass er zurückwich. Dabei stieß er gegen den kleinen Tisch neben der Tür. Die Vase darauf kam gefährlich ins Kippeln, aber gerade noch rechtzeitig fing Eric sie auf.

Mit angehaltenem Atem erstarrte er.

Hatten die dadrinnen ihn gehört?

Sekunde um Sekunde verrann. Nichts geschah.

Glück gehabt!

Das Murmeln im Zimmer setzte wieder ein, leiser jetzt. Zweimal fiel Nicholas' Name, aber mehr konnte Eric nicht mehr verstehen. Er überlegte fieberhaft. Vergessen war sein Plan, nach oben zurückzukehren und all das hier hinter sich zu lassen. Das war jetzt keine Option mehr, denn dort drinnen ging etwas vor, das Nicholas betraf.

Er wird einen langsamen und grausamen Tod sterben.

Erics Gedanken rasten. Mila musste das erfahren. Sie musste erfahren, dass hier unten jemand gemeinsame Sache mit Abélard machte. Er glaubte auch zu wissen, wer es war, aber konnte er sich sicher sein? Alles, was er gehört hatte, war durch die Tür gedämpftes Gemurmel.

Was, wenn er sich täuschte?

Sein Herzschlag beschleunigte sich.

Er war doch ein blendender Schauspieler – was, wenn er also so tat, als wäre er einfach nur auf der Suche nach Bruder Joseph? Vielleicht konnte er ihnen so einen wesentlichen Vorteil verschaffen. Nein. Nicht vielleicht. Ganz sicher. Er musste nur schlau und geschickt agieren, so, wie er es früher getan hatte, wenn er Leute übervorteilt hatte.

Bevor er es sich anders überlegen konnte, klopfte er und öffnete im selben Moment die Tür so schwungvoll, als habe er es sehr eilig.

»Bruder Joseph, ich muss ... Oh. Tut mir leid, ich wusste nicht, dass Sie Besuch ...« Er blieb stehen wie von Überraschung überwältigt, und das war nicht einmal gespielt. Statt Bruder Joseph, den er in dem Zimmer erwartet hatte, saß jemand anderes hinter dem Schreibtisch und er zog durch seine schiere Präsenz Erics gesamte Aufmerksamkeit auf sich. Wie gebannt blieb Erics Blick an dem Mann hängen, der wirkte, als gehöre ihm das alles hier.

Er war alt. Sehr alt. Er wirkte grau, irgendwie eingefallen. Aus wässrigen Augen blickte er Eric an. Er schien vollkommen harmlos.

Er tut nur so!

Eric wusste nicht, woher er die Gewissheit hatte, aber es

war so. Dieser Mann strahlte irgendetwas aus, eine Art Leere, die ihm mehr Angst machte als alles, was er bisher über Abélard gehört hatte.

Er wich zurück. *Reiß dich zusammen!*, ermahnte er sich im Stillen. *Er kann keine Gedanken lesen. Du musst nur das tun, was du dir eben vorgenommen hast. Tu so, als ob du einen völlig harmlosen Grund hast, hier zu sein!*

»Eigentlich wollte ich zu Bruder Joseph«, sagte er und hoffte, dass seine Stimme sich für sein Gegenüber nicht so schrill anhörte wie für ihn selbst. Schräg hinter ihm bewegte sich etwas. Klar, es war ja noch jemand im Raum, das hätte er bei Abélards unheimlichem Anblick beinahe vergessen. Er wollte den Kopf wenden. Aber er kam zu spät. Etwas traf ihn am Kopf, schickte ihn hinunter auf alle viere. Schmerz explodierte in seinem Schädel, sein Blick verschwamm, sodass er nur undeutlich sah, wie sich die andere Person über ihn beugte. Jemand presste ihm ein Knie in den Nacken, sodass er sich kaum noch rühren konnte. Unmöglich, seinem Angreifer ins Gesicht zu blicken. Und selbst wenn er es gekonnt hätte, hätte es ihm nicht viel genützt. Verzweifelt blinzelte er gegen die Schleier an, die vor seinen Augen wallten.

»Lassen Sie mich los!«, fauchte er und wehrte sich gegen den Haltegriff.

Vergeblich.

Abélard erhob sich langsam. »Nicht doch! Eric, nicht wahr? Ich freue mich, dich endlich einmal persönlich kennenzulernen.« Er wartete keine Antwort ab. »Mila mag dich sehr, weißt du das?«

Eric trat um sich.

Verdammt, verdammt, verdammt! Er war so ein Idiot! Da

machte er Helena in einem fort Vorwürfe, dass sie Abélard auf ihre Spur lockte, dabei waren sie alle zusammen hier unten in die Falle getappt wie dämliche Kaninchen.

Abélard kniete sich mit einem Seufzen neben ihn. »So jung und so ungeduldig«, sagte er kopfschüttelnd.

Eric nahm alle Kraft zusammen, spannte die Nackenmuskeln an und schaffte es, seinen Kopf zu dem alten Mann hinzudrehen.

Er wollte ihn anspucken, doch sein Mund wurde schlagartig trocken.

Abélard hatte einen teuer aussehenden Füller und einen Bogen Briefpapier vom Schreibtisch in den Händen.

Nein!, dachte Eric. Und dann: *O Gott!*

12

Es war schon nach neun, als Mila aus einem tiefen Schlaf erwachte, in den sie gefallen war, als sie und Nicholas zurück ins Zimmer gegangen waren. Nicholas war schon wieder fort, aber diesmal hatte er ihr einen Zettel aufs Kopfkissen gelegt.

»Du siehst wunderschön aus, wenn du friedlich schläfst. Mein Vater und ich sind bei Bruder Theodor, um uns mit ihm zu besprechen. Ruh dich noch ein bisschen aus. Alles wird gut werden.«

Würde es das? Sie hoffte es so sehr. Sie stand auf, duschte und zog sich wieder an und als sie damit fertig war, war Nicholas immer noch nicht zurück. Also beschloss sie, ihn suchen zu gehen. Weil sie nicht wusste, wo der Ordensobere sein Arbeitszimmer hatte, fragte sie einen der Brüder, der es ihr erklärte. Aber als sie an Bruder Theodors Tür klopfte, erhielt sie keine Antwort. Neugierig streckte sie den Kopf ins Zimmer. Es war niemand da. Von Bruder Theodor oder von Nicholas und seinem Vater keine Spur.

Beunruhigt kehrte Mila in den Gästetrakt zurück. Einen Augenblick lang dachte sie, Nicholas und die anderen könnten vielleicht bei ihrer Mutter sein, aber auch Helenas Zimmer war verwaist.

Wo waren sie nur alle?

»Hey!« Isabelle kam ihr auf dem Gang entgegen. »Guten Morgen! Sag mal: Weißt du, wo Eric ist? Ich suche ihn schon überall.«

Immerhin für dessen Verschwinden gab es eine Erklärung. Mila lauschte dem feinen Ziehen in ihrem Herzen nach. »Er wollte zurück nach oben. Er hat es in meiner Nähe nicht mehr ausgehalten. Ich habe ein total schlechtes Gewissen ihm gegenüber.«

Isabelle zog sie in ihr Zimmer und schloss die Tür hinter sich. »Logisch. Eric war die ganzen zehn Wochen an deiner Seite und kaum ist Nicholas wieder da, da steht er nur noch an zweiter Stelle.«

Mila wollte protestieren, weil es unerträglich hässlich klang, wenn Isabelle es so ausdrückte. Aber sie schluckte den Protest hinunter. Im Grunde hatte ihre Freundin ja recht.

»Vorgestern auf der Vernissage«, erklärte Mila und setzte sich aufs Bett, »da hatte ich das Gefühl, dass ich mich in Eric verlieben könnte. Aber das ist jetzt völlig weg.«

Isabelle nickte. »Ist doch klar.« Sie tippte gegen ein Buch, das auf dem Nachtisch lag. »Als wir auf der Vernissage waren, hattest du dir die Erinnerung an Nicholas weggeschrieben. Und er war tot.« Sie sagte das mit einer solchen Selbstverständlichkeit, dass Mila sie dafür bewunderte. Vielleicht war Isabelle von ihnen allen diejenige, die die Existenz der Fabelmacht am besten verkraftete.

»Jetzt«, fuhr Isabelle fort, »lebt Nicholas wieder. Und er ist immer noch derselbe elend sexy Mistkerl. Das Mädchen möchte ich sehen, das sich nicht in ihn schockverliebt, wenn er sie mit diesem tief verwundeten, schuldbewussten Blick anschaut!«

Nicholas' Augen ... Mila spürte, wie ihr Herz ins Stolpern geriet. »Irgendwas treibt ihn um, Isabelle«, sagte sie und dachte an seine Worte heute Morgen in der Bibliothek. Warum eigentlich sprachen sie plötzlich über Nicholas, wo es ihr doch eigentlich gerade um Eric ging?

»Weißt du, was ich denke?«, fragte Isabelle.

Mila legte den Kopf gegen die Wand. »Nein. Aber wie ich dich kenne, wirst du es mir gleich sagen.«

Isabelle rümpfte die Nase. »Ich denke, dass du Nicholas gegenüber auf keinen Fall erwähnen solltest, dass du dir kurz eine Beziehung zu Eric vorgestellt hast.«

»Warum das denn nicht?«

»Sei doch nicht so begriffsstutzig! Du kennst Nicholas schließlich besser als ich. Er macht sich immer noch Vorwürfe, weil er glaubt, dass er dich mit der Fabelmacht dazu gezwungen hat, ihn zu lieben.«

Wir beide haben dem Menschen, den wir über alles lieben, unendlichen Schmerz zugefügt, hatte er in der Bibliothek gesagt. Und obwohl er wusste, dass ursprünglich hinter all dem Abélard steckte, war sein schlechtes Gewissen deswegen nicht weniger geworden.

Langsam nickte Mila.

Isabelle schien zufrieden, weil sie verstanden hatte. Sie fuhr fort: »Er hat eine Scheißangst davor, erneut zu sterben, aber nicht seinetwegen, sondern weil er weiß, was das für dich bedeuten würde. Was meinst du, was passiert, wenn er glaubt, dass du mit Eric glücklich werden könntest? Meinst du nicht, dass er sich dann weniger Mühe gibt, am Leben zu bleiben …« Sie hob beide Hände und drehte sie nach außen. »Abgefuckt genug dazu ist er schließlich. *Du hast was Besseres verdient als mich. Werde mit Eric glücklich.* So was würde zu ihm passen, oder?«

»Schon. Ja.«

Mila dachte an den Morgen zurück, als sie sich geschworen hatten, den Kampf gegen Abélard aufzunehmen. Diese Härte in Nicholas' Blick und die Art, wie er wiederholt hatte, was sie kurz zuvor gesagt hatte.

Ich kann ihn besiegen.

Ganz und gar entschlossen hatte er in diesem Moment ausgesehen. Sie hatte ihn daran erinnern müssen, dass sie gemeinsam kämpfen würden.

»Du meinst, er könnte es darauf anlegen zu sterben?«

Isabelle nickte. »Jetzt hast du's, Süße! Genau das meine ich.«

»Ich vermisse Eric übrigens«, sagte Isabelle kurz darauf im Speisesaal. Sie war gemeinsam mit Mila dorthin gegangen und jetzt saßen sie bei Milchkaffee und Croissants nebeneinander.

Mila, die ihren eigenen Gedanken nachgehangen und dabei unablässig in ihrem Becher gerührt hatte, hielt inne. »Wieso?«

Da wurde Isabelle rot – für sie ein völlig ungewöhnlicher Vorgang, denn normalerweise war sie so gut wie nicht in Verlegenheit zu bringen.

Mila leckte den Löffel ab und legte ihn auf ihren Teller. »Du magst ihn auch!«, sagte sie ihrer Freundin auf den Kopf zu.

Isabelle versuchte auszuweichen. »Mögen ist vielleicht ... Er ist halt irgendwie witzig.«

»Du magst ihn!«, wiederholte Mila und sah zu, wie Isabelle ihren Kaffeebecher zwischen den Handflächen drehte. »Nein! Da ist vielleicht sogar mehr.«

Isabelle pustete gegen ihre roten Locken. »Würde es dich stören? Immerhin hast du doch Nicholas.«

Mila trank einen Schluck und verbrannte sich die Zunge. »Natürlich würde es mich nicht stören. Ich weiß nur nicht, ob er ...«

»Schon klar!« Isabelle seufzte leise. »Eigentlich eine komische Sache, das mit der Liebe, oder?«

Mila wollte darauf etwas erwidern, aber Luc betrat den Raum, dicht gefolgt von Nicholas, und das hielt sie davon ab. Sie sprang auf die Füße. »Da bist du ja!«

Er holte sich einen Tee vom Büfett und kam zu ihnen an den Tisch. Er sah etwas besser aus als vorhin in der Bibliothek.

»Wo wart ihr, Bruder Theodor und du? Ich habe nach euch gesucht, aber ich ...«

»Deine Mutter und ich haben uns gestritten«, sagte Nicholas knapp.

Luc räusperte sich unbehaglich und schlich davon, um sich am Büfett etwas zu holen. Isabelle ging ihm nach.

»Wieso gestritten?« Mila sah Nicholas verwirrt an. »Was ist ...?«

»Das soll sie dir selbst sagen«, warf er ein und im selben Moment betrat Helena den Speisesaal.

Mila wandte sich direkt an sie. »Was geht hier vor? Verheimlicht ihr mir etwas? Schon wieder? Mama?«

Helena setzte sich. »Niemand verheimlicht dir was. Genau darum bin ich ja hier.« Sie seufzte tief. »Theodor, Philippe und ein paar andere der Bruderschaft haben fast die ganze Nacht beratschlagt, was wir tun sollen. Und sie sind zu dem Schluss gekommen, dass wir nicht versuchen sollten, Abélard zu bekämpfen, sondern stattdessen die Fabelmacht, wie es ursprünglich geplant war. Wenn sie aus der Welt geschafft ist, hat auch Abélard keine Macht mehr.«

»Die Fabelmacht bekämpfen ...« Mila konnte sich nicht vorstellen, wie das gehen sollte.

»Und wie, bitte schön, soll das funktionieren?«, fragte Isabelle. Sie war zusammen mit Luc vom Büfett zurückgekommen und hatte offenbar den gleichen Gedanken gehabt wie Mila.

Nicholas starrte sekundenlang in seinen Tee. »Niemand weiß das genau«, sagte er endlich. »Innerhalb der Bruderschaft hat es schon öfter Bestrebungen gegeben, die Fabelmacht zu eliminieren, aber man hat nie einen Weg gefunden.«

»Ich vermute mal, man kann man sich nicht einfach hinsetzen und schreiben, dass sie aufhört zu existieren«, sagte Isabelle.

Helena schüttelte den Kopf. »So simpel ist es nicht. Zumindest nicht in unserer Welt. Es könnte vielleicht einen anderen Weg geben, aber keinem ist so richtig klar, wie gefährlich der wäre.«

»Das heißt?« In Mila sperrte sich etwas. Das hier war nicht gut, dachte sie. Warum nur wirkte Nicholas so starr?

»Nicholas war schon einmal auf der schwarzgläsernen Ebene«, sagte Helena. »Das ist der Ort, an dem die Fabelmacht ihren Ursprung hat. Die Brüder haben die Frage aufgeworfen, ob er sich dorthin zurückschreiben und von dort aus versuchen könnte, die Fabelmacht wegzuschreiben.«

Die Vorstellung war so beängstigend, dass Mila nach Luft schnappte. »Das ist doch irre!«

»Ist es«, bestätigte Nicholas. »Die Fabelmacht würde sich ziemlich sicher heftig gegen so einen Versuch zur Wehr setzen.«

»Und wie?«, flüsterte Mila.

»Vermutlich, indem sie den Idioten, der es versucht, einfach zerquetscht.«

Mehrere Sekunden lang starrten sie sich gegenseitig an. Mila konnte eine Ader an Nicholas' Schläfe pochen sehen. Sie wollte die Stelle berühren und streicheln. Gleichzeitig wollte sie Nicholas packen und schütteln, weil sie ihm nicht ansehen konnte, wie er wirklich zu diesem irren Plan stand. »Niemand kann sich absichtlich auf die Ebene schreiben ...«

»Wir beide konnten es, Mila.« Ganz ruhig klang seine Stimme und das machte ihr mehr Angst als alles andere.

»Und du hast vor, es auszuprobieren?« Sie konnte es nicht glauben.

Sie wollte, dass er den Kopf schüttelte, wollte, dass er ihr sagte, er werde es auf keinen Fall versuchen. Aber er saß einfach nur da, aufrecht und blass und so schrecklich nachdenklich.

Abgefuckt genug dazu ist er ..., hörte sie Isabelles Stimme in ihrer Erinnerung.

Helena unterbrach ihre Grübeleien. »Egal, was am Ende entschieden werden wird, es wird nicht heute und nicht morgen geschehen. Die Brüder haben sich in die Bibliothek zurückgezogen. Sie haben in den letzten fast zwanzig Jahren alles, was es an Informationen zur schwarzgläsernen Ebene gibt, aufgezeichnet, und das wollen sie noch einmal sichten. Allerdings, fürchte ich, hat sich ihre Quelle als nicht besonders vertrauenswürdig herausgestellt.«

»Wieso?« Mila blickte sie an.

Helena lachte bitter auf. »All ihre Informationen stammen allein von Abélard.«

Mila fand Nicholas kurz darauf in der Großen Bibliothek, wo er auf einer der unteren Galerien stand und den gemalten Sternenhimmel anstarrte. Die Unterarme hatte er auf der Brüstung abgelegt, einer seiner Füße stand zwischen den Geländerstäben. Als er sie näher kommen hörte, ließ er mit einem Seufzen den Kopf hängen, sodass seine Haare seine Augen verbargen.

»Du hast das nicht ernsthaft vor!«, sagte Mila, bevor er auch nur den Mund aufmachen konnte.

Ohne die Arme von der Brüstung zu nehmen, warf er ihr einen Blick zu. Zwischen seinen Augenbrauen stand eine steile Falte, so, als habe er bohrende Kopfschmerzen. »Du gibst nicht so gern auf, oder?«, murmelte er in einem Tonfall, der ihr wie kalte Fingerspitzen über die Kehle strich.

Sie biss sich auf die Lippe. Dann stellte sie sich neben ihn, vermied aber den Blick in die Sternenkuppel hinauf. »Es klingt absolut irre.«

»Was?«

Seine Art, sich absichtlich dumm zu stellen, ärgerte sie. »Zu versuchen, die Fabelmacht zu vernichten?«, stieß sie hervor. »Die schwarzgläserne Ebene zu zerstören?« Als er darauf nur mit einem Achselzucken reagierte, fügte sie hinzu: »Ich weiß von einem Typen, der gesagt hat, dass die Fabelmacht ihn zerquetschen würde, wenn er es versucht.«

»Scheint ein ziemlich kluger Kerl zu sein.«

Sie krallte die Fingernägel in das Metall des Geländers. »Verdammt, Nicholas! Ich ...«

Da richtete er sich auf. »Mila!«, sagte er in diesem irritierend ruhigen Tonfall. »Ich bin nicht bescheuert! Ich habe nicht vor, bei diesem irrsinnigen Plan mitzumachen.«

Das kam so unerwartet und die Erleichterung, die sie erfasste, war so riesig, dass ihr für einen Augenblick die Luft wegblieb. »Nicht? ... Oh. Gut. Weil: Für einen Moment dachte ich, du bist ...« Sie überlegte. »... verzweifelt genug dafür.«

Sein Blick erforschte ihr Gesicht und sie hätte zu gern gewusst, was er dachte. »Ich würde gern noch ein bisschen allein sein«, sagte er und rieb sich die Stelle zwischen seinen Augenbrauen.

»Na dann«, brachte sie hervor und wandte sich zum Gehen. Bevor sie jedoch die Treppe betrat, die nach unten auf die unterste Ebene der Bibliothek führte, blieb sie noch einmal stehen. »Versprich mir einfach, dass du keinen Unsinn machst.«

Er legte den Kopf schief, schien in sich hineinzulauschen. »Mache ich nie«, sagte er.

Abélard atmete durch und sog den Geruch von Héloises Kopfkissen ein, das er sich fest vor die Brust gepresst hatte. Er saß in ihrem Schlafzimmer in einem Sessel, auf dem sie gewöhnlich ihre abgelegten Kleider für die Nacht drapierte, und der intensive Geruch von ihr nahm ihn gefangen. Hier im Schlafzimmer ihrer Wohnung im Quartier de la Roquette war er besonders intensiv.

Abélard seufzte. Den ganzen Vormittag schon war er mit einer drängenden Unruhe erfüllt, die er nicht recht im Zaum halten konnte. Dieses Versteckspiel unten in den Katakomben passte ihm nicht. Es war seiner nicht würdig. Außerdem fühlte es sich einfach unangenehm an, mit dem Aussehen von jemand anderem herumzulaufen. Was mit ein Grund gewesen war, warum er die Gestalt von Bruder Joseph längst wieder aufgegeben hatte und zu seinem wahren Aussehen zurückgekehrt war. Kurz darauf dann war dieser Straßenjunge ins Zimmer geplatzt und hatte ihn entdeckt ...

Er presste das Kissen fester vors Gesicht, um den Fluch zu unterdrücken, der ihm auf der Zunge lag. Das Bild, wie der Junge vor ihm lag, bleich und regungslos, nachdem die Fabelmacht sich seiner angenommen hatte – wie unnötig das alles war.

Lief eigentlich irgendetwas auch mal glatt? Nachdem er das Problem mit dem Jungen aus der Welt geschafft hatte, hatte er das starke Bedürfnis gehabt, die Katakomben für eine Weile zu verlassen, und das hatte er auch getan. Aber warum nur war er ausgerechnet hierhergekommen, in Héloises Wohnung? Vermutlich weil er einfach zu erschöpft war, um noch klar denken zu können. Bruder Josephs Gestalt anzunehmen, war eine Sache gewesen, sich jedoch auch in jedem Moment genau wie der Ordensbruder zu verhalten, war schwieriger gewesen, als er gedacht hatte.

Aber was ihn bis an die Grenzen getrieben hatte – und vielleicht sogar darüber hinaus – war Héloise gewesen. Mit ihr in einem Raum zu sein, hatte ihn unfassbar gefordert, vielleicht sogar mehr als alles andere, was er heute hatte tun müssen.

So viele Bälle, die in der Luft gehalten werden mussten.

So vieles, das es zu bedenken galt.

Nicholas zierte sich mehr, als er vermutet hatte. Zwar hörte der Junge noch immer die Stimme, die Abélard in seinen Kopf gepflanzt hatte, aber trotzdem war er nicht das willige Opfer, für das er ihn bis vor Kurzem gehalten hatte.

Abélard lehnte sich im Sessel zurück.

Er musste stärkere Geschütze auffahren.

Er zwang seine Kiefer auseinander, bewegte sie hin und her, um den Krampf in ihnen zu lösen. Dann nahm er sein Notizbuch hervor. Er überlegte ein wenig, wer den größten Einfluss auf Nicholas hatte, und als ihm ein Name einfiel, flog sein Stift über das Papier.

Die Erschöpfung, die Mila nach dem Gespräch mit Nicholas empfand, war weniger körperlicher als vielmehr geistiger Natur. Um sich ein bisschen auszuruhen, zog sie sich auf ihr Zimmer zurück – zusammen mit einem Buch von Charles Baudelaire, das sie sich aus der Bibliothek mitgenommen hatte.

Als sie gerade anfangen wollte zu lesen, kam Luc vorbei und erkundigte sich nach Nicholas. Mila sagte ihm, wo er ihn finden konnte. Sie hoffte, dass er seinen besten Freund etwas ablenken konnte.

Als Luc wieder verschwunden war, legte sie sich bäuchlings auf das Bett, schlug das Buch auf und begann damit, einige der Aphorismen in ihr Notizbuch abzuschreiben. Doch bald kam ihr das albern vor und sie tat das, was sie früher immer getan hatte, wenn ihr das wahre Leben zu anstrengend wurde. Sie begann, eine Geschichte zu verfassen, in der sie selbst vorkam. Auf diese Weise konnte sie sich ein anderes Leben erträumen. Eines, in dem sie mit Nicholas in einem Paris lebte, in dem die Fabelmacht nicht existierte. Wenigstens auf dem Papier konnte sie so mit ihm glücklich sein, dachte sie. Sie schrieb einige Stunden lang daran, doch irgendwann schweiften ihre Gedanken zu Eric.

Wo er wohl sein mochte? Sie überlegte, ob sie ihn anrufen sollte, doch dann fiel ihr ein, dass sie ihre Handys ja vernichtet hatten. Aber selbst wenn sie ihres noch gehabt hätte, war sie nicht sicher, ob sie Eric wirklich angerufen hätte. Er litt schon genug und sie wusste einfach nicht, wie sie ihm das ersparen konnte.

Auf einmal hatte sie einen Einfall und mit einem Lächeln schrieb sie weiter, bis sie merkte, dass ihre Nackenmuskulatur ganz verkrampft war. Sie reckte sich und gähnte. Alles, was sie eben geschrieben hatte, dachte sie, hatte im selben Augenblick in einem anderen Universum angefangen zu existieren.

Der Gedanke hatte etwas Tröstliches.

Sie legte den Stift weg, lehnte sich in die Kissen zurück und schloss die Augen. Nur für eine Minute ausruhen ...

Was wäre eigentlich, überlegte sie schon halb im Schlaf, wenn sie an diesen Szenen so lange weiterschrieb, bis sie die richtigen Worte gefunden hatte und das Fabelmachtleuchten einsetzte?

Da waren Hände auf ihrem Körper, ihrem Gesicht. Etwas verstopfte ihr Mund und Nase. Ein Kissen. Sie bekam keine Luft mehr. *Was für ein realistischer Albtraum!,* durchzuckte es sie und gleich darauf begriff sie, dass das hier tatsächlich real war: Jemand saß mit seinem ganzen Gewicht auf ihr und drückte ihr ein Kopfkissen aufs Gesicht.

Mit panischem Entsetzen wehrte sie sich. Warf sich hin und her, trat, kratzte. Sie bekam keine Luft. Die Todesangst gab ihr schließlich Kraft. So heftig sie konnte, bockte sie und tatsächlich warf sie ihren Peiniger ab.

Luft!

Sie sog ihre Lunge voll. Vor ihren Augen tanzten rote Flecken. Sie schrie und warf sich seitlich vom Bett. Hart schlug sie mit dem Kopf irgendwo auf, mit dem Knie ebenfalls. Schmerz zuckte durch ihr Bein bis hinauf zur Hüfte. Sie schrie erneut. Irgendein Möbelstück schrammte über den Fußboden, sie wurde am Knöchel gepackt, zurückgezerrt. Sie warf sich herum. Und erstarrte.

Dieses Gesicht – unmöglich!

Luc?

Er war es tatsächlich. Mit einem verzweifelten Ruck warf Mila sich nach vorn, prallte gegen Nicholas' Freund, doch er war viel stärker als sie. Harte Hände packten sie. Sie kreischte. Lucs Augen. In seinem Blick stand Wut – oder nein, viel mehr. Blanker Hass. Seine Hände fanden ihre Kehle, legten sich darum. Drückten zu.

Schwarze Schleier wallten vor ihrem Gesicht. Ihre Lunge schrie nach Luft, vergeblich. Sie spürte, wie ihr die Sinne schwanden. Ihre Fingernägel krallten sich in Lucs Arme. Sie hörte das Blut in ihren Adern rauschen, ein schrilles Pfeifen überwältigte sie.

Nur eine Sekunde später war sie frei.

Gierig sog sie Luft ein, dann wurde sie erneut gepackt. Mit einem panischen Kreischen wehrte sie sich.

»Es ist gut!«, sagte jemand mit Nicholas' Stimme. »Es ist vorbei!«

Mila wollte auch ihn angreifen, aber er zog sie an sich, hielt sie, ertrug ihre Fäuste, die gegen seine Brust trommelten, und da endlich begriff sie, dass er sie beschützte.

»Wir sind da!«, beruhigte er sie. Das ganze Zimmer war plötzlich voller Menschen. »Es ist gut. Wir haben ihn überwältigt.«

Aus den Augenwinkeln sah sie, wie Villain Caruel und zwei Brüder Luc an die Wand drängten und festhielten.

Isabelle kam hereingerannt. »O Gott, Mila, alles in Ordnung?«, rief sie.

»Es geht ihr gut.« Nicholas hob Mila auf die Arme und legte sie behutsam aufs Bett.

Er hatte Blut im Mundwinkel. Warum hatte er Blut im Mundwinkel? Sie konnte nicht klar denken. Sie hustete, krümmte sich, dann fiel sie ihm um den Hals. »Bist du okay?«, fragte sie und gleich noch einmal: »Hat er dir auch was getan?«

Er lachte ungläubig auf. »Mila, er hat dich angegriffen, nicht mich!« Er half ihr, sich aufrechter hinzusetzen. Sie wollte ihm das Blut fortwischen, aber er wich aus. Er hatte eine rot schimmernde Prellung am Unterkiefer und da begriff sie, dass Luc ihn getroffen haben musste, als er ihn von ihr fortgezerrt hatte.

Er fasste ihre Finger, hielt sie fest, während hinter ihm die beiden Ordensbrüder Luc in den Polizeigriff nahmen und herumdrehten. Sie waren beide weitaus kräftiger als die meisten anderen Männer hier unten. Obwohl Luc sich energisch wehrte, hatte er keine Chance gegen sie.

In diesem Moment erst erfasste Milas Verstand wirklich, was geschehen war.

Nicholas' bester Freund hatte versucht, sie zu töten.

Abélard wandte das Gesicht der Sonne zu, die durch Héloises Schlafzimmerfenster schien. Wie angenehm ihr goldenes Herbstlicht war! Er hätte noch Stunden hier sitzen und sie genießen können. Das Notizbuch lag aufgeschlagen auf seinen Knien, die Seite zuoberst, auf der er geschrieben hatte, wie Luc Mila angriff. Er wusste, er hätte nachprüfen müssen, ob alles so gekommen war, wie er es vorgesehen hatte, aber er konnte sich jetzt nicht darauf konzentrieren. Zu sehr nahm ihn der intensive Geruch von Héloise gefangen.

Irgendwann stand er seufzend auf, legte das Kopfkissen zurück aufs Bett und zupfte es sorgsam in Form. Ein letztes Mal strich er darüber, dann nahm er seinen Mantel. Auf dem Weg zur Tür sah er sich in der Wohnung um. Er hoffte, dass er nie wieder würde herkommen müssen.

Es war, als gleite er durch die Unendlichkeit. Kälte umgab ihn, aber er fror nicht. Er empfand nichts. Keinen Schmerz. Keine Angst. Er lauschte auf sein Herz. Schlug es überhaupt noch?

Vielleicht fühlte sich ja so der Tod an.

Gerade als Eric das dachte, brach es über ihn herein. Schmerzen, Atemnot, ein schrilles Kreischen in seinem Kopf. Mit einem panischen Keuchen ruckte er hoch. Seine Füße fanden Halt. War es Wasser, in dem er stand? Es fühlte sich so an. Sehen konnte er nichts. Völlige Finsternis umgab ihn. Sein Schädel dröhnte so laut, dass es klang, als könne er die Fundamente des Universums bei ihren unsichtbaren Bewegungen hören.

Hatte er Kontrolle über seinen Körper?

Um das auszuprobieren, bewegte er die Hände hin und her.

Sie glitten durch das kalte Wasser, das ihm bis knapp über die Hüfte reichte.

»Hallo?«, wisperte Eric. Die zwei Silben wurden hundertfach verstärkt auf ihn zurückgeworfen, sodass er sich vor Schreck duckte. Irgendwo tropfte es und auch aus seinen Haaren rann es über seine Wangen. Er hob eine Hand aus dem Wasser und berührte sein Gesicht.

Es fühlte sich real an.

Wie war er hierhergekommen?

Er hatte keine Ahnung. Er versuchte, sich zu erinnern, was geschehen war, aber das Letzte, was er noch wusste, war, dass er auf der Suche nach Bruder Joseph gewesen war. Alles, was danach kam, war wie ausradiert.

Obwohl es so finster war, schloss er die Augen, um sich besser konzentrieren zu können. Hatte er den Bruder getroffen? Er wusste es nicht mehr.

Er öffnete die Augen wieder und jetzt bemerkte er einen schwachen türkisfarbenen Schimmer irgendwo direkt vor ihm. Er kämpfte sich darauf zu. Seine Glieder waren steif von der Kälte des Wassers und nun, da seine Empfindungen Stück für Stück zurückkehrten, merkte er, wie sehr er fror. Seine Zähne schlugen klappernd aufeinander. Seine Hüften, Knie und Fußknöchel schmerzten von der eisigen Kälte.

Er musste zusehen, dass er aus dem Wasser kam, sonst würde er sich noch den Tod holen. Er verdoppelte seine Anstrengungen, auf das Leuchten zuzugehen. Unmöglich zu sagen, wie lange er unterwegs war. Sein einziger Anhaltspunkt war das angestrengte Jagen seines Herzens, und das war vermutlich in seinem derzeitigen Zustand kein guter Gradmesser. Also konzentrierte er sich auf seine Atemzüge. Er zählte sie und als er bei dreißig angekommen war, befand sich das türkisfarbene Schimmern direkt vor ihm. Es war Licht, das auf seiner Augenhöhe durch einen schmalen Spalt in der Wand drang. Eric brachte sein Gesicht so dicht an diesen Spalt, wie es nur ging. Er glaubte, endlose Säulenreihen zu sehen und eine weitläufige türkisfarbene Wasserfläche, aus der diese Säulen ragten wie Bäume aus einem regungslosen See.

Und da wusste er, wo er war: bei einer unterirdischen Zisterne, die er zusammen mit Mila schon einmal besucht hatte. Er tastete den Spalt in der Mauer ab in der Hoffnung, dass er irgendeinen Ausweg aus seinem kalten und nassen Gefängnis finden würde.

Seine Zähne klapperten jetzt so heftig, dass ihm das Kiefergelenk anfing wehzutun.

»Los«, trieb er sich selbst an. »Streng dich an!«

Aber das Loch in der Wand ließ sich nicht vergrößern, jedenfalls nicht mit bloßen Händen. Wie auch immer er hierhergekommen war, dachte er mit einem Anflug von Sarkasmus, er hatte leider versäumt, sich geeignetes Werkzeug in die Tasche zu stecken.

Wenn er sich nur hätte erinnern können, was geschehen war!

Später! Jetzt musste er erst mal hier raus.

Mit leise gemurmelten Flüchen begann er, sich an der Wand entlangzutasten.

Mila saß aufrecht im Bett und hielt sich den Kopf, in dem es unerträglich laut dröhnte. Im Mund hatte sie den Geschmack von Kupfer, so, als habe sie sich aus Versehen auf die Zunge gebissen. Ihre Lungen verkrampften sich bei jedem Atemzug.

Es fühlte sich an, als würde Luc ihr noch immer die Kehle zudrücken.

Nicholas war bei ihr. Er hatte sich das Blut mit dem Handrücken vom Mundwinkel gewischt, aber ein bisschen sickerte noch immer nach. Der Anblick drehte ihr den Magen um.

»Mila! O Gott!« Helena kam ins Zimmer gestürzt. Nicholas machte ihr Platz, als sie sich an ihm vorbei zum Bett drängte. »Ich war bei Theodor und habe eben erst ... Einer der Brüder ist gekommen und hat uns gesagt ... Geht es dir gut, Mila? Wie ...?« Sie machte Anstalten, Mila an sich zu ziehen, aber die ertrug den Gedanken nicht, erneut keine Luft zu bekommen.

Darum wehrte sie ab. »Ich bin okay.« Ihre raue Stimme strafte sie Lügen, was Helena zu bemerken schien, denn die Angst wich nicht aus ihrem Gesicht.

Mila ließ den Blick an ihrer Mutter vorbei über die Ansammlung von Menschen in ihrem Zimmer schweifen. Luc, den man immer noch festhielt. Nicholas, der mittlerweile vor seinem besten Freund stand und ihm ins Gesicht starrte. Helena. Bruder Theodor, der hinter ihrer Mutter den Raum betreten hatte. Und nun kam auch noch Bruder Philippe, der Arzt des Ordens. Von den ranghöchsten Ordensleuten fehlte eigentlich nur Bruder Joseph, dachte sie beiläufig.

Bruder Philippe schob Helena zur Seite, um Mila zu untersuchen. Er tastete ihren Hals und ihren Kehlkopf ab, ließ sie die Zunge herausstrecken und ein paar Sätze sprechen. Er leuchtete ihr in die Augen, prüfte die Pupillenreflexe. Schließlich nickte er zufrieden. »Sie wird keine bleibenden Schäden zurückbehalten.«

Mila rieb sich den schmerzenden Hals. Sie glaubte zu spüren, wie sich die Fingerabdrücke, die Luc dort hinterlassen hatte, in blaue Flecken verwandelten. Alles, aber auch wirklich alles tat ihr weh. Sie sah jeden Anwesenden einzeln an und vermisste Eric plötzlich schmerzlich. Unwillkürlich stöhnte sie leise.

Nicholas wandte sich alarmiert zu ihr herum.

»Schon gut«, murmelte sie und machte Anstalten aufzustehen.

»Nein!«, wehrte Bruder Philippe ab. »Das macht dein Kreislauf nicht mit! Du musst liegen bleiben!«

In Nicholas' Gesicht arbeitete es heftig. Er wandte sich wieder Luc zu. »Sprich mit mir!«, sagte er.

Luc sah aus, als hätte er ihm gern ins Gesicht gespuckt. »Warum sollte ich?«, fauchte er. »Du bist nicht real. Du bist tot!« Tränen liefen ihm über die Wangen. »Und sie ist schuld.« Er deutete anklagend auf Mila. »Sie ist an allem schuld.«

Sein Verhalten war so unheimlich, dass Mila erschauderte. »Was ist mit ihm?«, flüsterte sie, obwohl sie es tief in ihrem Innersten schon längst wusste.

Helena rieb sich die Augen. »Abélard«, sagte sie. »Er hat ihn umgeschrieben! Ich hätte es mir denken müssen.« Sie überlegte, dann schien ihr etwas einzufallen. Plötzlich wirkte sie beunruhigt, ja fast panisch. »Er ist wahrscheinlich hier gewesen! Er muss uns beobachtet haben, denn nur so kannte er genügend Details, um seine Fabelmacht gegen Luc einzusetzen.«

Nicholas trat einen Schritt zurück. »O Gott, Luc«, sagte er mit flacher Stimme.

Helena hingegen wandte sich an Theodor. »Das ändert alles, was wir besprochen haben!«

Wie, um zu demonstrieren, dass sie recht hatte, machte Luc einen Ausfallschritt und wehrte sich gegen die Brüder. Immer noch vergeblich. Gemeinsam waren sie stärker als er. »Lasst mich!«, brüllte er und starrte Mila giftig an. »Ihr alle fallt auf diese Schlange rein. Sie wird euch in den Abgrund reißen, so, wie sie es mit Nicholas gemacht hat!«

Der verzweifelte Ausdruck in seinen Augen wollte Mila schreien lassen. Plötzlich verstand sie, wie geschickt, vor allem aber perfide, Abélard die Fabelmacht benutzte. Indem er die Schwachstellen der Menschen herausfand, konnte er ihre ureigensten Ängste nutzen und sie gegen andere richten.

Sie machte sich keine Vorstellung davon, wie es jetzt gerade in Luc aussehen mochte. Der freundliche, fast sanftmütige Kerl, der sich übergangslos in jemanden verwandelt hatte, der am Rande des Wahnsinns entlangtaumelte.

Die weit aufgerissenen Augen, mit denen Nicholas seinen besten Freund anschaute, drehten ihr den Magen um.

Sie musste etwas tun!

Sie beugte sich aus dem Bett und nahm ihr Notizbuch, das bei dem Kampf mit Luc auf den Boden gefallen war. Kurz suchte sie ihren Bleistift und als sie ihn nicht finden konnte, stand sie gegen Bruder Philippes Willen auf und ging zum Schreibtisch, wo ein Kugelschreiber lag.

»Was hast du vor?«, fragten Helena und Nicholas fast gleichzeitig.

»Ich habe dich von Abélards Bann befreit«, sagte Mila zu ihrer Mutter und fing an zu schreiben. »Vielleicht kann ich das auch bei ihm.«

Es tat tief in ihrem Herzen weh, die richtigen Worte für Lucs Zustand zu finden, aber sie schaffte es. Das Fabelmachtleuchten setzte ein. Wieder fühlte es sich an, als würde etwas aus ihr herausfließen, aber dessen ungeachtet schrieb sie, dass Abélards Worte jede Macht über Luc verloren. Ihr war schlecht dabei, doch diesmal war es nicht so schwer wie bei ihrer Mutter. Diesmal würde sie nicht ohnmächtig werden, das spürte sie.

Als das blaue Leuchten erlosch, blinzelte sie.

Alles war noch genauso wie zuvor. Mit dem einen Unterschied: Luc war ein Stück weit in sich zusammengesackt. Nun schaute er auf. Er merkte, dass er festgehalten wurde, und blickte die Männer rechts und links von sich verwirrt an. »Was ist denn ...?«, murmelte er. Dann wehrte er sich gegen die Griffe, aber sehr viel weniger energisch als zuvor. »Warum haltet ihr mich fest?«

Sein Blick wanderte zu Mila, tastete über ihr Gesicht, über die Würgemale an ihrem Hals. »Nein!«, flüsterte er, als er zu begreifen begann.

Mila nickte. Ihre Kehle brannte, als sie die beiden Ordensbrüder bat, Luc loszulassen. Zögernd gehorchten sie und Luc machte ein Schritt auf Mila zu.

Sie konnte nicht anders: Reflexartig wich sie zurück. Luc hielt inne. »Okay«, flüsterte er. »Okay.« Er deutete auf ihren Hals. »War ich das?«

Mila nickte betreten.

»Du konntest nichts dafür«, sagte Nicholas. »Abélard hat dich dazu gezwungen.«

Isabelle, die die ganze Zeit an der Tür gestanden hatte, trat vor. Sie rieb sich fassungslos das Gesicht. »Das hätte auch mir passieren können«, flüsterte sie. »Mila, Scheiße, das hätte genauso gut ich sein können, die dir das antut.«

Mila sah ihre Freundin an und wollte den Kopf schütteln. Aber dann hielt sie inne. Isabelle hatte recht. Was, wenn ihre Mutter richtiglag und Abélard sich hier irgendwo verbarg? Dann konnte er jeden beeinflussen. Was zum Beispiel, wenn er Isabelles und ihr Gespräch über Eric mit angehört hatte? Dann wäre es ein Leichtes für ihn, dort seinen Hebel anzusetzen – und Isabelles Eifersucht zu schüren, bis sie Mila stark genug hasste, um sie von der obersten Galerie der Großen Bibliothek zu stoßen.

»Scheiße!«, hörte Mila jemanden flüstern und es dauerte einen Moment, bis sie begriff, dass sie selbst es war.

Nicholas strich sich die Haare aus der Stirn und ließ die Hand für ein paar Sekunden im Nacken liegen. Sie wusste nicht, was er dachte, aber er wirkte plötzlich ganz und gar bei sich, auf eine fürchterliche Art gefasst.

»Am besten, du kehrst an die Oberfläche zurück«, sagte er zu Luc und als der den Kopf schütteln wollte, fügte er hinzu: »Wir wissen nicht, wo Abélard ist und was er genau vorhat. Und Mila kann nicht ständig gegen ihn anschreiben.«

Luc wollte widersprechen, das konnte Mila ihm ansehen. Aber dann schien er zu verstehen, dass Nicholas recht hatte. »Es tut mir so leid, Kumpel«, sagte er leise. Dann wandte er sich an Mila. »Mila – ich weiß nicht, was ich sagen soll.«

Mila schüttelte den Kopf. »Sag nichts. Du kannst nichts dafür.«

Nicholas wartete nicht, bis Luc nickte, sondern trat zu ihm und umarmte ihn auf diese typische, burschikose Art, mit der Männer versuchten, ihre Emotionen zu verbergen. Über Lucs Schulter hinweg sah er Isabelle an. »Besser, du gehst gleich mit ihm.«

»Nein!« Isabelle hatte das eine Wort ganz spontan ausgestoßen, bis ihr aufging, dass es besser war so. Sie schluckte schwer, als sie sich an Mila wandte. »Ich würde am liebsten bleiben, Süße, aber ...«

Mila schnitt ihr das Wort ab, indem sie die Freundin einfach an sich zog. »Danke«, sagte sie und fügte etwas hinzu, das sie selbst gerade nicht glauben konnte. »Es wird alles wieder gut werden.«

In Isabelles Augen traten Tränen. »Pass auf dich auf, ja? Und melde dich in dem Moment, in dem du wieder nach oben kommst!«

Mila versprach es ihr. Dann sah sie zu, wie Bruder Philippe und ein weiterer der Brüder Isabelle und Luc aus dem Raum führten. Es fühlte sich an, als würde sie ihre beste Freundin nie wiedersehen. Sie spürte, wie ihre Knie zitterten, aber sie riss sich zusammen.

Das Zimmer war nun etwas leerer geworden. Nicholas war noch da, sein Vater, Helena und Theodor. Überall, wo Mila hinblickte, ratlose und düstere Gesichter.

»Eins verstehe ich nicht«, sagte sie. »Warum hat Abélard Luc dazu gebracht, mich töten zu wollen? Bis vor Kurzem wollte er mich noch unversehrt in seine Gewalt bringen.«

Caruel zuckte die Schultern. Alle schauten Helena an, aber die schien auch keine Antwort auf diese Frage zu haben.

Nicholas jedoch nahm in einer bewussten Geste die Schultern nach hinten. Hatte er eben einfach nur gefasst ausgesehen, wirkte er auf einmal grimmig und entschlossen. »Fakt ist, wir haben weder eine Ahnung davon, wo genau sich dieser Drecksack befindet, noch, was er vorhat. Isabelle hat recht. Heute hat es Luc getroffen. Aber es gibt noch unendlich viel mehr Möglichkeiten für Abélard, uns zu tyrannisieren. Wir …« Er hielt inne. Kurz sah es aus, als lauschte er auf etwas, das nur er selbst hören konnte. Gleich darauf wandte er sich erst an seinen Vater, dann an Bruder Theodor. Zwei, drei Sekunden lang schauten die drei sich schweigend an, als würden sie ein Geheimnis teilen. »Gehen wir!«, sagte Nicholas.

Mit gläserner Klarheit wusste Mila, was er nun vorhatte. Er selbst hatte erst heute Morgen beim Frühstück davon gesprochen. »Nein, Nicholas!«, entfuhr es ihr.

Aber Nicholas hörte nicht auf sie. Zusammen mit Caruel und dem Ordensoberen verließ er den Raum. Mila rannte hinterher.

»Nicholas!«, rief sie und folgte den dreien bis zu Bruder Theodors Büro. Kurz vor dessen Tür gelang es ihr, Nicholas aufzuhalten, indem sie ihn am Arm packte. »Tu das nicht!«, flehte sie.

Die Prellung an seinem Unterkiefer leuchtete ungesund rot. Das Blut an seinem Mundwinkel war inzwischen geronnen.

»Begreifst du denn nicht?«, rief sie. »Genau das hat er im Sinn gehabt! Das ist der Zweck von Lucs Angriffs gewesen!«

Indem Abélard sie in Lebensgefahr gebracht hatte, hatte er Nicholas zum Handeln gezwungen.

Bruder Theodor sah nachdenklich aus, sagte jedoch nichts. Caruel hingegen wandte sich an Helena, die ihnen gefolgt war. »Wir haben das doch besprochen«, sagte er zu ihr und sah dabei regelrecht gequält aus. »Unsere Chancen, die Fabelmacht zu vernichten, waren noch nie so groß. Abélard weiß das! Er weiß, er muss nur dafür sorgen, dass Mila und Nicholas etwas geschieht, und wir haben erneut nicht die Macht …«

Helena öffnete den Mund, schloss ihn wieder.

Mila konnte ihr ansehen, wie uneins sie mit sich war.

In Nicholas' Augen flackerte es. »Ich habe keine Wahl, Mila! Weil Abélard sonst irgendwann gewinnen wird. Er kann überall sein. Und jeden benutzen. Das nächste Mal schickt er vielleicht einen der Brüder, um dich zu töten. Oder ...« Er hielt inne und sie sah die Qual auch in seinem Blick. »Oder Eric.«

In ihr war nichts als Wut. Wut über diese ganze elende, unmögliche Situation. Wut auf Abélard. Und ja, auch Wut auf Nicholas. Auf sein fatalistisches Verhalten und seine bescheuerte Machohaftigkeit. »Dann lass es uns zusammen machen!«, stieß sie hervor und Helena schnappte erschrocken nach Luft. »Wir waren schon mal zusammen auf der Ebene, wir ...«

Er schnitt ihr das Wort ab, indem er sie an den Schultern packte und ihr einen langen, verzweifelten Kuss gab. »Es wird alles gut werden!«, sagte er und Mila konnte nicht anders, sie musste an das denken, was Isabelle ihm in den Mund gelegt hatte: *Du hast was Besseres verdient als mich. Werde mit Eric glücklich.*

»Schwachsinn!«, schrie sie. »Du darfst das nicht tun!« Sie musste mit ansehen, wie er sich von ihr abwandte und in Bruder Theodors Arbeitszimmer verschwand. Sie wollte hinter ihm her, aber Caruel gab einem der breitschultrigen Brüder, die vorhin geholfen hatten, Luc zu bändigen, einen Wink.

Der Mann baute sich vor der Tür auf.

»Tu doch was!«, schrie Mila ihre Mutter an, aber die stand da wie zu Stein erstarrt, das Gesicht zu einer Maske aus Unschlüssigkeit verzerrt.

Mila wollte sich an dem Ordensbruder vorbeidrängen, aber

vergeblich. Mit einem letzten Blick auf sie schloss Caruel die Tür vor ihrer Nase. Und egal, was auch immer sie tat, wie sehr sie sich wand und wehrte, wie sehr sie bat und flehte: Der Mann ließ sie nicht vorbei.

Eric wusste nicht, wie lange er durch das dunkle, eisige Wasser gewatet war, bis seine tauben Füße gegen ein Hindernis stießen und er beinahe das Gleichgewicht verloren hätte. Vorsichtig tastete er sich voran. Da war eine Stufe im Wasser, dann noch eine und noch eine. Eine Treppe. So schnell er konnte, erklomm Eric sie.

Endlich ein Weg hier heraus!

In der eisigen Luft klebten ihm die nassen Klamotten am Leib und ließen ihn noch stärker frieren. Er biss die Zähne zusammen. Die Treppe machte eine Neunziggradkehre, dann endete sie in einem winzigen Raum, der nur erhellt wurde von einem schmalen Streifen Licht, der unter einer Tür hindurchfiel. Mit zitternden Händen tastete Eric nach dem Riegel.

Bitte lass sie offen sein!, dachte er und war erleichtert, als das wirklich der Fall war. Türkisfarbenes Schimmern flutete den Raum und gleich darauf stand Eric auf einer Galerie, die über die Zisterne ragte. Sein Blick glitt über das schimmernde, völlig unbewegt daliegende Wasser. Die Reihe der Säulen verlor sich irgendwo in der Ferne. Es sah beinahe geisterhaft aus.

Eric wischte sich die nassen Haare aus dem Gesicht. Wasser tropfte aus seinen Klamotten, hinterließ eine riesige Lache dort, wo er stand. Egal. Er wusste jetzt, wo er war. Er machte sich auf den Weg durch die Gänge in Richtung Katakomben der Bruderschaft.

Vielleicht konnte man ihm dort erklären, was mit ihm geschehen war.

Es dauerte nicht lange, bis ihm vom schnellen Gehen warm wurde, und als er in einen Teil der Anlage kam, in dem er sich besser auskannte, beschleunigte er seine Schritte noch einmal. Erinnerungsfetzen kehrten zurück. Daran, dass er aus Versehen beinahe eine Vase umgestoßen hätte. Wieso eigentlich? Dann erinnerte er sich daran, dass er ein Arbeitszimmer betreten hatte. Er hatte sich über etwas gewundert, oder?

Der Rest verschwamm im Nebel und ein unangenehm dumpfer Kopfschmerz machte sich breit. Im Gehen rieb Eric sich die Stirn, um seinen Gedankenfluss in Gang zu bringen.

Er war auf dem Weg zu Bruder Joseph gewesen. Hatte er mit ihm gesprochen? Nein, oder? Und war da nicht noch jemand in diesem Arbeitszimmer gewesen?

Er kam an eine Gangkreuzung. Wenn er richtiglag, musste er gleich in den Gästetrakt gelangen, und tatsächlich. Als er die Ecke umrundete, wäre er beinahe mit einem Mann zusammengestoßen.

»Hoppla.« Der Mann drehte sich um. Es war einer der Brüder, der Arzt, wenn Eric sich richtig an das ungefähr vierzigjährige, etwas blasse Gesicht erinnerte. »Eric! Um Himmels willen, was ist dir denn passiert?«

»Wenn ich das wüsste.« Eric sah an sich hinunter. Er war noch immer nass, aber er tropfte jetzt nicht mehr so stark. Dafür begann die Jeans, unangenehm an seinen Oberschenkeln zu reiben. »Ich weiß noch, dass ich zum Pförtner wollte, und dann bin ich in dieser Zisterne dahinten irgendwo aufgewacht.«

Der Arzt folgte seinem Fingerzeig. »Seltsam. Geht es dir

gut?« Er beugte sich vor und runzelte die Stirn. »Du hast offenbar geblutet.« Er streckte die Hand nach Erics Kopf aus. »Darf ich?«

Eric nickte. Jetzt fiel ihm auch der Name seines Gegenübers wieder ein. Bruder Philippe.

Der Arzt nahm seinen Schädel in die Hände, drehte ihn auf dem Hals hierhin und dorthin und tastete ihn ab. »Ist dir schlecht?«

Eric verneinte.

»Schwindelig?«

»Auch nein.«

»Kein Trauma«, murmelte Bruder Philippe verwundert. »Ich dachte, du könntest vielleicht einen Schlag auf den Kopf erhalten haben, aber das ist nicht der Fall. Trotzdem ...« Er drehte Eric so, dass er sein rechtes Ohr betrachten konnte, dann sein linkes. »Du hast aus den Ohren geblutet. Wirklich sehr ungewöhnlich und vor allem ziemlich beunruhigend! Ich muss das näher untersuchen, um sicherzugehen, dass dir nichts fehlt.« Er wies in eine Richtung, in der offenbar seine Untersuchungsräume lagen. »Komm mit!«

Eric folgte ihm. Er tastete in eines seiner Ohren und betrachtete seine Finger. An ihnen war kein Blut zu sehen. Aber das war wohl kein Wunder, wenn man bedachte, dass er im Wasser aufgewacht war. Er konnte von Glück sagen, dass er nicht ertrunken war.

Er ging zusammen mit Bruder Philippe in ein kleines, ziemlich modern ausgestattetes Behandlungszimmer und trat dort vor einen Spiegel, der über einem Handwaschbecken hing. Sein Shirt war übersät von wässrig-blutigen Flecken. Und tatsächlich waren da auch noch Spuren von Rot unter seinen

Ohren. Er nahm ein Papierhandtuch aus dem Spender, machte es nass und rieb sich über den Hals.

Bruder Philippe griff nach einer kleinen Stablampe, um weitere Untersuchungen durchzuführen. »Setz dich«, bat er.

13

Bruder Theodor hatte kaum die Tür geschlossen, da wandte er sich an Nicholas. »Bist du bereit?« In seiner Miene arbeitete es so heftig, als würde in seinem Kopf ein epischer Kampf stattfinden. Ruhelos huschten seine Blicke von Nicholas zu Caruel und wieder zurück zu Nicholas.

Caruel stand mitten im Raum, die Schultern zurückgenommen. »Sind wir wirklich sicher, dass wir das tun wollen?«, fragte er.

Halt mich ab!, dachte Nicholas mit einem Anflug von Panik. Und gleichzeitig war da diese kalte, tödliche Entschlossenheit in ihm. Indem Abélard sich Luc zunutze gemacht hatte, um Mila etwas anzutun, hatte er eine unsichtbare Grenze überschritten. Ausgerechnet Luc! Dieser Bär von Mann, der gleichzeitig der harmloseste und weichherzigste Mensch war, den Nicholas kannte.

Nicholas stellte sich vor, was gewesen wäre, wenn der Mordanschlag gelungen wäre. Wenn er jetzt wieder an Milas Bett knien und um sie trauern müsste.

Allein der Gedanke war so grauenvoll, dass er würgen musste.

»Es reicht jetzt, Vater!« War das wirklich er, der das sagte? Seine Stimme klang fremd in seinen Ohren. »Abélard hat Helena jahrhundertelang gequält. Er ist verantwortlich dafür, dass ich diese Geschichte geschrieben habe. Er hat Maréchal auf dem Gewissen und beinahe hätte er auch Mila ...« Er richtete sich so gerade auf, wie er konnte. »Ich hab Mila versprochen zu kämpfen. Und das werde ich tun. Ich werde dem hier und jetzt ein Ende machen!«

Draußen vor der Tür erklang Milas verzweifelte Stimme. Er blendete sie aus. Die Sehnen in seinem Nacken fühlten sich an wie aus Draht.

»Ich brauche etwas zum Schreiben!«

Bruder Theodor ging zu seinem Schreibtisch, nahm Block und Stift aus einer Schublade. Sorgsam rückte er den Block zurecht, sodass seine Kante genau parallel zur Tischkante lag. Und den Stift, einen teuren Füller in Silber und Schwarz, platzierte er so behutsam darauf, als bestünde er aus hauchdünnem Glas. Dann trat er zurück und machte Nicholas Platz.

Der trat vor den Schreibtisch. Der Stift war schwer und kühl, aber statt sich den Block zu greifen, nahm er sein eigenes Notizbuch hervor. »Also«, meinte er und sah seinem Vater in die Augen.

Caruel hatte die Kiefer aufeinandergepresst, dass sein Gesicht hart und kantig wirkte. »Nicholas, ich weiß nicht ...« Anders als noch eben Helena gegenüber schien er jetzt plötzlich überhaupt nicht mehr sicher zu sein, ob sie das Richtige taten.

Nicholas ignorierte seinen Einwurf und wandte sich stattdessen an Bruder Theodor. »Ich versuche, auf die schwarzgläserne Ebene zu gelangen, und dort schreibe ich, dass die Fabelmacht aufhört zu existieren?« So formuliert, klang es ganz einfach, dachte er. Und zugleich war es das Schlimmste, was er sich im Leben vorstellen konnte.

Abgesehen davon natürlich, dass Mila erneut starb.

Bruder Theodor schluckte, bevor er nickte. Seine Hände zitterten.

»Das ist Wahnsinn, Nicholas!« Das Gesicht seines Vaters war grau. »Wir wissen nur das über die Ebene, was Abélard uns an die Hand gegeben hat. Du hast keine Ahnung, auf was du dich einlässt!«

»Doch«, sagte Nicholas dumpf. »Vergiss nicht, ich war schon einmal da.« Er beugte sich über das Notizbuch und begann zu schreiben.

Nachdem Bruder Philippe ihm gefühlt minutenlang in die Augen geleuchtet und seine Pupillenreflexe geprüft hatte, stellte er ihm eine Reihe Fragen. Eric konnte sie alle beantworten. Er fühlte sich nicht unwohl – vielleicht bis auf den dumpfen Druck in seinem Kopf, aber der kam wohl eher von dem Gedächtnisverlust, den er erlitten hatte.

»Reicht es dann irgendwann?«, fragte er schließlich genervt. »Ich würde gern gehen und Milas Mutter suchen. Irgendetwas stimmt nicht mit ...«

Bruder Philippe drückte ihn sanft auf die Behandlungsliege. »Du weißt noch gar nicht, was passiert ist«, sagte er behutsam. »Gerade eben hat Luc Mila angegriffen.« Eric wollte hochfahren, doch der Arzt machte eine beruhigende Handbewegung. »Es geht ihr gut«, fügte er rasch hinzu. »Allerdings hat uns das bewiesen, dass Abélard hier unten sein muss. Er muss Luc umgeschrieben haben und gerade ist Nicholas zusammen mit Bruder Theodor ...«

Bruder Theodor.

In Erics Kopf tat es einen Schlag. *Abélard.* Es fühlte sich an, als würden mehrere Puzzleteile, die bis eben lose in seinem Schädel herumgeflogen waren, plötzlich an ihren Platz fallen und ein Bild ergeben. Er sah sich wieder in dieses Arbeitszimmer kommen. Er hatte Bruder Joseph darin erwartet, doch der war nicht dort gewesen. Stattdessen hatte dieser alte Mann hinter seinem Schreibtisch gesessen und da war noch jemand gewesen, oder? Eric hatte ihn nicht gesehen, aber er erinnerte sich jetzt, dass er seine Stimme erkannt hatte.

»Bruder Theodor ...«, ächzte er. Und dann: »Scheiße!«

Nicholas' Schrift hatte nichts von ihrer üblichen Eleganz, aber wen kümmerte das? Er schrieb mehrere Worte auf eine Seite des Notizbuches, schaute auf, suchte noch einmal Theodors Blick.

Der Ordensobere nickte ihm aufmunternd zu.

Nicholas schluckte. Dann blätterte er um und beschrieb die schwarzgläserne Ebene, so gut er konnte: diese gruselige Verschiebung der Dimensionen, bei der die Dinge gleichzeitig weit entfernt und nah wirkten. Die spiegelglatte Oberfläche des Bodens. Das matte, konturlose Dämmerlicht, dieser sichtbare Ausdruck von Hoffnungslosigkeit. Die Tür, die am Horizont zu stehen schien ... Die Erinnerung an all das war noch klar und deutlich in seinem Kopf, aber trotzdem war es schwierig, angemessene Worte dafür zu finden. Er musste zweimal neu anfangen und selbst dann verblüffte es ihn, als das Fabelmachtleuchten tatsächlich einsetzte.

Mit Notizbuch und Stift in der Hand stand er in der endlosen Weite der Ebene, schrieb er.

Er hielt inne. Langsam ließ er die angehaltene Luft aus seiner Lunge entweichen. Dann schloss er die Augen.

Und als er sie wieder öffnete, befand er sich mitten auf der schwarzgläsernen Unendlichkeit.

Die weite, hoffnungslose Endlosigkeit traf ihn mit voller Wucht. Er taumelte und sowohl Notizbuch als auch Stift fielen ihm aus der Hand. Täuschte er sich oder segelte beides langsam zu Boden wie eine Feder, die den Luftwiderstand spürte?

Er blinzelte.

Das sonderbare Licht der Ebene machte alles konturlos und unheimlich und darum brauchte er eine Weile, bis er erkannte, dass er nicht allein war.

Jemand näherte sich ihm.

Ein Mann?

Unmöglich zu sagen. Es sah aus, als würde die Gestalt in der Unendlichkeit verschwimmen wie ein Geist, dessen Umrisse sich von menschlichen Augen nur ungern fassen lassen wollten.

Nicholas' Herz zog sich schmerzhaft zusammen, weil es sich anfühlte, als würde mit der Gestalt auch eine namenlose Gefahr näher kommen. Eilig bückte er sich und hob Notizbuch und Stift auf. Als er sich wieder aufrichtete, war die Gestalt heran.

Es war ein Mann.

Er sah uralt aus, mehr Schatten als Mensch. Ein grauer Mantel hing an seiner ausgemergelten Figur hinunter. Sein Gesicht wirkte leer und durchscheinend, doch in seinen Augen lag ein Funkeln, für das Nicholas keine Worte fand.

War es böse?

Hasserfüllt?

Grausam?

Sein gesamter Körper schaltete auf Fluchtmodus. Er zwang ihn, sich nicht zu rühren. »Wer bist du?«, fragte er. Die Unendlichkeit schluckte seine Stimme und verwandelte sie in ein tonloses Flüstern.

Der Alte lächelte. Es war ein entsetzliches Lächeln. »Du kennst die Antwort auf deine Frage.«

Und Nicholas kannte sie tatsächlich. »Abélard«, sagte er.

Eric sprang auf, was den Arzt verblüfft zurückweichen ließ. »Was hast ...?«

Den Rest der Frage hörte er nicht mehr, denn er rannte aus dem Raum und jagte den Gang entlang. Er erinnerte sich jetzt auch an den Rest. Daran, was Abélard kurz vorher zu Bruder Theodor gesagt hatte. Der Ordensobere sollte dafür sorgen, dass Nicholas auf die schwarzgläserne Ebene zurückkehrte.

Ein langsamer, grausamer Tod ...

Verdammt!

Er musste Nicholas warnen! Auf keinen Fall durfte er Bruder Theodor vertrauen. Auf keinen Fall durfte er auf diese Ebene ...

Mit voller Geschwindigkeit hetzte Eric um eine Ecke und diesmal stieß er so heftig mit jemandem zusammen, dass seine Zähne aufeinanderprallten. Es war Mila. Sie schrie schmerzerfüllt auf, aber er gab ihr weder Zeit, sich über seine Eile zu wundern, noch darüber, dass er klitschnass war. Er achtete auch nicht auf den grimmig blickenden Ordensbruder neben ihr, sondern packte sie grob bei den Schultern. »Nicholas!«, keuchte er. »Wo ist er?«

»Eric! Was ... Warum ist da Blut auf deinem ...?«

»Später, Mila! Wo ist Nicholas?« Erics Herz raste. O Gott, sie waren alle so blind gewesen!

»Es ist eine Falle, Mila. Abélard hat Nicholas eine Falle gestellt! Darum sind wir hier unten! Darum hat Abélard uns seine Männer auf den Hals gehetzt! Bruder Theodor spielt ein falsches Spiel. Ich habe gehört, wie Abélard ihm befohlen hat, Nicholas auf die schwarzgläserne Ebene zu locken. Und mich wollten sie töten. Wo ist Nicholas? Ich muss ihn warnen ...« Er brach ab, als er sie totenbleich werden sah.

Sie presste eine Hand vor den Mund. »Was sagst du da?«

Eric stampfte mit dem Fuß auf. »Mila! Schnell!«

»Du bist zu spät gekommen«, flüsterte sie. Sie hob die Hand und deutete auf eine Tür. Ein Ordensbruder stand mit verschränkten Armen davor und im Gegensatz zu den meisten anderen hier unten hatte er ein ziemlich breites Kreuz. »Nicholas ist mit Theodor in sein Arbeitszimmer und sie lassen mich nicht zu ihm ...«

Eric hatte genug gehört. Er drehte sich um. Die Tür lag vielleicht fünf Meter den Gang hinunter. Direkt daneben stand eine Bank. Okay, das konnte gehen.

»Komm mit!«, rief er Mila zu.

Dann beschleunigte er aus dem Stand, sprang mit einem Satz auf die Bank, stieß sich ab und brachte seinen Körper in eine Drehung. Der Schwung verlieh ihm eine solche Wucht, dass er den Mann umriss, als er gegen ihn prallte.

Er rollte sich ab und hielt sich nicht damit auf, zu Atem zu kommen. »Mila, die Tür!«, keuchte er.

Sie reagierte, hechtete vorwärts, riss die Tür auf.

»Was zum Teufel ...!«, donnerte eine Stimme. Dann wurde es still.

Eric stand schon wieder und während der Ordensbruder noch stöhnend am Boden lag, drängte sich Mila durch die Tür. Eric folgte ihr.

Bruder Theodor saß an seinem Schreibtisch. Als er Eric sah, wurde er bleich. »Du lebst?«

Eric kümmerte sich nicht um seine Fassungslosigkeit. Hastig sah er sich um, doch dann sank sein Mut. Außer Bruder Theodor und Villain Caruel war niemand im Raum. Mila hatte recht gehabt.

Er war zu spät gekommen.

Der graue Mann lächelte Nicholas an, doch seine Augen blieben davon unberührt. Vollkommen leer waren sie. »Nun, genau genommen bin ich nicht Abélard«, sagte er im Plauderton. »Abélard befindet sich in deiner Welt. Das, was du vor dir siehst, ist der Schatten seiner Seele.«

Nicholas verstand nicht und er verstand doch. Es war, als würde hier an diesem Ort alles gleichzeitig möglich sein. Verstehen und Unverständnis. Angst und Faszination. Eisige Kälte und fiebrige Hitze. Er presste die Zähne aufeinander, damit Abélard sein Entsetzen nicht sah. »Du hängst hier fest«, sagte er dann.

Abélard nickte. »Du bist ein sehr kluger junger Mann.«

Nicholas' Grauen hätte nicht mehr größer werden können und es würde ihn von innen heraus zerreißen, wenn er es nicht aussprach. »Du hängst hier seit neunhundert Jahren fest.«

Erneut nickte Abélard. »Mein Versuch, mich selbst unsterblich zu schreiben, endete leider in einer, hm, sagen wir, persönlichen Katastrophe. Ich starb nicht. Stattdessen landete ich hier.« Ein Zittern in seiner sonst emotionslosen Stimme zeigte Nicholas, wie sehr er diesen Ort fürchtete.

Die Vorstellung, länger als ein paar Augenblicke hier gefangen zu sein, legte sich wie ein Stein auf Nicholas' Seele. *Neunhundert Jahre, von denen jede Sekunde sich in endlose, hoffnungslose, grausame Ewigkeiten dehnte …*

»Aber du bist ins Leben zurückgekehrt«, sagte er.

»Nur, dass ein Teil von mir hier zurückblieb.«

»Das, was du als den Schatten deiner Seele bezeichnest?«

Abélard beobachtete ihn genau. Sein Lächeln wurde für eine Sekunde lang etwas weicher. »Du hast Mitleid mit mir. Das ist gut.«

Nicholas schüttelte den Kopf. Das, was hier vor ihm stand, war alles andere als menschlich. Es war böse. Unendlich tiefböse.

»Du hast das hier geplant, oder?«, fragte er. »Darum wolltest du, dass ich diese Geschichte schreibe und sterbe.« Er kannte die Antwort auf diese Frage, darum ersparte Abélard sich selbst und ihm eine Erwiderung.

Nicholas krampfte die Finger um sein Notizbuch. »Warum? Es kann doch nicht in deinem Interesse sein, dass ich diese Ebene zerstöre, solange du hier …«

Ein Funkeln in Abélards Augen ließ ihn verstummen.

»Glaubst du wirklich, die Fabelmacht würde zulassen, dass du diese Ebene zerstörst?«, fragte er.

Nicholas kämpfte gegen die Schwäche, die seine Beine erfassen wollte. Nein, das tat er nicht. *Sie wird jeden Idioten zerquetschen, der es auch nur versucht,* hatte er zu Mila gesagt.

»Warum bin ich dann hier?«, fragte er.

»Denk nach. Du kommst darauf.« Abélard wartete, aber als Nicholas schwieg, deutete er auf die Tür am Horizont hinter ihm.

Nicholas wandte sich um. Undeutlich glaubte er, durch den Spalt Theodors Arbeitszimmer zu sehen.

»Du hast es einmal geschafft, durch diese Tür zu gehen, nachdem du hier gelandet warst«, sagte Abélard.

Und da begriff Nicholas. »Du willst, dass ich dich befreie!«

»Wie ich schon sagte«, erwiderte Abélard. »Du bist ein sehr kluger Junge.«

Nicholas versuchte, sein jagendes Herz zu beruhigen. Unwillkürlich richtete er den Blick auf die Tür. Konnte er entkommen, ohne dass Abélard ihm folgte?

Probehalber machte er einen Schritt in die Richtung.

Abélard lächelte. »Wir können gemeinsam ganz friedlich durch diese Tür gehen.«

»Wenn ich dich auf diese Weise befreie«, sagte Nicholas, »was geschieht dann?«

Abélard zuckte mit den Schultern. »Mein Körper, der seit siebzehn Jahren dort draußen herumläuft und langsam verfällt, erhält seine Kraft zurück.«

»Deine Fabelmacht ...«

»Sie wird wieder so groß sein wie ehedem.« Abélard streckte die Hand nach Nicholas aus, als wolle er ihm über die Wange streichen. Nicholas wich angeekelt zurück.

»Du und ich«, sagte Abélard, »wir werden die mächtigsten Fabelmächtigen sein, die es je gegeben hat.«

»Du vergisst Mila.«

Das schien Abélard überhaupt nicht gehört zu haben. »Stell dir vor, was wir erreichen könnten! Wir haben Macht über den Tod. Gemeinsam könnten wir ganz Paris beherrschen und mehr noch. Vielleicht könnten wir dafür sorgen, dass die ganze Welt mit der Fabelmacht beschenkt wird. Wir ...«

Nicholas zwang sich, den Blick in Abélards graue Augen zu richten und die Leere darin auszuhalten. Die Worte schnürten ihm die Kehle zu. Er musste sich zusammenreißen.

»Solange dein ... Schatten hier auf der Ebene ist, verfällt dein Körper in unserer Welt also mehr und mehr?«, sagte er langsam. »Das heißt, wenn du hier nicht rauskommst, wird der Abélard dort draußen irgendwann so schwach sein, dass Mila ihn zwischen zwei Fingern zerquetschen kann.«

Abélards Miene verzog sich kaum, doch Nicholas wusste trotzdem, dass er ins Schwarze getroffen hatte. Plötzlich spürte er eine kaum erträgliche Mischung aus Triumph und Bedauern.

Triumph, weil er es mit einem Mal in der Hand hatte, Mila den Sieg über Abélard zu ermöglichen.

Bedauern, weil das bedeutete, dass er für immer von ihr getrennt sein würde.

Er zwang sich zu einem Lächeln. Dann steckte er sein Notizbuch weg. »Tja, wenn das so ist, dann musst du wohl von nun an meine Gegenwart ertragen«, sagte er. »Denn lieber verrotte ich hier, als dich zu befreien.«

Abélard schüttelte sanft den Kopf. Sein Blick ließ Nicholas nicht los. »Du bist gar nicht stark genug, meine Gegenwart bis in alle Ewigkeit auszuhalten. Früher oder später wirst du nachgeben.« Er nickte wie zu sich selbst und kam näher. »Spätestens, wenn du anfängst, den Verstand zu verlieren.«

Nicholas wollte zurückweichen, aber es ging nicht. Unter

fast körperlichen Anstrengungen nur schaffte er es, die rechte Hand in seine Tasche zu schieben und die Lider zu senken, um Abélards Blick zu entgehen. Mit geschlossenen Augen trat er einen Schritt zurück. Seine Hand krampfte sich um Notizbuch und Stift. Das Bedauern tief in ihm verwandelte sich in Trauer, denn er wusste, dass sein Leben jetzt endete. Im Gegensatz zu der Aussicht, die Abélard ihm gerade eröffnet hatte, erschien ihm das allerdings wie eine verlockende Alternative.

»Dann ist es ja gut, dass ich das hier vorbereitet habe«, sagte er, zog das Buch wieder hervor und blätterte zu der Seite, auf die er in Bruder Theodors Arbeitszimmer zuerst geschrieben hatte.

Die Fabelmacht war eine titanische, zerstörerische und zugleich schöpferische Macht, lautete der erste Satz. Und der zweite:

Von diesem Moment an gab es sie nicht ...

... *mehr,* fügte er jetzt noch hinzu.

Abélards Augen weiteten sich in namenloser Überraschung, als das Fabelmachtleuchten als gleißender blauer Blitz über die Ebene zuckte.

Einen weiteren Wimpernschlag später brach die Hölle los.

»Hol meine Mutter!«, rief Mila Eric zu. Dann wandte sie sich an Caruel und den Bruder, der Theodors Tür bewacht hatte, und deutete auf den Ordensoberen. »Er macht gemeinsame Sache mit Abélard!«

Caruel trat vor und sah Bruder Theodor in die Augen. »Ist das wahr?«

Der Obere saß wie gelähmt an seinem Schreibtisch. Doch dann schien er sich zu besinnen. Mit einer blitzartigen Handbewegung hatte er die Schreibtischschublade aufgerissen und einen Stift ergriffen.

»Vorsicht!« Der Bruder, der die Tür bewacht hatte, hechtete vor, fiel ihm in den Arm.

Im selben Moment stürzten Eric und Helena herein. Helenas Miene war schmerzlich verzerrt. »Theodor! Bitte sag mir, dass Eric sich irrt!«

Der Obere reagierte nicht auf sie. Stattdessen huschten seine Blicke zu Mila, dann zu dem Stift, den sein Mitbruder ihm aus der Hand geschlagen hatte und der nun auf dem Boden lag. Als er zur offen stehenden Schreibtischschublade schaute, in der sich weitere Stifte befanden, umrundete Caruel den Schreibtisch, zerrte den Stuhl mit Bruder Theodor darauf nach hinten und damit außer Reichweite sämtlicher Schreibutensilien.

Helena stieß einen unverständlichen Fluch aus. Sie griff sich den Stift vom Boden und kritzele ein paar Sätze auf das oberste Blatt des Blockes auf dem Schreibtisch. Es passierte nichts.

Mila trat hinzu, überflog, was sie geschrieben hatte. Da stand, dass Abélards Einfluss auf Bruder Theodor verschwunden war. Mila atmete tief durch. Dann griff sie selbst nach dem Stift, setzte neu an und schrieb noch einmal dasselbe wie ihre Mutter, jedoch mit anderen Worten. Und tatsächlich: Da war das blaue Licht.

Bruder Theodor sackte in sich zusammen, als der Bann verschwand. Plötzlich sah er um Jahre gealtert aus. Er schaute zu Helena und Eric. »Was habe ich nur getan?«, flüsterte er.

Mila schloss die Augen. Sie brauchte niemanden anzusehen, um zu wissen, dass Abélards Plan aufgegangen war.

O Gott, Nicholas!

Er war auf der schwarzgläsernen Ebene.

Was hatte er in ihrem Traum gesagt?

Ich werde sterben.

Sie spürte, wie in ihrem Inneren etwas erzitterte.

Helena packte den Ordensoberen. »Du musst uns genau sagen, was du für Abélard getan hast.«

Theodor nickte und schwankte, als er auf Eric wies. »Er«, flüsterte er. »Abélard hat ihn töten wollen. Er hat geschrieben, dass Eric vor unseren Augen tot zusammenbricht, und das ist er auch. Zusammengebrochen, meine ich.« Er schauderte sichtbar bei der Erinnerung daran. »Ich weiß nicht, warum er nicht gestorben ist. Ich dachte, er wäre es. Abélard hat mir befohlen, ihn ... fortzuschaffen. Ich habe ihn zum See gebracht, um ihn ...«

... zu entsorgen, schoss es Mila durch den Kopf. Ihr war schlecht. Wann war aus dieser Geschichte ein mörderischer Krieg geworden?

»Aber was ist mit Nicholas?« Ihre Stimme war vor Angst ganz schrill. Sie beschwor ein Bild herauf davon, wie Nicholas auf dem Friedhof zusammen mit ihr auf der Bank saß, kurz nachdem er ins Leben zurückgekehrt war. Sie hörte das Grauen in seiner Stimme, als er von der Ebene erzählte, und dann kam es ihr vor, als sei sie selbst wieder dort. War da nicht noch mehr gewesen als nur diese mörderische Einsamkeit und die Leere? Etwas Böses?

Damals hatte sie es nicht wahrgenommen, aber jetzt war sie sich ganz sicher.

Sie wollte etwas sagen, aber die Worte wurden ihr von den Lippen gerissen, als ein gepeinigtes Brüllen irgendwo in den Tiefen der Katakomben ertönte und die Luft erzittern ließ.

Nicholas!, dachte sie. Und dann: *Bitte nicht!*

Es fühlte sich an, als würde das Universum um ihn herum implodieren und sich zu einem stecknadelkopfgroßen Punkt zusammenziehen, der mitten in seiner Brust lag.

Der Schmerz war titanisch.

Nicholas warf den Kopf in den Nacken und schrie. Undeutlich nur sah er, dass Abélard vor Staunen die Augen aufgerissen hatte. Der Boden vor ihm zerbröselte zu rasiermesserscharfen Splittern, die sich in die Höhe hoben, als würde eine gewaltige Kraft sie von unten erfassen. Wie eine Flutwelle rasten die Bruchstücke auf ihn zu, drohten ihn zu zerquetschen. Doch kurz bevor die Welle über ihn hereinbrach, erstarrte sie zu absoluter Bewegungslosigkeit. In unglaublicher Höhe ragte die mattschwarze Wand vor ihm auf. Er konnte sich in den Milliarden schwarzer Splitter spiegeln, aus denen sie bestand. Seine eigenen, weit aufgerissenen Augen, sein blasses Gesicht ... Wieder und wieder und wieder ...

Dann packte eine Faust ihn, riss ihn mit sich. Fort von der Flutwelle, die sich genau an der Stelle, an der er eben noch gestanden hatte, brach und in sich zusammenkrachte. Schmerzen ergriffen ihn, die schlimmer waren als alles, was er je zuvor in seinem Leben erlitten hatte. Er schrie. Lang gezogen. Gequält.

Dann ...

... Sterne.

Über ihm.

Und weit unter ihm glatter Fliesenboden.

Täuschte er sich oder lachte Abélard?

Egal.

Er schrie seinen Schmerz hinaus. Dann fiel er und fiel und fiel – bis die Qual überhandnahm, bis er aufprallte und es endlich – endlich! – schwarz wurde um ihn.

Helena reagiert als Erste. »Das kam aus der Großen Bibliothek!« Sie warf sich herum und rannte.

Mila folgte ihr. Ganz und gar mechanisch reagierte sie, während ihr Verstand nur eines kreischen konnte: Nicholas!

Nicholasnicholasnicholas...

»Verdammt, was war das?«

Wer hatte das gefragt?

Eric? Caruel? Einer der anderen Brüder, die sich ihnen nun anschlossen? Egal!

Gemeinsam jagten sie durch die Gänge, dann durch eine Tür und zwischen den Regalen dahin, bis sie auf dem freien Platz direkt unter der großen Kuppel mit den Sternbildern ankamen.

Dort stoppte Mila abrupt. »Nein!«, flüsterte sie.

Nicholas lag auf dem Boden unter der Kuppel, die sich so unendlich hoch über ihnen wölbte. Sein Körper war verdreht, Blut überall, so viel Blut ...

Bitte nicht! Bitte ...

»Weg da!« Jemand stieß Mila beiseite. Sie stürzte, musste sich auf der kalten Erde abstützen. Eric beugte sich über Nicholas. »Er lebt noch!«

»O Gott, Nicholas!« Caruels Stimme.

Er fiel neben Nicholas auf die Knie und Helena tat es ihm nach. Sie brauchten keine Worte, sie wechselten rasche Blicke, dann zückte Caruel ein Notizbuch und begann, in fliegender Hast zu schreiben. Helena hingegen schrieb direkt auf den Fliesen des Fußbodens. Zeile um Zeile.

Um Zeile.

Mila hockte da, unfähig, sich zu bewegen, und unfähig, den Blick von Nicholas' Gesicht zu lassen, von seinen verdrehten Gliedern, von der schrecklichen Wunde an seinem Kopf, von all dem Blut, das ihm aus Ohren, Mund und Nase rann. Das Fabelmachtleuchten flammte zuerst bei Helena auf, dann auch bei Caruel.

Milas wollte blinzeln, aber sie konnte es nicht. Sie konnte keinen Muskel bewegen. Dabei war es doch wichtig zu blinzeln. Das Fabelmachtleuchten erlosch, jemand stöhnte vor Anstrengung. Sie hatte keine Ahnung, wer es war. Dann, endlich, gehorchten ihr ihre Lider, senkten sich, hoben sich wieder.

Nichts hatte sich verändert.

Oder doch?

Die Wunde an Nicholas' Kopf war fort. Sein Körper schien auch weniger zerschlagen als zuvor. Das Blut in seinem Gesicht war verschwunden, aber seine Augen waren nach wie vor geschlossen. Gegen das Schwarz seiner Haare und seiner Wimpern wirkte seine Haut weiß wie Milch.

Was, wenn die Verletzungen zu schlimm waren? Was, wenn er starb?

Mila hatte nur einen Gedanken. *Dann werde ich mit ihm sterben. Ich schwöre es. Ich werde mit ihm sterben.*

Dann hätte es wenigstens endlich ein Ende …

»Warum ist das so schwer?«, presste Caruel zwischen den Zähnen hervor.

»Die Fabelmacht. Sie selbst hat ihm die Verletzungen zugefügt!«, erwiderte Helena, ohne auch nur einen Moment innezuhalten. Auch Caruel begann erneut zu schreiben.

»Hey!«, sagte Eric leise zu Mila. »Komm. Es ist besser, wenn du das nicht weiter mit ansiehst.«

Mila jedoch rührte sich nicht von der Stelle. Nicholas hatte das hier vorhergesagt. Er selbst hatte gesagt, dass die Fabelmacht ihn zerquetschen würde.

Aber wie immer hatte er etwas vergessen. »*Wir* nehmen den Kampf auf, nicht du allein, Nicholas«, flüsterte sie. »Wir sind zu zweit.«

Endlich konnte sie ihre Erstarrung überwinden. Sie fiel neben Nicholas auf die Knie. Und begann gleichfalls zu schreiben.

Abélard kauerte in dem endlosen Gang voller schwarzer Bücher, der einzigen Zuflucht, in der er sich nach dem Aufenthalt in Héloises Wohnung im Moment noch sicher fühlte. Seine Arme trugen sein Gewicht nur mühsam und als er vollständig zusammenbrach, krümmte er sich mit gequältem Stöhnen. Woher kamen diese furchtbaren Schmerzen? Was war passiert?

Er presste die Handflächen gegen den kalten Boden und stemmte sich auf alle viere. Es fühlte sich an, als müsse er die gesamte Erde von sich fortdrücken. Sein Herz klopfte zum Zerspringen. Die Zerstörung der Fabelmacht war ein Köder gewesen. Er hatte dazu gedient, Nicholas auf die Ebene zu locken, und das war ja auch gelungen. Nie im Leben allerdings hätte Abélard es für möglich gehalten, dass der Junge es tatsächlich wagen würde, gegen die Fabelmacht anzuschreiben, sobald er erst dort war.

Aber genau das hatte er getan.

Das Ergebnis war höllisch gewesen. Noch jetzt fühlte Abélard jeden Knochen im Leib und jede Faser seines Körpers kreischte unter den Kräften, mit denen die schwarzgläserne Ebene ihn ausgespuckt hatte.

Moment!

Ausgespuckt?

Er lauschte in sich hinein.

Langsam richtete er sich auf. Die Schmerzen waren in den letzten Sekunden spürbar weniger geworden. Er blickte auf seine Hände nieder, ballte sie zu Fäusten und öffnete sie wieder. Täuschten ihn seine Augen oder veränderten sich seine Finger tatsächlich? Waren sie eben noch knochig gewesen und überzogen von pergamenttrockener Haut, so gewannen sie jetzt zusehends an Kraft und Jugendlichkeit. Die Fingernägel eines uralten Mannes, vormals verhornt und gelb, schimmerten plötzlich rosig.

Abélard rappelte sich auf die Füße.

Sein Rücken, der ihn siebzehn Jahre lang mit dumpfen Schmerzen gequält hatte, fühlte sich stark und gesund an.

Die Fabelmacht hatte offenbar wieder einmal ihre eigenen verschlungenen Wege gewählt.

Ein Lächeln löste sich aus seiner Brust und fand seinen Weg auf sein Gesicht. Er tastete über seine Wangen. Fort waren die tiefen Falten. Er griff nach seinen Haaren, zog eine Strähne vor seine Augen. Sie waren immer noch grau, aber jetzt nicht mehr schütter und dünn, sondern kräftig.

Er war *lebendig.*

Endlich, nach siebzehn Jahren des schleichenden Verfalls war er wieder vollständig und lebendig!

»Verspielt, Nicholas!«, rief er und dann lachte er und lachte und lachte, als ihm die Absurdität der Situation klar wurde. Weil Nicholas dafür sorgen wollte, dass er nicht freikam, hatte er versucht, die schwarzgläserne Ebene zu zerstören. Und damit hatte er unbeabsichtigt genau das erreicht, was er eigentlich verhindern wollte: Der Schatten von Abélards Seele, der auf der Ebene gefangen gewesen war, war befreit worden.

Damit war Abélard fast am Ende seines Wegs. Triumphgefühl flutete seinen Körper, überwältigte ihn mit grenzenloser Freude, sodass er das andere Gefühl, das gleichzeitig in ihm keimte, zunächst kaum wahrnahm. Erst als es stärker wurde, bemerkte er es. Es war Bedauern. Bedauern darüber, dass er diesen Moment nicht mit Héloise zusammen genießen konnte.

Plötzlich wurde es ganz still in ihm. »Meine Geliebte«, flüsterte er. »Warum hast du dich bloß so falsch entschieden?«

14

Als Nicholas die Augen aufschlug, saß sein Vater an seinem Bett und hielt seine Hand. Nicholas wollte etwas sagen, aber sein Mund war staubtrocken und seine Kehle kratzte.

»Nicholas«, stieß Caruel hervor. »Gott sei Dank!« Sein Gesicht war eingefallen. Bartstoppeln bedeckten seine Wangen und dicke Ringe lagen unter seinen Augen.

Nicholas wollte sich aufsetzen, doch dumpfer Schmerz, der durch seinen gesamten Körper flutete, verhinderte es. Mit einem unterdrückten Stöhnen sank er zurück in die Kissen. »Was …« Seine Kehle fühlte sich an, wie mit Sandpapier ausgekleidet. Er hustete.

»Trink einen Schluck.« Caruel half ihm, den Kopf zu heben, und setzte ihm ein Glas an die Lippen. Kühl rann Wasser in Nicholas' Kehle hinunter, vertrieb das kratzige Gefühl.

»Danke.«

Caruel ließ seinen Kopf vorsichtig in die Kissen sinken.

»Wo ist Mila?«, fragte Nicholas.

Sein Vater stellte das Glas weg. »Nebenan. Wie geht es dir?«

»Wie jemandem, der unter eine Dampfwalze geraten ist.«

Ein schwaches Lächeln hob Caruels Mundwinkel. »Ja. Das ist wohl kaum ein Wunder.« Er machte Anstalten, wieder nach Nicholas' Hand zu tasten, hielt jedoch inne.

Nicholas kam ihm ein Stück entgegen.

Caruel zögerte noch immer, aber dann fasste er zu und drückte seine Finger.

An Nicholas zogen die Ereignisse vorbei wie ein Film im Schnelldurchlauf. Seine Begegnung mit Abélard auf der Ebene. Die Hölle, als diese Ebene ihn von sich geschleudert hatte. Sein Sturz aus der Höhe der Sternenkuppel in der Bibliothek auf die Fliesen ...

»Wie lange war ich weg?«, fragte er.

»Fast eine Nacht. Dein Ausflug auf die Ebene war gestern. Wir haben die ganze Nacht hindurch abwechselnd geschrieben, um deine schweren Verletzungen zu heilen.«

»Wir?«

»Helena. Ich. Aber vor allem Mila.« Caruel zögerte. »Doch selbst sie konnte dich nicht ganz gesundschreiben. Es war zu schwer.«

Nicholas hob die Bettdecke an und sah, dass er nur seine schwarzen Boxershorts trug. Sein gesamter Körper war übersät mit blauen Flecken. Probehalber atmete er tief durch. Schmerz fuhr ihm durch den Brustkorb. Mindestens eine Rippe war wohl noch immer gebrochen.

»Die Verletzungen wurden dir von der Fabelmacht selbst zugefügt. Es war unmöglich, sie ganz zu heilen. Helena ist vor Erschöpfung in den frühen Morgenstunden zusammengebrochen. Und Mila ...«

Jähe Angst durchfuhr Nicholas. »Was ist mit Mila?«

»Es geht ihr gut«, antwortete Caruel ihm. »Sie ist viel stärker als ihre Mutter und ich zusammen. Bis eben war sie an deinem Bett. Erst als dein Atem kräftiger wurde und Bruder Philippe meinte, du seist nicht mehr in Lebensgefahr, ist sie endlich eingeschlafen. Wir haben sie nach nebenan ins zweite Krankenzimmer getragen. Sie wird das schaffen.«

»Ja. Das wird sie.« Nicholas ließ das Deckbett wieder sinken. Ihm schoss ein Gedanke durch den Kopf, der ihn weitaus mehr beunruhigte als die paar Blessuren, die irgendwann wieder heilen würden. Erneut sah er sich aus der Höhe der Kuppel in die Tiefe stürzen, doch diesmal hörte er dabei auch Abélards Lachen, das seinen Sturz begleitete.

Sein Herz wurde ganz kalt. »Ich habe versagt, nicht wahr?«

Caruel biss die Zähne zusammen. »Wovon sprichst du?«

»Von Abélard. Er ist frei, oder? Ich habe den Schatten seiner Seele von der schwarzgläsernen Ebene befreit. Ich hatte damit gerechnet, dass die Fabelmacht uns beide zerquetscht, aber stattdessen habe ich ihn befreit.«

»Niemand von uns kann das wissen. Auch du …«

»Doch. Ich bin sicher. Ich kann ihn hören.« Nicholas lauschte in sich hinein. Seit er erwacht war, war das Flüstern dieser samtenen Stimme in seinem Hinterkopf gewesen. Jetzt trat es in den Vordergrund.

Bald Nicholas, flüsterte die Stimme. *Bald ist es so weit.*

Nicholas schloss die Augen und da überkam es ihn. Bilder fluteten über ihn hinweg. *Er und Abélard Seite an Seite. Flammen. Schreie. Und über allem ein Gefühl von absoluter Macht über Leben und Tod, von triumphaler, perverser Befriedigung.*

»Nicholas, das ist doch Unsinn! Abélard …«

»Hör auf, Vater!« Ungeachtet der Schmerzen setzte Nicholas sich aufrechter hin. »Ich kann spüren, dass er frei ist. Hör mich an.«

Und dann erzählte er seinem Vater von der Stimme, die ihn quälte, seit der an der Mur des je t'aime gewesen war. Tonlos berichtete er von diesem ekelig sanften Flüstern, mit dem Abélard versuchte, ihn einzulullen. »Er will noch immer, dass ich mich ihm anschließe«, endete Nicholas. »Erst dachte ich, er möchte nur, dass ich ihn von dieser Ebene befreie, aber das stimmt offenbar nicht. Er plant noch irgendwas. Er hat noch immer nicht genug.« Er lehnte sich in den Kissen zurück.

Sein Vater saß ganz still und aufrecht da. Nur unter seinem linken Auge zuckte ein Muskel und zeigte an, dass er sich nicht in eine Statue verwandelt hatte.

Irgendwann kam Helena herein, um nach Nicholas zu sehen. Auch sie wirkte bleich und zermürbt. Das Make-up, das sie aufgelegt hatte, um die Erschöpfung zu verbergen, betonte eher deren Spuren.

»Wie geht es dir?«, fragte sie und kam an die andere Bettseite. Über seinen Körper hinweg sah sie Caruel in die Augen.

»Er glaubt, dass Abélard frei ist«, sagte Nicholas' Vater.

Helena presste die Lippen zusammen. »Das glaube ich auch.«

Nicholas bedeckte die Augen mit den Händen. Schuldgefühl wühlte in ihm, so heftig, dass es kaum auszuhalten war. »Ich bin so ein verdammter Idiot!«, murmelte er durch die Finger hindurch. Dann ließ er die Hände sinken. »Was, wenn sein Einfluss auf mich noch stärker wird?«

Helena streckte die Hand nach ihm aus, zog sie aber zurück, als Nicholas sie entmutigt anblickte. »Es ist verständlich, dass du Angst vor ihm ...«

Er lachte erbittert auf. »Angst? Ist das ein Witz? Ich sehe mich an Abélards Seite. Und ich sehe mich mit einer Macht ausgestattet, die größer ist als dieses Universum …« Er brach ab, als sein Vater ein langes Stöhnen hervorstieß. »Was, wenn ich ihm erliege?«

Caruel wechselte einen langen, verzweifelten Blick mit Helena. »Du denkst an das Gleiche wie ich, oder?«, fragte er.

Sie nickte und Caruel wandte sich an Nicholas.

»Es gibt da etwas, das du noch nicht weißt, Nicholas«, sagte er. »Es geht um Eric. Er ist nicht zurück an die Oberfläche gegangen, wie Mila geglaubt hat. Stattdessen hat Abélard versucht, ihn umzubringen. Allerdings erfolglos.«

Nicholas lag ganz still. »Und das bedeutet?«

Erneut sah Caruel Helena an, Halt suchend diesmal.

Sie nickte wieder. »Du musst es ihm sagen, Villain. Du musst ihm alles erzählen, was es mit Eric und mit Zoë auf sich hat.«

»Hey.« Mila blieb in der Tür des Krankenzimmers stehen, weil Nicholas' Anblick ihr einen kleinen Schock versetzte. Irgendwie hatte sie erwartet, dass er aufrecht auf der Bettkante sitzen würde, noch ein bisschen blass vielleicht von den überstandenen Strapazen, aber gesund. Stattdessen lag er lang ausgestreckt auf der Bettdecke, angezogen zwar, jedoch sichtlich gezeichnet. Sein Gesicht hatte ungefähr dieselbe Farbe wie das Kopfkissen.

»Hey.« Er setzte sich auf und mühte sich vergeblich, Zuversicht auszustrahlen.

»Wie geht es dir?«, fragte sie. In ihr tobten unendlich viele Gefühle: Liebe, Sorge, Erschöpfung, Angst …

»Es ging mir schon mal schlechter«, antwortete er und sie hatte aus irgendeinem Grund das Gefühl, dass es eine Lüge war. Zu dem Gefühlschaos gesellte sich nun auch noch Wut, weil er diesen Alleingang gewagt hatte.

Sie schaute auf seine Hand, die auf seinen Rippen ruhte. Sein Longsleeve hatte er vorn in den Hosenbund gesteckt. Seine Hüftknochen ragten hervor und sie musste den Blick davon abwenden. »Aber nicht viel«, kommentierte sie. Sie sah sich nach einem Stuhl um, doch es gab keinen.

»Es geht mir gut. Ich bin nur noch hier, weil Bruder Philippe noch ein paar Untersuchungen machen will.« Er grinste. Es sah schief aus. »Er sagt, es sei eine einmalige Gelegenheit, jemanden als Patienten zu haben, der von der Fabelmacht persönlich durch die Mangel gedreht worden ist.«

Sein durchschaubarer Versuch, leichtherzig zu wirken, fuhr Mila tief ins Herz. Sie setzte sich neben ihn auf die Bettkante und nahm seine Hand. Er wehrte sich nicht dagegen. Seine Lippen wirkten rissig. Die Schatten unter seinen Augen hatten fast dieselbe Farbe wie seine Iris.

»Gott«, rutschte es ihr heraus. »Du siehst furchtbar aus! Ich dachte, wir hätten dich einigermaßen wieder hingekriegt.«

Diesmal lächelte er ehrlich. Dann schloss er kurz die Augen. »Ich würde jetzt gern einen dummen Spruch machen, aber ich fürchte, meine Schlagfertigkeit ist mir ein bisschen abhandengekommen.« Er stieß ein trockenes Lachen aus, aber es schien ihm Schmerzen zu bereiten. Er fasste sich an den Brustkorb. »Zusammen mit der ein oder anderen Rippe«, fügte er hinzu.

»Helena hat mir erklärt, warum es so schwer war, dich gesundzuschreiben.«

Er drückte Milas Hand. »Weil die Fabelmacht selbst mich zerquetschen wollte.«

»Tja, es versuchen ja auch nur Idioten, gegen sie anzuschreiben.«

Er rutschte ein Stück hoch und lehnte sich gegen das Betthaupt. »Eben.«

Mila hätte ihn am liebsten geschüttelt. Weil er so cool tat. Weil er so schrecklich mitgenommen aussah. Weil er diese ganze beschissene, scheißgefährliche Aktion ohne sie durchgezogen hatte und dabei nur um Haaresbreite dem Tod entronnen war. Und weil er ihr plötzlich so auffällig auswich. Warum tat er das? Irgendwie hatte sie das unangenehme Gefühl, dass er versuchte, ihr etwas zu verheimlichen.

»Was denkst du?«, hörte sie ihn fragen. Mit dem Zeigefinger tippte er ihr gegen die Stirn, versuchte, die tiefen Falten, die sich dort gebildet hatten, glatt zu streichen.

Sie drehte den Kopf ein Stück zur Seite. »Dass ich dir am liebsten eine scheuern würde.« Sie wartete darauf, dass er auch darauf mit einem ironischen Spruch reagieren würde, aber das tat er nicht. Stattdessen wurde er völlig ernst.

»Ja. Vermutlich habe ich das verdient.«

Diese Aussage überraschte sie. »Du siehst ein, dass wir das besser gemeinsam gemacht ...«

»Nein! Nein, das meine ich nicht.« Plötzlich wirkte er zutiefst und unendlich schuldbewusst. »Ich habe es vergeigt, Mila.«

»Was willst du damit sagen?«

Auf der von ihr abgewandten Seite schwang er die Beine aus dem Bett. Kurz schien ihm der Atem wegzubleiben, doch dann stand er auf. Als er sich zu ihr umwandte, zeichnete

Schmerz sein Gesicht. »Ich wollte die Ebene zerstören, aber stattdessen habe ich Abélard befreit. Verstehst du? Ich habe alles noch viel schlimmer gemacht. Jetzt ist er noch stärker als je zuvor. Ich höre seine Stimme in meinen Gedanken. Und er lacht. Er lacht über uns. Über mich.« Mit einem leisen Ausatmen ließ er sich wieder auf die Bettkante sinken.

Stille sickerte in den Raum, dick und erdrückend wie ein giftiges Gas, das sie ganz langsam umbrachte.

»Ich weiß«, flüsterte sie. »Helena hat es mir schon gesagt.«

Wenn doch das alles hier nur endlich vorbei wäre!, dachte sie. Weil sie nicht wusste, was sie sonst tun sollte, schob sie die Hand in ihre Tasche zu dem Notizbuch, das sie darin trug. Sie umklammerte es, aber anders als früher fand sie darin im Moment keinen Halt mehr. Zu vieles war passiert. Die Worte auf den Seiten bedeuteten nicht mehr Zuflucht, sondern Gefahr.

»Ein ganzes Universum für deine Gedanken.« Er sah ihr in die Augen und ihr wurde bewusst, dass er fürchtete, sie gebe ihm die Schuld an allem hier. Sie wollte nichts sehnlicher, als ihm diese Angst zu nehmen.

Zögernd zog sie das Notizbuch hervor und zeigte ihm, was sie gestern geschrieben hatte. Er legte sich zurück aufs Bett und las die friedlichen, romantischen Szenen einmal. Dann ein zweites Mal. Seine Augen begannen zu glänzen. »Eine schöne Vorstellung, mit dir in Frieden hier in Paris zu leben, ohne die Fabelmacht.«

»Könnten wir es, Nicholas? Könnten wir uns beide in ein anderes Universum schreiben?« Sie dachte an das, was Maréchal und Helena ihr über die Wirkung der Fabelmacht erklärt hatten. Je mehr von der Realität man umschreiben wollte, umso größer war die Macht, die man dazu brauchte. Es war vielleicht eines, ein Shirt von Weiß zu Schwarz zu erzählen oder sogar einen geliebten Menschen vom Tod zurückzuholen. Aber ein anderes, vollständiges Universum zu erschaffen und es dann auch noch zu betreten? Unmöglich, oder? Sowieso: Um das zu bewerkstelligen, müssten sie beide die schwarzgläserne Ebene ein weiteres Mal überqueren und allein das war undenkbar. An Nicholas' tiefem Schaudern sah sie, dass auch er genau daran dachte.

»Ich glaube nicht, dass irgendjemand auf dieser Welt fabelmächtig genug dafür wäre«, murmelte er.

»Lässt du mich stattdessen etwas anderes versuchen?«, fragte sie.

In seine Augen trat ein wachsamer Ausdruck, aber er hielt sie nicht auf.

Sie blendete alles um sich aus, konzentrierte sich auf das, was sie zu Papier bringen wollte. Wieder und wieder setzte sie den Stift an, probierte einen Anfang nach dem nächsten. Aber egal, welche Worte sie auch verwendete, das Fabelmachtleuchten erschien nicht.

Sie wusste nicht, wie viel Zeit vergangen war, als sie Nicholas' Hand auf ihrem Arm spürte. »Lass gut sein«, flüsterte er. »Es funktioniert nicht.« Er hatte mitgelesen, was sie geschrieben hatte.

Sie ließ den Stift sinken.

»Es geht nicht«, murmelte sie. »Ich kann die Stimme in deinem Kopf nicht zum Verstummen ...«

Er nahm ihr den Stift weg, legte ihn zur Seite. Dann streichelte er ihre Hände. »Er ist zu mächtig für uns, seit er von der Ebene zurück ist.«

Wieder entstand Stille zwischen ihnen.

Schließlich räusperte Nicholas sich und in ihr spannte sich etwas. Was kam jetzt?

»Mila?«, fragte er. »Kannst du bitte Eric holen? Ich muss ...« Er zögerte. »Ich muss euch beiden etwas Wichtiges sagen.«

Eric fühlte sich unwohl, als er zu Nicholas ins Zimmer kam. »Hey, Mann, wie geht's dir?«, murmelte er.

»Könnte besser nicht sein«, erwiderte Nicholas. Tatsächlich sah er noch immer einigermaßen lädiert aus, aber für die lebensgefährlichen Verletzungen, die er sich gestern Abend zugezogen hatte, wirkte er in Erics Augen überraschend fit. Mila, ihre Mutter und Villain Caruel hatten keine schlechte Arbeit geleistet.

Was sollte er hier? Unsicher warf Eric Mila einen Blick zu. Sie hatte ihm gesagt, dass Nicholas ihnen etwas Wichtiges mitteilen wollte, ihm aber nicht verraten, worum es ging. An der Art, wie sie Nicholas nun ansah, erkannte er, dass sie selbst keine Ahnung hatte, was er von ihnen wollte.

Eric stöhnte. »Bitte sag mir, dass es nichts mit Abélard zu tun hat. Oder überhaupt mit dem verdammten Wahnsinn hier unten.«

Was für ein sinnloser Wunsch!, schoss es ihm fast gleichzeitig durch den Kopf.

Nicholas zuckte mit den Schultern. »Wie man's nimmt. Es geht darum, dass du auch ein Opfer der Fabelmacht bist.«

»Ach ja? Hab ich irgendwie gar nicht gemerkt, als Abélard mich halb tot geschrieben und Theodor mich in die verdammte Zisterne geschmissen hat.«

Nicholas setzte sich ein wenig aufrechter hin. Kurz wurden

seine Lippen weiß, aber sonst gab es keinerlei Anzeichen darauf, wie stark seine Schmerzen waren. »Du bist nicht gestorben«, sagte er ruhig. »Hast du dir eigentlich schon Gedanken darüber gemacht, warum das so ist?«

Mila, die bis jetzt dicht bei der Tür gestanden hatte, trat an sein Bett und setzte sich auf dessen Kante. »Worauf willst du hinaus?«

Nicholas biss die Zähne zusammen. »Eric hat eine besondere Rolle in dieser Geschichte.«

Kannst du mal auf den Punkt kommen?, dachte Eric. *Meine Rolle in der Geschichte? Das ist doch wohl ein Witz? Der Held kriegte die schöne Prinzessin und der Idiot und Hofnarr sitzt daneben und schaut dämlich. Tolle Rolle!*

Nicholas atmete langsam und tief aus. »Ich war fünfzehn Jahre alt, da ist meine Mutter bei dem Versuch, das Ende meiner Geschichte umzuschreiben, ums Leben gekommen.«

Eric spürte Abneigung gegen die ganze Situation hier, aber er zwang sich zuzuhören. Es war deutlich sichtbar, dass es Nicholas auch nicht gerade Spaß machte, von seiner Mutter zu erzählen.

Mila kauerte auf der Bettkante. Auf ihrem Gesicht lag ein ängstlicher Schimmer und Eric hätte alles dafür gegeben, ihr die Sorgen nehmen zu können.

»Sie hat sich selbst aus dem Fenster gestürzt«, sagte Nicholas. »Aber bevor sie das tat, hat sie versucht ...« Er machte eine Pause. »Sie versuchte, die Leerstellen in meiner Geschichte zu füllen.«

Eric sah, wie Mila zu begreifen begann. Plötzlich schaute sie ihn mit ganz neuen Augen an und er kam sich ausgeschlossen und dumm vor, weil er selbst nicht fabelmächtig war. Und weil er nicht den geringsten Schimmer hatte, wovon hier eigentlich die Rede war. »Die Leerstellen?«, fragte er.

»Ja«, sagte Nicholas. »Jede Geschichte hat Leerstellen. Zeiten, in denen nichts Relevantes passiert und die darum nicht erzählt werden. Meine Mutter kam auf die Idee, diese Leerstellen in meiner Geschichte zu füllen.« Er wappnete sich. »Und zwar mit dir.«

»Mit mir?« In Ermanglung eines Stuhls lehnte sich Eric gegen die Wand. Bis eben hatte sein Herz gleichmäßig geschlagen. Jetzt jedoch beschleunigte es auf Renntempo. »Heißt das ... Heißt das, dass ich ...?« Er konnte es nicht aussprechen. Himmel, er konnte es ja nicht mal denken!

Es war Mila, die es in Worte fasste. Sie war ganz langsam aufgestanden. »Willst du uns sagen, dass er ins Leben geschrieben wurde? Von Zoë?«

Nicholas schüttelte den Kopf. »Nein«, sagte er. »Natürlich nicht.«

Die Worte hingen eine Weile lang im Raum und Eric spürte der Erleichterung nach, die ihn erfasst hatte. Die Vorstellung, dass jemand ihn mithilfe der Fabelmacht erschaffen haben könnte, war noch gruseliger als alles, was er bisher gehört hatte.

»Du bist ganz normal geboren wie jeder andere Mensch auch«, fuhr Nicholas fort. »Und deine Eltern sind wirklich deine Eltern.«

Na, schoss es Eric durch den Kopf. *Das nun hätte ruhig anders sein dürfen.* Seine Kindheit war ein einziges Desaster gewesen und ihn verband nichts, aber auch gar nichts mehr mit seinen biologischen Erzeugern.

Er konzentrierte sich wieder auf Nicholas.

»Meine Mutter kannte dich. Sie war oft zusammen mit Odette am Gare de l'Est und hat dich beobachtet. Irgendetwas muss sie in dir gesehen haben.« Nicholas' Miene verzog sich nicht und auch sein Tonfall war neutral, aber Eric konnte sich durchaus vorstellen, was ihm gerade durch den Kopf ging.

»Weiter«, sagte er knapp.

Nicholas griff nach Milas Hand und zog sie zurück auf die Bettkante. »Meine Mutter hat dich also in die Leerstellen meiner Geschichte hineingeschrieben. Sie schrieb, dass Mila dich trifft, und zwar noch vor mir. Sie hoffte, dass sie der Geschichte dadurch die nötige Wendung gegeben hatte, die dazu führen würde, dass Mila und ich nicht zusammenkamen und dass am Ende alles ganz anders ausgehen würde.«

Eric nickte langsam. »Hat ja super geklappt«, rutschte es ihm heraus. Er wusste nicht, was er fühlen sollte, und als Mila ihm einen gequälten Blick zuwarf, in dem er Mitleid und noch etwas anderes las, etwas, das er nicht deuten konnte, da traf ihn plötzlich die Wucht des Gesagten hinterrücks. Mit einem Mal erfasste er, was Nicholas da eigentlich von sich gab.

»Warum erzählst du mir das gerade jetzt?«, fauchte er. »Hat die verdammte schwarzgläserne Ebene in dir den perversen Wunsch hervorgerufen, reinen Tisch zu machen? Mal so richtig alles herauszulassen, was ihr Fabelmächtigen so an Scheiß zusammengeschrieben habt? Oder ist das alles nur eine Lüge, um mich noch ein bisschen mehr zu foltern? Was? Was soll diese beschissene ...?«

»Eric ...«, unterbrach Mila ihn. Sie wirkte hilflos.

Nicholas schloss die Augen. Plötzlich schien er unendlich

erschöpft zu sein, aber weniger auf körperliche als vielmehr auf seelische Art und Weise. »Nein«, murmelte er. »Nein, verdammt! Ich erzähle dir das, weil Abélard dir nichts anhaben konnte.« Er fasste sich an die Schläfe, als habe er zu allem Überfluss auch noch Kopfschmerzen bekommen. Trotzdem sprach er weiter, mit gepresster Stimme nun. »Er konnte dich nicht töten, Eric. Verstehst du, was das bedeutet? Abélard hat keinen Einfluss auf dich. Ich habe keine Ahnung, warum das so ist, vermute aber, dass meine Mutter irgendwie dafür gesorgt hat. Weißt du, was das heißt?« Er wartete.

Eric schüttelte den Kopf.

»Du bist vielleicht der Einzige von uns, dem Mila in Zukunft noch vertrauen kann.«

Die Arme vor der Brust verschränkt, lief Helena unruhig in Bruder Theodors Arbeitszimmer auf und ab. Seit sie mitgeholfen hatte, Nicholas zu heilen, fühlte sie sich ausgelaugt, aber das lag nicht nur an den körperlichen und geistigen Anstrengungen, die sie in den letzten paar Tagen hatte unternehmen müssen. Es lag vor allem an den seelischen Strapazen und der emotionalen Achterbahnfahrt, die sie hinter sich hatte. Sich von Abélard zu lösen, war da fast noch das kleinste Problem gewesen. Sie dachte daran, wie Mila gegen den Bann angeschrieben hatte, den Abélard über sie gelegt hatte.

Mila.

Ihre wunderbare, perfekte Tochter, die noch keine Ahnung davon hatte, dass ihr in dieser Geschichte eine Rolle zugedacht war, die alles bisher Dagewesene an Grausamkeit weit in den Schatten stellte.

Helena schloss die Augen.

Du musst Nicholas alles erzählen, was es mit Eric und Zoë auf sich hat. Das hatte sie zu Villain gesagt.

Und er hatte es getan.

Etwas in ihr erzitterte bei der Erinnerung daran, wie Nicholas' Gesicht zersplittert war bei dem, was er gehört hatte. Wie viel würde dieser Junge noch aushalten müssen? Wie viel Leid würde Mila und ihm in dieser Geschichte noch aufgebürdet werden?

Die Selbstvorwürfe und die Scham wegen all der Dinge, die Helena Mila angetan hatte, waren größer denn je. Hätte sie sich früher gegen Abélard wehren müssen? Hätte es überhaupt einen Weg gegeben, sich gegen diesen Mann zu behaupten? Sie wusste es nicht und es machte sie fast irre, dass ihr wieder und wieder nur ein Gedanke durch den Kopf schoss.

Wenn sie Abélard doch nur früher durchschaut hätte!

Mit einem Seufzen blickte sie auf das Gemälde, das Theodor an der Wand hängen hatte. Es zeigte ein Ehepaar. Die verliebte Art, wie die Frau den Mann anschaute, wirkte gleichzeitig herzerwärmend und unerträglich.

Helena wandte sich davon ab und setzte ihre unruhige Wanderung fort.

Irgendwann öffnete sich die Tür und Theodor und Caruel, auf die sie die ganze Zeit gewartet hatte, kamen herein. Caruel sah ähnlich gerädert aus wie sie und auch Bruder Theodor wirkte erschöpft. Mit einem tiefen Ächzen ließ er sich hinter dem Schreibtisch auf den Stuhl fallen und lehnte sich zurück, dass die Lehne knarrte. »Nirgends eine Spur von Joseph«, murmelte er.

Nachdem Mila ihn von Abélards Bann befreit hatte, hatte er ausführlich Bericht erstattet, unter anderem auch darüber, dass Abélard eine Weile lang Josephs Gestalt angenommen hatte, um unerkannt unter ihnen sein zu können. Sie vermuteten, dass der wahre Bruder Joseph entweder irgendwo gefangen gehalten wurde – oder aber in irgendeinem unterirdischen Reservoir trieb, so, wie es auch Eric getan hatte.

Helena lief eine Gänsehaut über den Rücken, als sie daran dachte, wie Joseph sie zu ihrem Gästezimmer geführt hatte. Wie nah er ihr dabei gewesen war. Sie glaubte noch jetzt, seinen Atem im Nacken zu spüren, und die Vorstellung, dass es eben nicht der Ordensbruder gewesen war, sondern Abélard, drehte ihr noch im Nachhinein den Magen um.

Mit zusammengepressten Lippen sah sie Caruel an. Der zuckte resigniert mit den Schultern.

Bruder Theodor lehnte sich wieder vor. Erneut gab sein Stuhl ein Knarren von sich, das Helena aus irgendeinem Grund die Haare zu Berge stehen ließ.

»Wir können niemandem mehr trauen«, sagte der Ordensobere. »Abélard ist am Ziel. Er ist von der Ebene entkommen. Und nun ist er mächtiger als wir alle zusammen. Es dürfte nun ein Leichtes für ihn sein, jeden Einzelnen von uns jederzeit wieder unter seine Macht zu zwingen.«

Helena starrte das Gemälde an und wünschte sich, an Stelle der Frau darauf zu sein.

Ja, dachte sie. *Ja.* Sie musste es endlich einsehen.

Abélard war am Ziel. Und sie war am Ende.

Sie senkte den Kopf und dachte nach. »Nein«, sagte sie nach einer Weile mehr zu sich selbst als zu den beiden Männern. »Noch gebe ich nicht auf.«

»Was hast du vor?«, erkundigte sich Caruel.

Helena musterte ihn. Theodor hatte recht, dachte sie. Sie wussten nicht mehr, wem sie noch trauen konnten und wem nicht. Besser, sie machte das Folgende allein.

»Ich muss etwas überprüfen«, sagte sie.

Mila eilte durch die unterirdischen Gänge. Sie war Eric hinterhergelaufen, als er nach Nicholas' schockierender Eröffnung völlig außer sich aus dem Zimmer gerannt war. Aber er war zu schnell gewesen. Als sie zur nächsten Gangecke gekommen war, war er schon verschwunden gewesen. Vermutlich war er am Ende doch noch zurück an die Erdoberfläche gekehrt. Sie konnte es ihm so gut nachfühlen. Allein darüber nachzudenken, dass Zoë Caruel ihn in ihr Leben geschrieben hatte ... Zu wissen, dass er all das hier – diese ganze elende Scheiße – nur mitmachen musste, weil eine einzige Fabelmächtige es so entschieden hatte. Der Gedanke hatte etwas Ungeheuerliches für Mila. Wie musste es da erst Eric ergehen?

Resigniert blieb sie stehen. Was nun? Da sie nichts Besseres wusste, kehrte sie zu Nicholas zurück, der aufrecht in den Kissen saß und ihr entgegensah.

»Musste das sein?«, war alles, was sie herausbrachte.

Er schwieg lange. »Ja, das musste sein.«

Sie fühlte sich hin und her gerissen. Tief in ihrem Innersten war ihr klar, dass Nicholas das hier für sie beide getan hatte, aber er hatte Eric damit auch unendlich verletzt. Sie hatte keine Ahnung, was sie deswegen empfinden sollte. All ihre Gefühle für diese beiden Jungs waren irgendwie plötzlich ein einziges unentwirrbares Knäuel.

»Bitte, Mila«, sagte Nicholas. Wie schon vorhin einmal schwang er die Beine aus dem Bett und versuchte aufzustehen, aber diesmal sank er sofort mit einem zischenden Einatmen wieder zurück auf die Kante der Matratze. »Mir ist klar, dass du mir das im Moment nicht verzeihen kannst. Aber«, er lächelte unter Schmerzen, »dieser ganze Scheiß hier hat auch ein Gutes. Ich weiß nämlich jetzt, dass Eric der größere Held in dieser Geschichte ist.«

Mila riss die Augen auf. »Was soll denn das jetzt schon wieder heißen?«

Darauf erwiderte er nichts. Plötzlich sah er einfach nur unfassbar schicksalsergeben aus und sie dachte an ihren Eindruck von vorhin. Dass er ihr auswich. Dass er versuchte, irgendetwas Furchtbares vor ihr zu verbergen.

»Nicholas?«, flüsterte sie.

Er jedoch sah sie nur an, geradeheraus, und mit einem Ausdruck, der zu sagen schien: *Egal, was du tust: Mehr wirst du aus mir nicht herauskriegen.*

Sie schluckte.

Dann hielt sie es nicht mehr aus. Sie machte auf dem Absatz kehrt und verließ das Krankenzimmer. Sie musste Eric finden.

Mila suchte überall. In seinem Zimmer war Eric nicht und auch nicht sonst wo im Gästetrakt. Irgendwann landete sie in der Großen Bibliothek, weil unterdrücktes Keuchen und dumpfe Schläge sie anlockten. Beides kam von Eric.

Er trug nur eine Jeans, kein T-Shirt und keine Schuhe. Und er trainierte. Der dicken Schweißschicht auf seinem Oberkörper nach zu urteilen, schon eine ganze Weile. Immer wieder nahm er Anlauf, rannte ein paar Schritte an einer der steinernen Säulen empor, die die erste Galerie stützten, und landete mit einem Salto wieder auf den Füßen. Er wirkte so verbissen, dass er nicht bemerkte, wie Mila ihn beobachtete. Schwer atmend blieb er stehen, dann ließ er seinen Blick an der Wendeltreppe hinaufwandern, die die einzelnen Galerien miteinander verband. Mit schief gelegtem Kopf schätzte er die Lage ab. Und rannte los.

Mila hielt den Atem an.

Er lief zwei Schritte an der Wand hoch, sein linker Fuß traf das Treppengeländer. Von ihm katapultierte er sich weiter nach oben. Wieder die Wand. Das Geländer. Die Wand. Die Muskeln an seinen Armen und Schultern arbeiteten unter seiner Haut mit unfassbarer Präzision. Es dauerte keine fünf Sekunden, dann stand er auf der Brüstung der obersten Galerie hoch über Milas Kopf.

Ohne darüber nachzudenken, was sie tat, klatschte sie in die Hände.

Das hätte sie besser nicht getan. Eric erschrak. Sein Fuß rutschte ab, Mila schrie auf, als er schwankte und zu stürzen drohte. Doch er fing sich, seine Füße fanden festen Halt auf der schmalen Brüstung.

Mila erwartete, dass er auf den Boden der Galerie springen würde, aber das tat er nicht. Er drehte sich zu ihr um, schaute aus luftiger Höhe auf sie herab. »Seit wann stehst du da schon?«

»Eine Weile.«

Er balancierte ein paar Meter nach rechts. Mila hielt den Atem an. Wie viele Meter waren es bis hier herunter? Fünfzehn, eher zwanzig. Wenn er abstürzte, würde er sich das Genick brechen. Sie dachte daran, wie er sie auf die Dachterrasse des alten Hauses mitgenommen und ihr gezeigt hatte, wie es sich anfühlte, so dicht am Abgrund zu stehen. Auf einmal sehnte sie sich nach dem Gefühl der Lebendigkeit, das sie damals verspürt hatte. Und plötzlich hatte sie das unbändige Bedürfnis, Eric etwas beichten zu müssen. Sie hatte nicht die geringste Ahnung, was die nahe Zukunft bringen würde. Vielleicht also war es besser, wenn es keine Geheimnisse mehr zwischen ihnen gab. »Können wir kurz reden?«, rief sie nach oben.

Eric zuckte mit den Schultern.

Sie löste sich dennoch aus dem Schatten der Regale und erklomm die Wendeltreppe. Eric stand ganz ruhig da, bis sie bei ihm war. Nur seine bloße Brust hob und senkte sich stoßweise. Sein Oberkörper glänzte von Schweiß und er wischte sich mehrfach die Handflächen an der Jeans ab, die ihm tief auf die Hüften gerutscht war. Rasch wandte sie den Blick ab und schaute stattdessen an Eric vorbei in die Tiefe. Von hier oben sah es noch viel höher aus.

Er wischte sich die nassen Haare aus der Stirn. »Was?!«, fragte er. »Wenn du reden willst, dann rede! Heute ist offenbar der große Tag dafür.«

Sie konnte seine Verbitterung verstehen. »Mir wäre lieber, du würdest erst da runterkommen.«

Mit zusammengepressten Lippen schüttelte er den Kopf. »Ich fühle mich hier oben ganz wohl. Also? Was wolltest du mir sagen?«

Sie überlegte. Wie nur sollte sie es in Worte fassen? »Damals, als wir uns auf dem Bahnhof das erste Mal begegnet sind ...«

Zu ihrer Verblüffung winkte er ab. »Lass gut sein. Ich weiß längst, dass du mich damals umgeschrieben hast.«

»Wieso?« Das war die einzige und so ziemlich die blödeste Frage, die ihr einfiel.

Er lachte trocken auf. »Mila, ich bin vielleicht ein Kerl und darum von Natur aus nicht besonders helle. Aber selbst mir ist irgendwann aufgefallen, dass ich mich an dem Tag, an dem wir uns getroffen haben, um hundertachtzig Grad gewendet habe.« Ein Schatten flog über sein Gesicht.

Mila wollte jetzt nichts mehr, als dass er endlich von diesem Geländer runterkam.

»Ich meine: Verantwortungsbewusstsein bis hin zur Selbstaufgabe? Welcher Junge hat das schon, wenn nicht ein Mädchen ihn dazu bringt?«

Mila spürte, wie ihr das Blut in die Wangen schoss. »Es tut mir leid, Eric. Ich hätte es dir schon viel früher sagen sollen, aber ich wusste nicht ...«

»Vergiss es, habe ich gesagt!«

War er wirklich so cool oder tat er nur so? *Himmel, komm doch da runter!*

»Nein«, widersprach sie. »Nein. Du musst sauer sein und das kann ich verstehen. Ich ...«

»Du wusstest nicht, dass du fabelmächtig bist, als du es getan hast.« Er grinste und sah inzwischen nicht mehr so böse aus. »Guck nicht so! Auch das habe ich mir zusammengereimt.«

Ihr wurde ganz warm ums Herz. Warum nur waren die Dinge mit ihm immer so einfach und mit Nicholas so schrecklich kompliziert? Auf einmal war sie froh, dass er keine Gedanken lesen konnte. »Wirklich nicht sauer?«, fragte sie vorsichtig.

Er schüttelte den Kopf. »Nein.«

Sie dachte daran, wie lebendig sie sich auf der Brüstung

der Dachterrasse gefühlt hatte. An den tiefen, unerträglichen Schmerz nach Nicholas' Tod, der von seiner Gegenwart ein bisschen gelindert worden war.

Sie legte die Hände auf die Brüstung.

Sollte sie?

»Lass es!«, sagte er völlig ruhig.

Sie hob die Augenbrauen.

Er grinste erneut. »Ich bin ausgepumpt und meine Hände schweißnass. Wenn du abstürzt, könnte ich dich nicht halten.«

Da waren Enttäuschung und Erleichterung gleichzeitig in ihr. »Okay«, murmelte sie. Die Art, wie er sie ansah, machte sie beklommen. »Komm da runter«, bat sie.

Er setzte zu einem erneuten Kopfschütteln an, aber da erklang Nicholas' dunkle Stimme von unten.

»Du solltest besser auf sie hören.«

Eric runzelte geringschätzig die Stirn. Er machte Anstalten, zu Mila auf den Boden zu springen, und da geschah, was sie eben schon hatte kommen sehen. Sein Fuß rutschte ab.

Und diesmal fiel er.

»Nein!« Mila stürzte vorwärts. Die Brüstung knallte ihr gegen die Hüftknochen, aber sie merkte den Schmerz nicht mal. Voller Panik griff sie nach Eric, der sich gerade noch an der Kante der Brüstung hatte festhalten können.

Wie glitschig seine Haut war! Seine Finger glitten bereits ab.

»Lass ...!«, ächzte er. Seine Augen waren weit aufgerissen.

»Eric!« Sie wollte ihn festhalten, doch alles, was sie erreichte, war, dass ihre Fingernägel blutige Schrammen in seine

Unterarme kratzten. Und noch immer rutschte er. Er versuchte, ein Bein nach oben zu schwingen, aber er war zu erschöpft. Es gelang nicht. Sein gesamtes Gewicht hing nur noch an den Fingerspitzen.

»Nein!«, keuchte Mila.

Er biss die Zähne zusammen.

»Mila«, sagte er. Und dann ließ er los.

Mila schrie auf. Völlig hilflos sah sie zu, wie er ein Stockwerk in die Tiefe fiel, ein zweites.

Und sie war nicht weniger hilflos, als sich Erics Fall urplötzlich verlangsamte. Eine unsichtbare Macht packte ihn und fing ihn auf. Sanft wie eine Feder sank er nach unten, kam unversehrt und sicher auf beiden Füßen auf.

Mila schwankte.

Nicholas stand unten zwischen den Regalen ganz und gar ruhig und aufrecht. In den Händen hielt er sein schwarzes Notizbuch. Und auf der aufgeschlagenen Seite erlosch genau in diesem Moment das Fabelmachtleuchten.

Mila brauchte ein paar Sekunden, bis sie ihre Erstarrung überwunden hatte. Dann flog sie förmlich die Treppe hinunter, stürzte zu Eric, der keuchend von dem überstandenen Schrecken dastand.

»Scheiße!«, stöhnte er. Er grinste schief. »Ich fürchte, dafür muss ich mich wohl bei ihm bedanken, oder?«

Mila konnte es nicht fassen. Sie wollte ihn schlagen für seine Coolness, sie wollte lachen und weinen gleichzeitig vor Schreck und Erleichterung und Wut und … »Du Mistkerl! Mach das nie wieder, nie, hast du gehört?«

Er fing ihre Hände ab. Sein Brustkorb hob und senkte sich noch immer sichtbar. »Hey! Es ist nichts passiert.«

Da brach sie in Tränen aus. Sie fiel ihm um den Hals und es war egal, dass er schweißnass war. Sie klammerte sich an ihm fest und war froh darüber, dass er die Arme um ihre Taille schlang und sie an sich zog.

»Ich hätte nie gedacht, dass ich mal dankbar dafür sein würde, dass jemand die Fabelmacht an mir ausprobiert«, murmelte er gegen ihre Halsbeuge. »Wenn ich eben noch sauer auf dich gewesen wäre, wäre das jetzt definitiv vorbei.«

Sie lachte auf. Es fühlte sich furchtbar an. »Ich habe dich ganz nass geheult«, schniefte sie und machte sich von ihm los.

Er sah an sich herab. »Nicht dass es irgendwas ausmachen würde«, grinste er und ihr wurde schlagartig bewusst, dass er halb nackt war. Peinlich berührt machte sie sich los. Sein Blick ging über ihren Kopf hinweg zu Nicholas, der noch immer an Ort und Stelle stand, und sie wandte sich zu ihm um. Langsam, als müsse er sich willentlich dazu zwingen, klappte Nicholas das Buch zu, steckte den Kugelschreiber hinein. Seine Augen waren so voller Schmerz, dass Mila davon ganz starr wurde.

»Danke!«, flüsterte sie in seine Richtung.

Er nickte knapp.

Was zur Hölle sollte sie jetzt sagen? Sie wollte Nicholas umarmen, ihn berühren, ihn festhalten, wie sie eben Eric festgehalten hatte. Sie glaubte, Erics Blicke in ihrem Genick brennen zu spüren.

»Ja, danke«, sagte auch Eric, aber es klang halbherzig. Er überlegte, dann schien er sich einen Ruck zu geben und fragte: »Warum hast du mich nicht sterben lassen?«

Nicholas' Blick ruhte schwer auf Mila. »Weil es sie zerstören würde, wenn du stirbst.«

Nicholas wandte sich ab. Er war erleichtert darüber, dass Mila zu schockiert und verwirrt war, um ihm nachzulaufen. Ein brennender Schmerz saß tief in seinem Herzen, als er daran dachte, wie sie eben in Erics Armen gelegen hatte. Die Qual, die es ihm bereitet hatte, sie um diesen Mistkerl weinen zu sehen, überlagerte den Schmerz seiner Verletzungen.

Warum hast du mich nicht sterben lassen?, hatte Eric gefragt.

Die Erinnerung ließ Nicholas mit einem Ruck stehen bleiben. Plötzlich konnte er sich nicht mehr bewegen. Er krümmte sich, froh darüber, dass er außer Sichtweite war. Und dann dachte er daran, was sein Vater und Helena ihm vorhin erzählt hatten. Wie sehr es ihm den Boden unter den Füßen weggezogen hatte. Und was für einen furchtbaren Sinn plötzlich alles ergab.

Seit er mit Abélard auf der schwarzgläsernen Ebene gewesen war, hatte er das Gefühl, nicht mehr er selbst zu sein. Etwas hatte sich verändert. *Er* hatte sich verändert. Seine Liebe zu Mila war ungebrochen, ja sogar stärker denn je. Aber in ihm war plötzlich so eine große Wut – auf Eric, auf Helena, auf seinen Vater, auf sie alle. Er hörte nicht länger Abélards Stimme, die in seinem Kopf etwas flüsterte. Er hörte seine eigenen Gedanken, und das, was sie verhießen, war so verlockend. Die Fabelmacht konnte Grausames tun, flüsterten sie ihm zu, aber doch nur, weil er sich gegen sie auflehnte. Wer sagte denn, dass sie wirklich so schlecht war? Vielleicht war ja genau das Gegenteil richtig. Hatten nicht jene Menschen, die der Fabelmacht abschworen, all das hier in Gang gesetzt? Angefangen bei seinen eigenen Eltern und Helena, die versucht hatten, sie von der Fabelmacht fernzuhalten.

Wenn sie die Macht dieser Gabe von Anfang an akzeptiert hätten, dann wäre nie etwas passiert – dann würden sie alle zusammen an einem Ort leben, wo alles möglich war! Dann würde ...

Halt!

Nicholas stöhnte auf. *Nein, nein, nein!* Was tat er hier? Die Fabelmacht war der Grund allen Unheils – nicht die Menschen, die versuchten, das Unheil zu verhindern. Er durfte solche Gedanken nicht zulassen! Aber wie nur sollte er sich dagegen wehren, wenn sie stärker und stärker in ihm wurden? Wenn es so weiterging, würde über kurz oder lang wirklich das eintreffen, was sein Vater und Helena ihm vorhin verraten hatten. Dann würde Mila ...

Er kappte auch diesen Gedanken, denn er war zu furchtbar, um über ihm nicht den Verstand zu verlieren.

»Warum hast du mich nicht sterben lassen?«, wiederholte er flüsternd Erics Frage.

Die Antwort darauf war einfach.

Weil er wollte, dass Mila wenigstens einen Menschen hatte, an dem sie sich festhalten konnte.

Denn wie es aussah, würde er das nicht mehr allzu lange sein können.

Eric starrte in die Richtung, in der Nicholas verschwunden war. Sein Herz schlug heftig von dem überstandenen Schrecken und er wusste nicht genau, ob er dankbar oder eher entsetzt sein sollte.

Er war sich Milas Gegenwart deutlich bewusst, aber es gelang ihm nicht, ihr in die Augen zu sehen, denn nachdem er vorhin aus Nicholas' Krankenzimmer geflüchtet war, war er

Caruel begegnet. Und der hatte ihm etwas erzählt, das noch weitaus furchtbarer war als die Tatsache, dass Zoë ihn in Nicholas' Geschichte geschrieben hatte.

O Gott, Mila ..., dachte er jetzt.

»Was hast du?« Milas Gesicht schwebte dicht vor ihm. Sie sah beunruhigt aus. Wie lange war er in Gedanken versunken gewesen?

Er straffte sich. »Erinnerst du dich an die Vernissage? Da hast du mich um etwas gebeten, das mir sehr schwergefallen ist. Aber ich habe es trotzdem getan.«

Mila verstand. »Du willst allein sein«, sagte sie.

Eric nickte.

Ganz leicht legte sie ihm die Hand an die Wange, zog sie aber so schnell zurück, als habe sie sich verbrannt. Sie schluckte einmal schwer, bevor sie sich umwandte und zwischen den Regalen der Großen Bibliothek verschwand.

Als sie weg war, stieß Eric einen leisen Fluch aus. Er hatte gelogen, als er behauptet hatte, er wolle allein sein. Es war ihm nicht leichtgefallen, aber es musste sein. Mit einem tiefen Seufzen machte er sich auf den Weg, Nicholas zu suchen.

Nicholas hatte sich in die Bibliothek der ungelesenen Bücher zurückgezogen und dort fand Eric ihn – in einem Gang mit englischsprachigen Schriftstellern. Als er Eric kommen hörte, schaute er mit einem missmutigen Laut von einem schmalen Manuskript auf. »Was willst du noch?«, brummte er. »Du musst dich nicht bedanken. Das hat Mila schon für dich getan.«

Eric ahnte, dass Nicholas nicht hier war, um zu lesen. Ganz im Gegenteil. Er war tief in überaus düstere Gedanken versunken gewesen. Eric ließ seine Unfreundlichkeit an sich abprallen. Besser, er kam direkt zur Sache. »Warum hast du uns vorhin nicht die ganze Wahrheit gesagt?«, sagte er. »Über deine Mutter. Über das, was direkt vor ihrem Tod passiert ist?«

Nicholas erstarrte. »Was meinst du ...?« Mit einer Bewegung, die unendlich schwerfällig aussah, wandte er sich dem Regal zu und schob das Manuskript zurück an seinen Platz. Es war ein Roman von J.R.R. Tolkien, registrierte Eric beiläufig. Eine Geschichte mit dem Titel *Lúthien*. Er hatte Tolkien früher geliebt und unter anderen Umständen wäre er begeistert gewesen, eine unveröffentlichte Geschichte von ihm in den Händen zu halten. Im Moment jedoch hätte ihn nichts weniger interessieren können als das.

»Dein Vater«, sagte er knapp. »Ich habe ihn getroffen, nachdem du Mila und mir erzählt hast, wie deine Mutter mich in diese Geschichte geschrieben hat.«

»Und?«, fragte Nicholas, ohne sich umzuwenden. Seine Schultern, sein Nacken, sein gesamter Körper wirkte angespannt.

»Er hat mir auch noch den Rest erzählt, Nicholas. Ich weiß von der Vision deiner Mutter. Ich weiß, was sie kurz vor ihrem Tod gesehen hat!«

Jetzt fuhr Nicholas herum. »Wenn du Mila davon erzählst, dann ...« Er beendete seinen Satz nicht und für einen kurzen Moment konnte Eric ihn vollkommen verstehen. Trotzdem hatte er nicht vor, sich von dieser völlig bescheuerten Drohung beeindrucken zu lassen.

»Warum willst du es ihr verheimlichen?«, fragte er. Er hielt inne, wartete und als Nicholas nicht antwortete, zwang er sich zu sagen: »Warum willst du ihr nicht sagen, dass sie es ist, die dich am Ende töten wird?«

Seine Worte standen zwischen ihnen wie eine massive Wand. Es wurde nicht besser dadurch, dass man es aussprach, dachte Eric. Ganz im Gegenteil. Er wollte etwas zertrümmern, egal was, nur schmerzhaft musste es sein. Richtig schmerzhaft, damit es die Panik in seinem Innersten wenigstens für einen Moment überlagern konnte. Vor seinem geistigen Auge erschien Caruels graues Gesicht. Und er hörte seine Stimme.

»Zoë hat kurz vor ihrem Tod gesehen, wie Nicholas ums Leben kommt. Er wird sterben, Eric. Und zwar durch Milas Hand.«

Eric rieb sich die Augen. »Du musst es ihr sagen, Nicholas!«

Statt darauf zu antworten, starrte Nicholas ihn nur an.

»Okay«, murmelte Eric. »Schon klar. Schließlich bist du Nicholas Caruel. Der Typ, der die Rolle des tapferen Märtyrers gepachtet hat, statt auch nur einmal einen Gedanken daran zu verschwenden, dass ihr gemeinsam ...«

Mit einem Ruck riss Nicholas die Hand hoch. »Wenn du denkst, dass ich hier den Macho spielen will ...«

»Nein, natürlich nicht! Obwohl, lass mich nachdenken! Wie komme ich bloß darauf?«

Nicholas ignorierte diesen bissigen Einwurf. »Die Wahrheit ist, dass ich nicht sicher bin, was dieses Wissen mit ihr machen würde.« Er klopfte sich gegen die Stirn. »Abélard ruft mich. Mir kommen Gedanken, Eric. Gedanken, dass die Fabelmacht gar nicht so schlecht ist. Dass sie für uns alle so vieles einfacher machen könnte ...« Er brach ab. »Mir ist bewusst, dass diese Gedanken falsch sind. Aber sie werden stärker und ich kann nichts dagegen tun. Ich weiß einfach nicht, wie lange ich ihnen noch standhalten kann. Wenn es wirklich so kommt, wie meine Mutter es vorhergesehen hat, dann werde ich wohl irgendwann die Seiten wechseln. Und Mila dadurch zwingen, mich ...« Er verstummte mit einem gequälten Laut. »Ich kenne Mila«, fuhr er nach langem Schweigen fort. »Wenn sie das erfährt, macht sie mit großer Wahrscheinlichkeit eine Dummheit.«

Eric biss sich auf die Lippen. Okay, er gab es nicht gern zu, aber das alles hier war einfach nicht fair. Auch Nicholas hatte sich seine Rolle in dieser Geschichte nicht selbst ausgesucht. Wie viel konnte ein einzelner Mensch eigentlich aushalten? Und was würde noch alles geschehen müssen, bis sie es herausfanden?

»Sie wird niemals auf mich schießen, so, wie mein Vater es getan hat«, fügte Nicholas hinzu.

»Du glaubst, sie tut sich was an?«

»Das Maß an Scheiße, die sie in der letzten Zeit aushalten musste, ist mehr als voll«, sagte Nicholas, und das war unerträglich dicht an dem, was Eric selbst eben noch gedacht hatte. »Ich würde ihr gern wenigstens ein paar friedliche Stunden bieten, bevor alles noch schlimmer wird. Eine kleine Verschnaufpause. Aber dann wieder denke ich, dass ich eigentlich meine ganze Kraft daransetzen sollte, Abélard in den Arsch zu treten.« Nicholas raufte sich die Haare. »Wenn ich nur wüsste, wie!«

Eric trat vor. »Du bist doch nicht allein damit, Nicholas! Dein Vater hat mir erzählt, dass Theodor und Helena versuchen, Abélard auf die Spur zu kommen. Vergiss nicht, der Drecksack ist immer noch ein normaler Mensch. Okay, zwar einer, der fabelmächtig ist, aber ...« Er hob die Hand, als Nicholas etwas einwenden wollte. »Also, wenn du mich fragst, dann könntest du die anderen mal machen lassen. Ihr könnt nicht nonstop kämpfen. Himmel, Nicholas! Du siehst aus wie eine wandelnde Leiche. Eine Verschnaufpause ist möglicherweise eine gute Idee. Vielleicht sogar die Idee, die euch am Ende die nötige Kraft für den Kampf gibt.«

Nicholas schwieg.

»Wenn du willst, bringe ich uns an einen Ort, den niemand hier kennt«, fügte Eric hinzu. »Wo ihr sicher seid und euch ein bisschen ausruhen könnt.«

Nicholas atmete durch. An der Art, wie er die Augen zusammenkniff und seine Schläfe rieb, erkannte Eric, dass er gegen seine eigenen Zweifel ankämpfte. »Okay«, murmelte er. »Vielleicht hast du recht.«

»Gute Entscheidung.« Als Eric sich schon zur Tür wenden wollte, packte Nicholas ihn am Arm.

»Aber Eric?«

Eric wandte sich noch einmal zu ihm um.

»Mila erfährt nichts von den Visionen meiner Mutter! Erzähl es ihr und du bist dran!«

15

Mila stand am Fuße der riesigen Freitreppe und drehte sich einmal um ihre eigene Achse. Die Stufen waren mit dunkelrotem Samt bezogen, die Wände mit Draperien in Rot und Gold verhängt. Ein riesiger Kronleuchter hing direkt über ihrem Kopf, hatte aber schwer Schlagseite. Seine unzähligen Kristalle waren von Spinnweben eingesponnen und im Laufe der Jahrzehnte blind geworden. Doch die elektrische Beleuchtung funktionierte noch, das hatten sie festgestellt, als Eric irgendwo hinter den Kulissen einen riesigen Schalter umgelegt hatte.

»Wo genau sind wir hier?« Das Staunen in ihrer Stimme war sogar für sie selbst hörbar.

»Unter der Opéra Garnier«, erklärte Eric. »Sehr tief.«

Er war vorhin zusammen mit Nicholas zu ihr gekommen und hatte behauptet, dass er einen Ort gefunden hatte, von dem so gut wie niemand etwas wusste und an dem sie sich für eine Weile verstecken würden. Er hatte Überredungskunst gebraucht, bis er Mila davon überzeugt hatte, dass sie keinem Bescheid sagten, wo sie waren.

»Deine Mutter und Nicholas' Vater sind einer Meinung mit

uns«, hatte er gesagt. »Wenn niemand weiß, wo wir sind – wirklich niemand –, dann kann Abélard auch keinen dazu zwingen, euch zu verraten.«

Mila hatte lächeln müssen, weil Eric sich plötzlich auf die Seite ihrer Mutter geschlagen zu haben schien. Vor Kurzem hatte das schließlich noch ganz anders ausgesehen. Also hatte sie eingewilligt. Sie waren zu dritt aufgebrochen und Eric hatte sie auf unterirdischen Wegen hierhergeführt.

Jetzt deutete er mit dem Daumen zur vertäfelten Decke über ihren Köpfen. »Direkt über uns befindet sich der Place Diaghilev. Dass es hier unten mal einen zweiten Konzertsaal samt Logen, Treppenhaus und allem Drum und Dran gab, ist kaum noch bekannt. Ein reicher Adliger aus dem 19. Jahrhundert hat den Saal bauen lassen, weil er ein Fan von Gaston Leroux' *Phantom der Oper* war.« Er zuckte mit den Schultern. »Vermutlich war ihm einfach saulangweilig mit all seinem Geld.«

Mila ging zu einer Reihe Büsten, die in Wandnischen am Fuße der Treppe standen. Ihre Fingerspitzen wanderten über Dante, Aristoteles, Shakespeare. Nicholas, der ähnlich staunend wie sie stehen geblieben war, fuhr über das Treppengeländer. Offenbar zog er sich dabei einen Splitter ein, denn er zuckte zurück und saugte an seinem Zeigefinger.

»Woher kennst du diesen Ort?«, fragte er.

Eric sah nicht glücklich aus, aber er gab dennoch eine Antwort. »Der Kumpel, bei dem wir uns versteckt haben, an der Rue Gambetti. Wie gesagt, wir haben mal eine Zeit lang zusammengewohnt. Er ... er dealt. Ab und zu hat er hier unten Stoff versteckt und manchmal habe ich ihm geholfen, das Zeug wieder raufzuschaffen.«

Mila dachte an die Kartons auf dem Dachboden der Wohnung. Es gab so vieles über Eric, von dem sie nichts wusste. Nicholas kannte sie, seit sie als kleines Mädchen über ihn geschrieben hatte. Über ihn wusste sie so viel. Aber Eric war immer noch ein unbeschriebenes Blatt für sie. Plötzlich wünschte sie sich fast nichts sehnlicher als genügend Zeit, ihn wirklich kennenzulernen.

Eric deutete auf einen Seitengang, der von einer Empore auf halber Treppe abging. »Kommt mit!« Er führte Mila und Nicholas in diesen Gang und von dort aus eine schmale Stiege wieder hinab, bis sie hinter der Bühne ankamen. Hier waren die Flure weniger pompös ausgestattet. Keine roten Teppiche, sondern Holzdielen. Die Türen bestanden aus Fichte. An jeder befand sich ein kleines Schildchen. Die Namen darauf hatte Mila noch nie im Leben gehört.

»Die Künstlergarderoben«, sagte Eric. Er stieß eine der Türen auf und ließ Mila vorgehen. Ein Geruch flog sie an, in dem zwischen Staub und Moder noch das Puder und Parfüm all der Tänzerinnen zu liegen schien, die sich hier umgezogen hatten. Die Wände waren mit verblichenen stilisierten Blumen tapeziert. Ein riesiger Spiegel dominierte eine Wand, die Beleuchtung rechts und links davon bestand aus unglaublich altmodisch aussehenden Glühbirnen. Auch sie funktionierten noch, als Eric sie einschaltete.

»Wie lange ist das alles hier schon aufgegeben?«, fragte Mila. Der Schminktisch vor dem Spiegel war leer und staubbedeckt. Winzige Spuren von Mäusefüßen liefen einmal quer darüber.

Eric zog die Mundwinkel nach unten. »Seit gut hundert Jahren oder so.«

An der Wand neben dem Spiegel hing ein Ankündigungsplakat, das für eine Aufführung von Schwanensee warb. Die Schrift darauf war eindeutig Jugendstil, erstes oder zweites Jahrzehnt des vergangenen Jahrhunderts also.

»Die Garderoben hier haben alle ein Hinterzimmer.« Eric stieß noch eine Tür auf, die Mila bisher übersehen hatte, weil sie genauso wie die umliegenden Wände tapeziert war. Ein weiterer Raum lag dahinter. Er enthielt ein paar Möbel, die mit verstaubten weißen Tüchern abgedeckt waren. Mila konnte an ihren Formen erkennen, was sich darunter befand. Eine Récamiere, ein kleines Tischchen und zwei Stühle.

»Zwischen diesen Hinterzimmern gibt es Verbindungstüren«, erklärte er. »Vermutlich, damit die Herren und Damen Künstler sich unbemerkt gewissen ... Vergnügungen hingeben konnten.«

»Wie nett«, sagte Nicholas und rieb sich seine schmerzenden Rippen. Sein Shirt rutschte dabei ein Stück hoch und entblößte einen schmalen Streifen Haut direkt über seinem Hosenbund. Ohne dass Mila etwas dagegen tun konnte, erfasste ein Kribbeln ihre Bauchgegend.

Eric grinste. »Wie dem auch sei: Hier könnt ihr schlafen, wenn wir länger hierbleiben.« Er betrat das Hinterzimmer, öffnete die Verbindungstür und offenbarte damit einen Raum, der aussah wie das genaue Ebenbild von dem, in dem sie sich befanden.

Während sie gemeinsam die Tücher von den Möbeln zogen und so vorsichtig wie möglich falteten, um nicht allzu viel Staub aufzuwirbeln, sah Mila Nicholas wieder und wieder in die Augen.

Inzwischen war sie hundertprozentig davon überzeugt,

dass er irgendetwas vor ihr verbarg. Sie bemerkte, wie er ab und zu Blicke mit Eric tauschte, und das erhärtete ihren Verdacht noch. Was hatten die beiden nur? Sie schienen sich plötzlich erstaunlich einig zu sein. Fast eine verschworene Gemeinschaft.

Sie wusste nicht, was sie davon halten sollte. Auf der einen Seite freute es sie, dass die beiden offenbar begannen, Sympathie füreinander zu entwickeln. Auf der anderen Seite beunruhigte sie ihr Schweigen mehr, als sie zugeben wollte.

»Alles okay?« Nicholas nahm ihr das Laken ab und faltete es ein letztes Mal, bevor er es fortlegte. Seine Bewegungen waren behutsam und das zeigte ihr, welche Schmerzen ihm seine gebrochenen Rippen bereiteten. »Was hast du, Mila?«

Und da brach alles über ihr zusammen. Tränen schossen ihr in die Augen. Das Bild, wie er wie eine zerschmetterte Gliederpuppe unter der Sternenkuppel gelegen hatte. Die Nacht, in der sie um sein Leben geschrieben hatte. Dazu Eric, der in der Bibliothek beinahe in den Tod gestürzt wäre ...

Ein leises Geräusch an der Tür zur Garderobe erklang. Nur am Rande bekam Mila mit, dass Eric den Raum verlassen und die Tür hinter sich zugezogen hatte. Sie war mit Nicholas allein.

»Du musst mir versprechen, immer bei mir zu bleiben«, flüsterte sie.

Seine Fingerspitzen legten sich auf ihre Lippen. »Scht!«

Sie konnte nicht schweigen. »Ich habe Angst, dass es wieder böse enden wird. Was, wenn Abélard am Ende gewinnt, Nicholas? Wenn er dich tötet und mich ...«

Er beugte sich vor und streifte mit dem Mund ihre Lippen.

»Scht«, machte er noch einmal und legte beide Hände an ihre Wangen.

»Herrgott noch mal«, murmelte sie. Sie spürte der Wärme seiner Haut und seines Atems nach. »Tut mir leid. Können wir nicht einmal unbeschwert zusammen sein?« Sie lächelte unter Tränen. »Manchmal wäre ich gern ein bisschen mehr wie Isabelle, weißt du das? So leichtherzig und bereit, das Leben hinzunehmen, wie es kommt.«

Nicholas küsste sie. »Ja«, sagte er. »Ja, das wäre schön.« Er klang ähnlich sehnsüchtig, wie sie sich fühlte. »Ich könnte schreiben, dass es dir so geht.«

Im ersten Moment war da der brennende Wunsch in ihr, dem zuzustimmen. Doch sie schüttelte den Kopf. Das letzte Mal, als sie sich das Gedächtnis wegerzählt hatte, war sie erfüllt gewesen von dieser furchtbaren Düsternis und bodenlosen Traurigkeit, für die sie keine Erklärung gehabt hatte. »Nein«, sagte sie und ein Teil von ihr bedauerte es im selben Augenblick. »Nein. Das wäre nicht richtig.« Sie zwang sich zu einem weiteren Lächeln. »Lass uns einfach so tun, als wäre uns leicht ums Herz, okay? Wenigstens für eine Weile.«

Die Schmerzen in seinem Körper, die Zweifel an seinem Verstand, das Wissen um die Vision seiner Mutter. Nicholas wollte auf irgendwas einschlagen. Stattdessen legte er Mila die Hände an die Wange und hoffte, dass sie nicht merkte, wie sehr er zitterte.

Als sie ihn bat, wenigstens für eine Weile so zu tun, als wäre ihnen leicht ums Herz, hätte er beinahe vor Frustration aufgeschrien. Um es nicht zu tun, küsste er sie heftig und voller Verlangen.

Ein fragender Ausdruck erschien in ihren Augen. Spürte sie das Tonnengewicht, das ihm auf der Seele lag, seit sein Vater ihm verraten hatte, wie er diesmal sterben würde?

Er löste seine Lippen von ihren. Was hätte er darum gegeben, für einen Moment zu vergessen, einfach nur da zu sein, ohne Angst und Sorge? Aber stattdessen hatte er das Gefühl, die schwarzgläserne Ebene und Abélard würden ihn in jeder Minute begleiten. Er spürte beide fast körperlich. Was, wenn Abélard sich irgendwann entschied zu schreiben, dass Nicholas sich ihm anschloss?

Unwillkürlich griff er bei diesem Gedanken an den Saum seines rechten Ärmels, schob ihn nach oben in der Angst, dort flammend blaue Schrift zu entdecken.

Doch da war nichts.

Erleichterung machte ihn schwach und zitterig und er wusste, dass diese Erleichterung trügerisch war. Wenn Abélard mit seiner neu erwachten Macht schrieb, wie er sich ihm anschloss, dann war alles verloren. Dann würde er zu dem Menschen werden, der er nie sein wollte. Oder diesmal an dem Flammenmal zugrunde gehen.

»Nicholas?« Milas Hand legte sich zwischen seine Schulterblätter. »Wo bist du?«

»Hier«, sagte er. »Hier bei dir.« Er straffte sich innerlich. Was in der nahen Zukunft geschah, konnte er nicht beeinflussen. Aber dass Mila bis dahin wenigstens ein bisschen Unbeschwertheit genießen konnte, das hatte er in der Hand. Er zwang sich zu einem Lächeln und hielt ihr seinen Arm hin. »Mademoiselle, sind Sie bereit, Ihr neues Zuhause zu erkunden?«

Mila verspürte Erleichterung, als Nicholas lächelte und ihr in einer galanten Geste den Arm reichte. Diese Düsternis, die er die ganze Zeit schon ausstrahlte, war kaum noch zu ertragen gewesen.

»Sehr gern, Monsieur«, ging sie darum darauf ein, auch wenn sie wusste, dass es ein Spiel war. Eine Verschnaufpause würde ihnen beiden guttun. Eric schien das ähnlich zu sehen. Als sie gemeinsam auf den Flur traten, nickte er ihnen zu. Sie verließen den Gang mit den Garderoben und gingen die große Freitreppe mit dem Kristallleuchter und den Künstlerbüsten hinauf. Auf dem staubigen Boden waren Fußspuren zu entdecken, aber keine von ihnen sah frisch aus.

»Schau, dort drüben sind die Logen«, sagte Nicholas.

Mila reckte den Hals und betrachtete die mit Blattgold verzierten Türen. »Wo ist Nummer fünf?«

Nicholas deutete auf eine der Türen und öffnete sie. Die Loge lag in schattigem Halbdämmer. Nur von der Bühne fiel ein bisschen Licht herauf und zeigte Mila, dass Eric vorhin mit dem Einschalten des zentralen Lichtschalters auch dort irgendwo eine Lampe angemacht haben musste.

Nicholas zog sie zur Brüstung. »Wow!«, sagte er überwältigt und Mila musste ihm recht geben. Alles hier, die opulente Ausstattung des Konzertraums, der dunkelrote Samt von Vorhang und Sitzen, der verstaubte Kristallleuchter unter der Decke des Zuschauerraums – all das zeigte immer noch seine Wirkung. Die Tatsache, dass dieser geheime Ort tief unter der Erde im Verfall begriffen war, ließ die Atmosphäre nur noch verzauberter wirken.

»Loge Nummer fünf war immer für das Phantom reserviert«, sagte Mila.

»Bitte sag mir, dass du den Roman gelesen hast und nicht nur dieses unsägliche Musical gesehen.« Nicholas lächelte, drehte sich zu ihr um und zog sie in seine Arme.

»Den Roman, natürlich.« Sie küsste ihn leicht. »Ich habe ihn allerdings immer ein bisschen verworren gefunden.«

»Das liegt daran, dass es als Fortsetzungsroman konzipiert war. Leroux musste immer wieder neue Figuren ins Spiel bringen, um die Spannung aufrechtzuerhalten.« Nicholas' Lächeln vertiefte sich.

»Aha«, machte sie. »Das wusste ich nicht.«

»Es soll übrigens den See aus der Geschichte wirklich geben. Den, über den Christine und das Phantom gemeinsam gerudert sind.«

»Echt?«

»Kommt, wir suchen ihn!« Er griff nach ihrer Hand und Mila ließ sich mitziehen. Nicht nur die morbid-romantische Atmosphäre, sondern auch Nicholas' Nähe erfüllte sie mit einer Art kribbeliger Spannung. Sie würde Eric für immer dankbar sein, dass er es ihnen ermöglicht hatte hierherzukommen. Dieser magische Ort war wie kein anderer dafür geeignet, ihre Sorgen für ein paar Stunden hinter sich zu lassen.

Sie liefen kreuz und quer durch die unterirdischen Gänge, die offenbar genau nach den Vorgaben des Romans gestaltet waren. Es gab drehbare Spiegel, hinter denen sich schmale Geheimgänge verbargen, Falltüren, die in Kammern unter der Bühne führten und dazu dienten, bei Aufführungen Kulissen oder auch Schauspieler aus dem Boden wachsen zu lassen. Es gab niedrige Flure mit ausgetretenen Dielen und hohe, gewölbeüberspannte Gänge, an deren Wänden bizarr aussehende Gasleuchter hingen und Schatten auf die verblichenen Seidentapeten warfen.

Einmal verirrten Mila und Nicholas sich fast, nur um sich eine Weile später vor Erleichterung lachend an der Freitreppe wiederzufinden.

»O Mann, das Phantom kannte sich hier aber offenbar ein bisschen besser aus als du«, sagte Mila kopfschüttelnd, als sie eine niedrige Tür aufstießen und den schmalen Flur dahinter versuchten.

Nicholas deutete auf eine steile Treppe mit ausgetretenen Stufen. »Hier muss es sein«, sagte er grimmig. »Und wenn nicht, dann schreibe ich den verdammten See selbst hierher.« Er zuckte zusammen, aber bevor Mila ihn fragen konnte, was er hatte, roch sie das Wasser. Und als Nicholas sie um die nächste Ecke führte, standen sie tatsächlich an einem unterirdischen Wasserreservoir, das allerdings kein Vergleich war mit dem wunderschönen türkisfarbenen See, den Mila damals zusammen mit Eric entdeckt hatte. Dieses hier war vielleicht hundert Quadratmeter groß und düster. Hier unten war es noch dunkler als in der Loge. Nur von irgendwo jenseits der Wasserfläche kam ein bisschen gelbliches Licht. Von der niedrigen Decke wuchsen dünne, fahl aussehende Wurzeln, von denen trübes Wasser tropfte. Ein paar Bierflaschen und Kippen lagen herum, so, als habe hier vor Kurzem eine illegale Party stattgefunden.

»Schwer vorstellbar, dass Christine es hier in einem Boot sehr romantisch gefunden hätte«, sagte Mila. Ihre Stimme hatte einen unheimlichen, dumpfen Hall und unwillkürlich zog sie den Kopf ein.

Nicholas lachte auf. Das Geräusch wurde als Echo zu ihnen zurückgeworfen. »Hm. Hier hat Leroux wohl dichterische Freiheit walten lassen.«

»Magst du den Roman denn?«, fragte Mila. Sie trat bis an den Rand der Wasserfläche. Das schmale Eisengeländer vor ihr war verschnörkelt und rostig.

Nicholas stellte sich neben sie. »Schon. Ja. Mir hat immer die Traurigkeit des Phantoms gefallen.«

»Ich habe nie verstanden, warum sie sich für diesen Langweiler Raoul entscheidet und nicht für das Phantom.«

Nicholas' Blick legte sich auf sie. Seine Augen lagen im Schatten, aber trotzdem fühlte es sich an, als würde er sie nur mit den Blicken streicheln. »Du hättest dich für das Phantom entschieden, auch wenn es in der Geschichte der Bösewicht ist?«

Eine Gänsehaut bildete sich in ihrem Genick. »Ich stehe eben mehr auf die düsteren Typen.«

»Das zeigt nur, wie gestört du bist.«

»Vielen Dank. Gleichfalls.« Mila blickte auf das Wasser hinaus. »Du weißt übrigens schon noch, dass das Phantom Erik heißt?«

Er schnaubte leise.

Mila biss sich auf die Zunge. Wie blöd war sie eigentlich, die Stimmung kaputt zu machen? Was würde er jetzt sagen?

Nichts, stellte sie fest. Stattdessen summte er die ersten Takte einer leisen Melodie. Mila erkannte den Song, es war eines der Lieder, die das Phantom sang.

Sie schlug nach ihm. »Ha! Gib es zu! Du liebst dieses Musical!«

Er wich ihr aus, aber sie lief ihm hinterher, stellte sich auf die Zehenspitzen und küsste ihn. Er erwiderte ihren Kuss, erst leicht, dann immer intensiver. Sie fühlte, wie seine Hand durch ihre Locken fuhr und die Haare im Nacken zusammenfasste. Seine Finger glitten dabei über ihre nackte Haut. Ein Schauder rann ihr über den Rücken.

»Habe ich dir heute schon gesagt, dass ich dich liebe?«, fragte sie leise.

»Ich glaube nicht. Vielleicht weil ein bisschen viel passiert ist?« Leise wie eine Vogelschwinge legte er eine Hand unter ihr Kinn.

»Ich meinte es ernst«, flüsterte sie. »Egal, was kommt, egal, was sich uns entgegenstellt, unsere Liebe wird stärker sein.« Sie versank in seinen Augen. »Was glaubst du schließlich, warum wir beide in der Lage waren, den Tod zu besiegen?«

Er küsste sie wieder, diesmal ganz behutsam. »Diese Frage habe ich mir schon hundertmal gestellt«, murmelte er. »Und die Antwort liegt auf der Hand.«

»Tut sie das?« Mila hielt den Atem an.

»Ja«, sagte er und lächelte. »Weil da draußen kein Universum existiert, in dem ich dich nicht liebe.«

Kein Universum, in dem ich dich nicht liebe.

Seine Worte trieben ihr Tränen in die Augen.

Plötzlich waren ihre Knie ganz weich. Sie nahm seine Hand und führte ihn wortlos die Treppe hinunter, zurück durch die Geheimgänge und die Kulissen. Als sie endlich bei den Künstlergarderoben ankamen, zog Nicholas die Tür hinter ihnen zu. Als sei das irgendein Signal gewesen, schien er plötzlich befangen zu sein. Ein fragender Ausdruck erschien auf seinem Gesicht. »Mila ...«

»Scht!«, machte sie. »Halt einfach die Klappe.«

Er hielt die Klappe. Er küsste sie. Als er sie sanft hochhob und auf der Récamiere niederlegte, sah er ihr in die Augen.

Und Mila war sich sicher, sie hatte ihn noch nie zuvor so schutzlos gesehen.

Viel später lag Mila in seinen Armen und betrachtete die feinen Linien seines Gesichtes. Sie glaubte, in seine dunklen Augen zu fallen, zu fallen, zu fallen. Alles in ihr war warm und zufrieden. Sie streckte die Hand aus, strich ihm eine Haarsträhne aus den Augen. Die silbernen Einsprengsel in seiner Iris glitzerten heller als sonst.

Sie lächelte ihn an und sie wusste, dass dieses Lächeln ihre Augen erreichte.

Fühlte es sich so an, wenn man glücklich war?

Er gab ihr einen Kuss auf die Stirn. »Schlaf ein bisschen. Ich passe auf dich auf.«

Sie zwang sich, die Angst, die plötzlich wieder hinter seinen Worten lauerte, nicht an sich ranzulassen. Nicht jetzt. Nicht in dieser Nacht.

Sie suchte sich eine Stelle an seinem Körper, an die sie sich kuscheln konnte, und lauschte eine Weile lang nur auf seinen Herzschlag. Doch nicht sie schlief ein – er war es, dessen Atemzüge gleichmäßiger wurden. Mila lauschte ihnen und war froh, dass er endlich ein bisschen Frieden finden konnte.

Sie selbst fühlte sich nicht mehr müde, sondern, im Gegenteil, erfüllt von einer Energie, die vorher nicht da gewesen war. Als Nicholas ganz ruhig atmete, nahm sie ihr Notizbuch hervor und blätterte bis zu den Seiten, die sie mit der Alternativgeschichte von ihr und Nicholas in einem Paris ohne

Fabelmacht vollgeschrieben hatte. Eine Szene gab es darin, die auf den Stufen von Sacré-Cœur spielte. Lächelnd las sie sie.

Nicholas und sie standen auf der obersten Stufe der großen Treppe und schauten auf das tief verschneite Paris hinab. Die sonst silbern schimmernden Dächer waren unter der dicken Schicht völlig verschwunden. Nur die Fassade des Centre Pompidou leuchtete mit ihrem Rot und Grün und Blau aus all dem schimmernden Weiß.

Beim Aufstieg hierher durch die steilen Gassen von Montmartre hatte Nicholas Milas kalte Hand genommen und zusammen mit seiner in die Tasche seines Mantels gesteckt. »Weißt du, was?«, fragte er jetzt und lächelte. »Ich möchte auch noch so mit dir hier stehen, wenn wir beide steinalt sind.«

Im Schlaf stieß Nicholas ein leises Stöhnen aus und holte Mila aus ihrer romantischen Fantasie. Sie beugte sich über ihn und gab ihm einen Kuss auf die Stirn. Er schlief ruhiger weiter und sie wandte sich wieder dem Geschriebenen zu.

Sacré-Cœur.

Eine so tiefe Sehnsucht nach diesem Ort überfiel sie, dass es fast wehtat. Noch einmal las sie die erst halb fertige Szene und sie hatte schon den Bleistift in der Hand, um sie zu Ende zu schreiben, als ihr eine ganz andere Idee kam.

Sollte sie?

Was konnte es schaden?

Sie blätterte auf eine leere Seite und beschrieb sich selbst und die Garderobe hier, dann Nicholas, der schlafend an ihrer Seite lag. Als das Fabelmachtleuchten einsetzte, schrieb sie:

Nur einen Sekundenbruchteil später stand sie vollständig angezogen auf der großen Treppe von Sacré-Cœur.

Paris lag zu ihren Füßen und es schimmerte in der gerade erst angebrochenen Nacht, als seien die Sterne vom Himmel gefallen. Eine Sekunde lang war Mila irritiert, weil kein Schnee lag, aber dann fiel ihr wieder ein, dass erst September war und die Szene mit dem verschneiten Hügel einer Geschichte entstammte, bei der das Fabelmachtleuchten nicht eingesetzt hatte.

Die Tatsache, dass sie sich einfach so an einen anderen Ort geschrieben hatte, nahm ihr kurz den Atem. Bisher war ihr die Möglichkeit, sich auf diese Weise durch den Raum zu bewegen, krank und gefährlich vorgekommen. Für den Moment jedoch kam es ihr nun ganz normal vor. Natürlich.

Konnte es sein, dass sich ihre Fähigkeit, die Fabelmacht zu beherrschen, in der letzten Zeit verstärkt hatte? Irgendwie fühlte es sich so an. Sie dachte daran, wie ermattet Caruel und Helena nach Nicholas' Heilung ausgesehen hatten, während sie selbst sich offenbar viel schneller davon erholt hatte.

Tief sog sie die kalte Nachtluft ein. Eine Gruppe junger Frauen kam die Treppe herauf und unterhielt sich laut lachend und schnatternd. Mila wartete, bis sie wieder weg waren. Die Glocken von Sacré-Cœur begannen zu läuten. Das Geräusch brachte tief in ihrem Brustkorb etwas zum Schwingen. Sie schaute auf das Notizbuch, das sie nach wie vor in den Händen hielt. Besser, sie blieb nicht zu lange fort. Nicht, dass Nicholas aufwachte und sich Sorgen machte, wo sie war. Sie hatte bereits zwei Sätze ihrer Umgebung beschrieben, als hinter ihr eine tiefe, leicht samten klingende Stimme ertönte.

»Du hast gelernt, wie man von Ort zu Ort springt. Beeindruckend. Diese Fähigkeit ist nur wenigen von uns gegeben.«

Sie fuhr herum.

Vor ihr stand ein Mann mit grauen Haaren und in einem grauen Mantel. Er kam ihr irgendwie bekannt vor und dann begriff sie, dass sie ihm schon einmal begegnet war. Im TGV. Auf ihrem Weg von Berlin hierher. Allerdings wirkte er jetzt jünger. Oder, nein. Jünger war nicht das richtige Wort. Damals hatte er blass gewirkt, fast wie ein Schatten seiner selbst. Jetzt jedoch schien er trotz seines noch immer hohen Alters kraftvoll. Stark.

Er musste sich ihr nicht vorstellen. Sie wusste, wer er war.

»Abélard«, sagte sie. Sie wunderte sich, dass ihr nicht vor Schreck das Herz stehen blieb.

Er lächelte. »Glaubst du mittlerweile an die Liebe auf den ersten Blick?«

Sie ging über diese Frage hinweg. »Was willst du von mir?« Kürzlich noch hatte er Luc auf sie angesetzt, um sie zu töten. Was würde er jetzt tun?

Er kam näher. Seine Blicke forschten in ihrem Gesicht herum, als suche er dort etwas. Langsam begann er, sie zu umrunden, ohne sie dabei aus den Augen zu lassen.

Mila folgte ihm, um ihn nicht hinter ihren Rücken zu lassen. »Woher wusstest du, dass ich hier bin?«, fragte sie. Hörte sich ihre Stimme auch für ihn so dünn an? Sie umklammerte ihr Notizbuch, als könne es ihr Halt geben.

»Oh. Ich habe es natürlich gelesen, denn leider besitzen wir beide nicht die Verbindung, die ich zu deiner Mutter so lange hatte. Aber das ist es nicht, was dich wirklich interessiert, oder?« Da sie sich noch immer mit ihm drehte, beendete er den Versuch, sie zu umrunden.

Paris lag jetzt hinter Mila.

Sie sah Abélard in die Augen. Das also war der Mann, den ihre Mutter neunhundert Jahre lang verzweifelt geliebt hatte. Es fiel ihr schwer, das zu glauben. Er wirkte in allem irgendwie völlig – durchschnittlich. Nur wenn man genauer hinsah, spürte man die Energie, die von ihm ausging. Es war eine Art Vibrieren, so, als könne man eine unsichtbare Aura wahrnehmen, eine fast körperliche Anziehungskraft, die Mila tief in den Leib fuhr.

»Was glaubst du, was mich interessiert?«, stellte sie eine Gegenfrage. Ihr Herz klopfte heftig, aber noch immer hatte sie überraschenderweise keine Angst.

»Nun. Dich interessiert die Frage, was ich mit dir vorhabe.« Er legte den Kopf schief. Es war eine Geste, die sonderbar verspielt aussah. »Oder eher mit Nicholas?«

»Du hast ihn dazu gebracht, dich von der schwarzgläsernen Ebene zu befreien.«

Er sah begeistert aus. »Stimmt. Er hat sich nicht allzu sehr geziert. Und er wird seinen Widerstand gegen mich bald ganz aufgeben.«

Milas Füße waren klüger als ihr Verstand. Sie wollten plötzlich weg von hier. Sie zwang sich jedoch zu bleiben, wo sie war. Sie wollte Abélard herausfordernd in die Augen sehen, aber das fiel ihr schwer. Sein Blick fühlte sich an, als würde er ihr bis in die tiefsten Tiefen der Seele dringen, also konzentrierte sie sich auf die Stelle genau zwischen seinen Augenbrauen.

Abélard sah sie überrascht an. »Du hast Mut, das muss ich dir lassen. Nicht viele wagen es, mir so geradeaus in die Augen zu schauen.«

Sie versuchte, nicht zu schlucken, aber vergeblich. »Was hast du mit ihm vor?«

»Nun. Er hat den Tod überwunden. Ich würde sagen, er wäre ein wunderbarer Verbündeter, findest du nicht?«

»Verbündeter wogegen?«

Aber diese Frage schien Abélard ihr nicht beantworten zu wollen. Stattdessen begann er mit einer zweiten Umrundung von Mila. Diesmal stand sie ganz starr da, weil sie sich kaum noch rühren konnte. »Wir wissen, dass du nie vorhattest, die Fabelmacht zu vernichten. Was willst du stattdessen?«

Abélard blieb stehen. Er hatte jetzt die Hände auf dem Rücken verschränkt. Seine Mundwinkel zuckten. »Was denkst du?«

Die Energie, die von ihm ausging, schien sich noch zu verstärken und plötzlich verstand Mila, was es war: Bösartigkeit. Der pure, kalte Wahnsinn. Die Vorstellung, dass Nicholas sich auf seine Seite schlagen könnte, drehte ihr den Magen um und sie erschrak, als ihr bewusst wurde, dass Abélard eigentlich nur eines tun musste. Er musste schreiben, wie Nicholas an seine Seite trat. Sie stolperte einen Schritt rückwärts bei dieser Erkenntnis. Ein Pärchen kam vorbeigeschlendert und warf ihr und Abélard einen sonderbaren Blick zu, kümmerte sich aber nicht weiter um sie.

»Warum er?«, versuchte sie, ihr Entsetzen zu überspielen. »Warum nicht ich? Ich bin schließlich ...« Wie gelähmt sah sie zu, wie Abélard den Zeigefinger nach ihr ausstreckte und ihr damit gegen die Stirn tippte.

»Hör auf, dir dein hübsches Köpfchen zu zerbrechen.« Er lächelte sie sanft an. »Du solltest zusehen, dass du zu Nicholas zurückkommst«, schlug er vor. »Es zerreißt ihn sonst noch vor Sorge um dich. Und das wollen wir doch beide nicht, oder?«

Mit diesen Worten drehte er sich um und ging langsam die Stufen hinab.

Mila atmete durch. Die Glocken von Sacré-Cœur läuteten immer noch und da erst wurde ihr bewusst, wie kurz diese Begegnung gewesen war. Und wie widersinnig. Was hatte er von ihr gewollt? Sie schüttelte sich, um wieder zu sich zu kommen, aber so einfach wollte das nicht gelingen.

Sie besann sich auf das Notizbuch in ihren Händen und ergänzte die angefangenen Sätze um wenige Worte.

Einen Wimpernschlag später stand sie neben der Récamiere, auf der Nicholas friedlich schlief. Sein rechter Arm ruhte dort, wo noch vor Kurzem sie selbst gelegen hatte. Die Haut an seinem Handgelenk war weiß und unversehrt. Kein Flammenmal. Gut! Mit einem Schaudern und angezogen, wie sie immer noch war, kroch Mila zu ihm unter die Decke.

Er rührte sich im Halbschlaf. »Warum hast du Klamotten an?«, murmelte er, drehte sich zu ihr um und nahm sie in den Arm. »Ist dir kalt?«

»Alles ist gut.« Sie küsste ihn und er sank zurück in den Schlaf.

Als Abélard sich in der Krypta unter Père-Lachaise materialisierte, fühlte er sich erschöpft und ausgelaugt. Er ließ sich auf eine der Kirchenbänke sinken, weil seine Knie zitterten. Diese plötzliche Schwäche überraschte ihn. In den vergangenen Stunden hatte er es genossen, seine wiedererstarkte Fabelmacht einzusetzen. Die Früchte zu ernten, die er in so vielen Jahren mühevoller Planung gesät hatte. Das Gift seiner Worte träufelte in diesem Moment unablässig in Nicholas' Adern und es würde seine Wirkung tun, da war er sich sicher. Doch niemals hätte er damit gerechnet, wie sehr ihm die direkte Begegnung mit dem Mädchen zusetzen würde.

Er hätte sie am liebsten zerquetscht, als sie ihm so furchtlos und völlig ohne Respekt entgegengetreten war. Nicht nur, dass sie ihm geradeaus in die Augen gesehen hatte. Sie hatte es beim zweiten Mal, als er sie umrundet hatte, nicht mal für nötig gehalten zu verhindern, dass er hinter ihren Rücken gelangte.

»Warum er?«, hatte sie ihn gefragt.

Warum Nicholas?

Die richtige Antwort darauf war, dass der Junge das leichtere Opfer war, das war ihm in diesem entsetzlichen Moment klar geworden, als er Milas Furchtlosigkeit gespürt hatte. Er dachte daran, wie allein Milas Existenz in Helenas Bauch ihn von der schwarzgläsernen Ebene zurück ins Leben geholt hatte. Dieses Mädchen ...

Es lief immer wieder auf dieses Mädchen hinaus und das war nicht gut.

Er rang das Gefühl jedoch nieder, denn schließlich hatte er sie ja in seiner Gewalt. Er kannte ihren größten Schwachpunkt, das musste er sich nur in Erinnerung rufen. Mit diesem Gedanken hörten endlich seine Hände auf zu zittern.

Er nahm sein Notizbuch und seinen Stift und las noch einmal, was er geschrieben hatte, kurz bevor er zu Mila nach Sacré-Cœur gesprungen war: *Nicholas trat von Milas Seite an seine, um mit ihm die Fabelmacht zu unbegreiflichen Höhen zu erheben ...*

Er schloss die Augen, weil die Gefühle ihn überwältigten. Das Fabelmachtleuchten war grell und kräftig gewesen, als er das geschrieben hatte. Sie war ihm jetzt zu Willen, egal, was auch immer er von ihr verlangte.

Er und Nicholas – sie würden in jedes Universum reisen können, das existierte. Welten würden sie erschaffen, großartiger und fantastischer, als das jemals zuvor ein anderer Fabelmächtiger getan hatte.

Abélard öffnete die Augen wieder.

Der finale Akt dieser Geschichte hatte soeben begonnen.

Mila erwachte und spürte sofort, dass Nicholas nicht mehr neben ihr lag. Beunruhigt setzte sie sich auf. Gleich darauf hörte sie es. Ein leises, schmerzerfülltes Stöhnen. Und es kam von nebenan.

Ihr Mund war trocken und ihr Körper zitterte, als sie an die Begegnung mit Abélard dachte. Hatte sie das alles nur geträumt? Sie tastete nach ihrem Notizbuch und las nach. Nein. Es war kein Traum gewesen. Zumindest, dass sie sich nach Sacré-Cœur geschrieben hatte, war wahr. Als sie Nicholas erneut leise stöhnen hörte, legte sie das Notizbuch fort, stand auf und tappte barfuß zu der Verbindungstür zwischen ihrer Garderobe und der angrenzenden.

Nur in Boxershorts saß Nicholas auf der Récamiere – vornübergesunken, als könne er so die Schmerzen leichter ertragen.

»Nicholas?«, flüsterte sie.

Er hob den Kopf. Als er sich langsam zu ihr umwandte,

brauchte es nur einen Wimpernschlag, bis zwei Dinge mit voller Wucht in ihren Verstand hämmerten.

Sein Gesicht war eine Maske der Qual.

Und auf seinem Arm brannten grellblaue Buchstaben.

16

Mila stand in der Künstlergarderobe gegen den Schminktisch gelehnt und rührte in einem Kaffee, den Eric von einem Café geholt hatte, das so früh am Morgen schon geöffnet hatte. Der Duft der Bohnen überlagerte den nach Staub und Alter. Die Erinnerungen an die vergangene Nacht waren ein Kaleidoskop aus verschiedenen Emotionen. Wenn sie sich zurückerinnerte, wie sie und Nicholas nach dem Sex schwer atmend beieinandergelegen hatten, fühlte sie sich innerlich ganz warm. Wenn sie aber an Abélard dachte, gefror die Wärme zu etwas Schneidendem, Schmerzhaftem. Um der Angst auszuweichen, die sie ansprang, konzentrierte sie sich auf das Flammenmal auf Nicholas' Körper.

Sie und Eric hatten Nicholas zu zweit festhalten müssen, als er vor Schmerzen von der Récamiere gerutscht war. Über seinen zitternden Körper hinweg hatten sie sich hilflos angesehen. Und Mila hatte vor Erleichterung geweint, als das Mal sich schließlich von allein zurückgezogen und Nicholas sich etwas entspannt hatte.

Jetzt saß er wieder auf der Récamiere. Er hatte sich angezogen, die Ellenbogen auf den Knien abgestützt und den Kopf in den Händen verborgen. Für den Moment atmete er etwas ruhiger.

»Nicholas?«, sprach sie ihn an.

Er sah auf. Mila wusste, dass es nicht so sehr der körperliche Schmerz war, der ihn quälte, sondern, dass er vielmehr an das letzte Mal dachte, als er das Flammenmal getragen hatte. Damals hatte es nach langem, verzweifelten Kampf am Ende zu seinem Tod geführt.

Sie stellte ihren Kaffee weg, ging zu ihm, fasste nach seiner Hand und schob seinen Ärmel hoch. Die blaue Schrift war seinen Arm hinaufgewachsen seit der Nacht. Es war dieselbe fahrige Altmännerschrift wie auch die auf Helenas Schläfe, nur, dass es diesmal nicht Latein war. Das hier konnten sie lesen.

Nicholas trat von Milas Seite an ...

Der Boden unter ihren Füßen, die Luft ringsherum – alles fühlte sich an wie aus schwarzem, eiskaltem Glas.

»Ich habe ihn getroffen«, sagte sie. »Abélard.«

Nicholas' Kopf hob sich.

»Als du geschlafen hast.« In kurzen Worten erzählte sie, was geschehen war. »Ich bin nicht sicher«, flüsterte sie und deutete auf seinen Arm, »aber es könnte sein, dass ich es war, die ihn auf die Idee gebracht hat, das zu schreiben.«

Hastig schüttelte Nicholas den Kopf. »Nein! Nein, bestimmt nicht.« Er lehnte sich ein wenig vornüber, atmete gegen den Schmerz an. »Ich glaube viel eher, dass er erst jetzt weit genug zu Kräften gekommen ist, um es zu tun.«

»Das Warum ist doch egal!«, mischte sich Eric ein. »Die Frage ist vielmehr: Was machen wir jetzt?«

Mila schloss die Augen und lauschte in sich hinein. Da

waren Zweifel und Verzweiflung. Angst und Hoffnungslosigkeit. Aber da war auch immer noch der Wunsch zu kämpfen. Obwohl sie tief in ihrem Herzen wusste, dass es vergeblich sein würde, nahm sie ihr Notizbuch und begann, gegen das Mal anzuschreiben. Sie hatte schon andere Menschen von Abélards Bann befreit. Ihre Mutter. Und Luc und Bruder Theodor. Aber das war auch noch vor Abélards Befreiung von der schwarzgläsernen Ebene gewesen. Nachdem er in den Vollbesitz seiner Kräfte gelangt war, hatte sie gegen die Stimme in Nicholas' Kopf nichts mehr ausrichten können. Und auch jetzt tat sich nichts.

Egal, wie auch immer sie das Flammenmal beschrieb: Das Fabelmachtleuchten setzte nicht ein.

Sie konnte nicht mehr gegen Abélard bestehen.

»Lass es, Mila«, hörte sie Nicholas flüstern, als sie zum fünften oder sechsten Mal umblätterte und von vorn anfangen wollte. Und da gab sie es auf. Sie ging zu ihm und legte ihm die Hände auf die Schultern. Er verschränkte seine Finger mit ihren und da war Verzweiflung in ihm, die ihr das Herz zerriss. »Du musst gehen!«, flüsterte er. Er war steif und verkrampft.

Sie glaubte, ihren Ohren nicht zu trauen. »Was?«

»Geh! Verlass mich!« Er hob den Kopf und sah sie an. »Du hast gelesen, was geschehen wird.«

Sie schüttelte den Kopf. Das konnte – das durfte nicht wahr sein! »Die Schrift ist noch lange nicht vollständig! Wir wissen nicht, was geschehen wird.«

»Mila.« Er riss sich zusammen und richtete sich zu seiner vollen Größe auf. »Es stimmt, wir wissen noch nicht, was genau hier bald stehen wird.« Er schaute auf seinen Arm, schob den Ärmel ein Stück zurück. Das Mal wurde heller, eine neue Schleife bildete sich. Der Buchstabe S.

Nicholas knirschte mit den Zähnen. »Aber ich kenne den Inhalt von Abélards Geschichte trotzdem. Sie erzählt, wie ich mich ihm anschließe. Wie ich auf seine Seite des Bösen wechsele. Und das hier«, er hob den Arm, »beweist, dass es so kommen wird.«

»Das wissen wir noch nicht!«, widersprach sie mit der Hartnäckigkeit der totalen Verzweiflung.

Er schloss kurz die Augen. »Doch. Wir wissen es. Die Stimme in meinem Kopf – sie ist triumphierend geworden, Mila. Er braucht mich jetzt nicht mehr zu locken. Er weiß, dass ich seiner Geschichte gehorchen muss. Und außerdem hat meine Mutter …« Er krümmte sich. Mila musste ihn aufrecht halten. »Jetzt kannst du es noch beenden, ohne noch mehr zu leiden. Du musst mich verlassen. Erzähl dir die Erinnerung noch mal weg. Schreib, dass du …«

Mila spürte, wie ein Schluchzen in ihr aufstieg. Sie nahm die Hände von seinen Schultern und legte sie auf den Mund. Jemand berührte sie am Ellenbogen. Eric. Sie konnte ihm ansehen, dass er seinen Arm dafür gegeben hätte, ihr zu helfen. Nein, mehr noch: sein Leben. »Etwas weißt du noch nicht«, sagte er leise. »Darum kapierst du nicht, warum er so ist.«

Nicholas' Kopf ruckte hoch, ein warnender Ausdruck erschien in seiner Miene, doch Eric ließ sich davon nicht beeindrucken.

»Was? Willst du sie immer noch beschützen vor dem, was deiner Meinung nach passieren wird? Wie bescheuert bist du eigentlich, dass du den Macho raushängen lässt, statt sie einzuweihen und eure Kräfte zu bündeln?«

Mila krallte die Fingernägel in ihre Oberschenkel, um sich irgendwie Halt zu verschaffen. »Wovon redet er, Nicholas? – Wovon redest du?«, wandte sie sich an Eric, als Nicholas nicht antwortete.

Eric wartete einen Augenblick und als Nicholas nicht das Wort ergriff, tat er es. »Seine Mutter hatte eine Vision, kurz bevor sie starb. Erzählst du weiter oder soll ich es tun, Nicholas?«

Nicholas stöhnte leise, aber er sah ein, dass Eric nicht nachgeben würde. »Sie hat gesehen, wie das hier endet«, flüsterte er mit rauer Stimme.

Mila wartete. Eine halbe Ewigkeit verstrich. »Und wie?« Auch sie konnte nur flüstern.

»Diesmal ist es nicht mein Vater, der mich tötet.«

Mila hielt den Atem an.

»Sondern du«, fügte Nicholas hinzu.

Sie.

Würde.

Nicholas.

Töten?

Auf einmal hielt Mila seine Nähe nicht mehr aus. Sie straffte sich, ging bis ans andere Ende des Raums. Dort blieb sie stehen. Wandte sich um. Er hatte sich nicht von der Stelle gerührt. Aber jetzt wich auch er bis an die gegenüberliegende Wand zurück und lehnte sich dagegen.

In keinem Universum der Welt bin ich fähig, dich zu töten, dachte sie.

Laut sagte sie: »Wir müssen irgendetwas tun!«

Eric nickte. »Kämpfen, würde ich sagen.«

Seine Worte machten sie noch mutloser, als sie ohnehin schon war. »Wie können wir das?«

Er zuckte mit den Schultern. »Frag nicht mich! Ich bin nur der Typ, der in die Geschichte geschrieben wurde.« Es war ein durchsichtiger Versuch, die Situation durch einen Scherz erträglicher zu machen. »Alles ist besser, als hier rumzustehen und klein beizugeben«, sagte Eric. »Ihr habt schon einmal gekämpft.«

»Und verloren«, warf Mila dumpf ein.

»Wieso? Ihr seid beide hier, oder? Ihr seid am Leben – trotz Nicholas' Geschichte! Wenn ihr mich fragt, zeigt dass, dass ihr eben nicht verloren habt.«

Mila ging auf, dass sie es so noch nie gesehen hatte. Sie nickte. »Vielleicht hast du recht.« Sie fasste erst Eric, dann Nicholas ins Auge. »Also gut«, sagte sie. »Lasst uns zu den anderen zurückgehen.«

Die Stimmen von Touristen drangen in die Krypta – fernes Lachen und ferne Worte von Menschen, die nicht die geringste Ahnung davon hatten, was unter ihren Füßen vor sich ging.

Nachdem er geschrieben hatte, wie Nicholas sich ihm anschloss, hatte es Abélard nicht mehr in der unterirdischen Kapelle gehalten und eine Weile lang hatte er seiner zunehmenden Unruhe und Ungeduld dadurch Luft gemacht, dass er durch die Katakomben gestreift war wie ein Tier in Gefangenschaft. Am Ende jedoch war er wieder hierher zurückgekehrt. Jetzt stand er da, den Kopf in den Nacken gelegt, starrte die fahlen Baumwurzeln an, die durch die Decke wuchsen, und die verblassten Gemälde dahinter. In ihm zitterte etwas, es hatte gedauert, bis er begriffen hatte, dass es Sorge war.

Und immer noch ging es um dieses verdammte Mädchen. Weil ihm etwas eingefallen war, das er noch überhaupt nicht bedacht hatte.

Mila hatte ihm seine geliebte Héloise genommen, indem sie seine Macht über sie gebrochen hatte. Sie versuchte es auch jetzt gerade, das konnte er spüren. Sie versuchte, Nicholas von dem Flammenmal zu befreien. Noch gelang es ihr nicht. Was aber, wenn sie stärker werden würde? Was, wenn Nicholas sich ihm anschloss und ihr das die Kraft der Verzweiflung verleihen würde? Eine Kraft, die groß genug sein würde, sie beide zu vernichten, ihn *und* Nicholas?

Abélard trat an den Altar und klammerte die Hände um dessen Kante. Der Stein fühlte sich kühl und glatt an unter seinen Fingerspitzen.

Was sollte er jetzt tun?

Nicholas würde ihm nicht mehr entkommen, das war sicher. Um Mila jedoch musste er sich auf der Stelle kümmern, bevor sie ihm noch auf ganz andere Art und Weise die Stirn bot, als sie es auf den Stufen von Sacré-Cœur getan hatte. Das durfte auf keinen Fall noch einmal geschehen. Und um das zu verhindern, würde er ihr hier und jetzt eine Falle stellen.

Ein Lächeln glitt über sein Gesicht. Gut, dass es in Milas Nähe immer noch zumindest einen Menschen gab, auf den er Einfluss nehmen konnte.

Helena, Caruel und auch Bruder Theodor reagierten schockiert, als Mila und die Jungs zurück zur Bruderschaft kamen und Nicholas ihnen das Flammenmal zeigte, das mittlerweile um zwei weitere Buchstaben gewachsen war. Und als Mila ihnen dann auch noch von ihrem Treffen mit Abélard auf den Stufen von Sacré-Cœur erzählte, sank Helena auf einen Stuhl.

Nicholas wandte sich an sie. »Abélard hat Mila nichts getan, weil er nicht konnte.« Mila sah ihm an, wie verzweifelt er eine Bestätigung brauchte, obwohl er doch wissen musste, dass er sie nicht bekommen würde. Wie unter Zwang fuhr er fort: »Das ist ein gutes Zeichen, oder? Weil sie zu ...«

Mila schüttelte den Kopf und brachte ihn damit zum Verstummen. »Ich bin nicht stärker als er.« Auch sie sprach leise. »Sonst hätte ich das Flammenmal von deinem Arm wegschreiben können.«

Sie befanden sich in dem Raum, in dem sie die erste Besprechung abgehalten hatten. Die alten Bücher waren immer noch da, aber der silberne Laptop nicht. Jemand hatte die Wasser- und Saftflaschen abgeräumt und durch eine Schale mit frischem Obst ersetzt.

Seit Helena sich hingesetzt hatte, rieb sie sich das Genick. Die Gedanken hinter ihrer Stirn rasten, das war ihr deutlich anzusehen. »Also gut. Noch mal genauer!«, forderte sie Mila auf. »Erzähl mir in allen Einzelheiten, was Abélard zu dir gesagt hat.«

Doch bevor Mila das tun konnte, schüttelte Caruel den Kopf. »Mich interessiert viel mehr, wie er wissen konnte, dass Mila sich in Montmartre befand. Gibt es etwa eine Verbindung zwischen ihm und ihr, von der wir bisher nichts wissen?«

Der Gedanke war so schrecklich beängstigend, dass Mila zusammenzuckte. Doch dann erinnerte sie sich daran, dass sie genau das Abélard auch gefragt hatte. *»Ich habe es natürlich gelesen«,* zitierte sie ihn.

Nicholas runzelte die Stirn, schwieg jedoch.

»Das hat er gesagt, als ich ihn danach gefragt habe«, erklärte Mila. *»Ich habe es natürlich gelesen.«*

»Versteht das einer?«, warf Eric ein.

Helena und Theodor tauschten einen Blick, den Mila nicht deuten konnte. »Ja«, sagte Helena und als die anderen sie verwundert anblickten, erklärte sie: »Er hat von der Dunklen Bibliothek gesprochen. Mila hat sich nach Sacré-Cœur *geschrieben,* und das steht in ihrem Buch in der Dunklen Bibliothek. Alles, was Abélard tun musste, war, dort nachzulesen. So konnte er ihr ganz einfach folgen.«

Mila hatte mittlerweile so viel Routine mit der Nutzung der Fabelmacht, dass ihr das hier auch nicht mehr besonders fantastisch vorkam. »Eins musst du mir aber erklären«, sagte sie. »Damals, als wir zum ersten Mal in der Dunklen Bibliothek waren, hast du gesagt, dass nur derjenige die Schrift in den Büchern dort lesen kann, der sie selbst geschrieben hat. Oder derjenige, der darin vorkommt.«

Helena rieb sich erneut den Nacken. »Er kommt in deinem Buch vor. Du hast mir das Flammenmal weggeschrieben.«

Da hatte sie recht, dachte Mila.

Die Dunkle Bibliothek …

Mit einem hohlen Gefühl im Magen erinnerte sie sich an diesen unheimlichen Ort, an dem sämtliche Geschichten aufbewahrt wurden, die unter dem Einfluss der Fabelmacht geschrieben worden waren. Und sie dachte an das unheimliche Raunen der Fabelmacht selbst, die versuchte, jeden, der dorthin vordringen wollte, fernzuhalten.

Der Ort passte zu Abélard.

»Wir sind ja so blöd«, murmelte sie. »Warum sind wir nicht früher auf die Idee gekommen, dass wir dort nachlesen können, was er plant?« Sie kam sich unfassbar dumm vor, aber das änderte sich, als Helena nun den Kopf schüttelte.

»Glaub mir, wir hatten diese Idee längst. Aber wir konnten die Dunkle Bibliothek nicht betreten. Immer noch nicht.«

Immer noch nicht.

Bei diesen Worten fiel Mila wieder ein, dass ihre Mutter genau das ja schon einmal versucht hatte. An dem Tag, an dem Maréchal gestorben war und sie erfahren hatte, dass Abélard ihren Sohn getötet hatte. Da hatte sie in der Dunklen Bibliothek nachsehen wollen, ob das wirklich stimmte, und sie hatte sie nicht betreten können.

Helena wandte sich an Nicholas. »Gleich nachdem dein Vater dir von der Vision deiner Mutter erzählt hatte, sind wir noch mal dorthin gegangen. Irgendwie hoffte ich wohl, dass ich nun Zutritt haben würde. Immerhin hatte Mila ja Abélards Bann über mich in der Zwischenzeit gebrochen. Aber leider war es noch immer unmöglich, die Bibliothek zu betreten. Niemand kann dort hinein und wir ...«

»Wer sagt denn, dass das wirklich stimmt?«, warf Caruel ein. Seine Stirn hatte sich in tiefe Falten gelegt. Langsam schweiften seine Blicke im Raum umher, so, als würde er intensiv nachdenken. Dann sah er erst Nicholas an, schließlich Mila. »Die beiden sind stärker als wir alle zusammen. Möglicherweise gelingt ihnen ja gemeinsam, was uns nicht gelungen ist.«

Mit zusammengebissenen Zähnen hörte Eric zu, wie Caruel mit den anderen darüber diskutierte, ob Nicholas und Mila es schaffen würden, diesen Ort auch gegen Abélards Willen zu betreten. Die ganze Zeit, während sie Argumente tauschten, wirkte Helena sonderbar zerrissen, so, als sei sie in Gedanken nur halb bei der Sache.

Erstaunlicherweise war es schließlich Nicholas, der die größte Zuversicht zeigte. »Mila und ich werden einen Weg finden«, sagte er mit mehr Entschlossenheit, als Eric es ihm bei seinen Schmerzen zugetraut hätte.

Mila lächelte ihn an. »Und dann machen wir es wie er. Er ist schon oft von einem Ort zum anderen gesprungen. Wir lesen nach, wohin er am häufigsten springt. Dort können wir ihn dann stellen und bekämpfen.«

Eric bewunderte sie für ihren Mut und ihre Energie. »Ich komme mit!«, hörte er sich sagen. Er schaute Mila an, deren Gesichtsausdruck ganz weich wurde. Ihm wurde bewusst, dass sie von allen anwesenden Fabelmächtigen die Einzige war, der man die Strapazen von Nicholas' Heilung überhaupt nicht mehr ansah. Sie sah frisch und rosig aus, während Caruel und Helena noch immer irgendwie ausgemergelt wirkten – und Nicholas einfach nur gepeinigt durch seine gebrochenen Rippen und das Flammenmal.

»Ich komme mit«, wiederholte Eric. Er fühlte sich gut dabei.

Kurz darauf allerdings, als er zusammen mit den anderen auf dem Weg zu diesem unheimlichen Ort war, merkte er, dass ihm das Kommende eine Scheißangst einjagte.

Tief in düsterste Vorahnungen versunken, wurde er erst auf Nicholas aufmerksam, als dieser zu ihm aufschloss.

»Du musst das hier nicht machen«, sagte er.

Eric lachte kurz und trocken. »Wie war das mit deiner Mutter, die mich in diese Geschichte geschrieben hat?«

Nicholas wollte darauf etwas erwidern, aber er presste nur die Lippen aufeinander.

Mehrere Minuten gingen sie schweigend Seite an Seite. Helena war ein gutes Stück zurückgeblieben und hatte einen Kugelschreiber in der Hand, den sie sich vor ihrem Aufbruch von Bruder Theodor hatte geben lassen. Eric hatte keine Ahnung, was sie damit vorhatte.

Er deutete auf Mila, die zusammen mit Caruel vorausging. »Was passiert mit ihr, wenn Zoës Vision wahr wird?«, fragte er Nicholas mit leiser Stimme. Die Frage trieb ihn um, seitdem er davon wusste.

Nicholas zuckte mit den Schultern. »Ich habe dich schon einmal gebeten, dich um sie kümmern«, murmelte er und Erics Herz verkrampfte sich.

Sie kamen an eine Treppe, deren Metallstufen unter ihren Füßen vibrierten, als sie sich an den Abstieg machten.

»Das hast du«, sagte Eric. »Warum nur klingst du so, als würdest du genau das wollen?«

Nicholas schnaubte. »Ich will es nicht, glaub mir! Die Vorstellung von ihr in deinen Armen finde ich zum Kotzen.« Er sah, wie Eric zusammenzuckte, und ein schmales Lächeln hob seine Mundwinkel. »Außerdem bin ich nicht besonders gern tot.«

Eric griff nach seinem Arm und zwang ihn, stehen zu bleiben. Er schaute ihm in die Augen. »Nein«, meinte er. »Das ist wohl keiner von uns. Aber gehen wir nur mal hypothetisch davon aus, dass es wieder passiert, dass du erneut ...« Er wusste nicht, wie er es in Worte fassen sollte.

»Keine Angst. Ich werde dafür sorgen, dass Mila es nicht tun muss.« Nicholas' Nasenflügel bebten. »Das ist es doch, was du hören willst, oder? Du denkst, es reicht, wenn sie ein zweites Mal um mich trauern muss. Sie braucht nicht auch noch Schuldgefühle, weil sie es getan hat.«

Herrgott!, dachte Eric mit leichtem Schwindelgefühl. Was war das nur für ein beschissenes Gespräch? In ihm keimte das unbändige Bedürfnis nach etwas Hoffnung. »In dieser Geschichte hier, Nicholas«, hörte er sich sagen, »muss niemand sterben. Weil ihr beide zusammengehört. Du und Mila.« Es tat weh, das zu sagen, aber gleichzeitig fühlte es sich auch auf perverse Art und Weise gut an. *Es ist verdammt harte Arbeit, der beste Freund der Heldin zu sein, aber irgendwer muss es ja machen.*

»Was ist mit dir, wenn wir überleben?«, fragte Nicholas.

Eric lächelte schwach. »Ich tröste mich dann mit dem Gedanken, dass in einem anderen Universum vielleicht jemand der Geschichte ein anderes Ende gibt«, sagte er. »Eines, in dem ich sie bekomme.«

Als sie unter der Sternenkuppel der Großen Bibliothek ankamen, erinnerte sich Mila genau daran, wo sie hinmussten. Sie trat in einen Gang, in dem die Bücher in Leinen und Leder gebunden waren und französischsprachige Literatur des 18. Jahrhunderts enthielten. Am Ende dieses Ganges kamen sie an eine Tür, in die, wie auf jedes Regal auch, das Symbol eines Baumes geschnitzt war. Ein einzelner Zweig dieses Baumes war golden ausgemalt.

Hinter der Tür befand sich die sogenannte Bibliothek der ungelesenen Bücher, ein weiterer riesiger Saal voller Regale, überspannt von einer Kuppel, die anders als die in der Großen Bibliothek keine Sterne trug. Die Regale waren gefüllt mit Stapeln von Papier, gerollten Pergamenten und Notizbüchern aller Arten und Formen.

Geschichten, die nie veröffentlicht worden, ja mehr noch, die nur von ihrem Autor jemals gelesen worden waren. Geschichten, die darum nur in einem einzigen Universum Realität waren.

Der Anblick beruhigte Milas sorgenvolles Herz ein wenig, fast konnte sie deswegen freier atmen. Sie tauschte einen Blick mit Helena.

Die lächelte. »Wenn die Welt uns in Hoffnungslosigkeit und Trauer versinken lässt«, sagte sie sanft, »dann bleibt uns immer noch die Flucht in die Bücher, um unsere wunden Seelen zu heilen.«

Mila erwiderte das Lächeln. Ihre Hand wanderte in ihre Tasche und strich über den Einband ihres Notizbuches. Der Gedanke, dass sie nicht nur lesen, sondern auch schreiben konnte, hatte wenigstens in diesem Moment etwas Tröstliches. Doch dann sah sie den Schatten, der über das Gesicht ihrer Mutter huschte. Angst krampfte ihren Magen zusammen.

»Was ist, Mama?«, fragte sie.

Helena stand da, den Blick auf all die Manuskripte gerichtet. Aus ihren Wangen wich die Farbe.

»Mama?«, wiederholte Mila.

Da endlich riss Helena sich von dem Anblick der ungelesenen Bücher los. Ihre Augen glänzten sehr hell, als sie meinte: »Ich bin Abélards Schwachpunkt. Das darfst du niemals vergessen, hast du mich gehört?«

Mila wollte nachfragen, was sie damit meinte. Die Düsternis, die plötzlich aus Helena sprach, machte ihr Angst. Aber gleich darauf glitt ein Lächeln über das Gesicht ihrer Mutter. »Alles wird gut werden. Lass uns weitergehen.«

Sie erreichten eine Tür mit einem vollständig schwarzen Baumsymbol darauf. Kälte ging davon aus, die Mila frösteln ließ.

Nicholas stieß Luft durch die Nase. »Gut«, murmelte er. »Also los.« Sein Gesicht war entschlossen und ebenso entschlossen streckte er die Hand nach der Tür aus.

Sie ist zu!, schoss es Mila durch den Kopf. *Wir werden sie aufschreiben müssen.*

Sie verspürte Beklemmung, weil sie ahnte, dass ihre Kraft dazu nicht reichen würde. Bevor diese Beklemmung jedoch Besitz von ihr ergreifen konnte, schwang die Tür auf – ohne Widerstand und ohne den geringsten Laut.

»Na also!«, stieß Caruel hervor. »Wer sagt es denn!« Er war der Einzige von ihnen, in dessen Gesicht kein Unbehagen stand, sondern nur grimmige Entschlossenheit.

Eric beugte sich zu Mila herüber. »Das geht zu einfach«, flüsterte er ihr ins Ohr. In seiner Miene stand das altbekannte Misstrauen, nur, dass es jetzt kein Ziel hatte, auf das es sich richten konnte. Seine Blicke huschten von Helena zu Caruel, dann zu Mila und zu der Tür.

Mila biss die Zähne zusammen. In ihr keimte ein ziemlich unheimliches Gefühl. Die Gewissheit, dass sie jetzt da durchmussten. Denn wenn sie umkehrten, gestanden sie damit ein, dass Abélard gewonnen hatte.

Sie hob das Kinn in dem zweifelhaften Versuch, zuversichtlich zu wirken. Dann tauschte sie einen langen Blick mit Helena und mit Nicholas. Beide schienen sie ähnlich zu denken.

»Dann mal los!«, sagte Caruel.

Hinter der Tür lag der Gang, an den Mila sich nur allzu gut erinnerte. Endlos reichte er nach rechts und links. Als sie durch die Tür traten, wurde ein Bewegungsmelder ausgelöst und die Neonröhren unter der Decke erwachten summend zum Leben. Eine nach der anderen sprangen sie an, rissen endlose Reihen schwarzer, schweigender Bücher aus der Finsternis, konnten die bedrohliche Atmosphäre dieses Ortes aber nicht mildern.

Im Gegenteil.

Die Art, wie sich die endlose Reihe der Leuchten in der Unendlichkeit zu verlieren schien, und auch die Art, wie das Neonlicht die unzähligen schwarzen Buchrücken schimmern ließ, wirkte bedrohlich. Das vertraute Wispern entstand in Milas Kopf, das warnende Flüstern, das sie davon abhalten wollte, tiefer in diese Bibliothek vorzudringen.

»Scheiße«, fluchte Eric. An seiner bleichen Miene und auch an Nicholas' verkrampftem Kiefer sah Mila, dass die beiden das Flüstern ebenfalls hörten.

»Nur Mut!«, sagte Helena. Ihr war nicht anzusehen, ob das Raunen sie beeindruckte.

Caruel zog seine Manschetten bis über die Handgelenke nach unten, dann vergrub er beide Hände tief in den Taschen seiner Jacke. Er wirkte nun auch angespannt und wachsam.

Die Bücher waren alle gleich groß, aber sehr unterschiedlich dick, weil manche Fabelmächtige ihre Gabe oft benutzt hatten, andere nur wenig.

»Fabelmachtgeschichten.« Nicholas ließ seine Finger über einige Buchrücken streifen und griff dann nach Milas Hand. Seine Stimme verursachte ein sonderbar vibrierendes Echo tief in ihrem Herzen.

Seite an Seite mit ihm folgte sie Helena und Caruel, die nun ebenfalls dicht nebeneinander hergingen. Es war, als schwebten die endlosen Buchreihen an ihnen vorbei, schweigend, düster, bedrohlich. Sie vertrieb diesen Gedanken und ging weiter.

Das Licht der Neonröhren folgte ihnen, ging vor ihnen an und hinter ihnen wieder aus, sodass sie sich wie in einer Blase aus flackerndem, kaltem Licht durch die Dunkelheit bewegten.

»Scheiße«, hörte sie Eric wieder und wieder fluchen. »Scheiße, Scheiße.«

Sie suchte Nicholas' Blick und als der kaum wahrnehmbar nickte, reichte sie Eric ihre freie Hand. Er atmete hörbar auf. Zu dritt nebeneinander war es ziemlich eng, aber es ging irgendwie.

Milas Knie fühlten sich an wie aus Gummi. Endlich, als sie schon glaubte, sie würden bis in alle Ewigkeit so weitergehen müssen, entdeckte sie in der Ferne ein fahles silbernes Leuchten. Schriftzeichen glühten auf. In der Dunkelheit jenseits der Neonröhren sahen sie geisterhaft aus. Mit klopfendem Herzen steuerte Mila darauf zu.

Es war ihr eigenes Buch. Ihr Name – *Émilie Corbeil* – leuchtete ruhig und stetig. Sie ließ Eric wieder los, streckte die Hand aus und berührte den Buchrücken mit den Fingerspitzen. Sie zitterte.

»Ist es das?«, wisperte Eric. »Ist das Abélards Buch?« Mila wunderte sich über die Frage, bis ihr einfiel, dass er die Schrift nicht sehen konnte. Sie schüttelte den Kopf. »Es ist meins.« Sie wandte sich ein Stück zur Seite, zu einem der Bücher, auf dem der Name *Helena Corbeil* stand.

Verwundert wies sie darauf. Sie hatte ganz vergessen, dass sie auch dieses Buch schon einmal angeschaut hatte. »Wie kann das sein?«, fragte sie. »Wieso steht da Helena und nicht Héloise?«

Helena schluckte. »Es enthält alles, was ich geschrieben habe, nachdem ich mit dir schwanger wurde. Frag mich bitte nicht, warum, aber irgendwo hier müsste noch eines sein und darauf müsste *Héloise* stehen.«

Mila wollte dazu etwas sagen, doch ihr Blick fiel auf eine Lücke, die ein Stück voraus in den Buchreihen klaffte.

»Da hat mein Buch gestanden«, vermutete Nicholas und vertrieb damit alle anderen Gedanken aus Milas Kopf.

Nicholas' Buch. Das Buch, das sie damals in dem Versuch, seine Geschichte zu verhindern, verbrannt hatten. Und doch war die Lücke nicht leer. Ein sehr schmales Bändchen stand darin. Es war zu dünn, als dass Nicholas' Name auf dem Rücken stehen konnte, aber als Mila es herauszog, sah sie ihn auf dem vorderen Deckel.

Nicholas strich darüber. »Klar«, murmelte er. »Nachdem wir das andere verbrannt haben, habe ich die Fabelmacht wieder benutzt.« Er blickte nach vorn. »Da!«, sagte er.

Alle gleichzeitig schauten sie in die Richtung, in die er zeigte.

Vor ihnen, in einer Entfernung, die sich unmöglich abschätzen ließ, aber beinahe so unendlich wirkte wie die schwarzgläserne Ebene, leuchtete ein weiterer Buchrücken.

Mila und Nicholas tauschten einen langen Blick.

»Sehr gut«, sagte Helena.

»Okay«, murrte Eric. »Offenbar habt ihr was entdeckt. Aber

kümmert euch bloß nicht um mich, ich bin eigentlich gar nicht da.«

Gefolgt von den anderen ging Mila auf das Leuchten zu.

Das Buch war dicker als alle anderen. Sehr viel dicker. Die Schrift darauf war altmodisch und stark verschnörkelt. Mila brauchte ein paar Sekunden, um den Namen entziffern zu können.

Nicholas fluchte leise.

»Was, Leute?«, murrte Eric. »Nehmt das mit dem *Kümmert euch nicht um mich* doch nicht so ernst!«

Mila streckte die Hand aus. Diesmal zitterten ihre Finger nicht, als sie den Namen auf dem breiten Rücken berührte. Diesmal war sie sehr ruhig. »Das ist Abélards Buch«, sagte sie.

17

»Abélards Buch.« Ein kaum hörbares Beben lag in Nicholas' Stimme.

Helena streckte die Hand aus, aber sie berührte nicht das dicke Buch, sondern das direkt daneben. Es war ungefähr so breit wie Milas Hand. »Héloise«, murmelte Helena. »Das hier ist meins.«

Sie alle starrten auf den leeren Buchrücken und Mila brauchte einen Augenblick, bis sie begriff, warum sie den Namen darauf nicht lesen konnte. Als Héloise diese Texte geschrieben hatte, waren weder Mila noch ihr Bruder geboren gewesen. Sie kamen schlichtweg in diesem Buch nicht vor.

Nicholas räusperte sich leise. »Abélard war neunhundert Jahre lang auf der Ebene gefangen. Wieso ist sein Buch trotzdem so dick?«

Mila hatte nicht die geringste Ahnung. Sie atmete ruckartig aus. Dann griff sie nach Abélards Buch, aber bevor sie es berührte, verließ sie der Mut. Sie tauschte einen Blick mit ihrer Mutter und als die nickte, zog sie das Buch gemeinsam mit ihr aus dem Regal. Es war unfassbar schwer. Behutsam legten sie es auf den Boden und knieten sich zusammen mit Nicholas davor, während Eric den Gang zwischen den Regalen nach hinten hin absicherte. Caruel stellte sich so, dass er in die andere Richtung schauen konnte. Seine Bewegungen wirkten eckig.

Mila zögerte. Dann schlug sie das Buch auf.

Da waren keine Buchstaben, sondern seltsame Zeichen. Zeichen, die vor Milas Augen flirrten, sodass ihr übel wurde. Sie blätterte vor und zurück. Überall diese unheimlichen, ekelerregenden Zeichen.

»Die sind alle zu der Zeit entstanden, als er auf der Ebene war«, vermutete Nicholas. Er blätterte weiter nach vorn und Mila atmete voller Erleichterung auf, als sie zu normalem Text in Latein kamen. Milas Blick wanderte über die Zeilen.

Per portam recentissime praeclusam transibat. Post eam hortus erat ...

Nicholas übersetzte. »Er ging durch die Tür, die eben noch verschlossen gewesen war. Dahinter lag ein Garten ...«

Mila blätterte weiter. Noch mehr Text in Lateinisch. Die Übelkeit ließ ein wenig nach.

»Da!« Helena hielt sie davon ab, die nächste Seite umzuschlagen. »Dort steht, wie er versucht hat, sich selbst unsterblich zu erzählen.«

»Aber das hat doch nicht geklappt«, warf Eric ein und kratzte sich am Kopf. »Warum steht die Geschichte dann dadrin?«

»Es hat schon geklappt«, widersprach Nicholas. »Aber nicht so, wie er es sich vorgestellt hat. Auf gewisse Weise war er unsterblich, als er auf der schwarzgläsernen Ebene gefangen war.«

Ein Schauder erfasste Mila bei dem Gedanken, dass Abélard neunhundert Jahre an diesem unheimlichen, hoffnungslosen Ort verbracht haben sollte. Kein Wunder, dass er zu dem geworden war, der er heute war. In Gedanken versunken, schlug sie die nächste Seite auf, wartete, bis Helena die lateinischen Worte gelesen hatte, und erklärte: »Da steht, wie er uns beide in unsterblicher Liebe aneinandergebunden hat.«

Sie beide. Abélard hatte nicht nur Helena durch unsterbliche Liebe an sich gebunden, sondern sich selbst auch an sie. Mila wurde klar, dass dieser Aspekt ihr bisher nicht in den Sinn gekommen war.

Helena sah für einen Moment verloren aus und Mila glaubte zu wissen, was sie empfand: einen Nachhall der Liebe, die sie so lange mit Abélard verbunden hatte.

Irgendwann wechselte der Text ins Französische, was Mila selbst lesen konnte. Wie ihre Mutter eben fuhr sie mit den Fingerspitzen über die Worte. »Das sind alles Kleinigkeiten«, murmelte sie. »Dinge, die er getan hat, nachdem er zurückgekehrt ist. Hier. Offenbar hat er sich ein paarmal in einer Krypta unter Père-Lachaise aufgehalten.«

Nicholas tauschte einen Blick mit Caruel.

»Ein sehr passender Ort für jemanden wie ihn«, murmelte der.

Nicholas presste die Lippen aufeinander.

Mila wusste nicht, was sie dazu sagen sollte. Als sie Abélards nächsten Text las, wurde sie blass. »Hier geht es um die Männer, die später Maréchal umgebracht haben.« Die entsprechenden Passagen waren knapp und sachlich gehalten, und das ließ Mila sich umso schrecklicher fühlen, als sie sie vorlas. Abélard hatte sich Männer aus dem Rotlichtmilieu ausgesucht, die wenig Skrupel hatten. Ihr Motiv war schlichtweg Geld gewesen.

»Zehntausend Euro?«, flüsterte Eric. »Mehr war Maréchals Leben nicht wert?«

Mila kämpfte gegen den Gedanken an den alten Buchhändler und die Art, wie er umgekommen war. Sie konnte das alles jetzt nicht noch einmal hochkommen lassen. Nicht hier.

Eilig las sie weiter. Abélard hatte sie in der Wohnung von Isabelles Eltern tatsächlich durch Isabelles Handy aufgespürt. Die Szene, wie er Luc umgeschrieben und zu einem Attentäter hatte werden lassen, brannte sich förmlich in ihr Gehirn. *Worte,* dachte sie. *Worte hatten so eine furchtbare, grauenvolle Macht.*

»O Gott«, hörte sie sich selbst sagen. »Das ist so ... schlimm.«

Nach der Szene mit Luc kam nur noch eine einzige vollgeschriebene Seite, die gegenüberliegende war leer. Sie waren am Ende des Buches angekommen. Milas Blick flog über die Sätze, aber bevor Abélards letzter Schachzug ihren Verstand erreichen konnte, stieß Eric ein leises »Scheiße!« aus.

Nahezu gleichzeitig richteten sich Helena, Mila und Nicholas auf.

Mila wurde schwarz vor Augen, als sie die graue Gestalt entdeckte, die sich zwischen den Regalreihen näherte.

»Hallo, Héloise«, sagte Abélard mit ganz und gar freundlicher Stimme.

Helena hatte die Arme um den Leib geschlungen und sah aus wie ein Geist.

Bevor auch nur einer von ihnen auf Abélards Erscheinen reagieren konnte, zog Caruel beide Hände aus den Jackentaschen. Und von diesem Augenblick an geschah alles in Zeitlupe.

In Caruels Händen lagen zwei Pistolen. In Milas Ohren begann es zu klingeln.

Sie sah, wie Caruel dastand, den Kopf gesenkt, als müsse er erst noch überlegen, auf wen er die Waffen richten sollte. Sie sah, wie Abélard ihn auffordernd anschaute und dann eine Kopfbewegung in ihre Richtung machte. Caruel jedoch rührte sich nicht und das ließ Abélard erstaunt die Augen aufreißen. Mit einer langsamen Bewegung hob er die Waffen und dabei rutschten seine Manschetten ein Stück nach oben. Blau flammende Buchstaben brannten auf der Haut an seinen Handgelenken – sichtbare Zeichen dafür, dass er versuchte, sich gegen Abélards Fabelmacht zur Wehr zu setzen.

»Nein!«, flüsterte Nicholas.

Caruel ächzte. Seine Hände bebten von der Anstrengung, nicht das zu tun, was Abélards Geschichte ihm vorgab.

Und da erst begriff Mila in voller Tragweite, was sie eben über dessen letzten Schachzug gelesen hatte. Nicholas' Vater! Er stand schon die ganze Zeit unter Abélards Einfluss. Er hatte dafür gesorgt, dass sie hierherkamen. Und das war auch der Grund gewesen, warum die Tür zur Bibliothek plötzlich offen gewesen war. Abélard hatte sie erwartet.

Das hier war nichts als eine clever ausgeklügelte Falle, hämmerte es in ihrem Verstand, als Abélard sich nun an Caruel wandte. »Du weißt, was du zu tun hast!«, sagte er.

Caruel sah Mila ins Gesicht.

»Nein!«, schrie Helena. »Du Bastard!«

Mila sah Nicholas den Mund öffnen. Caruel riss die Waffen herum. Zwei Schüsse fielen. Unmöglich konnte sie die Kugeln erkennen, die sich aus den Läufen lösten und doch hatte sie den Eindruck, dass genau das der Fall war. Sie glaubte, die Druckwelle zu sehen, mit der die Projektile aus den Waffen jagten, aber sie jagten nicht auf sie zu, sondern auf

Abélard. Im allerletzten Moment hatte Caruel die Waffen herumgerissen.

Alles beschleunigte sich ruckartig wieder, das Echo der beiden Schüsse brach über sie herein.

»Vater!«, hörte sie Nicholas brüllen, dann das Klirren der beiden Kugeln, die irgendwo hinter Abélard zu Boden fielen.

Abélard lachte. »Ihr glaubt doch wohl nicht, dass ich nicht auf so was vorbereitet war! Ihr alle habt euch schließlich lange genug gegen mich gewehrt.« Er deutete auf sein Buch. »Lies zu Ende!«, forderte er Mila auf, und das tat sie.

Egal, was auch immer sie versuchten, sie konnten ihm nichts anhaben, war der letzte Satz, den er geschrieben hatte.

»Scheiße«, murmelte Eric wieder und zugleich ging Caruel unter den Schmerzen des Flammenmals in die Knie.

Nicholas wirbelte zu ihm herum.

Auf den Knien liegend, wandte sein Vater sich langsam um. Seine Hände bebten jetzt stärker und in seinen Augen stand Qual, aber es war deutlich zu erkennen, dass er Abélards Fabelmacht nicht mehr lange widerstehen würde. Die Mündungen der Waffen schweiften über Helena hinweg und richteten sich dann auf Mila.

»Nein!« Nicholas handelte, ohne zu überlegen. Er sprang vorwärts. Und stellte sich dicht vor die beiden Mündungen. »Wenn du mich an deiner Seite willst«, rief er Abélard zu, »dann solltest du meinen Vater davon abhalten, auf irgendwen zu schießen. Weil er nur mich treffen würde, egal, wohin er zielt.«

Mila wurde eiskalt.

»Meinst du wirklich?«, sagte Abélard mit einem sanften, überheblichen Lächeln.

Das Flammenmal an Caruels Armen wuchs, zog sich ein Stück wieder zurück, wuchs erneut. Es war, als würde ihm sein Kampf gegen Abélards Einfluss mit brennenden Worten auf die Haut geschrieben werden. Mila hielt den Atem an. Konnte Caruel Abélard widerstehen?

Einen Moment lang sah es so aus. Caruel ließ die Waffen sinken, allerdings nur, um sie gleich darauf wieder anzuheben und gegen seine eigenen Schläfen zu richten.

»Nein!«, stieß Nicholas hervor und Abélard fing an zu lachen.

»Welche Ironie«, sagte er. »Ich hätte es nicht besser schreiben können.«

Mila war zum Schreien zumute. Genau so hatte Nicholas' Geschichte geendet. Nicholas hatte versucht, seinen Vater davon abzuhalten, sich selbst zu erschießen, und bei dem anschließenden Handgemenge war der Schuss gefallen, der ihn getötet hatte.

Sie presste beide Hände auf den Mund. Durch ihr endloses Entsetzen nur gedämpft hörte sie die Stimme ihrer Mutter.

»Mila! Du bist die Einzige von uns, die es mit ihm aufnehmen kann!«

Ihr Kopf fühlte sich an, wie mit Watte gefüllt, aber sie reagierte. Sie fiel auf die Knie und zückte in derselben Bewegung ihr Notizbuch. Irgendwo schlug sie es auf, kritzelte los. *Caruel. Die Waffen in seiner Hand.* Wie von Furien gehetzt jagte ihr Stift über das Papier. *Und dann wurde er ohnmächtig,* schrieb sie. Zu ihrer Erleichterung gehorchte ihr die Fabelmacht schon beim ersten Wort.

Caruel sackte in sich zusammen, die Waffen entglitten seinen Händen und landeten mit einem Poltern auf dem Boden. Mit einem Schrei, irgendwo zwischen Erleichterung und Schrecken, trat Nicholas sie so weit wie möglich fort.

Abélard jedoch hatte nur noch Augen für Mila. Er kam auf sie zu, streckte die Hand nach ihr aus und tätschelte anerkennend ihre Wange. Seine Finger waren kühl und trocken und sie glaubte, seinen Geruch wahrzunehmen, den Geruch, den sie schon damals im TGV gerochen hatte: Pergament und altes Leder.

Sie sah ihm in die Augen.

»Nicht schlecht«, murmelte er. »Du bist sehr viel stärker, als ich gedacht habe«. Dann wandte er sich an Helena. »Wir haben uns oft gefragt, wie stark sie tatsächlich ist, nicht wahr?«

Helena hatte die Schultern zurückgenommen. »Sie ist genauso stark wie du. Du wirst sie nicht besiegen können.«

Er nickte. »Das denke ich auch, ja.« Ein Lächeln kräuselte seine Lippen. »Vielleicht sollte ich also doch dich an meine Seite rufen, Mila«, schlug er vor.

»Nein!« Nicholas sprang vorwärts. »Lass Mila aus dem Spiel!«

Seine Fürsorge rührte Mila, aber sie war nicht nötig. »Wenn ich genauso stark bin wie du, kannst du machen, was du willst, du kriegst mich nicht«, sagte sie zu Abélard.

Der nickte. »Stimmt. Aber zwei Fabelmächtige, die genau gleich stark sind, oder zwei Fabelmächtige, die genau gleich stark sind, während einer von ihnen Nicholas auf seiner Seite hat ... Was glaubst du, welche Partei von beiden gewinnen wird?«

»Vergiss es!«, zischte Nicholas. »Du ziehst mich niemals auf deine Seite. Das habe ich dir schon einmal gesagt.« Eine lange Sekunde starrten er und Abélard sich in die Augen, dann krümmte Nicholas sich.

Abélard sah ihn spöttisch an. »Ach, Nicholas«, sagte er mit Bedauern in der Stimme. »Es ist völlig aussichtslos, sich zu zieren, und das weißt du.«

»Fick dich«, presste Nicholas zwischen den Zähnen hervor. Das Mal an seinem Arm flammte so grell auf, dass es durch den Stoff seines Shirts hindurch zu sehen war. Er schrie.

Mila kam sich vor, als würde nicht ihm die Haut vom Leib gebrannt, sondern ihr. Sein gesamter Arm, seine Schulter, die halbe Brust waren von den brennenden Worten bedeckt. Sie sah, wie seine Beine nachgaben, wie er auf die Knie fiel und sie wollte zu ihm.

Eric jedoch trat ihr in den Weg. »Nicht!«

»Ich habe es dir gesagt!«, rief Helena Abélard zu. »Ihre Liebe zueinander ist stärker als die Fabelmacht! Du kannst Mila nicht besiegen. Und du kannst Nicholas nicht auf deine Seite ziehen. Die Fabelmacht wird ihn eher töten, als dass er sich ihr noch einmal beugt!«

Und während sie das sagte, fiel Nicholas vornüber auf die Hände. Mila schaffte es, sich von Eric loszureißen. Sie ließ sich neben ihn sinken, hielt ihn, während er sich unter Schmerzen wand. Nur mit äußerster Anstrengung richtete er sich wieder auf. »Es tut mir leid«, flüsterte er in Abélards Richtung. »Ich fürchte, Helena hat recht.« Er hatte sich die Lippe blutig gebissen.

In Mila gellte die Erinnerung an das, was er in ihren Träumen gesagt hatte.

Auch in dieser Geschichte hier werde ich sterben.

Über Abélards Gesicht glitt ein Lächeln, das sonderbar zerrissen aussah, gleichzeitig traurig und dämonisch. »Dann kommt jetzt der Punkt, an dem sich alles wendet«, sagte er.

Mila sah, wie Abélard sich über sein Buch beugte und darin herumblätterte, bis er auf eine Seite kam, die sehr weit am Anfang lag.

»Lies!«, befahl er diesmal Helena.

Sie blickte ihn lange an. Ein Ausdruck stand in ihrem Gesicht, der unmöglich zu deuten war. Ekel lag in ihm, Zorn. Hass. Verachtung. Dann glitt ihr Blick zu Mila und unendliche Liebe erschien darin.

Sie las und als sie fertig war, wichen alle Gefühle tiefer Resignation. »Wir haben uns damals nicht zufällig getroffen?« Ihre Stimme klang gefasst, als hätte sie es längst geahnt. »Du hast mich ... erschaffen.«

Abélard nickte. »Ich wollte eine Gefährtin, die ich lieben konnte, Héloise. Und das will ich auch immer noch.« Er hob die Arme. »Doch du hast dich für die andere Seite entschieden.«

Helena ließ ihn nicht aus den Augen. »Hast du mich auch geliebt, als du mir Antonie und Jacques genommen hast?«

Abélard lauschte in sich hinein. »Natürlich! Als ich dich vor siebzehn Jahren an unserem Grabmal auf Père-Lachaise stehen sah, spürte ich dein Glück. Ein Glück, das nichts mit mir zu tun hatte. Wie hätte ich das akzeptieren können? Es war nicht viel nötig, es zu ändern. Das Auto, ein paar manipulierte Bremsen. Erde, in die ich mit einem Finger zwei, drei Sätze gekritzelt habe. Ich war selbst ein bisschen überrascht davon, dass sie genau zu diesem Zeitpunkt im Auto saßen, aber das konnte mir schließlich nur recht sein, nicht wahr?

Ich habe dafür gesorgt, dass sie schnell gestorben sind, so viel kann ich dir versichern.«

Mila schluckte schwer. Wie oft hatte sie sich gewünscht zu erfahren, wie Antoine und ihr Vater ums Leben gekommen waren? Und jetzt, da sie es wusste, hätte sie ein Vermögen dafür gegeben, das Wissen in das Dunkel des Vergessens zurückstopfen zu können. Sie rappelte sich auf, half Nicholas ebenfalls auf die Beine und gemeinsam traten sie Abélard entgegen.

Helena jedoch stoppte sie, indem sie die Hand hob. »Das ist eine Sache zwischen mir und ihm«, flüsterte sie. »Wenn du mich liebst, Mila, dann lass mich das hier tun.« Plötzlich wirkte sie sehr ruhig. Fast heiter. Sie ging auf Abélard zu. »Warum machst du das alles?«

Er gab keine Antwort. Das musste er nicht.

Weil er böse ist, dachte Mila dumpf. *Weil die schwarzgläserne Ebene ihn böse gemacht hat.* Ihr war die ganze Zeit schon so kalt, als wäre es der Tod selbst, der dort stand und mit ihnen redete. Die Vorstellung, was es bedeuten mochte, neunhundert Jahre lang auf dieser gruseligen Ebene gefangen zu sein, überstieg all ihr Vorstellungsvermögen. Sie war nur einen Wimpernschlag dort gewesen und es hatte sich wie eine unerträgliche Ewigkeit angefühlt. *Neunhundert Jahre ...*

Nicholas trat einen Schritt vor, ohne Milas Hand loszulassen. »Wie geht es nun weiter?«

»Oh. Ganz einfach«, sagte Abélard. »Du wirst dich mir anschließen. Und gemeinsam ...«

Nicholas hatte tief Luft geholt, während Abélard sprach. »Lass es!«, fiel er ihm ins Wort. »Ich sagte es schon: Du wirst mich töten müssen.«

Das Fabelmachtleuchten auf seinem Arm flammte grell auf. Er senkte den Kopf, sodass seine Haare ihm vor das Gesicht rutschten, aber trotzdem konnte Mila sehen, wie groß die Schmerzen waren.

Als könne sie sie am eigenen Leib spüren, zuckte Helena zusammen. Sie schob Nicholas und auch Mila hinter sich. »Sieh mich an!«, befahl sie Abélard.

Er musterte sie, als wolle er ihre Gedanken lesen.

»Was hast du gefühlt, als Mila die Verbindung zwischen uns gekappt hat?«, fragte sie leise.

Abélard erwiderte nichts.

Sie deutete auf sein Buch und hob die Stimme. »Was ist es für ein Gefühl, keine Macht mehr über die Person zu haben, die man erschaffen hat, Abélard?«

Er schwankte jetzt und in seinen Zügen lag ein Hauch von Irritation. »Was hast du vor?«

Helenas Stimme wurde noch leiser. »All die Jahrhunderte hindurch habe ich mich nach dir gesehnt und als ich endlich akzeptierte, dass ich dich für immer verloren hatte, wollte ich nur noch sterben. Aber selbst das hast du mir verwehrt, weil du mich unsterblich geschrieben hast.« Sie lächelte.

Vorhin vor der Tür der Dunklen Bibliothek war sie schon blass geworden, aber jetzt schien sie plötzlich so weiß zu sein wie der Tod. Mila rann ein Schauder über den Rücken. Was geschah hier?

»Du weißt, dass jetzt alles anders ist, nicht wahr?«, fuhr Helena fort. »Du weißt, dass meine Tochter alles verändert hat, als sie mich von deinem Bann befreite. Denn sie hat nicht nur meine Liebe zu dir weggeschrieben, sondern auch noch etwas anderes.«

Abélard wollte etwas erwidern, aber Helena ließ ihn nicht. Sie hob ihre Hand. Von irgendwoher hatte sie plötzlich den Kugelschreiber gezaubert, den sie schon auf dem Weg hierher in der Hand gehabt hatte. Und mit einer einzigen fließenden Bewegung schob sie den Ärmel hoch. Etwas stand auf ihren Unterarm geschrieben und sie las es laut vor: »In dem Moment, in dem Nicholas begriff, dass er Abélard nicht standhalten konnte, durfte endlich das sterben, was Abélard am meisten geliebt ...«

Ein unmenschlicher Schrei ertönte. »Nein!«, schrie Abélard. »Die Macht hast du nicht!«

Helena lächelte. Es sah friedvoll aus. »Oh doch, die Macht habe ich. Weil du mich immer noch liebst und ich deswegen deine Schwachstelle bin. Und weil Mila mich nicht nur von meiner Liebe zu dir befreit hat, sondern auch von dem Fluch der Unsterblichkeit.« Sie sah Mila in die Augen. »Sei nicht traurig«, bat sie. Dann hob sie den Kugelschreiber und vollendete mit einer raschen Bewegung den bereits angefangenen Satz auf ihrem Arm. Das Fabelmachtleuchten flammte fast unmittelbar auf.

»Nein!« Abélard fegte ihr den Stift aus der Hand, doch es war zu spät.

»Mama!« Mila weinte.

Helenas Gesichtszüge entspannten sich. »Es ist gut so, Mila.« Sie taumelte ein Stück von Abélard fort, dann brach sie zusammen. Nicholas konnte sie gerade noch auffangen. Sie streckte die Hand nach Mila aus. »Ich liebe dich so sehr.«

Aus dem Augenwinkel sah Mila, dass Abélard sein Notizbuch hervorgerissen hatte und wie besessen hineinschrieb, ohne dass das Fabelmachtleuchten einsetzte. Alles in ihr schrie, es ihm gleichzutun, zu versuchen, den Tod ihrer Mutter zu verhindern. Doch dann sah sie in Helenas friedliches Gesicht und wusste, dass sie ihre Mutter gehen lassen musste, wenn sie sie wirklich liebte.

Sie kniete neben ihr und griff nach ihrer Hand, zog sie vor ihre Brust und hielt sie ganz fest. »Sein Schwachpunkt … Mila, nutze ihn …« Helenas Atem stockte. »Auf diesen Moment habe ich mich so lange gefreut«, wisperte sie. »Ich danke …« Tief atmete sie ein.

Und nicht mehr aus.

18

Helena war tot. Eric kämpfte gegen den Schock an, den ihm das verursachte. »Los!«, zischte er. »Weg hier!« Gegen ihren Willen zog er Mila auf die Füße, während Nicholas von selbst hochkam und Abélard an ihrer Stelle neben Helenas Leiche niederfiel.

Caruels Hände zuckten leicht. Nicht mehr lange und er würde aus seiner Ohnmacht erwachen und sich erneut gegen sie stellen.

Mila wollte Erics Hand wegschlagen, aber er ließ es nicht zu. Er packte sie an den Schultern und schüttelte sie. Sie durften jetzt auf keinen Fall zögern! »Das hat sie für uns getan, Mila. Lass es nicht umsonst gewesen sein!«

Mit einem Geräusch, das wie ein Heulen klang, zog Abélard Helena in seine Arme.

Der Anblick brachte Mila zur Besinnung. Zu Erics Erleichterung ließ sie sich mitzerren und auch Nicholas rannte hinter ihm her, nicht, ohne sich noch einmal nach seinem Vater umzublicken. Sie rannten den endlosen Gang entlang, fort von Abélard. Im Laufen drehte Eric sich um, weil er vermutete, dass Abélard ihnen folgen würde, aber das tat er nicht. Er wiegte Helena und stammelte dabei wieder und wieder ihren Namen, als könne er sie allein mit der Kraft seiner Stimme zurückholen.

Gut.

Solange er in seiner Trauer gefangen war, war er keine Gefahr.

Irgendwann erreichten Eric, Nicholas und Mila eine Tür. War es dieselbe, durch die sie die Dunkle Bibliothek betreten hatten? Eric hatte nicht die geringste Ahnung, bis er Mila und Nicholas hindurchschubste und ihnen selbst folgte.

Sie war es nicht.

Sie befanden sich nicht in der Bibliothek der ungelesenen Bücher, sondern irgendwo in der Großen Bibliothek unter der Sternenkuppel.

Mila wimmerte leise und ganz kurz wünschte Eric, er sei fabelmächtig, um ihr die Erinnerung zu nehmen. Ihre Mutter aus freiem Willen durch die eigene Hand sterben zu sehen ...

Himmel, Herrgott noch mal!

»Das, was Abélard am meisten geliebt hatte«, murmelte Mila. »Sein Schwachpunkt.« Ihre Stimme war flach und ausdruckslos. Ihre Bewegungen wirkten abgehackt.

Erics Puls raste, sein gesamter Brustkorb war eng vor Zorn auf Abélard. Auf die Fabelmacht. Auf all den verdammten Scheiß hier. Er warf einen Blick auf Nicholas, der sich von seinem Schmerzen offenbar kurzzeitig erholt hatte, doch Mila sah umso schlechter aus. Das Opfer ihrer Mutter hatte dazu gedient, diesen Drecksack so sehr zu schwächen, dass Mila ihn besiegen konnte, aber in dem Zustand, in dem sie sich im Moment befand, würde sie nicht einmal in der Lage sein, an einen Kampf auch nur zu denken.

Was bedeutete, er musste sie zur Besinnung bringen. Und das möglichst schnell. Dafür aber brauchte er einen Ort, an dem sie wenigstens für den Augenblick sicher waren.

»Kommt mit«, presste er hervor. »Ihr müsst jetzt verdammt noch einmal mitkommen.«

Mila fühlte sich, wie in dichten Nebel gepackt, der sie vom Rest der Welt trennte, ihre Gefühle umhüllte und dämpfte. Konnte man den Verstand verlieren vor Entsetzen? Oder schottete der Verstand sich einfach davon ab, sodass man gar nichts mehr empfand als kalte dunkle Leere?

Offenbar.

Sie lief zusammen mit Nicholas hinter Eric her durch die Gänge unter der Stadt. Sie hatte keine Ahnung, wohin er sie führte, aber es war ihr auch egal. Alles war egal. In ihrer Erinnerung erklang die Stimme ihrer Mutter, die sie bat, nicht traurig zu sein. Sie glaubte erneut zu fühlen, wie Helena ihren letzten Atemzug tat.

Mit einem Ruck blieb sie stehen und übergab sich. Ihr Magen, ihre Kehle und ihr Herz standen in Flammen.

»Scht. Es wird gleich wieder besser.« Nicholas hielt sie fest, bis sie sich aufrichten konnte, und dann, als ihre Beine zitternd unter ihr nachzugeben drohten, hob er sie kurzerhand auf seine Arme.

»Ich will ... laufen«, murmelte sie, konnte aber nicht verhindern, dass ihr Kopf gegen seine Schulter sank.

»Vergiss es.« Er sprach nur leise und sie konnte den Schock in seiner Stimme hören.

Sie schloss die Augen und öffnete sie erst wieder, als er sie irgendwo niederlegte. Der Geruch von Staub hüllte sie ein.

Erst da begriff sie, dass Eric sie zurück zur Oper geführt hatte. Das hier war die Garderobe, in der sie mit Nicholas so glücklich gewesen war.

Sie lehnte den Kopf an und schloss die Augen abermals. Nicholas hielt ihre Hand.

»Alle tot«, flüsterte sie. »Mein Vater. Antoine. Maréchal. Dein Vater.« Etwas stimmte nicht an dem, was sie gesagt hatte, aber das war egal.

»Mein Vater lebt«, sagte er mit flacher Stimme und sie erinnerte sich daran, wie sie Caruel bewusstlos geschrieben hatte. Nur bewusstlos. Nicholas' Vater war immer noch auf Abélards Seite.

Sie wollte Nicholas' Wange berühren, aber sie konnte es nicht.

»Meine Mutter ...« Sie krümmte sich, spürte seine Hände an ihren Schultern, spürte, wie er sie in seine Arme zog und auf die Stirn küsste. »Deine Lippen sind kalt«, murmelte sie. Aus irgendeinem Grund brachte sie das zurück vom Rand der Betäubung. Sie öffnete die Augen, setzte sich aus eigener Kraft hin.

Nicholas' Augen waren dunkel wie Steine.

»Zeig mir das Flammenmal!«, verlangte sie.

Er reagierte nicht, wollte sie noch immer schützen vor Dingen, vor denen sie nicht beschützt werden konnte.

»ZEIG MIR DAS FLAMMENMAL!«

Und da tat er es. Er schob seinen Ärmel bis fast zum Schultergelenk. Dann zog er das Shirt aus dem Gürtel und schob auch das hoch. Die Schrift war überall. Auf seinem Bauch, seinen Rippen. Seiner Brust. Krakelige Altmännerschrift. Abélards Schrift.

Caruel Villain hob die Waffe an seine Schläfe, las sie. *Er würde abdrücken, wenn Nicholas sich weiter weigerte, sich der Fabelmacht zu unterwerfen. Und er würde nicht der Letzte sein, der starb ...*

»Er wird alle töten, die uns etwas bedeuten«, murmelte sie. »Isabelle. Odette. Luc ... Und du kannst nichts dagegen tun.«

Eric trat zu ihnen. »Noch leben wir«, sagte er. »Es ist nicht vorbei. Und wir müssen uns jetzt verdammt noch mal etwas einfallen lassen, um diesen Mistkerl zu stoppen. Ein für alle Mal. Versteht ihr mich?«

Mila reagierte nicht. Sie konnte einfach nicht. Sie schaute Nicholas an, sah die Hoffnungslosigkeit in seinen Augen. Helena war in dem Augenblick gestorben, als er akzeptiert hatte, dass Abélard gewonnen hatte.

Auch in dieser Geschichte werde ich sterben, hallten seine Worte aus ihrem Traum durch ihren Kopf.

Die Erinnerung daran trieb sie auf die Beine. Plötzlich hielt sie die staubige Stille in der Garderobe nicht mehr aus. Plötzlich wollte sie nur noch fort. Sie stürzte aus dem kleinen Raum.

Erics Ruf, mit dem er sie aufhalten wollte, hörte sie kaum.

Die Kulissen des Ballsaals warfen im Licht einer einzelnen Lampe lange Schatten, die in Milas Augen aussahen wie Zähne. Mitten auf der Bühne hatten sie die Kräfte verlassen und sie war einfach stehen geblieben. Jetzt stand sie hier, die Arme um den Leib geschlungen, um ihr Zittern zu kontrollieren, und betrachtete ihre schmale Gestalt in den unzähligen halb blinden Spiegeln, die einmal das Bühnenbild gebildet hatten. So ungefähr musste sich ein Geist fühlen. Nur halb von dieser Welt.

»Mila?« Nicholas trat hinter sie.

»Eigentlich sind wir doch schon tot.« Sie erkannte ihre eigene Stimme nicht. »Warum wehren wir uns noch dagegen?« Einer der Spiegel war vor Urzeiten zerborsten. Die Scherben waren handtellergroß, scharfkantig und von einer Staubschicht überzogen.

»Noch ist niemand tot!« Auch Eric trat nun zu ihnen. »Habt ihr euch mal gefragt, warum Abélard das tut?«, fragte er drängend und deutete auf die Flammenschrift auf Nicholas' Brust. »Warum erhöht er den Druck auf Nicholas so sehr? Er bräuchte doch nur zu warten, bis er dem Flammenmal erliegt.«

»Er ahnt, dass ich mich lieber von dem Mal umbringen lassen werde«, murmelte Nicholas.

Eric nickte. »Möglich. Aber was ist, wenn es noch einen anderen Grund hat? Wenn er weiß, dass ihm die Zeit davonläuft? Weil er spürt, dass Helenas Tod ihn so sehr schwächt, dass du ihn besiegen kannst?«

Irgendwas an dem, was Eric gesagt hatte, war falsch. Oder doch nicht? Sie konnte immer noch nicht klar denken.

Sie sah auf Nicholas' Flammenmal. *Ich bin Abélards Schwachpunkt,* hatte ihre Mutter gesagt. Wenn das stimmte, dann konnte Mila Nicholas vielleicht jetzt erlösen, so, wie sie Helena erlöst hatte. Sie wollte Hoffnung empfinden bei diesem Gedanken, aber nicht einmal das konnte sie mehr.

Nicholas' mitternachtsblaue Augen waren genauso leer, wie sie sich fühlte.

Dennoch griff sie in ihre Tasche, holte ihr Notizbuch hervor und schrieb, dass das Flammenmal auf Nicholas' Haut erlosch.

Nichts geschah.

Nicholas keuchte leise.

Sie blätterte um und schrieb das Gleiche erneut, mit etwas anderen Worten diesmal.

Vergeblich.

Für einen dritten Versuch fehlte ihr jegliche Kraft. Helena hatte sich getäuscht. Selbst in seiner tiefsten Trauer war Abélard noch stärker als sie. Das Opfer ihrer Mutter war umsonst gewesen.

Mila bückte sich, hob die große Spiegelscherbe auf. Mit ihr in der Hand drehte sie sich zu Nicholas um. In ihr war jetzt alles abgestorben. »Deine Mutter hat gesehen, dass ich dich töten werde.« Sie legte die scharfe Spitze der Scherbe an seine Bauchmuskeln.

Eric zog scharf die Luft durch die Zähne. Sie konnte seinen Atem hören, er ging stoßweise.

Nicholas jedoch stand ganz still. »Noch nicht«, sagte er. Sanft nahm er ihr die Scherbe aus der Hand, warf sie zurück auf den Haufen. Sie zerbarst in unzählige kleine Splitter, genauso wie Milas Herz.

Was meinte er mit *noch* nicht?

Verzweifelt suchte sie in seiner Miene nach einem Funken Hoffnung, aber da war immer noch nichts.

»Wenn es nicht anders sein kann«, erklärte er, »wenn du mich wirklich töten musst, dann sollte es einen Sinn haben.« Ebenso sanft wie eben die Scherbe nahm er ihr nun auch ihr Notizbuch weg, bewegte es hin und her, als müsse sie verstehen, was er wollte.

Sie verstand gar nichts. Wann hörte ihr Herz endlich auf zu schlagen?

»Wir müssen es machen wie meine Mutter«, sagte er und da ahnte sie, worauf er hinauswollte. Langsam, knirschend wie eine zahnradgetriebene Maschine, kamen ihre Gedanken wieder in Gang.

Nicholas' Mutter. Sie hatte die Leerstellen in seiner Geschichte gefüllt. Und auf gewisse Art hatte sie sogar Erfolg damit gehabt. Zwar hatte sie Nicholas' Tod nicht verhindert, wohl aber hatte Eric, den sie in die Geschichte geschrieben hatte, durch vieles, was er getan hatte, dabei mitgeholfen, dass Nicholas wieder lebte. Wenn Eric nicht bei Mila gewesen wäre in den zehn Wochen nach Nicholas' Tod, hätte sie sich vermutlich etwas angetan. Wenn er ihr nicht ihre Geschichte wiedergegeben hätte, als sie sich selbst die Erinnerung daran genommen hatte, hätte sie möglicherweise nicht versucht, Nicholas zurück ins Leben zu schreiben ...

Nicholas sah sie eindringlich an. »Vielleicht ist jetzt der Zeitpunkt gekommen.«

»Was hast du vor?«, murmelte sie.

Da beugte sich Nicholas vor und flüsterte ihr ins Ohr, wie sie Abélard vernichten konnten. Und mit ihm die Fabelmacht.

Als er geendet hatte, war nichts mehr wie zuvor. Für einen absurden Augenblick fühlte Mila, wie jähe Freude ihre tiefe Verzweiflung durchzuckte. Die Gewissheit, dass das ein gutes Ende war. Eins, das ihre Mutter verstehen würde. Weil es notwendig war, um all dieses Leiden ein für alle Mal aus der Welt zu schaffen.

Nutze Abélards Schwachpunkt ...

Sie öffnete die Augen wieder, dachte an den Frieden in Helenas Miene, kurz bevor sie gestorben war. Eric stand aufrecht da, angespannt und voller Fragen. Aber er schwieg und

Mila war ihm dankbar dafür. Ein Wort von ihm und jeder Mut hätte sie verlassen.

»Komm«, sagte Nicholas. »Es ist Zeit. Hier ist es kalt und ungemütlich.«

Überall ist es kalt und ungemütlich, dachte Mila. *Die ganze Welt ist kalt und ungemütlich.*

Sie nahm seine Hand. »Ja«, sagte sie. »Es ist an der Zeit.«

»Bist du bereit?«, flüsterte sie.

Er schloss die Augen. »Ja«, sagte er. »Bist du es?« Sie hatten kaum fünf Minuten gebraucht, um sich darüber zu verständigen, was genau sie tun würden.

Erneut versuchte sie zu nicken. Diesmal ging es nicht. »Ja.« Ihre Stimme war nur ein Hauch.

Noch immer schwieg Eric.

Sie zwang sich, Nicholas anzulächeln. In ihrem Kopf wirbelten die Gedanken im Kreis. Einmal war sie gestorben, obwohl seine Geschichte *seinen* Tod vorgesehen hatte. In einem anderen Universum.

Ein anderes Universum.

Vor Milas Augen erschien eine Welt, wie sie sich erträumte hatte. Ein Paris ohne Fabelmacht. Ein Paris, in dem sie mit Nicholas glücklich war.

Was wäre, wenn …

Ein Funke tauchte in ihr auf, eine kleine Flamme nur, ein Keim einer Idee, aber dennoch, sie klammerte sich an ihm fest. Sie blätterte ihr Notizbuch auf und las die Seiten, die sie in den letzten Tagen geschrieben hatte.

Ein anderes Universum …

Sie drehte das Buch so, dass Nicholas mitlesen konnte.

Er lächelte traurig. »Lass uns nicht noch länger warten«, flüsterte er und sie wusste, er hatte recht. Wenn sie sich zu sehr an ihre Hoffnung klammerte, würden sie nur Zeit verlieren.

Ihre Augen brannten, als sie sich über das Buch beugte und zu schreiben begann.

Es war vorbei, schrieb sie.

Nicholas hatte sich Abélards Geschichte gebeugt. Er war an seine Seite getreten.

Eric sah erschrocken auf. »Was zum Teufel tust du da?«, stieß er hervor.

»Die Leerstellen von Abélards Geschichte füllen«, murmelte Mila nun. Und dann erklärte sie Eric, was sie vorhatten.

Vor Schreck wich er zurück. Er verschränkte die Arme hinter dem Kopf und starrte gen Decke. »Aber ...«, stammelte er. »Aber das heißt, dass Abélards Geschichte Realität werden wird? Nicholas wird sich ihm anschließen und ...« Die Stimme versagte ihm. »Himmel! Es muss doch einen Weg geben, diese Geschichte zu beenden, ohne dass ihr beide ...«

»Ja«, sagte Nicholas müde. »Den gibt es. Aber leider in einem anderen Universum als unserem.« Ein Schatten flog über sein Gesicht, dann folgte ein fernes Lächeln, das so fehl am Platze war, dass es Mila tief und schmerzlich ins Herz fuhr. Sie brauchte all ihre Kraft, um sich davon nicht ablenken zu lassen und weiterzuschreiben.

Das Fabelmachtleuchten flammte auf, als sie eine halbe Seite geschrieben hatte. Sie sah zu, wie es ihre Zeilen füllte, Wort um Wort. Und ebenfalls Wort um Wort brannte sich das Geschriebene tief in ihr Herz. Bis zum tragischen Ende.

Sie nickte versonnen. Das Fabelmachtleuchten erlosch. »Leerstellen füllen«, sagte sie. Ihr Blick war verschleiert.

Langsam wandte Nicholas sich ihr zu. Die Flammenschrift war mittlerweile auch an seinem Hals nach oben gekrochen. Er richtete sich auf, straffte die Schultern. Seine Hand legte sich auf seine Rippen.

Das Flammenmal erreichte seinen Unterkiefer. »Egal, was passiert«, sagte er sanft. »Es gibt kein Universum dort draußen, in dem ich dich nicht liebe.« Dann küsste er sie.

Und Mila blinzelte.

Als Nicholas sich umwandte, war Abélard da. Nicholas hob ihm beide Hände entgegen. Er war froh, ihn zu sehen. Die Schrift zog sich aus seinem Gesicht zurück, dann von seinem Hals. Die Erleichterung, dass der Schmerz verebbte, war so unfassbar, dass sie sich wie Triumph anfühlte.

Auf einmal wusste er nicht mehr, warum er sich so lange gewehrt hatte. Das hier fühlte sich so absolut richtig an. So machtvoll.

So gut.

Oder? Mit dem letzten Rest seines Ichs kämpfte er gegen das Gefühl an.

»Du weißt, was du zu tun hast!«, sagte Abélard.

»Das weiß ich.« Nicholas schaute wieder auf. Er streckte die Hand aus und Abélard legte ihm Stift und Papier hinein. Etwas in Nicholas schrie, aber trotzdem begann er zu schreiben.

Und von diesem Moment an, würde nichts auf dieser Welt Abélard mehr töten können.

Abélard stand da, abwartend, mit zurückgenommenen Schultern. Als das Fabelmachtleuchten erlosch und Nicholas von der Anstrengung schwer atmete, lächelte er. Er sah noch genauso aus wie zuvor, aber Nicholas wusste, dass seine Fabelmacht ihm am Ende das gegeben hatte, was er sich am meisten wünschte. Unsterblichkeit, die er sich ersehnt hatte, seit seine geliebte Héloise gestorben war, und die ihm in seinen Augen zustand, damit er sich mit der Fabelmacht diese Welt untertan machen konnte.

Zufrieden drehte sich Abélard zu Mila um. »Jetzt zu dir«, sagte er.

Der Stift rutschte Nicholas aus der Hand und fiel klappernd zu Boden. Seine Pupillen waren riesig. Ein kaltes Lächeln lag auf seinen Lippen.

Etwas in Mila gab nach. Sie hatte kaum wahrgenommen, wie er Abélard unsterblich erzählt hatte, hatte kaum gehört, was Abélard gesagt hatte.

Es war geschehen. Nicholas hatte sich auf die Seite des Bösen gestellt. Er befolgte Abélards Befehle und er schien es zu genießen, genau so, wie Abélard geschrieben hatte. Aber trotzdem geschah nicht das, was *sie* zuvor geschrieben hatte. Warum nicht? Es gab nur eine Erklärung dafür: Es funktionierte nicht! Abélard war doch zu mächtig für sie. Sie konnte nicht gegen ihn anschreiben, ja, sie konnte nicht einmal die Leerstellen seiner Geschichte füllen.

Die Kälte in ihr fühlte sich mittlerweile tödlich an.

Sie hatten verloren.

Oder?

»Nein!«, kreischte Abélard.

Und dann geschahen mehrere Dinge gleichzeitig. Abélards Augen weiteten sich vor Entsetzen. Nicholas an seiner Seite begann zu schwanken. Das Flammenmal kehrte zurück. Mit rasender Geschwindigkeit wuchs es Nicholas' Unterkiefer hinauf, über sein Jochbein, seine Schläfe …

Abélards Blick zuckte von ihm hin zu einem Punkt hinter Mila, zurück zu Nicholas. Mila drehte sich um und etwas in ihr jubelte und erzitterte gleichzeitig. Die schwarze Tür.

Sie war erschienen!

Genau, wie sie es geschrieben hatte. Und genauso schwang diese Tür langsam auf.

Dahinter gähnte die unendliche Weite der schwarzen Ebene. Tief unter ihnen lag sie, so glatt und endlos, wie nur absolute Hoffnungslosigkeit sein konnte.

Nicholas sah Mila an. *Ich liebe dich,* formten seine Lippen. Dann packte er Abélards Arm. Riss ihn mit sich auf die Tür zu. Und hindurch.

Im Fallen drehte er sich, sodass er Mila anschauen konnte. Tiefe Liebe lag in seinem Blick, nichts weiter.

Und Mila zögerte nicht. Sie warf sich vorwärts, spürte den Sog, den die schwarzgläserne Ebene auf sie ausübte, sah sie unter sich, unendlich weit entfernt. Für einen endlosen Sekundenbruchteil hing sie in der Luft.

Wie im Zeitraffer zogen Bilder an ihr vorbei. Sie und ihre Mutter auf einem Spielplatz in Berlin. Das Kitzeln in ihrem Bauch, als die Schaukel, auf der sie von Helena angestoßen wurde, bis zum höchstmöglichen Punkt schwang. Die endlose Reihe von Streits, die sie beide ausgefochten hatten. Dann der TGV auf dem Weg nach Paris. Ihr Gespräch mit Abélard, von dem sie damals noch nicht gewusst hatte, wer er war. Ihre erste Begegnung mit Nicholas, das Gefühl von Verwunderung und Erschrecken, diese tiefe, unerklärliche Verbundenheit, die sie vom allerersten Herzschlag an empfunden hatte. Der Moment auf der Dachterrasse, als sie am Abgrund gestanden und Eric sie festgehalten hatte. Nicholas' Tod unter den Sternen der Bibliothekskuppel. Ihre eigene abgrundtiefe Verzweiflung, seine Auferstehung, Maréchals Tod, dann der ihrer Mutter ...

Ein harter Ruck durchfuhr sie, raste als Schmerz erst durch ihr Schultergelenk und dann durch ihren ganzen Körper.

»Nein!«

Sie brauchte einen Herzschlag lang, bis sie begriff, dass sie über dem Abgrund hing. Tief unter ihr landeten Nicholas und Abélard auf der schwarzgläsernen Ebene, aber sie fiel nicht.

Weil Eric sie hielt!

Seine Finger lagen wie eine Klammer um ihr Handgelenk. Direkt über ihr war sein verzerrtes Gesicht. Er hatte sich auf der Türschwelle auf den Bauch geworfen und sie aufgefangen.

An ihrem eigenen Körper vorbei blickte Mila in den gähnenden Abgrund zu Nicholas, der sein Notizbuch zog und sofort anfing zu schreiben.

»Lass mich!«, hörte sie sich schreien.

In Erics Miene standen Anstrengung und Entsetzen zu gleichen Teilen. »Nein, Mila«, keuchte er. Seine Fingerknöchel waren schneeweiß von der Anstrengung, sie zu halten. Sie spürte, wie sie ein Stück tiefer rutschte.

Alles in ihr wollte sich gegen ihn wehren. »Ich muss zu ihm! Ich muss ihm helfen!«

»Nein!«, presste er ein zweites Mal zwischen den Zähnen hervor. Dann sah er ihr in die Augen. Und zog sie zurück durch die Tür.

Schwer atmend kamen sie nebeneinander auf dem Boden zu liegen.

Mila wollte aufspringen, wollte erneut durch die Tür springen, doch sie konnte sich nicht bewegen. Erics Blick hielt sie gefangen.

Sie dachte an Nicholas. Sie wusste, was er in diesem Moment tat. Er schrieb, dass die schwarzgläserne Ebene aufhörte zu existieren. Er schrieb das Ende der Fabelmacht herbei.

Und sie war nicht bei ihm, um ihm zu helfen ...

Sie schluckte. Mühsam nur befreite sie sich aus Erics Blick, drehte sich herum, sodass sie auf die Ebene hinabschauen konnte. Sie hörte Abélard lachen, sah Nicholas den Kopf heben. Wie schon einmal schien die endlose Entfernung zwischen ihnen auf Übelkeit erregende Weise zusammenzuschrumpfen, war er gleichzeitig unendlich weit entfernt und so nah, dass sie die silbernen Einsprengsel in seinen Augen sehen konnte. Kurz flackerten Isabelles Worte durch ihren Kopf.

Werde mit Eric glücklich.

»Warum hast du das getan, Eric?«, flüsterte sie und riss sich mühsam von Nicholas' Anblick los.

Erics Brustkorb hob und senkte sich heftig von der Anstrengung, sie zu halten. »Einmal, Mila, ein einziges Mal habe ich auf mein Herz gehört«, stieß er hervor. »Ich konnte nicht zulassen, dass du vor meinen Augen auf dieser Scheißebene stirbst.«

Abélards Lachen kreischte in Nicholas' Ohren, während er fieberhaft Wort um Wort aufs Papier warf.

»Du Narr!«, hörte er ihn ausstoßen. »Du elender, dummer Junge!«

Und da sah er auf und erkannte, dass Mila noch immer dort

oben war. Eisiger Schrecken durchfuhr ihn. Allein war er unfähig, die Ebene zu zerstören, das hatte er schon einmal bewiesen. Er würde es auch jetzt nicht schaffen. Weil Mila nicht bei ihm war, wie sie geplant hatten. Zu zweit, das wusste er tief in seinem Herzen, wären sie fähig gewesen, die Fabelmacht zu vernichten. Und doch war sie nicht gesprungen, so, wie er es getan hatte.

Falsch!

Sie war gesprungen, das hatte er im Fallen aus den Augenwinkeln sehen können. Warum aber lag sie dann noch dort oben? Sie war so unendlich weit entfernt und gleichzeitig ganz nah, weil sie in seinem Herzen saß.

Eric kauerte neben ihr.

Und da verstand Nicholas.

Alles geschah so, wie es vorhergesehen war. Eric hatte Mila festhalten müssen, als sie auf die Ebene springen wollte. Der Kreislauf, den seine eigene Mutter in Gang gesetzt hatte, indem sie Eric in ihr Leben geschrieben hatte, schloss sich jetzt.

Abélard lachte noch immer.

Und alles, was Nicholas tun konnte, war zu hoffen, dass Mila rechtzeitig begriff.

Mila hörte Abélard lachen und es klang weit entfernt und gleichzeitig so, als befinde er sich direkt in ihrem Kopf. »Gib auf, Nicholas!«, höhnte seine Stimme. »Alles, was du erreichen wirst, ist, dass die Ebene uns ein zweites Mal ausspuckt, so wie sie es schon einmal getan hat. Und diesmal sind nur noch wenige da, um dich vor dem Tod zu bewahren.«

In Milas Kopf kreiste noch immer die Erinnerung an Isabelles Worte, aber sie wurde nun abgelöst von etwas anderem. Sie dachte an den wiederkehrenden Traum, den sie gehabt hatte.

Auch in dieser Geschichte hier werde ich sterben.

Das hatte Nicholas wieder und wieder gesagt.

Und dann fühlte sie sich, als würde sie auf die Größe eines Sandkorns zusammengepresst, als eine Erkenntnis mit voller Wucht in ihr Bewusstsein krachte.

»Deine Rolle in der Geschichte!«, stieß sie hervor und wandte sich zu Eric um.

Er schien nicht zu verstehen. Sie sah, wie sich seine Lippen bewegten, aber sie hörte nicht, was er sagte.

»Du machst es erst möglich!« Sie rappelte sich auf. Sie waren nicht gescheitert, weil Eric sie festgehalten hatte. Ganz im Gegenteil: Genau das war es gewesen, was ihnen den Schlüssel zum Sieg in die Hand gegeben hatte! Nicholas war dort unten und schrieb gegen die Fabelmacht an. Sie würde es hier draußen tun und auf diese Weise ihre Kräfte vereinigen, beinahe genau so, wie sie es geplant hatten. Sie würde von hier oben dabei mithelfen, die schwarzgläserne Ebene diesmal wirklich zu zerstören. Die Ebene, auf der sich Abélard befand.

Und auch Nicholas.

Allerdings bedeutete das ...

... sie würde Nicholas töten.

Genau so, wie Zoë Caruel es vorhergesehen hatte.

Am Ende ergab alles einen furchtbaren Sinn:

Bitte nicht!, dachte sie, doch gleichzeitig wusste sie, dass sie nicht länger zögern durfte. Die Zeit des Haderns war vorüber.

Jetzt war es Zeit für das Ende, das ihnen von Anfang an bestimmt war.

In fliegender Hast warf sie Worte auf das Papier.

In diesem Moment, schrieb sie, *hörte die schwarzgläserne Ebene auf zu existieren.* Als diesmal das Fabelmachtleuchten aufflammte, bebte der Boden unter ihren Füßen.

Der Schmerz war so unfassbar, dass Nicholas in die Knie ging. Gleichzeitig war seine Erleichterung unendlich. Während er hier auf der Ebene schrieb, hatte Mila begriffen und schrieb ihrerseits. Sie war stark genug, es zu tun, auch wenn es bedeutete, dass die Vision seiner Mutter sich erfüllte!

Wie schon einmal fühlte es sich an, als würde die Welt um ihn herum implodieren, sich zu einem stecknadelkopfgroßen Punkt zusammenziehen, der mitten in seiner Brust lag.

Er breitete die Arme aus, warf den Kopf in den Nacken und schrie. Wie schon einmal zerbröselte der Boden vor seinen Füßen zu Splittern, wurde in die Höhe gehoben.

»Nein!« Abélard kreischte das Wort in einer lang gezogenen Silbe in die brausende Luft hinaus. Hilflos musste er mit ansehen, wie sich die Ebene um ihn und Nicholas herum auftürmte und auftürmte und auftürmte. Und wie das Mal zuvor raste die gigantische Flutwelle der Bruchstücke auf Nicholas zu. Diesmal würde sie nicht stoppen, das wusste er. Die Ebene würde ihn nicht ausspucken.

Denn diesmal war es Mila, die dort draußen schrieb und damit seinen eigenen, schwachen Worten die nötige Kraft gab.

Gemeinsam waren sie stark genug ...

Auf Nicholas' Gesicht lag ein Lächeln. Milas Stärke war unendlich. Und in diesem Moment war seine Liebe zu ihr so grenzenlos wie alle die ungezählten Universen dort draußen zusammen.

Ein titanisches Kreischen erfüllte seine Ohren, hoch über ihnen brach sich die Woge aus schwarzen Splittern. Er wurde von einer Druckwelle erfasst, verlor den Halt unter den Füßen und fiel.

Unendlich tief. Unendlich lange.

Und als er in die ewige Schwärze sank, lächelte er noch immer.

Durch die Tür hindurch konnte Mila die Ebene zerbersten und Nicholas fallen sehen. Ihr Herz hatte aufgehört zu schlagen, weil es einfach nicht mehr konnte ohne ihn. Das Beben unter ihren Füßen verwandelte sich in ein tosendes Grollen. Der Fußboden, die Wände, alles geriet in Bewegung, und die Druckwellen breiteten sich rasend schnell in alle Richtungen aus. Sie rührte sich nicht.

»Was passiert hier?«, schrie Eric.

Wir siegen, dachte sie.

Die Ebene kollabierte durch ihre und Nicholas' vereinte Macht. Die Kraft ihrer Worte hier draußen und die von Nicholas dort unten tötete Abélard und die Fabelmacht.

Das blaue Feuer, das ihre Worte erfasst hatte, war so grell wie nie zuvor. Fast sah es aus, als leuchtete diesmal nicht nur die aufgeschlagene Seite, sondern das ganze Buch. Gleißend grell drang das Fabelmachtleuchten zwischen den einzelnen Seiten hervor, blendete Mila – und erlosch dann. Blaues Feuer sprang auch aus den Rissen, die sich durch Wände, Decken und Fußboden zogen, als die Wucht der zersplitternden Ebene die Welt erfasste.

Mila rührte sich noch immer nicht.

Nicholas war tot und jetzt war es auch für sie an der Zeit zu sterben. Helenas Gesicht erschien vor ihr. Der Friede, der in ihren letzten Momenten aus ihren Augen geleuchtet hatte.

Es war in Ordnung.

Doch Eric schien das nicht so zu sehen. Er packte Mila am Arm. »Oh nein!«, knurrte er. »In dieser Geschichte sterben wir nicht alle! Nicht, wenn ich es verhindern kann!«

Er zerrte sie mit sich. Auch das war egal. Nicholas war tot.

Das blaue Feuer breitete sich rings um sie herum aus. Sie hieß es willkommen, denn sie wusste, dass es allen Schmerz und alles Leid vernichtete, das die Fabelmacht jemals erzeugt hatte.

Wie Nicholas kurz vor seinem Tod gelächelt hatte, lächelte nun auch Mila.

Die unterirdische Oper rings um sie zerfiel, genau so, wie die schwarzgläserne Ebene zerfallen war. Die blauen Flammen leckten nach ihrem Körper, aber Eric war schneller.

Er erreichte eine Tür. Er riss sie auf. Dahinter eine Treppe, die nach oben führte.

»Weiter!«, keuchte er. Er zerrte Mila mit sich, während die Flammen auf die Stufen übergriffen. Das Feuer erhob sich mit einem tosenden Brüllen und sie stellte sich vor, wie es alles hier unten erfasste. Die Große Bibliothek und die der ungeschriebenen Worte und am Ende auch die Dunkle Bibliothek mit all ihren Fabelmachtgeschichten. Ein blauer Feuersturm, der Papier fraß und Leder, Seiten und Sätze. Und Worte. Am Ende brannten alle Worte.

Mila spürte kaum, wie Eric sie weiterzerrte. Enge Wendeln aus metallenen Stufen. Hinauf und hinauf und hinauf. Die

Realität schien sich um sie herum zu knüllen, dass es sich anfühlte, als sei sie in ein Gemälde von Escher geraten. Ein Stoß traf sie in den Rücken, schleuderte sie durch eine Tür.

Und für einen winzigen Moment wurde alles um sie herum still.

Sie sah Licht, bunte Fenster.

Sacré-Cœur, dachte sie. *Wir sind in Sacré-Cœur!*

Die riesige, lichtdurchflutete Kuppel der Kirche über ihnen.

Eric neben ihr.

Sie wandte sich zu ihm um.

»Halt mich fest«, sagte sie und in diesem Moment begriff auch er, dass es kein Entkommen gab.

Er nahm sie in die Arme. »Mila ...«, flüsterte er.

Zu mehr war keine Zeit, denn die Druckwelle war da. Sie nahm sie mit und riss sie hoch. Über ihnen nichts weiter als der klare Sternenhimmel.

Paris breitete sich unter ihr aus. Mila sah die weiße Kathedrale, in die sich die blauen Flammen wieder zurückzogen, kleiner wurden, erloschen. Sie sah zu, als die Fabelmacht aufhörte zu existieren.

Gleich darauf wurde es dunkel.

19

»Du glaubst immer noch an die Liebe auf den ersten Blick. Bei allem, was du erlebt hast.« Der alte Mann in dem grauen Mantel, der ihr gegenübersaß, lächelte. »Das ist gut.«

Mila schaute von ihrem Notizbuch auf. »Abélard«, sagte sie. Sie hätte erschrocken sein sollen, aber das war sie nicht. Die Erinnerung an alles, was geschehen war, stand hell leuchtend in ihrem Kopf. Die zerfallende Ebene. Der Feuersturm in den Katakomben. Sacré-Cœur in blauen Flammen. Sie wollte Angst empfinden, weil Abélard bei ihr war, aber sie konnte es nicht. Sie schaute sich um, alles war verschwommen, nebelig, als gäbe es nur sie und diesen alten Mann. War sie tot?

Sie sah Abélard in die Augen.

»Alles ist gut jetzt«, sagte er. »Du hast es geschafft, Mila. Du hast diese Welt möglich gemacht. In diesem Universum sind Héloise und ich seit neunhundert Jahren tot.«

In *diesem* Universum?

Mila musste schlucken. »Die Fabelmacht ...«

»Du und Nicholas, Mila, durch das, was ihr getan habt, habt ihr die schwarzgläserne Ebene zerstört und mit ihr die Möglichkeit, von einem Universum ins andere zu gelangen.« Er lächelte und es sah traurig und froh gleichzeitig aus.

»Aber sie existieren noch?«, fragte Mila. »Die anderen Universen, meine ich?« Genau genommen hatte er nicht gesagt, dass die Fabelmacht vernichtet war.

»Das tun sie, ja. Wir können sie jetzt nur nicht mehr erreichen. Außer in unserer Fantasie, natürlich. Dafür möchte ich dir danken.«

»Das verstehe ich nicht«, murmelte Mila.

Und Abélard erklärte es ihr. »Erinnere dich daran, was Nicholas dir einmal sagte: So viel Leid, das durch die Fabelmacht in der Welt ist. Durch eure aufopferungsvolle Tat habt ihr dieses Leid aus der Welt geschafft. Ihr wart die Rettung für so viele, die nun ohne die Fabelmacht weiterleben können.«

»War das alles geplant?«, fragte Mila. »Meine und Nicholas' Geburt? Dass wir uns lieben?«

»Nein!« In seinen Augen erschien ein Glänzen. »Dass ihr euch liebt, so stark, dass nicht einmal verschiedene Universen euch trennen können, konnte niemand vorhersehen. Aber am Ende hat es dazu geführt, dass ihr siegreich wart. Ihr habt die Fabelmacht durch eure Liebe in ihre Schranken gewiesen. Von nun an wird sie nichts weiter sein als eine schöpferische Kraft.«

Mila hatte das unsichere Gefühl, dass sie in einem Zug saß. War das der Eiffelturm, der dort schwach durch diesen sonderbaren Nebel blinkte? Es kümmerte sie nicht. Sie konzentrierte sich wieder auf Abélard.

»Vielleicht war die Liebe in unserem Universum das Einzige, über das die Fabelmacht keine Gewalt hatte«, sinnierte er.

Die Vorstellung gefiel ihr. Sie dachte an Nicholas, aber da war kein Schmerz in ihr. Also war sie vermutlich doch tot, genau wie er.

Oder?

Der Nebel hatte sich in den letzten Augenblicken immer enger um sie gezogen. Das schwache Leuchten, das sie für den Eiffelturm gehalten hatte, war schon lange nicht mehr zu erkennen und auch Abélards Gestalt verschwamm zusehends. Übrig blieb sie allein. Und ihr Notizbuch.

Was würde jetzt geschehen?

Abélard erhob sich. Durch den Nebel konnte sie es nur undeutlich sehen. Begann nun auch sie zu verblassen?

»Bin ich tot?«, hörte sie sich fragen.

Da lachte er. Leise und fast zärtlich klang es. »Tot? Nein! Wie kommst du darauf?« Er sah sie an und dann erschien Begreifen in seiner Miene. »Du hast keine Ahnung …« Mit einem Ruck setzte er sich wieder. »Du …« Sein Kopfschütteln sah aus wie ein Anfall von Schüttelfrost. »Du hast keine Ahnung von der Größe der Macht, die du besessen hast«, murmelte er. Dann beugte er sich vor, sodass er mit den Fingerspitzen ihre Stirn berühren konnte.

Bilder flammten in ihrem Kopf auf, so hell und deutlich, dass sie sich nicht erklären konnte, warum sie nicht schon eher da gewesen waren. Sie sah sich in ihrem Gästezimmer bei der Bruderschaft sitzen und von einer Welt schreiben, in der sie glücklich und ohne Fabelmacht mit Nicholas lebte.

Ihr Notizbuch erschien vor ihrem geistigen Auge, der Moment, in dem das Fabelmachtleuchten erschienen war, so grell wie niemals zuvor. Hatte nicht das gesamte Buch aufgeleuchtet?

Der Atem blieb ihr weg. »Du meinst, ich habe ...«

Er nickte nur. Sein Lächeln vertiefte sich. »In diesem Universum hier bin ich tot und Héloise auch. Ihr habt dafür gesorgt, dass wir in Frieden sterben konnten. Vor neunhundert Jahren.« Tief atmete er durch und stand erneut auf. »Die schwarzgläserne Ebene ist zerstört«, wiederholte er, was er ganz am Anfang gesagt hatte. »Von nun an ist es unmöglich, von einem Universum in ein anderes zu wechseln. Aber es sind deine Träume, in denen du Kontakt mit ihnen aufnehmen kannst. Deine Träume ...« Er wies auf ihr Notizbuch, das als Einziges noch klar und deutlich zu sehen war. »Und dein Schreiben.« Er kam zu ihr, beugte sich über sie.

Sanft küsste er sie auf den Scheitel.

»Ich muss dir danken, Mila, für das, was du getan hast. Leb wohl!«

Sie wollte noch etwas sagen. Sie schaute zu ihm auf, aber er war so übergangslos fort, als wäre er nie da gewesen.

Mit einem erschrockenen Ruck fuhr Mila aus dem Schlaf hoch. Was für ein schräger, hyperrealistischer Traum! Sie glaubte, noch den Nachhall dieses Kusses auf ihrem Haar zu spüren. Vorsichtig berührte sie die Stelle, aber schon während sie das tat, verblasste die Erinnerung an ihren Traum, verschwand in den Untiefen ihres Unterbewusstseins und hinterließ nichts außer einem vagen Gefühl von Traurigkeit. Ihr Nacken war steif, aber das war wohl kein Wunder, wenn man im Sitzen einschlief. Der TGV verlangsamte seine Geschwindigkeit merklich.

Mila sah aus dem Fenster.

Im Dunst erschien gerade der Eiffelturm. Paris! Sie würde

in wenigen Minuten da sein. Ein freudiges Kribbeln erfasste ihren ganzen Körper.

Mit einem Lächeln griff sie nach dem Notizbuch, das sie auf dem Tischchen vor sich liegen hatte, und schlug es auf. Ein Foto fiel ihr entgegen, es zeigte sie mit ihrer Mutter und ihrem Vater. Antoine hatte es geschossen und ihr kurz vor ihrer Abreise geschenkt.

»Pass auf dich auf, kleine Schwester«, hatte er gesagt. »Paris ist ein gefährliches Pflaster!« Und er hatte sie umarmt auf diese burschikose Art, die sie an ihrem großen Bruder so mochte.

Auch ihre Mutter und ihr Vater hatten sie umarmt und sie gebeten, Paris von ihnen zu grüßen. Sie hatten beide bis kurz nach Milas Geburt dort gelebt und waren nach Berlin gezogen, weil Milas Vater dort einen guten Job angeboten bekommen hatte. Milas Mutter war Schriftstellerin und konnte überall arbeiten, darum war sie ihrem Mann zusammen mit ihren beiden Kindern nach Deutschland gefolgt. Sie vermisste Paris nach all den Jahren noch immer sehr, auch wenn sie das nicht zugab.

Draußen vor dem Zug riss der Himmel auf und goldenes Septemberlicht ließ die metallenen Dächer der Stadt schimmern.

Das Kribbeln in Mila wurde unbändig.

Sie und Isabelle würden so eine coole Zeit haben! Und wer wusste es schon: Vielleicht traf sie in Paris ja die Liebe ihres Lebens?

»Glauben Sie an Liebe auf den ersten Blick?«, wurde sie plötzlich gefragt.

Ein sonderbarer Schreck fuhr ihr durch die Glieder. Eine

junge Frau hatte ihr die Frage gestellt. Sie hatte sich Mila in Straßburg gegenübergesetzt. Mila zuckte möglichst gleichmütig mit den Schultern.

»Schon«, meinte sie. »Irgendwie.«

Die junge Frau deutete auf ihr Notizbuch. »Sie schreiben, wie ich sehe.«

Mila nickte. Unwillkürlich legten sich ihre Hände auf das schwarze Buch mit dem bunten Haarband darum.

»Keine Angst«, sagte die Frau. »Ich frage Sie nicht, ob ich es lesen darf.« Sie beugte sich vor. Sie hatte stark geschminkte Augen und ein Tuch um die Haare geschlungen. Auf der gesamten Strecke von Straßburg bis hierher hatte sie ein Buch von Charles Baudelaire gelesen und Mila hatte sich gefragt, was sie an diesen düsteren, oft todessehnsüchtigen Gedichten nur fand.

»Ich glaube ja fest daran, dass jeder, der schreibt, ein neues Universum schafft«, sagte die junge Frau. »Irgendwo dort draußen gibt es Welten, in denen das Realität ist, was wir schreiben.«

Mila stutzte. Es kam ihr vor, als habe sie so etwas Ähnliches früher schon einmal jemanden sagen hören. Aber das war eine Täuschung, oder? Ein Déjà-vu. Sie hatte so etwas oft – Momente, in denen sie dachte, dass sie das, was eben geschah, genau so oder nur ein wenig anders schon einmal erlebt hatte. Manchmal erwachte sie auch aus einem Traum, in dem sie einen dunkelhaarigen Jungen mit tiefdunkelblauen, traurigen Augen gesehen hatte. Danach war sie oft stundenlang erfüllt von Melancholie und wusste nicht so recht, warum.

Schreiben wir, was ist, oder ist, was wir schreiben?

Die Frage stand so überdeutlich in ihrem Kopf, als hätte jemand hinter ihr sie ausgesprochen. Mila sah sich um. Natürlich war dort niemand.

Wie albern!

Sie holte ihre Kopfhörer aus der Tasche, stöpselte sie in ihr Handy, um zu signalisieren, dass sie jetzt nicht mehr reden wollte. Ein paar Minuten hatte sie noch, die wollte sie nutzen. Sie wählte eine Playlist mit Titeln vom *Phantom der Oper.* Sie freute sich darauf, die Opéra Garnier zu besuchen, wo der Roman spielte.

Nachdenklich schlug sie die letzte Seite ihres Notizbuches auf und las noch einmal, was sie geschrieben hatte. Es waren nur zwei Sätze und sie waren ihr in den Sinn gekommen, als sie die ersten Ausläufer von Paris durch das Zugfenster gesehen hatte.

»Es gibt dort draußen unendlich viele Universen«, sagte Nicholas. »Aber in keinem einzigen davon werde ich dich nicht lieben.«

Wer war Nicholas?

Sie schloss die Augen, versuchte, ihn sich vorzustellen. War er möglicherweise der Junge mit den blauen Augen aus ihren Träumen? Sie würde sich bei Gelegenheit intensiver mit ihm beschäftigen. Jetzt nicht, denn sie war schließlich gleich da.

Paris!

Sie lächelte voller Vorfreude.

Als der Zug im Gare de l'Est einfuhr, raffte Mila ihre Sachen zusammen und verabschiedete sich von ihrer Sitznachbarin.

Isabelle fiel ihr um den Hals, kaum, dass sie einen Fuß auf dem Bahnsteig hatte. »Wie wunderbar, dass du endlich da bist!«, jubelte sie. »Ich muss dir so viel zeigen und erzählen!« Sie hakte sich bei Mila unter und zerrte sie mit sich und die ganze Zeit, während sie durch die riesige, lichtdurchflutete Halle gingen, redete Isabelle ohne Punkt und Komma.

Mila hörte nur mit halbem Ohr zu, weil die Atmosphäre des Bahnhofs sie vollkommen gefangen nahm. Unter der gläsernen Decke der Halle hingen Filmplakate, die für einen Liebesfilm warben. Die Durchsagen auf den Bahnsteigen klangen blechern. Eine Clochard femme fiel ihr auf. Sie stand bei einer der Bänke und wühlte in einem Mülleimer. Ganz ähnlich wie die Frau im Zug hatte auch diese Obdachlose ihre grauen Haare mit einem Tuch gebändigt. Sie trug mehrere bunte Röcke übereinander. Als Mila und Isabelle an ihr vorbeigingen, schaute sie auf.

Kurz begegneten sich ihr und Milas Blick und die Frau lächelte freundlich. »Passen Sie auf sich auf«, sagte sie mit einer leicht heiseren Stimme. »Nehmen Sie sich in Acht vor denjenigen, deren Seelen Rabenfittiche haben!«

Isabelle kicherte. »O Mann, zu viel Schnaps«, flüsterte sie, aber in Mila stießen diese Worte etwas an. Plötzlich glaubte sie, die Frau etwas ganz anderes sagen gehört zu haben – *diese Geschichte hier ist längst zu Ende erzählt* – wann war das gewesen? Vor ewig langer Zeit? So fühlte es sich jedenfalls an.

»Diese Geschichte hier ist längst zu Ende erzählt«, wiederholte sie laut.

Isabelle und auch die Obdachlose sahen sie fragend an.

Milas Herzschlag beschleunigte sich. Es war, als würde ihr irgendetwas über das Genick streicheln. Die Haut in ihrem Genick prickelte, es war ein Gefühl, das sie manchmal spürte, wenn sie einen Text schrieb, der ihr besonders gut gelang. Sie ertappte sich dabei, dass sie sich nach einem Jungen mit schwarzen Haaren und blauen Augen umsah, aber gleich darauf schüttelte sie den Kopf über sich selbst.

Am Ausgang drehte sie sich noch einmal um, sicher, dass die Obdachlose ihr nachschauen würde. Fast war sie enttäuscht, als sie bemerkte, dass die alte Frau längst wieder mit ihren Flaschen beschäftigt war, aber dann richtete sie ihre volle Aufmerksamkeit auf die Stadt und ihre Menschen.

Paris!

Sie war in Paris!

Und sie würde die Zeit hier in vollen Zügen genießen.

Isabelle fuhr mit ihr in ihre kleine, mit moderner Kunst vollgestopfte Wohnung in der Rue Cortot, wo sie ausgiebig zu Abend aßen und sich erzählten, was sie in den vergangenen Wochen und Monaten alles erlebt hatten. Anschließend gingen sie in einem Club namens *Luna* tanzen. Mila tanzte ein paarmal mit einem Jungen, der seine blonden Haare zu einer wilden Strubbelfrisur hochgegelt hatte und der ihr einen der schrägen Drinks ausgab, die sie in dem Club ausschenkten. Als Mila die starke Mischung aus Whiskey und bunten Schlieren von Lebensmittelfarbe probierte, musste sie husten.

Der Junge lachte. »Ja«, schrie er gegen den wummernden Lärm der Musik an. »Schmeckt ungefähr so, wie es aussieht, oder?«

Sie stellte das kaum angerührte Glas fort. »Ich bin harten Alkohol nicht gewöhnt.« Sie sah dem Jungen ins Gesicht und versuchte herauszufinden, welche Farbe seine Augen hatten. Unmöglich zu sagen bei dem stroboskopartigen Licht.

Die DJane kündigte zwei langsame Songs an und der Junge wollte die Gelegenheit nutzen und Mila in den hinteren Teil des Clubs ziehen, in einen Loungebereich, aber sie warf Hilfe suchend einen Blick in Isabelles Richtung und die reagierte sofort. Sie kam zu ihnen herüber und tippte Milas Tanzpartner auf die Schulter.

»Entschuldige, Süßer, aber ich glaube, du hast dir meine Freundin geangelt.«

Er hob die Hände. »Sorry«, sagte er. »Wusste ich ja nicht.«

Isabelle nahm sie an der Hand und gemeinsam drängten sie sich in Richtung Ausgang. Mila drehte sich noch einmal zu dem Jungen um. So ging es ihr oft mit Jungs – erst flirtete sie mit ihnen und dann hatte sie jedes Mal das Gefühl, es würde nicht richtig passen. Als ob da mehr sein müsste. Viel mehr. Vermutlich war sie einfach zu romantisch für diese Welt.

Draußen an der frischen Luft warf Isabelle laut lachend den Kopf in den Nacken. »Der hat tatsächlich gedacht, dass wir beide ein Paar sind!« Sie reichte Mila ihre Jacke, die sie im Vorbeigehen von der Garderobe geangelt hatte.

Mila lachte ebenfalls und als Isabelle sich bei ihr unterhakte und sie in die engen Gassen von Montmartre hineinzog, um ihr die berühmte Kirche Sacré-Cœur bei Nacht zu zeigen, schüttelte sie den Kopf über sich selbst. Dann jedoch schob sie alle negativen Gefühle von sich und sog die pulsierende Atmosphäre des Pariser Nachtlebens tief in sich ein.

Isabelle hatte ein ganzes Touristenprogramm zusammengestellt und sie starteten am nächsten Tag damit, dass sie zu Notre-Dame fuhren.

»Wir steigen bei Saint-Michel aus, dann kann ich dir als Erstes die Bouquinistenstände zeigen«, verkündete Isabelle und grinste vielsagend. »Und danach habe ich eine kleine Überraschung für dich!«

Sie verriet nicht, was für eine Überraschung das war. Mila gönnte ihr den Spaß und tat so, als würde sie vor Neugier beinahe platzen. Nach dem Besuch von Sacré-Cœur am Vorabend waren sie zurück in Isabelles Wohnung gegangen und hatten dort noch bis kurz vor der Morgendämmerung weitergequatscht. Dementsprechend kurz war die Nacht gewesen, aber das machte Mila zu ihrer Überraschung nichts aus. Sie fühlte sich wach und voller Energie. Paris schien sie lebendiger zu machen, dachte sie gut gelaunt. Die flirrende Atmosphäre der Stadt, all die Geräusche und Gerüche, die sie umgaben, es war, als wäre sie nach Hause gekommen.

Bei einem Straßenverkäufer am Metroausgang nahm sie einen der flippigen Hüte, die der Mann anbot, setzte ihn sich auf und stellte sich mit einem Kussmund in Positur.

Isabelle lachte. »Das sieht so was von bescheuert aus!« Sie zückte rasch ihr elegantes silbernes Handy und machte ein paar Fotos, die sie Mila anschließend zeigte.

Mila stöhnte. »Okay. So was von bescheuert! Lösch das sofort wieder!«

»Nie im Leben!«

Lachend versuchte Mila, nach dem Telefon zu greifen, aber Isabelle war schneller und zog es weg. Einen Moment lang kämpften sie miteinander, dann mussten sie beide so sehr lachen, dass sie keine Luft mehr bekamen. Erst nach einer Weile beruhigten sie sich wieder und liefen weiter in Richtung Seine.

Die Bouquinistenstände sahen genau so aus, wie Mila sie sich vorgestellt hatte. Die meisten waren bei diesem schönen Herbstwetter aufgeklappt und präsentierten bunte Ansichten von Paris, allerlei Kitsch und Kram sowie alte, zerfledderte Taschenbücher. Ein Stand allerdings war anders. Bei ihm gab es – bis auf ein paar Ausgaben von modernen Gedichtbänden – nur alte, ziemlich wertvoll aussehende Bücher. Der Buchhändler war ein älterer Mann mit Strickjacke und ausgebeulter Cordhose und er unterhielt sich eine Weile mit Mila.

Als er ihr einen kleinen Zettel mit einem Gedicht darauf schenkte, das er ganz offensichtlich selbst geschrieben hatte, berührte sie das tief in ihrem Herzen.

»Danke«, sagte sie.

»Keine Ursache, junge Dame«, erwiderte er. Und dann fügte er mit einem Nicken auf das Notizbuch hinzu, das aus ihrer Tasche ragte: »Vergessen Sie nicht: Wenn Sie schreiben, haben Sie eine große Verantwortung für die Welt, die Sie erschaffen.«

Mila musste schlucken. »Ja«, murmelte sie. »Ja. Ich weiß.«

Dann ließ sie sich von ihrer Freundin weiterziehen. »Jetzt kommt meine Überraschung!«, verkündete Isabelle, als sie auf dem Platz vor Notre-Dame angekommen waren. Sie steuerte auf einen Stand von Umweltaktivisten zu und im ersten Moment wusste Mila nicht, was nun geschehen würde. Doch dann sah sie Isabelle strahlen, als sie einen der jungen Männer an dem Stand erblickte.

»Du hast mir gar nicht gesagt, dass du verliebt bist!«, rutschte es ihr heraus.

Isabelle grinste. »Sollte ja auch ein Geheimnis sein. War gar nicht so einfach, glaub mir!«

Das konnte Mila sich gut vorstellen. Isabelle war normalerweise nicht der Typ, der mit so einem Riesengeheimnis lange hinter dem Berg halten konnte. Dass sie es trotzdem geschafft hatte und auch die Art, wie sie jetzt angespannt auf Milas Reaktion wartete, zeigte Mila: Es war ihrer Freundin ernst. Mila hatte sie noch nie so glücklich gesehen.

Isabelle zerrte sie bis vor den Stand. Ein junger Mann stand dahinter, er hatte braune Haare und milchkaffeebraune Augen, aus denen er Mila musterte.

Als sich ihre Blicke begegneten, weiteten sich seine Augen ein wenig und sie hatte das Gefühl, als würde er sie erkennen. »Sind wir uns in einem anderen Leben schon mal begegnet?«, fragte er.

Nicht ganz sicher schüttelte sie den Kopf.

Da grinste er. Er hatte ein umwerfend sympathisches Grinsen. »Komisch. Fühlt sich irgendwie so an, oder?«

Mila nickte nachdenklich. Das tat es tatsächlich. Es fühlte sich so ähnlich an wie gestern auf dem Bahnhof mit der Clochard femme. Als laufe ihr ein Kribbeln den Rücken hinunter und diesmal auch über den gesamten Körper. Die Härchen an ihren Armen richteten sich auf und plötzlich schien Paris noch ein bisschen geheimnisvoller zu leuchten als sowieso schon.

Was war es nur, das diese Stadt so magisch machte?

Isabelle hatte sich vor dem Jungen mit den hellbraunen Augen aufgebaut. »Hey, ich warne dich! Du bist *mein* Freund!« Und sie wandte sich mit einer dramatischen Geste an Mila. »Wenn du mir Eric ausspannst, meine Liebe, dann sind wir geschiedene Leute!«

»Eric?« Mila musste grinsen. »Wie das Phantom der Oper?«

Er lachte. »Nee! Ich bin eher der Typ Raoul. Die Rolle des

düsteren *bad guy* überlasse ich gern anderen.« Er gab Isabelle einen Kuss. Seine Miene wurde dabei ganz weich. Er meinte es genauso ernst mit ihr wie sie mit ihm.

»Na ja«, murmelte Isabelle und schmiegte sich an ihn. »Ein bisschen *bad guy* steckt schon auch in dir, wenn man an die Coolness denkt, mit der du über die Dächer turnst.« Sie erzählte Mila, dass Eric Traceur war und in bestimmten Kreisen einen ziemlich guten Ruf hatte.

Eric winkte lachend ab. Er und Isabelle passten gut zusammen, gerade so, als habe jemand dafür gesorgt, dass sie sich fanden, dachte Mila.

Sie plauderte eine Weile lang mit Isabelle, Eric und Luc, dem anderen Standmitglied. Luc war ein kräftiger, junger Mann, der fast kahl rasiert war, und genau wie Eric ein sympathischer Typ. Während Mila zuhörte, wie die beiden Isabelle erzählten, wie viele Flyer sie heute schon verteilt und wie viele Neumitglieder sie geworben hatten, ließ Mila den Blick an der Fassade von Notre-Dame emporwandern.

Der Anblick der riesigen Fensterrosette machte etwas mit ihr, das sie sich nicht so richtig erklären konnte. Wieder einmal hatte sie eines ihrer Déjà-vus. Das Gefühl, dass sie in dieser Kirche schon einmal gewesen war, war so stark, dass sie zusammenschauderte.

Isabelle warf ihr einen fragenden Blick zu. »Alles okay?«

Mila lächelte sie an. »Klar. Ich gehe nur mal kurz in die Kirche und sehe mich ein bisschen um.«

»Soll ich mitkommen?«

Mila schüttelte den Kopf. »Lieber nicht.« Halb erwartete sie, Isabelle würde sie deswegen schief ansehen, aber das tat sie nicht.

Sie nickte nur. »Klar. Geh nur. Ich warte hier, bis du wieder da bist.«

Als Mila die Kathedrale betrat, hüllte weihrauchschwere, blau leuchtende Stille sie ein. Sie hob den Kopf und betrachtete die Kirchenfenster, durch die das Sonnenlicht in langen Bahnen fiel und eine einzigartige, wunderschöne Stimmung schuf. Das Blau der Fenster hatte einen ganz speziellen Ton. Leuchtend. Es zog Mila vollständig in seinen Bann.

Ein paar Touristen unterhielten sich mit gedämpften Stimmen, ein Priester eilte mit wehender Soutane und klappernden Absätzen seiner schwarzen Lackschuhe über die Steinfliesen.

Sonst war es still, aber es war eine vibrierende Stille. Sie hatte etwas Geheimnisvolles, ja fast Überirdisches, das durch Mila hindurchdrang und sie ganz und gar ausfüllte.

Sie steckte ein wenig Kleingeld in eine eigens dafür aufgestellte Spendenbüchse und erhielt dafür eine schmale Broschüre mit den wichtigsten Sehenswürdigkeiten von Paris. Als sie sie aufschlug, fiel ihr Blick auf das Foto eines tempelartigen Grabmals, in dem angeblich ein mittelalterliches Liebespaar beerdigt lag.

Abélard und Héloise.

Sie hatte die Namen noch nie zuvor gehört. Sie las die kurze Geschichte der beiden Liebenden neben dem Bild. Danach war Abélard Mönch und späterer Abt gewesen, Héloise seine Schülerin. Sie hatten einander geliebt und auch einen gemeinsamen Sohn gezeugt, aber am Ende hatten sie sich beide für eine Karriere in der Kirche entschieden. Eine Art bittersüße Melancholie erfasste Mila bei diesem Gedanken. Sie ertappte sich dabei, dass sie überlegte, wie die Geschichte der beiden wohl verlaufen wäre, wenn sie einander bekommen hätten, und fast hätte sie ihr Notizbuch hervorgezogen, um darüber zu schreiben. Aber dann steckte sie den Prospekt nur zwischen die Seiten ihres Notizbuchs und schob es wieder in ihre Tasche. Vielleicht heute Abend.

Sie setzte sich auf eine der Kirchenbänke und überließ sich der Atmosphäre, indem sie die Augen schloss. Ihr Herz, das schon seit ihrer Ankunft auf dem Gare de l'Est aufgeregt pochte, wurde ganz ruhig. Und mit einem Mal kam es ihr vor, als habe ihr ganzes Leben nur den Zweck gehabt, sie genau hierher an diesen Ort zu führen.

Urplötzlich hatte sie das Gefühl, dass jemand in der Nähe war. Jemand Wichtiges.

Rasch schlug sie die Augen wieder auf, sah sich um. Eine Mutter mit einer schlecht gelaunten Teenagertochter stand vor dem Altar und las etwas aus einem Reiseführer vor. Eine Gruppe junger Männer, offenbar Architekturstudenten, betrachtete eine der Säulen des Seitenschiffes und führte eine leise Diskussion darüber. Und ein altes Ehepaar saß ein paar Bänke weiter Händchen haltend nebeneinander.

Keiner der Anwesenden jedoch blickte in Milas Richtung. Niemand achtete auf sie oder schenkte ihr auch nur einen kurzen Blick. Und das Gefühl, dass jemand in der Nähe war, war plötzlich auch wieder weg. Vermutlich war es sowieso nur Einbildung gewesen.

Mila schaute auf die Uhr. Sie war jetzt schon über eine halbe Stunde hier drin. Die anderen warteten bestimmt schon ungeduldig auf sie. Besser, sie sah zu, dass sie wieder nach draußen kam, bevor noch diese leise Melancholie stärker wurde.

Auf dem Weg in Richtung Ausgang fiel ihr Blick auf eine niedrige Tür, die über und über mit Metallbändern verziert war. Mit einem Ruck blieb sie stehen. Täuschte sie sich oder schimmerte es im Schlüsselloch blau? Sie trat näher und wollte genauer hinsehen, in diesem Moment jedoch näherte sich der Priester von der Seite. Mit einer gemurmelten Entschuldigung schob er sich an Mila vorbei und öffnete die Tür. Dahinter lag eine kleine Sakristei. Keine Spur von irgendwelchem blauen Leuchten. Entweder war es eine optische Täuschung gewesen – oder eine weitere von diesen sonderbaren Einbildungen.

Mit einem tiefen Seufzen trat Mila hinaus in die Septembersonne, drehte ihr Gesicht so, dass die Strahlen sie blendeten, und überließ sich dem Gefühl von Wärme, das sie nach der Kühle im Innern der Kirche angenehm durchströmte. Die Geräusche der Stadt – die Stimmen der unzähligen Touristen, der Lärm der Autos, die Melodie eines Straßenmusikanten, der ganz in der Nähe sein Keyboard aufgestellt hatte und *Ballade pour Adeline* spielte – all das verschmolz zu einem Hintergrundrauschen. Und dann war da schon wieder das Gefühl, dass jemand ganz in der Nähe war.

Diesmal ignorierte sie es. Sie machte sich auf den Weg zurück zu Isabelle und Eric, die noch immer an dem Umweltstand miteinander plauderten. Sie war kaum bis zur Mitte des Kirchenplatzes gekommen, als der Keyboardspieler *Ballade pour Adeline* beendete und *Greensleeves* begann. Ein Skateboardfahrer schnitt Mila so rücksichtslos, dass sie ins Stolpern geriet. Mit einem Schritt zur Seite wollte sie sich abfangen, aber sie geriet auf die Kante eines Blumenbeets, knickte um und fiel hin.

»Blödmann!«, murmelte sie. Ein kleines Mädchen mit einer ziemlich ausgefransten Stoffpuppe im Arm sah sie aus großen Augen an.

Mila rappelte sich hoch. Als sie das Bein jedoch belasten wollte, tat der Knöchel so weh, dass sie erneut wegknickte und beinahe noch einmal gestürzt wäre.

Diesmal wurde sie aufgefangen.

»Hoppla«, sagte eine dunkle Stimme. »Immer langsam!«

Sie klammerte sich fest. »Danke!«, murmelte sie. Ihr Blick fiel zuerst auf ein schwarzes Notizbuch, das aus der Tasche eines ebenfalls schwarzen Mantels ragte. Dann schaute sie auf.

Das Gesicht eines jungen Mannes war ihrem sehr nah. Er lächelte.

Er hatte ein umwerfend attraktives Lächeln. Ein Lächeln, das sämtliche Menschen ringsherum wie hinter einem Schleier verschwinden ließ und mit ihnen die Kirche, den Platz, ganz Paris.

Die gesamte Welt.

»Hallo«, rutschte es Mila heraus.

Groß war er und schlank. Seine schwarzen Haare hingen ihm wirr in die Stirn, verdeckten seine Augen. »Hallo«, erwiderte er. Sein Lächeln raubte ihr den Atem. »Ich weiß, es ist die bescheuertste Anmache aller Zeiten. Aber aus irgendeinem Grund siehst du genauso aus wie ein Mädchen, über das ich seit Jahren schreibe.«

Ihr Herzschlag beschleunigte sich, als ein Bild vor ihrem geistigen Auge aufflammte. Dieser Junge, der ihr Gesicht in beide Hände nahm und sie sanft küsste. Auf einmal wurde ihr bewusst, woher diese leise Melancholie gerührt hatte, die sie ihr ganzes Leben lang immer wieder gespürt hatte. Etwas hatte gefehlt, ohne dass es ihr klar gewesen war.

Doch jetzt fehlte nichts mehr.

Nicht das Geringste.

Sie glaubte, jemanden leise lachen zu hören. *Liebe auf den ersten Blick,* hallte eine Männerstimme in ihr wider, die sehr alt klang.

»Das ist überhaupt nicht bescheuert«, flüsterte sie dem Jungen zu. Sie wollte, dass er sie nie wieder losließ.

Sein Lächeln vertiefte sich und dann strich er sich die Haare aus den Augen, sodass sie nun auch deren Farbe erkennen konnte.

Sie waren blau wie der Sternenhimmel bei Mitternacht.

Der Roman enthält Zitate aus folgenden Quellen:

Anaïs Nin, *The Diary of Anaïs Nin, Volume 5 (1947–1955).* Irvine: Harvest House Publishers, 1975, S. 149. Zitat übersetzt von Kathrin Lange.

Sollten trotz intensiver Nachforschungen des Verlags Rechteinhaber nicht ermittelt worden sein, so bitten wir diese, sich mit dem Verlag in Verbindung zu setzen.

Kathrin Lange

Die Fabelmacht-Chroniken
Nicholas' Geschichte

Jeder in Nicholas' Familie besitzt sie: die magische Gabe der Fabelmacht, mit der man die Wirklichkeit umschreiben kann. Nicholas sehnt sich danach, dass sie endlich auch in ihm erwacht. Dieser Wunsch führt immer wieder zu Streit, denn sein Vater hält die Fabelmacht für gefährlich und setzt alles daran, Nicholas vor ihr zu schützen. Nach einer besonders heftigen Auseinandersetzung beginnt Nicholas allen Warnungen zum Trotz zu schreiben – über sich selbst und ein Mädchen namens Mila. Und über ihre unsterbliche Liebe zueinander. Doch er hat keine Ahnung, wie gefährlich die Fabelmacht wirklich ist. Denn am Ende kann niemand mehr die Ereignisse, die er mit seiner Geschichte in Gang setzt, aufhalten ...

Arena

E-Book
ISBN 978-3-401-84062-8
www.arena-verlag.de